海天译丛

蛀 虫

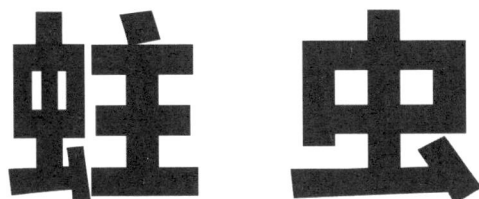

[加拿大] 伊夫·博歇曼/著

肖林/译

海天出版社

·深 圳·

图书在版编目（CIP）数据

蛀虫 /（加）伊夫·博歇曼著；肖林译. — 深圳：
海天出版社，2020.5
（海天译丛）
ISBN 978-7-5507-2857-8

Ⅰ.①蛀… Ⅱ.①伊… ②肖… Ⅲ.①长篇小说－加
拿大－现代 Ⅳ.①I711.45

中国版本图书馆CIP数据核字(2020)第034770号

版权登记号　图字：19-2018-007号
Édition originale en langue française parue
sous le titre *Les Empocheurs*
© Éditions Québec Amérique inc.2016

 Conseil des arts　Canada Council
du Canada　　for the Arts

Nous remercions le Conseil des arts du Canada
de son soutien pour cette traduction.

蛀 虫
ZHU CHONG

出 品 人　聂雄前
责任编辑　岑诗楠　胡小跃
责任校对　赖静怡
责任技编　梁立新
装帧设计　龙瀚文化

出版发行　海天出版社
地　　址　深圳市彩田南路海天综合大厦（518033）
网　　址　www.htph.com.cn
订购电话　0755-83460239（邮购、团购）
设计制作　深圳市龙瀚文化传播有限公司 0755-33133493
印　　刷　深圳市晶宇印刷有限公司
开　　本　787mm×1092mm　1/16
印　　张　23.25
字　　数　334千
版　　次　2020年5月第1版
印　　次　2020年5月第1次
定　　价　58.00元

当他根据自己的计划，远离诚实这条狭窄而拥挤的道路时，他等于向自己宣布，他已下定决心，要走自己的独木桥，但只要他在旁边坑坑洼洼的道路上跋涉没有产生所希望的恶果，就不会危及道德。

——约瑟夫·康拉德[①]《海隅逐客》

[①] 约瑟夫·康拉德（1857—1924），英国现代主义小说的先驱，代表作为《吉姆爷》。《海隅逐客》是康拉德的第二本小说，以《奥迈耶的痴梦》里的人物林格船长为中心所衍生出来的二部曲。（除有特殊标注，本书注释均为译注）

21世纪初，10月的一个傍晚，夕阳刚下山几分钟，动荡不安的天空便升起了一轮橙色的月亮，落下冰冷的雨。天空的颜色怪怪的，好像混淆着血色，显得阴森可怕。有些行人仰起头，惊讶得合不拢嘴。几个小时过去，四周朦朦胧胧，隐约有些凄凉。一道微光颤抖着洒向四方，照到马尼沃基一家旅馆的客房里，投掷在黑暗中的一张脸上。一个年轻人正躺在床上，嘴里不时地发出叹息，显然是缺乏睡意。不难发现，此人不喜欢刚刚过去的白天，害怕等待着他的明天。

确实如此，早上6点左右，他醒来的第一件事，就是用阴郁的目光看着陈设简单的客房，一副哭丧的样子。

"哎，倒霉啊倒霉！"他一边从床上滑落双腿，一边叹息，"好像有人拿板子打了我一整个晚上。"

他拖着脚步，走到浴室里，淋了一个浴，穿上衣服后，很快就来到旅馆的大堂，睡眼蒙眬，嘴里不住地打哈欠。

前台的姑娘胖胖的，不是特别漂亮，但也不特别难看，和蔼可亲。

"早上好，吕皮安先生，"她和蔼得超出了职业所要求的礼貌，"您睡得好吗？"

前一天晚上，一看到这位来自蒙特利尔的客人，她就喜欢上了。这个小伙子身材瘦长，神情刚毅，一头漂亮的红发让他看起来像个淘气的小天使。

"不太好。"热罗姆·吕皮安说着，又打了一个哈欠。

他摸了摸自己的脖子。

"有人打搅您吗？"姑娘一副抱歉的样子，不安地问，"也许是油漆的味道？您住的那层，刚重新刷过漆。不过，油漆工已细心地采取了通风措施……"

"不不，不是这些原因。"热罗姆·吕皮安挥了一下手，仿佛在说，那完全是个人原因。

他强笑着，显然是想换个话题，走向前台左边一扇打开的窗户，说：

"今天好像天气会不错。"

接着，他马上问道：

"餐厅开了吗？"

"还得等一刻钟，吕皮安先生。不过，您可以先坐一下，看看报纸。刚刚送来的。唉！该死，我竟然忘了！我这是怎么了？您的朋友给您留了一封信。"

姑娘把手伸进柜子，拿出一封信递给他。

"是彭帕雷先生？"吕皮安很惊讶。

"是的，他已经离开至少两小时了。您不知道吗？但他明明告诉我他通知了您的。"

"那我怎么回蒙特利尔？"年轻人失望地说，"我是坐他的小人货车来的。"

他生气地撕开信封，拿出一张信纸，两张20元的纸币落到他的脚下。

"这是怎么回事？"他嘟嘟囔囔地弯腰去捡钱。

他把钱捏在手心里，开始看信。留言写在一张日历的下方，字迹粗大，断断续续。

你好，热罗姆：

我刚刚接到一个电话（半夜两点），我妹妹罗莎莉（我只有一个妹妹）在医院里病得很重。我得马上去蒙特利尔见她最后一面。请原谅，我不想吵醒你，所以留下40元钱给你坐公共汽车。如果还有得多，你就留下。

也许下次见。再次表示歉意。

多纳

热罗姆垂着双臂，半张着嘴，一言不发，愣了几秒钟。那副惊讶的神情让他看起来像个小男孩那样天真而诚实，让前台的姑娘心中产生了火热的爱情，她急切地想表达出来。

"天哪，"她显得非常激动，喃喃道，"您怎么了，吕皮安先生？我能帮到您吗？"

这几句话像轻微的放电，触动了他一下。

"谢谢，"他冷冷地回答说，"没有任何办法。您刚才说报纸到了？"他急于离开这个善意的胖姑娘，不愿让她看见自己心里难受。

他在餐厅的一张桌前坐下，烦躁地翻阅着《蒙特利尔报》，十分钟以后，才意识到很可能会有人来烦他，问他在看什么。来了一群客人，走向餐厅，餐厅里马上就充满了开心的说话声，嗡嗡嗡的。

"我跟您说过，"一个大胡子男人，声音又尖又响，像个俄罗斯男高音，"这是罗塞尔刚才在小卖部对我说的。有人昨天又看到了！真的！不会弄错的！鹿角是很难进得了门的。"他一边说一边指着餐厅的门，"那么大！我敢说就是那头驼鹿！在这个世界上没有第二个跟它一模一样的东西。"

"这么说，"他的一个伙伴若有所思，有点不太相信，回答说，"马尼沃基的怪物可能又回来了……嗯……我敢说那家伙真的已经死了……已经三年没听说了……你肯定你说的是真的吗？雷蒙，我可不太相信。"

"三年前你就跟我们说你成家了，"那个男高音反驳道，"你老婆现在应该怀孕了吧？"

大家哄堂大笑，这话说得太有水平了。

餐厅门口出现了一个女侍应，南美人长相，有一对漂亮的黑眼睛。她手里拿着一个咖啡壶，径直向热罗姆走来。

"两个煎蛋，两面煎，火腿，烤面包片，一杯橙汁。"他低声点餐，眼睛盯着咖啡倒进他的粗陶杯里，突然感到非常可耻。

这些耻辱感不断加强，因为他竟像一个小男孩一样，被多纳·彭帕雷弄得睡不着觉。那个又高又瘦的老头是那么可亲，那么善良，但有着

让人好奇的双重目光，和蔼的表情后面，人们似乎能从他的眼睛里看出
另一种表情，一丝微妙的嘲讽。

　　尝试了政治学和心理学之后，热罗姆·吕皮安终于在文学上找到了
自己的道路。于是他上了蒙特利尔大学的法语语言文学系，获得了学士
学位，这让他可以考虑在教育、新闻出版或其他相关领域寻找工作。为
了回报自己在大学里的刻苦用功和在蒙特利尔老城的咖啡馆里打工，他
决定好好休息一年。前几个星期，他睡觉、玩帆板、享受美好生活，还
想去南美匆匆做一次长途旅行，作为完美收官。

　　后来，到了仲夏，叔叔拉乌尔腿脚不灵便了，可以说残疾了，便把
自己打猎的装备都给了他。热罗姆十七八岁的时候，陪叔叔打过很多次
猎，所以对武器并不是太陌生——虽然他父亲对此讨厌至极。那几次打
猎给他留下了美好的印象，随着时间的流逝，这种印象越来越好。于
是，一天下午，他在摆弄叔叔含泪交给他的卡宾枪和步枪时，突然产生
了出去打猎的愿望，而且想立即行动。枪支被叔叔细心地擦得锃亮，上
了油。晚上，他梦见自己到漆黑的森林里去打猎，在那里碰到了狍子、
驼鹿、驯鹿，一阵巨大的枪响，他把它们全打死了，刺鼻的烟雾迷住了
他的眼睛，让他咳嗽连连，也让他大笑不已。

　　他花了一个周末去上课，学习如何使用武器和打猎，以便得到许可
证书。一个月后，他领到了证。尽管如此，他觉得成年后第一次打猎，
身边还是需要有个有经验的人。所以，10月初，他在网上找了一个狩猎
向导，事情很快就谈成了。多纳·彭帕雷马上建议他去马尼沃基。

　　"当然，这有点远，要多花点钱，但五六年来，要猎到大家伙，我
没有见过比那儿更好的地方。小伙子，我去那里没有一次不带回一头野
兽的。如果你不想失望而归，相信我，就去那儿。"

　　那人58岁，住在索雷尔，有相当丰富的狩猎经验。由于热罗姆两个
月前出了车祸，他那辆旧马自达报废了，幸亏人没事，不过被扣了三

分，那人表示热罗姆可以搭他的人货车去。"如果驼鹿太大，"他开玩笑说，"你没位置坐，就搭公共汽车回来。"

果真如此，只是他回来的时候并没有驼鹿。

两天前，中午时分，彭帕雷来热罗姆位于德塞尔路的公寓接他。他们说好第二天清晨才去打猎，所以他们一路上车开得并不是太快，不时地停下来喝咖啡，喝完咖啡，向导还无视公共场所不准抽烟的禁令，到车外去抽一两支烟。热罗姆礼貌地请他开车的时候不要抽烟，他虚心地接受了，因为"你知道的，客户就是上帝"。他好像是一个不错的伙伴，甚至挺让人感到愉快，他给热罗姆讲他的历险故事或情色故事，逗得热罗姆多次开心地大笑。他的故事怪诞而富有戏剧性，有时甚至很悲惨。

"我从事过50多个职业，认识上万个穷人。关于女人及其个性，我可以给你写一本像砖头一样厚的书，因为我认识各种各样、各个种族、各个年龄段的女人，从年轻的妓女到年老的修女，包括你可以想象得到的各种肤色的女人。啊，女人啊！她们让我认识了天堂、炼狱和地狱。但如果有人对我说，他可以不要女人，我会马上给他颁发一张职业说谎人证书，再朝他的屁股上踹一脚。不过，一看到你，我觉得你在这方面见识也不少，是吗？"

"有点吧！"热罗姆答道，有点沾沾自喜。

接着，向导又跟他谈起自己的家庭。他家里有很怪异的男女，谢天谢地，但也有很出色的人，比如他哥哥就是一个议事司铎兼建筑师。"是的，先生，他在罗马负责维修教皇的建筑群，我一点都不夸张——况且，我还有个侄女在蒙特利尔交响乐团拉小提琴。那可是个极漂亮的女孩！"

但他从来没有提起过他有个死气沉沉的妹妹。

到了马尼沃基，夜幕已经降临。他们又累又饿。这是一个面目粗犷的城市，像北美的所有城市一样，房子东一堆西一堆，好像想建就建，美国连锁商店鲜艳的广告牌似乎在这里适得其所。尽管时间已经不早，但半拖车装着刚刚砍下来的树桩随时都会咆哮着出现在马路上。彭帕雷在马尼沃基旅馆租了两个房间。这栋大建筑就在主干道边上，屋顶的白色铝板已被太阳晒得失去了光泽。旅馆大堂里散发着肉和炸薯条的味道，那香味一个劲儿地往他们鼻子里钻，弄得他们直流口水。可前台服务员却告诉他说厨房刚刚打烊，他们只好到离旅馆不远的快餐店去吃点布丁和劣质咖啡填肚子，然后再点几个三明治，要点果汁，彭帕雷将把它们放在手提冰箱里，用作明天在森林里的餐食。

"这样，亲爱的热罗姆，"他从桌边站起来，打着重重的饱嗝（这趟旅行好像已经让他跟客人熟得不得了），"明天，4点起床。别忘了让他们叫醒你。我4点30分在大堂等你。"

他们回到旅馆，上楼进了自己的房间。彭帕雷替同伴着想，建议每人一个房间，他说自己打呼像打雷。这也是热罗姆所希望的。

第二天，他们在约定的时间在大堂见面。热罗姆的脑袋还是昏昏沉沉的，尽管旅馆很友好，给他们提供了过滤式咖啡，他可以起床后自己煮，但他想学学他的向导，彭帕雷总那么充满活力，这似乎是他的职业特征。

"睡得好吗，小伙子？"彭帕雷露出黄牙，笑得很欢。

"睡得像块木头。"

"那我就是睡得像堆木头！我早上总是劲头十足，可以说精神得吓人。"

前台的胖小伙子站在柜台后面打瞌睡，不断地用拳头捂嘴止住哈欠。彭帕雷转身问他：

"朋友，你平时不这样嘛。昨晚干那事了？"

"在柜台后面干那事可不那么容易。"小伙子开着玩笑辩护道。

说着，他又打了个哈欠。

"哦，是吗？可我经常这样做。"

彭帕雷带着热罗姆走出旅馆，沿着人行道往前走。他举起双臂，深深地呼吸夜晚寒冷的空气。

"啊……甚至在城里都闻得到森林的气息……你闻到了吗？"

热罗姆点点头。向导高涨的热情让他振作起来，对狩猎的渴望在夜里曾一度淡去。

"好吧，咱们走，伙计。"说着，彭帕雷便迈开大步，朝他停在边上的人货车走去，"蓬蒂亚克开发保护区从这里去要开足足一小时，况且，我们还需要时间选择埋伏的地点。"

他们穿过沉睡的小城。漆黑的天空好像密布厚厚的云层，预示这个秋日可能会下雨。

各种事件将像一个情节剧，发生得迅如闪电。

开了一百来公里之后，人货车离开了柏油路，驶入一条土路，拐来拐去进入了一片针叶林中，然后突然停下。彭帕雷露出严肃的表情，就像古代神甫准备用牲口祭奠神灵那么深沉。

"接下来我们要步行了。"他低声地说，尽可能不发出任何声音，"驼鹿不喜欢重金属。"

热罗姆微微一笑，有点嘲讽的意味，想让对方知道自己并不是第一次打猎。

他们下了人货车，每人拿着一支步枪（向导拿的那支应该是备用的，以防吕皮安的武器卡壳），沿着小路往前走。彭帕雷背着一个背囊，里面装着弹药、食物、被子和其他各种东西。小路很快就变得高低不平起来，一下子爬坡，一下子下坡，要钻过两边都布满青苔的岩石缝，穿过倒在路当中的树木，绕过小小的泥沼，还要小心冒出路面的滑溜溜的花岗岩。很快，路就不见了，只有一条行家才能看清的小径。在黎明朦胧的微光中，森林把这两个猎人淹没在它浓郁而醉人的味道当中，用它黑暗茂密的庞大身躯越来越紧地拥抱着他们，好像要把他们吞噬掉。

突然，彭帕雷停下脚步，若有所思地看着四周。

"应该朝人货车方向往回走一点，"他低声说，"否则猎物拖不回去，太远。"

他转身回头，热罗姆跟在他后面，稍微松了一口气。走了十来分钟之后，路又变得好走起来。突然，他停下脚步，右边有点微光吸引了他的注意。那道亮光来自一块小小的林中空地。他离开了小路，悄悄地钻进树丛里，然后示意热罗姆也过去。一小块凹陷的地面落满松针，延伸到一棵桦树后面，从那里可以看到林中空地，却不易被发现。

"我们就蹲在这里，"他耳语道，原先生硬的声音现在变得有点可笑，"风向我们吹来……野兽不太可能闻到我们的气味……剩下的，小伙子，那就是运气和耐心的问题了。"

他们端着枪蹲下来，等待开始了。

起初，热罗姆盯着那块林中空地，一有声音就吓得浑身发抖，不时地看旁边的向导一眼，向导一直非常镇定。慢慢地，他的注意力放松了，四肢感到有点麻木，对林中的各种声响也不太在意了。时间像凝固了一般，童年的旧梦让他的嘴唇出现了一丝微笑。他似乎在空中驾驶着一架机身透明的小飞机，轻如滑翔机，在风中摇摆、侧滚、盘旋、俯冲，然后钻进云雾，接着又重新出现在阳光下。鸟儿叽叽喳喳地叫着，围在他四周嬉闹。在他的下方，远处的大地变得小小的，几乎成了微不足道的东西。一切都消失了，父母、女教师及其发火的时刻、作业、规定、辩解、惩罚、必须吃的食物和禁止吃的食物、要在固定的时候睡觉、早晨要起床……他是宇宙之王，别人千万不要来惹他不高兴：他轻轻一按红色按钮，他的小飞机就会变成轰炸机。他开心得眼睛都眯了起来，与此同时，他也对着这些无聊的童年梦想轻蔑地笑着。

突然，彭帕雷用胳膊肘捅了一下他的腰，他转过身来。彭帕雷脸色苍白地盯着前面的什么东西。他朝前看去，看到林中空地的尽头，有只驼鹿顶着巨大的鹿角在慢慢地前行，一边走一边嗅，左看右看，十分警觉。

彭帕雷果断地指着热罗姆的武器，示意他瞄准。

枪响了，震耳欲聋。那头野兽猛地一跳，消失在树林当中。

"我没打中。"热罗姆沮丧地说。

"也许未必。"彭帕雷说着跳起身来，"你待在这里，我去看看……别动！"看到热罗姆想跟上去，他命令道。"伙计，一头受伤的驼鹿可能会很危险。"

他手里端着枪，慢慢地穿过林中空地，检查着地面，一直走到头，然后消失在森林里。热罗姆的心怦怦直跳，他站起来，手扣在扳机上，枪口朝上，十分警觉。"我从来没有见过这样大的驼鹿。"他心想，然后意识到，他只是在照片上见过驼鹿而已，叔叔带回来的都是一些小猎物。

彭帕雷又出现在林中空地尽头，弯着腰，慢慢地走着。热罗姆等到他走近，才可怜巴巴地问：

"我是不是没有打中？"

他点点头。

"那是头怪兽。"他站在热罗姆面前，说。

"什么？"

"马尼沃基的怪兽。你没听说过吗？从来没有人见过驼鹿有那么大的角：竟然有62个鹿角尖！它失踪三年了。大家都以为它死了。是的，它差点被打死……也许是下次……"

"应该由你来开枪的。"热罗姆又羞又怒，满脸通红。

彭帕雷摇摇头：

"不该由我来开枪。小伙子，你才是猎人。我没有证，我只是个向导。"

他又在地上蹲下来，枪放在膝盖上，但目光游移，东张西望，脸上一副苦相。显然，他心神不宁。热罗姆也蹲了下来，努力集中注意力，看着那块林中空地，嘴里低声诅咒自己笨拙。

"我们在这里是浪费时间，"彭帕雷突然站起来，说，"枪一响，四周的动物就全都被惊动了。我们即使等到明天也见不到一只斑鸠。得换地方。"

他们慢慢地回到人货车上。向导的好心情似乎与驼鹿一道消失了，原先还以为开心是他的一大特征，就像他红色的头发和走路的姿势。他现在好像有些担忧甚至不安，回答问题时也言语不多。过了一会儿，他好像突然做出努力，开始鼓励热罗姆，信誓旦旦地说，这不过是推迟一些时间而已，最迟第二天，他们就能猎到那头野兽，因为他们是在魁北克最好的狩猎区：15年来，彭帕雷发誓，他从来没有从马尼沃基空手而归过。

"相信我，热罗姆，你的冰箱里会装满驼鹿肉的，厚厚的肉排，一咬就肉汁满口……你的女朋友会高兴的：驼鹿的肉，那可是壮阳的！"他坏笑着补充了一句，但听起来像是假的。

当他们到达人货车跟前时，天亮后就越来越阴沉的天空开始轰隆隆地打雷。两人赶紧躲进车里，但走不了，因为雨太大了，根本无法开车。

热罗姆沮丧地看着他的向导：

"这场雨是想告诉我们，我们的狩猎泡汤了。"

"绝对不是，"彭帕雷反驳说，"这么大的雨，时间肯定长不了。伙计，当它小一点的时候，我们另找一个地方。我甚至想对你说，身上被淋湿，我才不生气呢！"

他解释说，雨声会遮住其他声音，让猎物感到放心，那样，打起猎来就更容易了。

10点左右，暴雨停了，变成了绵绵细雨，好像会持续几百年。人货车开动了。彭帕雷决定去印第安湖附近，离这里有二十来公里。两年前，他曾带三四群猎手去那里，每次都收获颇丰。

40分钟后，他们到了湖边。彭帕雷很快就找到一座所谓的小屋，那是猎人们匆匆搭建在一棵五六米高的雪松上的小木棚，一排粗大的钉子钉在树干上，权当楼梯。他们爬了进去，守候重新开始。雨还在下，时间一小时一小时地过去，郁闷，单调，乏味。到了傍晚，雨还没停。木棚的顶部，建的时候显然没有考虑到雨天，现在最多成了一个粗大的过滤器，雨水经过屋顶大滴大滴地落在他们的肩上和背上。热罗姆被淋得短裤都湿了，累得要死，肚子又饿，情绪非常低落，只盼着早点回到旅馆。彭帕雷尽管跟他一样狼狈，但还是想再坚守一阵。

最后，由于天越来越黑，他们只好收摊。热罗姆被一个树根绊了一下，差点摔倒。回程一路无言。这位缺乏经验的年轻猎人郁郁寡欢，心想，自己的这些钱都随风而走，打了水漂。当然，还有一天，也许可以扳回来，但不知为什么，他已严重缺乏信心。彭帕雷一边开车一边打哈欠，尽量避开土路上被暴雨蹂躏而产生的"鸡窝"[1]，免得被颠簸得半死。

到了旅馆，热罗姆看见渐渐散去的乌云当中出现了一轮奇怪的月亮，橙色的月亮好像在看着大地，发出嘲笑。他想指给向导看，但彭帕雷已经进了旅馆。

他们匆匆吃了晚餐，然后便上楼回到房间。

"明天好运！"彭帕雷拍了一下客户的肩膀，咧嘴大笑着说。

热罗姆累坏了，甚至懒得洗澡就上床睡觉了。雨已经停了。

"吕皮安先生，"前台的姑娘红着脸，大着胆子说，"我知道不该多管闲事，但是……您的脸色确实很难看……我能为您做些什么吗？"

热罗姆刚刚离开餐厅，站在大堂中间，双手插在口袋里，神情沮丧地看着外面的马路。

那姑娘羞得满脸通红，不得不重复自己的问题，因为热罗姆好像没有听到。

"谢谢，不用，谢谢。"他被吓了一跳，赶忙回答说，"非常感谢，不过……"

他停了下来，盯着她，突然被这个胖姑娘善良的目光打动了。

"不过什么？"她笑着问。

"没什么……我随便一说而已……不重要的。"

然后，他试图用轻松的口气说：

"小姐，公共汽车的始发站离这里远吗？"

"不远，一点都不远。就在主干道上，靠近大众信用社。"

门口出现了一个灰发女人，有点气喘吁吁，牵着两个小男孩的

---

① 在魁北克常指路当中的凹洞。

手，向前台走去——或者说，是孩子把她牵到那里，他们好像觉得这样很好玩。

"哎哎，"那女人假装生气，说，"别这样拖着我！我又不是车子。"

"是的，你就是车子，外婆。"其中一个孩子大笑着说。

这时，外婆跟前台的姑娘激动地争吵起什么来，她们说的是一个男人，他应该在这儿的，但显然并没有来。

热罗姆·吕皮安决定回到自己房间里去整理行李。他现在只有一个愿望：走人。

他在浴室里收拾梳洗用品的时候，突然看见了镜中的自己。

"你一副傻呆呆的样子！"他大声地骂自己，"天生被人骗，可怜的傻瓜！"

他嘟囔着，把自己的东西胡乱塞到旅行袋里，然后扫了一眼房间，确信没有落下任何东西。

他越想越生气，看到桌子旁边有个废纸篓，便踢了一脚，废纸篓撞到暖气片上，发出了很大的声响。

不一会儿，他平静地下楼，来到一楼大堂，为自己刚才的行为感到羞耻。

"我已经把您的账单算好了，"前台姑娘告诉他，好像这是什么好消息似的，"彭帕雷先生的房费也由您付，是吗？"

"是的。"他脸色阴沉地看着柜台。

她把发票递给他，莫名其妙地露出了微笑，说：

"您和您的向导昨天好像见到怪兽了？"

"是的……这消息好像传播得很快啊。"

"从昨晚到现在，大家都在说这事……太可惜了。你们太不走运了，本来会大丰收的。你们的照片会登在报纸上，一个大人物会付给你们六位数买鹿角。"

她越说热罗姆的脸色越难看。但由于过于害羞，这姑娘都傻掉了，还在没完没了地说，希望能摆脱她越陷越深的困境。

"对不起，"当他向门口走去的时候，她终于收住了口，低声说，

"我说得太多了。"

她的声音里饱含着遗憾和同情，让热罗姆感动了，他转过身，朝她笑笑，不再生气了：

"千万别这样，小姐，您并没有做错什么，您。"

他补充的这个"您"字，本来是用来指责别人的，现在却好像给了他一个启发。他把旅行袋放在脚边，突然产生了一个主意：

"哪里可以租到汽车？"

"您想开车回蒙特利尔？"前台的姑娘惊讶地问，"挺贵的，先生。不如搭公共汽车。半小时后就有一班。"她看了一下自己的手表。

"不是回蒙特利尔……我想在这里稍微转转……我最多转一两个小时。"

前台的姑娘陷入了兴奋当中，眼睛看着他，呼吸都快停止了。这个年轻男人阳刚而果断的神色让她想起了扮演侦探或安良除恶的侠士的鲁瓦·迪皮[1]。爱的暖流溢满了她的全身。

"如果只用一两个小时，"她像梦游者一样，吞吞吐吐地说，"我可以把我的车借给你。它就停在旅馆后面。"

她从来没有对一个完全陌生的人这样过（他毕竟是个陌生人），后背不禁布满了冷汗。

"您借我车子？"热罗姆大叫起来，又是感激又是惊讶，刚才的抵抗情绪一扫而光。

她把车钥匙递给他：

"答应我小心点，好吗？这是辆新车，我的第一辆车。我要花5年时间才能付清车款。"

他激动地道谢，尽管急于离开，他还是跟她聊了一会儿。起码的礼貌总要有吧！她叫克莱蕾特·米尧姆，出生在希库蒂米，在那里学过酒店管理，但由于没有钱，不得不中断学业，10个月前来马尼沃基定居，她一个人——她强调了这一点——暂时住在一栋小小的两居半

---

[1] 鲁瓦·迪皮(1963—　)，加拿大著名演员。

公寓里。

"您呢？"她带着迷人的笑容，问。

他用几句话简单介绍了一下自己的生活，然后，感到越来越着急，道歉说不得不谈到这里为止了：他有一件急事。如果她不是太忙，他很乐意回来以后找她聊。他再次感谢了她之后，便离开旅馆，腋窝都湿了，太阳穴怦怦直跳。

一个半小时后，他来到了前一天坐彭帕雷的人货车走过的那条土路。快到10点钟了。他睁大眼睛，牙关紧咬，车开得十分谨慎，很担心找不回那头神奇的驼鹿出现过的那块林中空地，这样也就回答不了起床后一直折磨着他的问题了。任务似乎很艰难：前一天凌晨厚厚的灰黑色云层不见了，现在，蓝色的天空万里无云，阳光强烈而刺眼。森林变了，他隐约记得的参照点似乎都消失了。

但几乎就在这时，他不由得惊叫起来。他停下车，从车里下来，蹲在小路上检查地面。暴雨几乎把前一天的车轮印全都洗掉了，甚至把路都冲坏了一部分，但一棵巨大的枫树还是用树冠保护了一小段道路，在那里，柔软的泥土上留有许多车辙，表明有车来往。这么说，半夜或凌晨，暴雨过后，应该有人来过，然后离开了？是彭帕雷？车辙好像是相同的，但用污泥做比较，对像他这样一个新手来说不是一件容易的事。他不知所措地抓着脑门。

他回到车里，继续往前开，但很快就不得不停下来。土路变成了小道，汽车无法再往前开。而且，他也看不见新留的车辙了。他重新下车，继续步行，睁大眼睛，四周张望，呼吸有些急促，寻找着某个参照物、线索或印痕，不管它们多么小，以便找回他们先前埋伏过的地方。他走了十来分钟，越来越泄气，但正当他想掉头往回走的时候，他突然停下脚步，高兴地大叫一声。右边矗立着一块巨石，布满了青苔，好像是个半瘪的大气球。他想起来了，在和向导埋伏在林中空地对面之前，他曾看到过它。确实，一转身，他就看到左边有一道光，穿过树林照下来，前一天，这道光曾引起过彭帕雷的注意：那是来自林中空地的光亮。

他不顾一切地冲过去，树枝被咔嚓咔嚓地折断，树叶被弄得哗哗响，他也不管手脚会不会被划破，两次差点摔倒，最后钻出林子，跑着穿过林中空地，一只手的掌心满是血。他气喘吁吁地停下来，看着四周。

他马上就找到了自己想找的东西。

对面，稍靠右边的植物丛中，有一条草木杂乱的通道，显然是一头大动物压出来的。

他大踏步地走过去，侧耳细听。

远处传来马达的声响，也许是锯树的锯子。他的目光落到脚边，看见一簇被压倒的蕨类植物上面，有一长溜已经凝固的血。

于是，他沿着那条通路往前走，几米后，小路拐了一个弯，他在那里看见了别的血迹。他呼吸急促，沿着小路走到头，突然停住脚步，惊叫一声。

在他面前，马尼沃基的怪兽倒在一条长满青苔的树干上，嘴巴大张，显然是剧痛难忍，露出了一口大黄牙。

它头上的东西都被切掉了，满脸都是血，鹿角不见了。

热罗姆又察看了一会儿尸体，然后迅速原路返回，感到极其恶心。他上了车，开车回酒店。

"这么说，我打死了它。"他不断地嘀咕，"那个混蛋……他早就知道！"

"六位数。"前台姑娘评估鹿角的价值时，曾信誓旦旦地说。

那是多少钱？10万还是15万？或者更多？鹿角是属于他的，别人不还他他是不会罢休的。

热罗姆·吕皮安1982年生于蒙特利尔，父亲克洛德-奥斯卡是魁北克本地人，一直住在这个城市里。克洛德年轻时，他想当牙医，但命运迫使他满足于当个义齿制作者，他在家里上班，"既然整天都在忙，我当然希望能多赚一些。"①他常常这样说。这个玩笑，只要对方是第一次听说，往往都会大获成功。这是一个有点异想天开的男人，天性活泼，爱交朋友，尽管老是嘟嘟囔囔，日子过得还挺美。

他的老婆玛丽-罗丝·布鲁内尔是个钢琴教师，一个不喜欢抛头露面的小个子女人，性格安静，为人耐心，现实而实际。了解了他们的性格，我们就会发现，他们夫妇俩最好换个职业，克洛德-奥斯卡最好去当艺术家，而他老婆更适合从事技术工作。可生活能都跟着理智走的吗？

克洛德-奥斯卡出生于一个多子女家庭，他不希望像父亲那样生活，如果香火在他这儿断了，他也不觉得是什么太严重的事；而他老婆却恰恰相反，想生许多孩子，尤其是女儿。结果，夫妇俩生了两个儿子，长子热罗姆，次子马塞尔。马塞尔让父母盼了很多年，今年刚过11岁生日。

当然，命运的戏弄曾让他们很失望，每人的原因都不一样，但这并不妨碍他们爱自己的孩子，因为厄运给了他们善良的心，他们甚至觉得，自己一直以来都希望生儿子，但两个已经足够。

热罗姆回蒙特利尔之后，并没有把自己的倒霉事首先告诉父母，而是告诉了他的朋友夏尔·普拉蒙东，夏尔的绰号叫查理。热罗姆上中学时就认识查理，跟查理无话不说，当然，仅限于男人之间能说的话。

查理在公园大街的一家电脑商店"微店"当技师。这小伙子有两大本领：一旦趴在桌前工作，他就心无旁骛，几头牛也拉不动他；而一旦到了野外，他又比谁都放得开。他中等个头，长得老相，皮肤深受痤疮的考验，只能靠迷人的招数和花言巧语来取悦异性。他迷信过"美发美容"，想以此忘记天生的缺陷：他一头浓密的黑发，发蜡涂得光亮，在额头上方弄成一个长角，高高地翘起，有点像鲨鱼的鱼翅，加以"朋克"化处理，走到哪里都能吸引别人的目光。而且，他还有一脸大胡子，剪得很短，却又浓又密，把脸的下部遮得严严实实，但边界分明，

---

① 此处为双关语，原文être toujours sur les dents直译是"在牙齿上"，故有此笑话。

只是把难看的粉刺都掩饰了起来。

10月9日晚上，热罗姆请他到雪岭区的一家酒吧喝一杯，并把自己的不幸遭遇告诉了他。

"6位数？"查理惊讶地说，"驼鹿的角？你肯定吗？"

"如果你不信，你就上网查查……你没见过，那头野兽……太吓人了……没有人能想象得到……有些钱多的阔佬为了能在客厅里挂上一只有62个尖头的鹿角，都愿意出天价，连税都帮你交了。"

"对我来说，这些东西的价值，只有在卖出去之后才知道。其他都是扯淡。"

"我在网上找到一月份出版的《渔猎》杂志上的一篇文章，上面说，波士顿有个美国佬出价14万美元，收购有60个尖头的鹿角。我的鹿角多两个尖头呢！"

"人们说的东西多着呢……"

"哈哈……看得出来，你可不是好骗的傻子。"热罗姆笑着，尖刻地回敬道。

他喝了一大口啤酒，把酒杯放在桌上，长吁一口，然后背靠椅子，看着查理脑袋后面的墙壁。

"老兄，"查理完全换了一副腔调，说，"你可真倒霉，你落入一个精心编织的圈套里面了。他把你骗得像傻子似的。"

两人沉默了一会儿。

"我很想知道，换作你是我，你会怎么办？"热罗姆最后说。

"嗯……我可能也不一定能做得比你好，"查理老实承认道，他觉得有必要活跃一下气氛，"我对打猎一无所知……即使我懂……总之，不可能什么都预料到的，尤其是像你我这样的老实人。不过，"他庄严地竖起一个手指，说，"如果你有自己的汽车，你就不必拖上那个向导了，那个鹿角也许现在就在你家里了。"

"谢谢你的安慰，查理……真不知道如果没有你这样的朋友，我会怎么样。"

查理笑了，想取得对方的原谅，便说：

"你会怎么样？美女相伴，而不是在这里听一个怪人说傻话。"

说着，他举起手，点了两杯啤酒。

和查理的一番长谈，坚定了热罗姆的决心，一定要跟那个阴险地欺骗他的向导算账。同时，这也促使他要尽快买辆车，二手车也行，因为他的钱包并不是很鼓。这两个决定很快就将产生影响，让他的一生动荡不安，并深深地改变了他的世界观。

由于他急于复仇，而选车买车可能要花几个星期，至少好几天，他只好去了弗勒里路的父母家里，想借父亲的雪佛莱，因此也就不得不把自己上当受骗的事讲给他们听。他本来是想等雪耻之后再告诉他们的，当儿子的都不想被父母看作傻瓜，同时还被狠狠地教育一番，说他不够谨慎，不够聪明。

他打了个电话，父母马上邀请他当晚去吃饭。他是晚上6点钟到的。那是一个星期五。饭厅里，"周日"牌餐具被灯照得亮晶晶的，桌上铺着重要场合才用的绣花亚麻桌布，一瓶萨里斯-萨伦提诺红酒悄悄地闪着光芒。一年来，尤其是与多萝泰分手以来（大家已经把她当作一个家庭成员），长子很少来访，所以他的到来几乎成了一件大事。

"你们有客人？"热罗姆看到桌上的盛宴，绷着脸说笑话。

"是的，在等你。"父亲也用同样的口吻说，而母亲早已到门口迎接儿子，亲切地不断拍打他的脖子和后背。

厨房里有人不满了：

"啊，不要！不要又这样大笑！"马塞尔啪嗒啪嗒地拖着解开带子的网球鞋，大叫起来，"妈妈，他每次回来都这样大笑！"

说罢，他出现在饭厅门口，气得满脸通红。

"别喊了，"母亲冷静地说，"我已经给你做了意粉。"

热罗姆友好地推了他一下：

"嗨，弟弟，还是动不动就哭？看，我给你带来了《红番茄酱》和

《阿斯泰利克斯历险记》，这是我那天在路边旧货摊上买的。"

他递给弟弟一个塞满漫画画册的袋子。

"啊，真酷！"马塞尔一把抓住袋子，眼里露出快乐的目光，"非常感谢，热罗姆。"

他走到一个角落里坐下，进入了另一个世界。

"开饭了！开饭了！"厨房里传出来的香味把父亲的口水都引出来了。"今天下午，我做了14颗假牙，我现在急着要活动活动小耶稣给我的牙齿了。"

马塞尔抬起头：

"老爸，你嘴里的不是假牙，而是真家伙。"

父亲开玩笑地扫了他一眼：

"你呀，我的小子，我最佩服的就是你的观察力了。"

晚餐一直在欢乐的气氛中进行，直到父亲不小心说了一句：

"哎，儿子，如果我没猜错，你的打猎一定不成功。否则，你会给我们带一堆肋排和嫩肉来。"

儿子的脸色一下子难看起来。

"爸爸，你从来没有说得这么对过。"

于是，他把自己跟那个叫彭帕雷的向导打猎的经过讲给了他们听，并特别指出自己的直觉很灵敏，让他识破了别人给他设下的骗局——可惜是事后——从而避免了像那些大傻瓜一样名誉扫地。那些可笑的傻瓜，直到被大家无情地嘲笑时才发觉自己受骗上当。尽管如此，父母看起来好像还是很失望，包括他弟弟。马塞尔含着半口饭，听了以后惊讶得合不拢嘴。

"15万元！"马塞尔大叫起来，他正在吞咽，声音被堵住了。

他差点窒息。

"天哪，天哪！"母亲叹息道，"太可怕了！人怎么能这样卑鄙？可怜的孩子，你竟然还付了他钱！"

父亲把刀叉放在碟子里，母亲的大笑也变得没有意思了。

"必须报警，热罗姆。"他严肃地说。

"要是我，我更愿意去找律师，"母亲建议道，"警察会拖拖拉拉的，他们的事情太多了……"

儿子深沉而坚定地看了她一眼：

"妈妈，我决定了，由我自己来解决。"

马塞尔拍起手来：

"耶！哥，我希望你揍他！"

"能不能冷静点？"父亲责备道。

父母竭力劝他打消自己伸张正义的想法，但他们的种种努力都让他确信：年龄让他们变得胆小怕事了。

必须到此为止。他都快要生气了，他求了很久，父亲终于烦了，同意把自己的汽车借给他，让他能去索雷尔，但必须找个朋友陪他去见彭帕雷。回到自己的住处之后，热罗姆打电话给查理，想请他陪自己去，但他有事去不了。热罗姆又打电话给另外两个朋友，但他们都无法在这么短的时间里脱身。于是，他就当自己已经履行对父母的诺言了。

第二天早晨，6点左右，他就开车去索雷尔了。他喝了大三杯咖啡，既是想驱除疲劳，也是为了壮胆，因为他绝对不是一个能打架的人，尽管自己不太愿意承认。他有些担心这场见面，但很快就怒火中烧，惩恶扬善让他的心狂跳不已。一想到要为自己受到的伤害报仇，也是还这世界一点公道，他的嘴边出现了一丝苦笑。道路突然显得非常漫长，他赶紧加速。他要把那个无耻的家伙从床上揪下来。那家伙会大吃一惊，睡梦中突然被弄醒，脑子肯定会糊里糊涂。天一亮就去见他，会显得格外严肃（学了三年的文学，不可能不影响想象力）。他盘算过，这一切都将对他有利。应该尽量让自己多占上风，因为对手是个很厉害的角色。

多纳·彭帕雷住在索雷尔老城一条平静的马路边，在皇家广场老远就能看见，那是城里最漂亮的地方之一。热罗姆把车停在一栋尖顶的小屋前，屋子只有一层，雪松做的板墙很久没有得到保养了，下面已经开始发黑。门前有条露天走廊，一直通到正门。

他突然产生一个念头：他的来访可能出师不利，理由很多。

"管它呢！"他嘀咕着，大步踏上走廊的阶梯。

他按了门铃。一个小铃铛在里面发出几声轻微的叮当声，哆哆嗦嗦的。没有动静。热罗姆轻咳一声，然后扫了一眼自己的鞋子，其中的一根鞋带松了。他又按了一下门铃，深深地呼吸了一口，湿漉漉的手在长裤上抹了一下，回头看见一辆旧货车慢慢开走，车头的铁皮在噼噼啪啪地颤抖。

"他妈的！他不在家……要么就是装死，这个混蛋！"

他后退一步，心想，是不是应该多个心眼，把车停得远点，然后徒步回来，藏在什么地方，等待那个家伙露面。就在这时，他听见里面传来了破拖鞋的踢踏声。门开了，多纳·彭帕雷出现了，神情疲惫，两眼无光，头发蓬乱，穿着过大的法兰绒睡衣，上面印着一群小鸭子，在泥塘里扑腾，这使他显得非常滑稽。

"啊，是你呀！"他叫起来，声音有些嘶哑，"稀客啊！我亲爱的热罗姆，一大早就来这里，有何贵干？"

他试图让自己的声音带有惊喜的色彩，但这只能让他的不满表现得更加明显。

"希望不会太打搅你。"热罗姆嘲讽道。

"嗯……不……怎么说呢，不太……因为我正在睡觉，你知道……老习惯了。现在到底几点了？"

"7点20分。"

那辆摇摇晃晃的卡车又噼噼啪啪地回来了。彭帕雷站在门口，眯着眼睛，显然正在认真分析情况，迅速做出各种假设，弄清这场突然来访的真正原因。然后，他意识到自己这样缺乏礼貌，很可能会暴露真相，便说：

"哎，进来吧，小伙子！我可没有在门口接待客人的习惯。真的，我母亲不是这样教我的！"

"我宁愿站在这里。"热罗姆冷冷地说。

"一大早，我能为你做些什么？"彭帕雷叹了一声，疲乏当中带有一点不耐烦。

热罗姆盯着他的眼睛，一点不感到害怕了，反而有些兴奋。

"把我的鹿角还给我。"

"你的……什么？"彭帕雷露出一副惊讶的样子，结结巴巴地问。

"你完全明白我的意思。你从我这儿偷去了鹿角。鹿是我打死的，鹿角属于我。它在哪儿？"

一阵沉默。彭帕雷的脸变得通红，嘴唇开始发抖。

"小伙子，你在乱说些什么……我不知道你一大早怎么了，但你的头脑有问题。这里没什么驼鹿的角……我也不是什么小偷！"

说最后这句话时，他提高了声音，声调现在变得咄咄逼人了。热罗姆的心里产生了强烈的怀疑：别的人——有人偷偷地看见了他们打猎或事后偶然经过现场的猎人——也有可能拿走了这宝贵的猎物。但他仍然泰然自若，口气肯定地说：

"我没有乱说，我知道得很清楚。如果你不想让我报警，就把鹿角还给我，现在！"

彭帕雷看着他，嘴巴半张，两眼圆睁，似乎做出了巨大的努力才让被喉咙卡住的那口气吸上来。他的脑门上突然青筋暴突。看他这副样子，人们还以为他会被气死。

"哎，年轻人……哎……哎……你真烦！"他终于把话说完整了。"我这辈子从来没有见过这样的事！从来没有！跑100多公里……一大早就来吵醒一个诚实的人，还骂他……我该吗？我都这个岁数的人了，一直努力与人为善。"

他伸手越过热罗姆的头顶，指着马路对面的什么地方：

"年轻人，我没有任何可自责的，证明是，那东西就在那里，睁开眼好好看看，虚张声势的家伙！"

热罗姆转身去看他所说的东西，突然屁股上被猛踢一脚，滚到了楼梯下面，鼻子差点撞在人行道上。

"让你长长记性！"彭帕雷尖叫一声，声音都变得听不出来了。

"这样辱骂老实人，不踹你才怪！"

说完，他砰的一声关上了门。热罗姆惊呆了，过了一会儿，他才气得发疯，冲上楼梯，用拳头使劲捶门，嘴里还大声骂着。但他后来不得不停下来，因为他的双手都流血了。

事情不能就这样算了。那个可恶的骗子必须为自己的行为买单。应该去请律师，哪怕负债累累，没钱也比被辱好。他脑海里只跳出一个人的名字：弗朗索瓦·阿瑟兰。阿瑟兰律师多年来在《新闻报》担任司法专栏作家，他的照片深得热罗姆的信任：一个六十来岁的男人，脸色严峻，目光犀利，充满自信的微笑。热爱其职业的惩恶扬善者应该就是这个样子的。他没有对任何人说起这事，回到蒙特利尔后就打电话给阿瑟兰先生。对方马上就接电话了，约好两天后的下午两点在他位于圣德尼路的办公室见面。

见面时，阿瑟兰先生双手支着下巴，看着客户，那目光似乎想洞察一切：

"吕皮安先生，我听着。"

一开始，热罗姆还以为阿瑟兰律师是法国人，因为他吐字清晰，精力充沛，军人风范，说话简洁准确。但他后来得知，阿瑟兰律师是在蒙特利尔西南部的一个工人区长大的。

热罗姆开始讲述自己的不幸遭遇，律师不时会打断他，简短地提个问题，然后微微点头，示意他继续往下讲。

"您是说15万元？这可不少……谁愿意付您这么多钱？"

热罗姆有点生气，脸稍微有点红：

"当然是个收藏家。"

"一个很有钱的收藏家。"

"有这样的人。"

"您认识吗？"

"我本人不认识，但大家都知道有这样一个人。"

"有记录吗？"

"有，在最近一期《渔猎》杂志上，有人说一个美国人出资14万美元买一只有60个尖头的鹿角。我的鹿角有62个尖头。"

"这些都要仔细核实，这甚至是您上诉的基本材料。您是大学生？"

"我刚获得蒙特利尔大学的文学学士证书。"

"您有工作吗？"

"还没有。"

"吕皮安先生，您有多少钱？"

热罗姆觉得自己正像犯人一样接受审问，对阿瑟兰律师越来越没有好感。这种感觉一定是从他脸上流露出来了，因为律师马上补充道：

"吕皮安先生，我问您这些问题，正是为了让您避免花冤枉钱。您知道，在这件事上，有两块暗礁要绕开：您的申诉缺乏证据，比如，您的鹿角也许比您以为的要便宜得多。请允许我把话讲得更清楚些，由于缺乏证据，您可能没有那么多钱能把官司打到底。您知道，这就等于浪费。"

热罗姆有点激动：

"我没有很多钱。但律师先生，我就是倾家荡产也要给那个讨厌的家伙一个教训，至于鹿角的价值，我肯定它值那么多钱。"

"嗯，我明白了，我明白了，"阿瑟兰律师若有所思地点点头，低声说，"但我还是要求在这方面做点调查。不管怎么说，有人偷盗……你有狩猎证吗？"他漫不经心地问。

"我有，但他没有。"

律师交叉着手指，双肘依然支在办公桌上。

"那好……听着，吕皮安先生，如果那只鹿角真的值您说的那么多钱，那就应该小心——希望现在还没有为时太晚。您的向导偷了它肯定不会是为了把它陈列在客厅里，是吗？"

热罗姆轻轻地嘲笑了一声。

"如果他还没有脱手，"律师接着说，"他一定在设法脱手。我们面前有两条路：请私家侦探监视他——这很贵——或者是向动物保护部门控告他。"

两人沉默了一会儿。

"我建议您选择第二个办法。您可以自己控告那个彭帕雷先生，但如果是通过我们的律师事务处去控告，他们肯定会更加重视，速度也会更快。"

"那您就控告吧！"

"好的，请您预付1000元。"

热罗姆惊跳了一下。

"我可以用支票支付吗？"

"有效支票和现金都可以。"

和多纳·彭帕雷晨斗之后一个星期，热罗姆·吕皮安想起了那天晚上，他在雪岭区酒吧向朋友查理吐苦水时，查理曾说，如果他的汽车还在，他就不一定要找那个向导了，还让那个家伙狠狠地揍了一顿。他本来可以带回那副鹿角，至少可以带回大块的鹿肉，让他和朋友们好好吃一个冬天。该买辆二手车了，这样既可以让他获得自由和独立，也可得到可敬的身份。

他在网上搜索了一会儿，几辆车引起了他的兴趣，其中一辆是1996年产的丰田，"4门，黑**彦色**，只跑了3.8万公里，**状太极好**"①，语言很实在，不像别人往往花言巧语地进行吹嘘。这求之不得。车是一个叫作西尔万·洛西埃的人，只要1500元。他去咨询查理，查理在父亲的车行当过助理技师。查理说，一眼看上去，这像是个很好的买卖。

"不过，你也知道，"他很快就补充道，"人们说的和想卖的，有时是两件完全不同的东西。你约了今晚见面？如果你愿意，我可以陪你

---

① 网页上文字有错，说明写出售信息的人文化水平不高。

去。我没有其他事情。"

厄运就像个盲目的屠夫，会胡乱杀人，有时，它似乎会变成一个巫婆，好像是直接从《麦克白》[①]中出来的一样，在众人当中物色不幸者，对他进行残酷的折磨，以此取乐。

那人住在奥雪拉加-美松讷夫社区的福洛利昂路，靠近安大略路，那里以生活环境艰难而著称，其居民都领教过。

晚上7点，热罗姆按响了门铃。那是一栋砖墙建筑，楼梯是法式的，已与铁锈和腐烂搏斗了好多年，但不太成功。那人住在楼上的一套公寓里，里面有几个小孩在大吵大叫，来开门的是个四十来岁的女人，手里拿着烟，脸上风韵犹存，年轻时应该很漂亮。

"你们是为了那辆车而来？"她声音沙哑，用探究的目光看着他们（查理的鲨鱼翅好像引起了她的强烈兴趣），"很不巧，我丈夫去买东西了。一小时之内应该回来。"

"可是，夫人，我们跟他约好的。"热罗姆有点生气，查理也低声抱怨。

"不过，先生，没有问题，我有汽车的钥匙……拿着，"她把钥匙递过来，"你们看见马路角落的那辆丰田雄鹰了吗？对，就是那辆。你们慢慢看，但别忘了把钥匙还给我，行吗？"她还撒娇地补充了一句："我相信你们，先生们。"然后突然转身，朝里面吼道："罗兰，别烦你妹妹好不好？别让我来揍你！"

乍看起来，那辆雄鹰状态极好。他们把它发动了起来，听马达的声音，试变速箱，然后掀起车盖，检查轮胎的磨损情况，寻找生锈的痕迹，但几乎找不到。

那女人站在阳台上看着他们。

"如果你们愿意，你们可以转一圈，没关系的。"她朝他们喊道。

"查理，好像是刚出厂的一样！"跑了两个路口之后，热罗姆大声

---

① 英国剧作家莎士比亚创作的戏剧，讲述利欲熏心的国王和王后对权力的贪婪，最后被推翻的过程。该剧与《哈姆雷特》《奥赛罗》《李尔王》被认为是莎士比亚的"四大悲剧"。

地说。

他很高兴。

"这是个好兆头。不过，如果你打算买，你一定要找个技师检查一下。千万不要去他的车行，他们可能是一伙的。你要选择自己的车行，明白吗？"

热罗姆笑了：

"你把我当什么了，查理？你知道，我早就不是把屎拉在裤子里的小屁孩了。"

"但还尿裤子不？"

"你们可以随时随地找到我丈夫，"当他们把车钥匙还给她的时候，那女人讨好地说，"他有手机。"

她说"手机"这个词的时候，口气很特别，好像那是个十分贵重的东西似的。

热罗姆马上打电话给洛西埃，洛西埃答应立即把雄鹰开到阿尔芒车行，热罗姆在三年当中曾是那里的客户。他们约好第二天下午见面。

雄鹰很快就通过了检查。西尔万·洛西埃告诉热罗姆，由于财务原因，他必须把车卖了。他以前在一个货物分发中心当装卸工，但最近被莫名其妙地解雇了。汽车其实是他太太的，她是理发师。

"您知道，我们有5个孩子，别无选择，只能卖车……一张张嘴都要吃饭，我们要养活他们，加上冬天快到了，室内的暖气……不管怎么说，我还有老爷车可以应急，等以后事情好转时再说吧！"

这是一个中等个儿的男人，不胖不瘦，背有点驼，皮肤发灰，上面有些斑点，态度谦逊。四十来年没什么出路的平庸生活让他早衰得厉害。贫穷让他直不起腰来，如果说有什么反抗迹象，最多也就是他的褐色小胡子了。他的小胡子又浓又密，遮住了上唇，让他笑起来的时候显得很滑稽。

检查结束，车行老板用旧布擦着手，悄悄地用头示意热罗姆，这么便宜的价格，应该抓住机会。

"洛西埃先生，您妻子什么时候可以去车管所办理过户手续呢？"热罗姆问。

那男人有些慌张，盯着地板，轻轻地咳嗽了好几次，好像有个很丢人的请求，他讲不出口。

"是这样，热罗姆，我想请你帮个小忙。"

他用"你"来称呼，热罗姆不但没有生气，反而笑了。他觉得这是想在两人之间短暂地建立起一种平等的关系，方便实现他的请求。

"哦，什么请求？"

"我能把车再留两三天吗？我的老爷车这两天要换减震器，磨得太厉害了。你知道吕西上班需要用车。我最迟星期四给你。我允诺，发誓，一言为定。"

热罗姆不知所措，咬着嘴唇，对这意外的变故有些不高兴。但要是他拒绝，会不会这桩好事就黄了？

"好吧，"他最后回答说，"如果你能保证星期三把车给我。"

"那就帮了我的大忙了。"对方如释重负，回答说。

接着，他又轻咳一声，低着头，身体颤抖，显得一副可怜相。

"还有一件事……"

他显得那么尴尬，以至于博得了热罗姆的同情。热罗姆忘了他们之间的年龄差别，忍不住像保护者一样按着他的肩膀：

"什么事？你想要我做什么？"

"我都不知道该怎么跟你说……其实，是这样……"

他呼吸的时候颤了几下，好像要打喷嚏。谨慎起见，车行老板走开了，给一个年轻的修理员吩咐些什么。

"是这样，"这次，洛西埃的目光看着车行里面，好像看到热罗姆会让他受不了，"我需要……一点预付金……因为我有件小事，急着用钱……"

"你要多少？"

洛西埃终于有勇气直视对方了，他艰难地咽了一口口水，然后用沙哑的声音说：

"800元……会不会太多？"他带着可怜的笑，问。

洛西埃摊开双手，热罗姆傻傻地看着他的手指头。

几分钟后，雄鹰停在大众信用社门前。热罗姆从里面出来，手里拿着一个胀鼓鼓的信封。

路上，洛西埃一身汗臭，结结巴巴，想把预付款提到1200元，热罗姆最后同意给他1000元。

"非常非常感谢，热罗姆，"洛西埃一脸谢意，"喏，这是收据，稍后我马上把车子的登记资料给你，我说的是复印件，但这是一样的，跟原件同等效用……重要的是，有关信息那上面都有。"

"我知道，我知道。"热罗姆笑得很勉强。

洛西埃继续感谢，越感谢越激动，答应星期三跟太太一起去车管所办理车辆过户手续。热罗姆把自己的电话号码给了他。

"啊！"当那个家伙把他放在德塞尔路他的公寓前面时，他终于松了一口气。那人临走之前再次用很激动人心的语言向他表示谢意。有时，当一个慈善家是需要很大的耐心的！

但当他想到那笔好买卖会回报他仁慈的行为时，他马上又露出了笑容。

尽管他的善举让他感到很自豪，热罗姆还是没有告诉任何人。为什么？他自己也不知道。不管怎么样，他的思绪已经飞到别的地方去了，原因完全是偶然的：洛西埃提起他太太时，多次说出吕西这个名字。这让他想起了另一个吕西，一个年轻的多伦多女孩，曾来蒙特利尔学法语，好像也是为了来跟"法国人"欢度美好时光。6个月前，他跟她有场短暂的艳遇。由于现在他还像皮尔斯巨石①一样孤零零的，他决定追她。事情进展得非常顺利，晚上，他们激情似火，吵得邻居不得不用拳头捶板壁。

---

① 位于加拿大魁北克省，圣劳伦斯海湾，加斯佩半岛的最东端，文德岛北部，是世界上最大的天然拱门之一，被认为是加拿大七大奇迹之一。

星期三到了，接着是星期四，由于没有西尔万·洛西埃的消息，热罗姆便给他打电话。

"啊，热罗姆，很高兴听到你的声音，"洛西埃对他说，"我正要打电话给你。是这样，我在旧车场里找不到我想要的减震器，但我想明天之前肯定能找到。这应该不会给你造成太多的不便吧？"

"嗯……好吧，好吧，"热罗姆有点失望，但还是继续努力扮演他的慈善家角色，"不过，我很希望星期六能拿到车。我准备外出。"

"别担心，你能拿到的，热罗姆，放心吧！"

热烈地感谢了热罗姆一番之后，他挂上了电话。

星期六到了。直到中午，洛西埃还没露面。热罗姆打电话过去，他马上就接了。这就是手机的好处：可以随时随地找到机主。技术创造的奇迹！

"啊，热罗姆，我太倒霉了。我找到了——终于——福特的减震器。但就连旧的也贵得要死，他妈的！他们明天下午给我送货。考虑到安装需要一两个小时，你可能要星期一上午才能拿到车了。请原谅，老朋友，我太不好意思了！我怎么也没想到会需要这么长时间。"

"好吧，我出去的计划泡汤了……我等你啊！"热罗姆变得很干脆，说完就挂了电话。

他越来越不想跟任何人谈起这件糟心事。

"我觉得那可怜鬼真是够蠢的，"他低声抱怨道，"一辆旧福特的减震器要找一个星期！好像比找拿破仑的尿壶还难似的！"

吕西叫了他一声，她甜蜜沙哑的声音在他双腿间引起了强烈的反应，让他立即忘记了刚刚发生的这件不愉快的事情。

第三天是星期一，他睡到下午才醒来，口干舌燥，吕西情意绵绵地靠在他身上——这个吕西，在夜总会喝了一晚上的酒，居然若无其事。

电话铃响了，他笨手笨脚，抓了几次才抓住听筒，他的女友正淘气地在他背上和屁股上轻吻。

"热罗姆吗？"一个熟悉的声音问，"我是西尔万。很高兴能找到你。"

"什么事？"

说这话时，他倒吸了一口冷气，一脸苦相。

"我在圣塔加特。"

"圣塔加特？西尔万，你在圣塔加特干什么？"

"啊，说起来很可怕，热罗姆！"洛西埃好像都要哭了，"我没法在电话里跟你讲！如果我告诉你，你不会相信的！而且，我刚刚在高速公路当中抛锚了！"

"开着我的车？"

"你的……开着你的车。"

"怎么回事，亲爱的？"吕西感到不安了，问，"出事了？"

他摆摆手，安慰她，然后接着说：

"可是西尔万，你开着我的车去圣塔加特干什么？我以为是你太太上班要用车。"

"正是这样，热罗姆。我跟我太太倒霉透了。我是来解决问题的，热罗姆。"

"我不明白。"

"我会给你解释的，我会给你解释的。明天，给你交车的时候。我感到太难受了，如果你知道……我昨晚一夜没睡。"

"我也一样，差不多没睡着，西尔万。你明天会给我送车来吗？你保证？"

"我发誓。"

"几点？"

"下午3点，或者你定时间。"

"送到我家，像我们之前说好的那样，西尔万？"

"好的，热罗姆。"

"朋友，我的耐心是有限度的。我等我的汽车已经等了一个星期。你不觉得这很过分吗？"

电话那头，跟他说话的人显然一下子激动起来，声音哽咽了。一阵可怕的、剧烈的、没完没了的咳嗽，西尔万好像吞了一口锯末。过了一会儿，他才慢慢地平静下来，清清嗓子，吐了一口痰，叹了一声，然后气喘吁吁地说：

"原谅我，热罗姆……我不知道该怎么跟你说……我所经历的事情，太可怕了……"

"我也觉得是这样。好啦，祝你好运。明天，下午3点。我说得很清楚：下午3点。明白了？"

"明白了，热罗姆。"

吕皮安挂上电话，一头倒在枕头上。

"不不，吕西，我求你了，不要马上……亲爱的，能给我找点扑热息痛，再来一大杯水吗？"

热罗姆闷闷不乐，一点都高兴不起来，甚至很不高兴。他感到跟打猎失败一样忧虑和耻辱，觉得自己被当作傻瓜，又被骗了。他跟那一大群头发长见识短的可怜的家伙没什么区别。他躺在床上，双腿分开，不断地眨着眼睛，就像有人在虐待他，很有节奏地用锤子锤他的脑袋。

吕西看他那副样子，不安地问他，但他怎么都不回答。于是，她轻手轻脚地溜了出去，答应傍晚再回来。

傍晚时分，他感到心里好受一点了，便给自己加热了一个菠菜比萨，但西尔万·洛西埃一直萦绕在他的脑际，怎么也摆脱不了。他必须跟什么人谈谈这件事。一想起要告诉查理，他就浑身大汗。他事先就知道查理会有什么反应，查理从头到尾都会说他笨、蠢、傻、呆，他可一点都不想听到这些词。不过，谢天谢地，查理有一段时间没有打电话给他了，否则他不得不编造故事来挽回自己的面子。但他哪里还有精力来编造这类故事呢？

他决定打电话给父母。在父母面前，被骂得狗血淋头的概率要小一些。毕竟，他们的一大部分荣誉都维系在后代身上，那是他们生育和教育的结果。再说，还有爱呢！它会战胜错误，弥补漏洞，找到借口，探測到隧道盡頭的那絲微光。

于是，他打电话给父母，父母俩同时接了他的电话。

儿子的新灾难在克洛德-奥斯卡这个迷失在义齿制作车间、极易激动的艺术家身上引起了想象得到的反应。多年来，他的想象力被束缚在一个乏味而没有前途的职业上，他再次想砸碎这个囚禁他的牢笼，用几乎病态的狂热声音激动地大喊：

"不可能！儿子，你在跟我们开玩笑吧？告诉我这不是真的。真的？孩子，你落到诈骗网里了。你永远也拿不到那辆车的。他们会弄光你的最后一分钱。在我们说话的当儿，他们可能正在行动。你把信用卡停了没有？银行户头冻结了没有？如果还没有，你就等着光屁股上街吧！"

"爸爸，爸爸，"儿子试图打断他，"求求你，别说这种丧气的话了。"

"克洛德-奥斯卡，"母亲冷静地说，"你太夸张了——总是这样。"

"你们看着吧，你们看着吧！我们去加斯佩旅游那次，我上这种当了吗？那时，人们劝我们……"

"我也能说句话吧？"母亲打断他。

"你想说什么就说什么。但是，我先告诉你们，如果事情变成灾难，你们可别怪我。而且，这已经是灾难了，我肯定。"

"热罗姆，"母亲接着问，"你报警了吗？"

"还没有。我等着……"

"妈的，要是我，我早就报警了！"克洛德-奥斯卡打断他。

"赶快去，热罗姆，"母亲说，她好像没有听见丈夫的话，"警方会核实他给你提供的资料是真是假。"

"他用的是他老婆的名字。"

"亏你想得出来，"克洛德-奥斯卡咕哝道，"还没去车管所，就给了一个完全不认识的人1000元。"

"时光倒流机器还没有发明出来，"母亲已经有些不耐烦了，"所以，我建议，对不起，我们只谈眼前的事。"

"好好。我知道，我在这件事上和在其他许多事上一样，完全是个废物。那我就让你们俩慢慢讨论了，我去做我的假牙了。"

母子俩又讨论了一会儿。热罗姆把心事讲出来之后，振作起来，现在急于采取行动了。

"你安慰一下爸爸，好吗？"挂上电话之前，他对母亲说，"他还会胃痛或头疼两天两夜的。"

"他是不会放弃的，这可怜的人，"母亲叹了一口气，"有什么办法呢？他从来不懂得控制自己。历来如此。你觉得我现在不用担心，是吗？"

在这之前，她的口气一直很冷淡甚至冷漠，现在终于有了一点点感情。她深深地呼吸了一口气，然后停下来，无法再说下去。

"别担心，妈妈，我会办妥的，你看着好啦。"

"告诉我们事情的进展，热罗姆……小心点！"

热罗姆双手插在口袋里，在厨房里踱步，不时地扫一眼放在桌上的手机。这个洛西埃是垃圾还是一个可怜的家伙？或者二者皆是？他决定给他最后一个机会——但同时要对他加压。他要和气，但也要严厉，Tough love[①]，正如英国人所说的那样。不一会儿，他拨通了洛西埃的电话。洛西埃总是接电话，这也许是他装老实人取得他人信任的策略之一。听到买主的最后通牒，他似乎显得很害怕：如果明天下午3点整不交丰田，热罗姆将立即向警方报案。

"是这样，热罗姆，"洛西埃声音哽咽，说，"请给我一点理解，我谢谢你了……我失业半年了，有5个孩子要养，我老婆是临时工，收入微薄……我弄不到钱，那些可恶的减震器……不过，等等！我刚刚想出一个办法，可以给你救急，直到明天……我刚刚打电话给我表弟鲍勃，让他把他的车借给你。那是一辆福特平托92款，有点耗油，但别的

---

① 英文，意为"严厉的爱"，"既爱又严厉"。

都很好。"

　　"没必要，我等到明天。明天下午3点。但是，西尔万，到了3点05分见不到车，我就去警察局。别做蠢事了，清楚了吗？"

　　"好的，热罗姆，我明白。"

　　他的声音是那么谦卑、那么恐惧、那么低声下气，充满了悔意，只有那些吓得屁滚尿流、爬着向胜利者求饶的人才会用这样的口气说话。热罗姆感到有点内疚，但立即就把它压了下去。如果他明天胜诉，那也不会轻而易举。别这么多愁善感了！

　　"真是活见鬼！"他嘟哝着挂上电话。

　　这通电话让他心里平静了下来。当然，心底里还是有些不安，但这对于保持警惕来说是必要的，不过，几天来一直折磨着他的巨大愤怒开始消失了。

　　他去冰箱里拿了一罐啤酒，然后倒在沙发上看电视。他年轻时，这张祖母绿的豪华长沙发曾放在家中的客厅里，后来他自己搬到公寓里来住了，父母便把它给了他，尽管有点旧了。他选了一会儿节目，觉得一个比一个愚蠢，最后只好看一部美国电影，热闹得很。他试图弄清故事线索，但看了几分钟，这一围绕一个马厩展开的到处都是人喊马嘶的大范围家庭冲突，突然让他觉得荒谬而遥远，加上法语配音是合成的，一点都不协调。他打了两三个哈欠，决定去睡觉。一上床，他就想起了吕西。下午他对她有点傲慢，可能还有点粗鲁。她也许生气了，因为到现在还没给他打电话。但他懂得如何得到原谅。他起床去给她打电话，让他大为吃惊的是，她对他和蔼而亲切。"一起过夜？"她问。好主意，但天凉飕飕的，她不想出去。况且她刚刚洗了澡，穿上了睡衣。不过，如果坐15分钟的地铁不会让他觉得太扫兴，她的床上倒是有个位置可以留给他。

　　第二天，他在女朋友家睡了个大懒觉——她则早早起床，去麦吉尔大学上课去了："法语加拿大文化与社会"——11点左右回到自己的住处。下午4点许，他就会知道那个洛西埃怎么样了：不管是混蛋还是可怜虫，到时候就一清二楚了。但他又重新担忧起来。在地铁中，一块肩胛骨开始痒起来，然后是左膝，接着是两个腿肚子。他挠了挠，但一声轻轻的干咳让他的两个肩膀都颤抖起来，尽管他根本就没有感冒。一个身材魁梧的黑人坐在他对面，用嘲讽的眼神看着他。他知道了，自己一定是一副可笑的样子，于是埋头看起报纸来，不想让乘客看见他的狼狈样，但他的身体状况并没有什么改善。

回到公寓，电话录音有两条信息：一条是父亲的，另一条是查理的。他谁都不想回复，便去浴室洗澡（昨晚跟吕西闹腾得特别厉害，需要好好洗一洗）。

洗完澡他感到饿极了，而他刚刚在吕西家里吃了很丰盛的早餐。除了身上发痒和虚咳，饥饿是他内心紧张的另一个症状。他决定吃面包片，涂大量花生酱，以此来平息饥饿感。这个办法虽然笨拙，却十分有效：一阵隐约的恶心代替了饥饿。

十二点半了，还有两个半小时。这段时间做什么呢？看书是不可能的，他无法集中注意力。吸尘？他的公寓需要吸尘了，但他宁愿自己化作灰尘，让吸尘器把他吸走。

突然，他产生了巨大的疑惑：自己也许并非上了一个遇到机会就骗一把的小骗子的当，而是落在了一个职业诈骗犯的手中。这个大骗子精心策划了整套阴谋，有逃路，有暗梯，有假身份及一切的一切？

他走到书房里，打开电脑，上了分类广告的网站，找到了他要找的丰田雄鹰，然后查阅二手车的售价。几分钟后，他看到了一辆1999款的"通用土星"介绍："四门，蓝**彦**色，3.5万公里，**状太极佳**"，出价1400元。

他妈的！他认出了同样的书写错误！无知是很常见的事，但每个人暴露无知的方式却往往都不一样，不是吗？电话号码确实跟洛西埃的不一样，但他就不能多弄一个号码吗？

他想弄个水落石出，便拿起手机拨了那个号码。模仿什么口音？海地？英国？西班牙？他选择了调门很高的西班牙口音。

"喂？"听筒里传来一个熟悉的声音。

对方鼓着嘴说话，好像满口麦芽糖。热罗姆问，那辆"通用土星"

是否有空调？"没有，先生，这个价格当然没有空调。不过，话说回来了，如果您考虑……"

"谢谢了，先生。"

他挂了电话。毫无疑问，就是他！但这个"他"叫什么名字？那个混蛋肯定用的是假名。应该设法弄清他的真名。热罗姆至少知道他的住址，或者是给他充当同谋的那个女人的住址。

他决定马上去那里。他没有什么可损失的，因为那辆雄鹰永远不会交付给他的。

他出门叫了一辆出租车，直奔弗洛利昂路。

"等我一下，"到了那里之后，他对司机说，"我很快就回来。"

"别着急，小伙子，"司机是个秃顶的胖子，肥头大耳，兴高采烈，爱开玩笑，"我喜欢听计价器的声音。听到这声音我就放心了。"

热罗姆咚咚咚大步流星走在人行道上，两眼充满复仇的目光。他正要走上通往公寓的楼梯，突然惊叫起来："他的"那辆车就停在门前！

于是，他一边诅咒，一边三步并两步地爬上楼梯，按响门铃，想透过平纹细布的灰色门帘看清后面的一切。方形地板砖上响起了脚步声，他隐约看到一个小小的身影从里面走出来。门开了，出现在他面前的是一个小女孩，穿着蓝色的背带裤，粉红色的衬衣上沾满了污迹，好像是焦糖。她抬起头，非常冷静地问：

"你找谁？"

这时，公寓里的什么地方传来一个女人的声音。他感到机会来了。

"你父亲在家吗？"

她摇摇头，准备把门关上。

"谁呀，亨利埃特？"那女人声音刺耳地问。

"妈妈，是位先生。"她转身回答说。

热罗姆满脸笑容，向小女孩弯下腰：

"你爸爸叫什么名字？"他低声地打听。

她好像感到很奇怪，犹豫了一下，然后，好像这是大家都知道似的：

"他叫西尔万·塔迪厄呀！"

"谢谢。"

热罗姆下了楼梯。他刚刚钻进出租车，公寓的门就又开了，一个穿短袖黄色棉布裙的女人走到门口，愤怒地抱着双臂，不安地看着发动起来的汽车。

一小时后，热罗姆·吕皮安在警察局了解到，那个别称为洛西埃的西尔万·塔迪厄已经涉嫌5起汽车销售诈骗案，警方正在调查他。探员布瓦拉尔把这些情况告诉他时，语气中夹杂着嘲讽和厌倦，还有点怜悯，这让他意识到他很难再要回自己的钱了。他把自己的感觉直接告诉了布瓦拉尔探员。

"如果您愿意，您完全可以向轻罪经济法庭提出诉讼，"布瓦拉尔探员轻轻地叹了一口气，"好处是不用花太多的钱……您很快就能得到对他的判决。至于想要回您的钱……朋友，那些人从来都身无分文，他们会花个精光：吸毒、酗酒、玩女人、去南美旅行，天知道还有什么……"

热罗姆·吕皮安坐地铁回家时，一直在低声打电话。在这之前，他一直没有打电话给父母，也没有打电话给查理。现在，父母家里没人，也许是出去买东西了。他找到了查理，查理正在上班。他三言两语地把情况告诉了查理，查理想起来了：

"热罗姆，去买份《蒙特利尔报》。头版的大标题你可能会感兴趣。"

奇怪得很，查理和布瓦拉尔探员的口气非常相似，但他不可能知道那个不幸事件的最近进展。尽管热罗姆一再央求，查理什么都不愿多说。热罗姆心里怦怦直跳，到旁边的小卖部买了一份报纸，但他紧紧地抓在手里，竭力克制自己，不当街阅读，直到匆匆走到雪岭的"圣德尼烘焙店"，找了一个安静的角落，他才翻开报纸。

一个女侍应满脸微笑地走过来：

"像往常一样，一小杯拿铁？"

热罗姆向她抬起通红的脸，点点头，然后继续看报。

头版右上方的一角，一头驼鹿伸展着巨大的鹿角，图片左边有一行大字：

谁猎杀了马尼沃基的怪兽？

第二版有篇文章报道了魁北克户外设施协会一个叫多纳·彭帕雷的向导的麻烦事。野生动物保护机构的工作人员两天前找过此人，他们正在调查一桩非法买卖案：一副驼鹿角被出售给了普林斯顿的一个美国富翁。彭帕雷信誓旦旦地说，十来天前，他陪同一名新猎手去打猎时见过那只野兽，但猎手没有打中，于是要求他换地方，他照办了。但第二天，他独自回到了前一天他们看到那头怪兽的地方，打死了它，尽管他并没有狩猎许可证。他声称自己有权拥有那副鹿角，他觉得应该是这样。但据说，他的说法受到了质疑。

热罗姆突然站起来，好像屁股上被扎了一针，咖啡杯也在碟子上跳起来。

"该死的骗子！那是我的鹿角！"他大喊起来，神情茫然，让顾客们都大吃一惊。

几分钟后，他躲到附近一家书店的僻静角落，打电话找到了阿瑟兰律师。

"先生，您看到今天《蒙特利尔报》头版的大标题了吗？"

律师声音洪亮地长笑了一声，然后才说：

"这事儿其实是我引起的，吕皮安先生。"

"哦，是吗？这么说……"

"我告诉过您，如果由律师来控告，事情很可能会进展得很快。我没有骗您吧？"

"但您毕竟可以提前告诉我啊！我刚刚才知道。我好像从四楼掉下来，人都蒙了。"

"您说得对。我完全忘了，请原谅。那几天，我忙得不可开交，都不知道做什么好。抱歉了。"

"那现在该怎么办？"

"时间可能会拖得很长。由于此案涉及金额巨大，您可以想象得到，对方会拼命挣扎。"

"那么说，也有可能要花很多钱。"

"有可能。"

"我得去借钱……可我没有工作……我是说，没有稳定的职业。"

两人沉默了一阵。

"吕皮安先生，难道没有任何人可以帮助您吗？比如说，您父母？"

"我不想把父母牵扯进去。"热罗姆倔强地说。

"朋友，您错了。如果他们有办法，我们就很有可能赢。那个向导的谎言很明显。比如说，打猎第二天他给您留的条子，这就是他欺骗的明显证据。加上……等等，让我好好想想这个案子……我一般不这么做，但我也许可以考虑按百分比来拿提成，而不是按工作时间计酬。"

"可以吗？"

"也许吧。实话对您说，我不是很喜欢这样，不过……我首先得好好评估一下这个案件……对不起，吕皮安先生。我们再谈吧，下次见！"

热罗姆站在一个铝制书架前，上面放着关于第二次世界大战、犹太人大屠杀①和南非种族隔离的书籍。他皱着眉头，摇晃着身体，手里还拿着手机。尽管律师给了他希望，但他产生了一种混杂着厌恶的沮丧。他想找地方坐一坐，但书店不提供椅子。

"生活，真他妈的操蛋，"他嘟囔着，朝门口走去，"全都是混蛋！全都是！"

傍晚，他到一家五金店买了一升除漆剂。

"拿最强烈的给我。"他吩咐道。

夜幕降临的时候，他又去了弗洛利昂路。黑色的雄鹰还在那里。确认没有人看见他之后，他拿出除漆剂，从车顶开始，从头喷到尾，然后

---

① 指纳粹德国在第二次世界大战中的种族清洗，这是二战中最臭名昭著的暴行之一，纳粹在这场种族清洗活动中屠杀了近600万犹太人。

静悄悄地离开了。他把空罐藏在一个袋子里，过了三个路口以后才小心翼翼地把它扔掉，虽然心里并没有因此而平静下来，但至少有些解脱。

他奇怪地感到自己很虚弱，就像拳击中被连续两次击中下巴。别人都认不出他来了。大部分时间他都窝在家里，坐在电视机前，或趴着看填字游戏，又或者是看侦探小说。他的胡子和头发越来越长，让他看起来像是鲁滨孙。电话留言越积越多，电脑里和信箱里的邮件也越来越多。他一概不理，就像溺水者不听游泳池里的广播。有一段时间，朋友们尽量常来看他，出于友谊，但很快就出于同情了，然后渐渐地没人来了，除了查理。热罗姆的萎靡不振让他越来越没有耐心，好几次两人差点吵起来。

"这可怜的傻瓜，他抑郁了。他太傲慢了，自己都不愿意承认。好像这很倒霉似的！拒绝治疗，没有哪个病人比他更糟糕了。这事最后将以悲剧结束，你们看着吧！"

查理打电话给热罗姆的父母，想通过他们，把这个朋友从深深的泥沼中拉出来，他看见热罗姆在里面越陷越深。但老人家表示，他们跟他一样，面对孩子的忧伤也束手无策。

"可怜的查理啊，"玛丽-罗丝叹息道，"我们三次邀请他到家里来吃饭，想帮助他，但我们每次一提到那个话题，他就摔门而出。他跟我丈夫的脾气几乎一样差。"

"这倒没有夸张。"克洛德-奥斯卡在她后面嘲讽道。

只有吕西试了很多次以后，有可能让热罗姆摆脱忧郁，但也不是每次都行。最后，她也烦了，跟麦吉尔大学她的一个教授好上了，那个教授讲的课叫作Community Life of the Saint-Lawrence River Valley Peasantry, 1850—1950[①]。吕西也很快跟热罗姆中断了来往。

---

① 英文，意为"1850—1950年间圣劳伦斯河谷农民的集体生活"。

"我想，"一天晚上，她睫毛轻轻地上扬，和教授喝着干邑酒，分析道，"那个可怜的小伙子的不幸之处……嗯……have reactivated his old French Canadian roots; in my opinion, 他是……呃……社会学方面的保守主义复发。Don't you think so? ①

"这确实是加拿大法国人的典型反应，"教授大笑着，表示同意，"and it doesn't seem to be very good for fucking, eh, sweetie?" ②

说着，他亲热地把一只手放在她的屁股上。

热罗姆把女友的离弃看作命运的第三起背叛，但这种背叛，唉，可以说，连他自己都鼓励。

一天晚上，他半夜里惊醒过来，好像有人揪着他的耳朵。他坐在床上，喘着大气，狂乱地扫视着一大片黑暗。在沉重地回响在他耳边的一声声定音鼓当中，他听到了城里什么地方公共汽车的隆隆声远远地传来。这声音很熟悉，却让他突然产生了一种可怕的悲凉感。

"我在这里干什么呢？"过了一会儿，他喃喃道。

他没有质询自己在房间里、大楼里、城里甚至在地球上的位置，而是在宇宙中……所占的位置。就像一个巨人挥舞着一把沉重的大头棒，刚刚把日常生活常常给予我们的平常感、渺小感砸得粉碎，这种感觉让我们变得有些近视，看不清自己的存在。那么，到底是谁决定让他出现的呢？他是迷失在陌生人当中的一粒微尘，发疯似的东飘西飘，命中注定要永远烦恼和痛苦，却又不知道原因。

真他妈的该死！他发生了精神危机！他以前从来没有这样过。这怎么可能？阅读尼采和叔本华留下的朦胧回忆，还有哲学课还没被忘掉的内容重新浮现了出来，就像阴森可怕的幽灵，以吓他为乐，用虚无或永远的不幸来纠缠他。他试图安慰自己，对自己说，他不过是跟70亿与他一样正在这个地球上呼吸的人一样。但这对他没有任何帮助，他觉得自

① 英文，意为"反映了他的加拿大法国人旧根源；在我看来……你不觉得吗？"
② 英文，意为"……亲爱的，这对做爱好像并不太有用，是吗？"

己的思绪从此将在空茫、冰冷和荒凉的银河系里游荡。帕斯卡尔[1]的那句名言又浮现在他的脑海里："这无限空间的永恒沉默让我害怕。"

啊，可诅咒的阅读！可诅咒的文化！它们正让他走向灭亡。他为什么不保持愚昧，就像出生的那天一样？学习，不过是增加痛苦的方式。难道不是吗？

这时，他的肚子痛了起来。他被吓得想拉肚子，于是忍住呻吟，赶紧跑进厕所。黏乎乎的双脚在地板上一滑，让他撞到门框上，他不由得大骂一声。疼痛一过，他就在公寓里踱起步来，他把所有房间里的灯都打开，浑身是汗，呼吸急促，目光惊恐，不知道干什么好。他轻轻地呻吟起来，坐下，又站起来，不断地用手压着胸脯。他觉得自己的心要跳出来了。

"这种状况会持续很久吗？"他常常这样绝望地问自己。

他看得很清楚，自己越来越忧虑。于是。他去药柜找药，希望能打破这个折磨他的怪圈，但他只找到了一瓶缬草根，而且是过期的。两三年前，他失眠的时候服用过。他吞了4片——因为对它不是很信任，然后决定穿衣出门。

11月的冷风吹刮着荒凉的大街，路灯的微光使大街显得更宽更长。远处，几辆汽车爬上通往雪岭的道路，往市中心方向开去。他一边走，一边深呼吸，这样感觉好了一点。原先困扰他的虚幻感和可怕的孤独感开始舒缓。他很想找个人说说话，不管是谁。但在半夜3点，哪个好心人愿意听他诉说呢？就这样，他一直走到了爱德华-蒙佩蒂大街，听到后面有公共汽车的嗡嗡声。然后，奇怪的是，这一次，这嗡嗡声不但没有让他感到悲哀，反而感到了安慰。公共汽车里，有司机，也许还有几个乘客。他们的出现对他来说是意外的礼物。他冲到20米外的下一个车站，在那里等着。公共汽车带着他熟悉的尖叫和放气声停下了，车门刺耳地咔嚓一声打开，他上了车。司机是个五十来岁的女人，很结实，肌肉丰满，脸部表情刚劲有力，但两颊长满了粉刺。她不由自主地扫了热

---

① 布莱兹·帕斯卡尔（1623—1662），法国17世纪著名思想家，代表作为《思想录》。

罗姆一眼，然后又瞪了他一眼，扬起了眉头。热罗姆塞进交通卡，刷了一下，往后走了两步，坐了下来。车子的最后面，有个男人半躺着占了两个座位，背靠着车窗，双膝立起，正在看报，好像是在自己家里。此人看不出岁数，扎着金色的马尾辫，上身穿着美国西部的那种皮衣，垂着流苏。热罗姆看了外面一眼，外面一片漆黑，车窗玻璃把他自己的影子反射了回来。

"我在这里干什么？"他再次这样问自己（但这次，他的问题已经没有哲理性）。"难道我疯了吗？""没有，"他马上就回答自己，"如果我疯了，我就不会问自己是不是疯了。"但他的头脑里已经对这种推理的质量产生了怀疑。

公共汽车在红灯前停下了，女司机扭头匆匆地扫了他一眼。

"妈的，我看起来怪怪的，让她感到不安了。"

他重新蜷缩在座位上，低着头。显然，夜间散步不是什么好主意。然而，他感到心里好受多了。可是，在哪儿下车呢？因为，毕竟要在什么地方下车，公共汽车不是避难所。他一遍遍地问自己这个问题，不知不觉睡着了。急刹、摇晃和颠簸，无论什么都不能把他从睡眠中拉回来。四个冻得半死的年轻人互相推搡着，经过他身边时，爆发出大笑，他根本就没听见。

有人拍了一下他的肩膀，他惊醒过来。女司机站在他旁边，笑盈盈地看着他，但这种笑里面有点惧怕的成分。

"到终点站了，先生。该到别的地方去睡觉了。"

他在座位上跳起来，声音沙哑，结结巴巴地问：

"几点了？"

"凌晨5点15分，先生。我已经下班了，我要把车开到车库里。您现在是在皇家山，福伦附近，"她马上补充说，回答了他的问题，"您已经转了两圈！您睡得那么香，我都不想把您叫醒，尽管这是违反规定的。但现在您必须离开了。"

"对不起。"他站起身来，向车门口走去。

他站在人行道上，按摩着自己的脖子，想舒缓一下酸痛。坐着睡了两个小时，让他的脖子又痛又酸。正当他在考虑怎样才能更好地回家时，一辆公共汽车突然在他右边一个急刹，发出一声吓人的尖叫。那辆车正准备拐一个大圈，它要回库房。热罗姆退后几步，躲开呛人的尾气。公共汽车消失后，他看见一辆黄色的本田停在他面前。

那个满脸痤疮的女司机摇下车窗，惊讶地问：

"您还在这里？"

她犹豫了一会儿之后，说：

"我能捎您一段吗？"

"不用了，谢谢，夫人。"他满脸通红地回答说。

"真的不用？"

热罗姆显然引起了她的同情心。

"好了，上来吧！"她语气十分平静地命令道，"您看起来就像一只迷失在北极的小狗。"

这一比喻让他有些不高兴，但他还是服从了她的命令，由于偷懒，也由于疲劳，因为他没有任何理由拒绝她。

"您住在哪里？"当他在她旁边坐好之后，她问道。

他告诉了她自己的住址。

"我把您放在皇家山地铁站。从那里走15分钟您就能到家了。行吗？"

"您真是好人。谢谢您。"

那女人开车继续前行，微笑着，轻轻地咳嗽着，然后斜睨了这个乘客两三次，本田往西而去。现在，倒是她显得有些不自在。

"我从来没有让陌生男人搭过车，"她觉得有必要强调这一点，"干我们这行的，什么事没见过？……我不知道自己今天怎么了……应该是您的脸让我产生了信任感……"她笑着继续说，"您是做什么工作的？"

"我是大学生。"热罗姆答道，想敷衍了事。

　　他做了自我介绍，谈了一会儿自己的学业，然后便不说话了。眼下他又产生了想睡觉的强烈愿望，连话都说不完整了。

　　"我叫玛琳娜·吉博尔。"女司机也做了自我介绍。

　　她又轻咳几下，轻轻地哼起什么乐曲来，然后说：

　　"您的脸色不太好。"

　　"是不太好……不过马上就会好的。差不多好了。"

　　她又斜睨了他一眼，噘了一下嘴，好像不相信，说：

　　"学习上碰到问题了？如果我不该问，您就打断我，嗯……"

　　"不不不，不是这么回事。其实我放假了，某种形式的休假。我想外出旅行，但没有钱。"

　　他沉默了。

　　时间过去了一会儿。

　　"对了。我有个习惯，每天凌晨下班后都要到'初收'面包店吃早点，就是前面那家。总之，我得好好吃早餐，上床睡觉之前我需要休息一会儿。况且，我有时晚上开车烦躁不安，您知道……您能陪我吗？我请您。我从来没有邀请过乘客，不过，什么事都有第一回，不是吗？"

　　他愕然地看着她，几乎可以说是警觉地看着她，但她孩子般善良的微笑打动了他：

　　"您太客气了，"他又这样说，"正好，我也有点饿了。"

　　"那好，我们去填肚子。"她开心地说。

　　很快，他们就走进了那家面包店。一股温暖带着香味向他们袭来，他们闻到了香草、桂皮和巧克力的味道。热罗姆放松地长舒一口气。左边，被照得亮堂堂的玻璃柜中，摆放着几层糕点，柜台上面是各式小点心，右边有十来张空桌子，是留给在店里消费的顾客的。两个戴鸭舌帽的老头，各坐一角，在桌前一边看《新闻报》，一边吃松甜圆面包。一个年轻的女侍应，个子小小的，模样俊俏，一头黑色的长发，正在失神地擦桌子。她抬起头，看到那位五十来岁的女子，脸上一下子就放光了。

　　"您好吗，吉博尔夫人？"

　　"天天如此，亲爱的。"女司机一副乐观的样子，"小东西呢？"

"我要有他那样旺盛的精力就好了。"

玛琳娜·吉博尔转身对热罗姆说：

"坐吧，我来点。您想吃什么？圆面包？松饼？丹麦面包？蛋糕？咖啡是肯定要的。我呢，我要无咖啡因的，因为一刻钟后我就直接上床了。"

他迟疑了一会儿，然后说：

"如果可能的话，来一个粗麦松饼吧……"

"有的。我给您来两个，您好像很饿。"

"……还要一杯咖啡。"

"加奶吗？喂，别拘谨，挤奶费我付。"

"嗯……那就加奶吧！"

"我呢，全要。您的您自己选。对了，我去去就来。"

热罗姆坐下来，观察着那个女侍应。她正在擦另一张桌子，就在他对面。他觉得她很漂亮，但好像体弱多病，有点疲惫，他想起了那些收入微薄的单身妈妈。突然，他发现自己的忧虑一扫而空了。

女司机很快就回来了，端着一个托盘，上面放着她所点的东西。她给自己点了一个巨大的维也纳点心，上面的巧克力还是热的，覆盖着杏仁薄片。

"我真不应该来这里，"她在他对面坐下来，叹了一声，"两年来，这该死的糕点我差不多吃了5公斤。我哪天得理智起来。"

"说吧说吧，我的胖女人，"另一个热罗姆突然充满了恶意，在心里悄悄地说，"你很快就会再吃掉5公斤的。"他得强迫自己才能忍住不笑，但他觉得自己的想法太刻薄太残忍，于是决定做些补偿，尽管对方丝毫没有意识到。

所以，当玛琳娜一问他的情况，问他是干什么的，他就把自己这几天的不幸遭遇横七竖八地一吐为快，甚至把他多伦多女朋友对他不忠的事也说了出来。但他越说，刚才进攻和折磨他的忧虑和失望就越大。

"所以，"他叹了一口气，最后说，"昨晚我感到太孤独了，孤独得就像是迷失在高速公路上的一条孤零零的狗，最后上了您的公共汽车。"

　　她看起来无动于衷，其实听得很用心，一边听，一边吃着点心，小口喝着咖啡。

　　两人默默地对视了一会儿。

　　"唉，"女司机长叹一声，"太可怕了，这……一件接着一件……您太倒霉了……您好像被魔鬼绑架了。"

　　她又吃了一口点心，喝了一口咖啡稀释，然后开始慢慢地嚼起来，两眼充满了喜悦：

　　"我也是，8年前，魔鬼抓住了我……我坚信那可恶的家伙不会再放开我……所以我昨天晚上才在公共汽车上。"

　　热罗姆抬起头，不解地望着她。

　　"真的，"她目光茫然，徐缓地说，"如果你有个吸了几年毒的丈夫，他在一个美好的夜晚抛弃了你，扔给你三个未成年的孩子，临走之前还不忘痛打你一顿，把你打到医院里住了两个月，那时，你真会觉得自己成了魔鬼的未婚妻……而且，一回到家，伤口还没怎么愈合，你就得想办法给自己找口饭吃……所以，把眼泪都哭干之后，就要去找工作，尽管没什么技能。最后，你上了公共汽车司机培训班……"

　　"啊，是这样。"热罗姆很惊讶，但只说了这么一句。

　　她看着他，微微笑着，双手紧攥着咖啡杯，目光中好像刚刚出现了一丝无情的东西，好像想告诉他，除了鹿角、二手车和劈腿这类事，生活中还有更重要的事要做。

　　他突然想冷对这个女人，但她却对他越来越关心。

　　玛琳娜喝完最后一口咖啡，把剩下的巧克力点心塞到一个蜡纸袋里。

　　"那我就走了，您自己坐地铁回去？"

　　12月中旬，热罗姆重新到蒙特利尔老城当他的咖啡馆侍应去了。他已经放弃了旅行计划，只是不知道年假剩下的时间该怎么办。经过讨论和收集证据，他的朋友们和父母最后都建议他到小债权法庭追诉西尔万·塔迪厄。1月底，他获得了胜诉。但法庭上的胜利并不一定意味着经济上的胜利。两天后，那个诈骗犯被判了一年徒刑，但热罗姆也只能暗自满足于一场雪耻的复仇，伴随着十分纯洁的精神胜利。

"啊，要是我能拿回那副鹿角该多好！"他叹了一口气。

阿瑟兰律师最后终于同意替他辩护，按百分比提取报酬，但他事先就告诉热罗姆，结案可能需要很长时间，如果不是几年，起码也要好几个月。

那个忧虑的夜晚促使他上了公共汽车，碰到了十分和蔼的玛琳娜·吉博尔，这对他起到了奇特的影响，但他并没有立即意识到。他身上好像烧灼起来，破坏了一些纤维，而另一些纤维则得到了加强，就像甲壳的形成一样。这个年轻人是个理想主义者，很容易生气，对人类兄弟忍受的不幸和不公正对待非常敏感——但这种同情（必须补充一句）往往只通过语言来表达，而语言又很快被人忘却——他好像已经隐退，让位于一个目光游离、冷漠讽刺的人，给人以一种冷冰冰的感觉，还有点厚颜无耻。尽管这种现象出现得越来越频繁，但他自己并不总能意识到。

胜诉之后不久的一天晚上，他约查理去拉丁区看达内兄弟[1]新拍的一部电影。看完电影后，两人决定去附近圣德尼路的一家小酒馆。他们一边聊天一边喝啤酒，直到深夜。离开小酒馆去坐地铁的时候，他们看见一个醉鬼摇摇晃晃地朝他们走来，伸出一只手，尽管兜里的钱不多，但这显然也是个啤酒爱好者，尽管时间已经不早，他还想再喝。天很冷，人行道上的一洼水已经变成了冰，那人笨拙地把脚踩了上去，摔倒了，背和头都撞到了人行道上，发出沉闷的响声。几秒钟里，他一动不动，张着嘴，目光惊恐，然后手脚乱动，想站起来。热罗姆和查理赶紧跑过去。那人艰难地挣扎，终于坐了起来，摸着自己流血的脑袋。他又矮又壮，身体圆鼓鼓的，看不出年龄，脸部的轮廓

---

[1] 让-皮埃尔·达内（1951—　　）和吕克·达内（1954—　　），均为比利时电影导演，其成名作《一诺千金》（1996）曾获"十五位导演奖"。

很粗，好像被酒精融化了。

"他妈的！我喝得晕头转向，"他瓮声瓮气地嘀咕道，"你，扶我起来！"他命令查理。查理弯下腰去，"用力点，他妈的！我不是要你扑到我身上，一个人摔个屁股墩已经够了，妈的！"

"查理，过来，"热罗姆大声喊道。他感到很厌恶，走开了，说："他自己能起来的。"

查理向他指着在冰上变得越来越大的那摊血：

"不能这样扔下他不管，帮我一下。"

热罗姆转过身，说：

"同志，遇到事故的首要原则，是别动伤者。"

他们说话的当儿，那人一边尖叫，一边呻吟，跪了起来，上身前倾，双手撑地，试图起身。

"我们别无选择，"查理回答他说，"拉我一把。"

热罗姆很不乐意地拉了他一把。两人用了很大的劲，才把那个醉鬼扶了起来。然后，他们一人架着他的一个肩膀，走到圣德尼剧院门前，让他靠在那。

"别走得太快，孩子们，"那伤者咕哝着，"弄得我浑身痛！"

热罗姆屏住呼吸，扭头对查理皱了皱眉头：那人身上散发出难忍的恶臭。查理从口袋里掏出手机，对双腿站立不稳的醉鬼说：

"老兄，你得去看急诊。我给你叫救护车。"

那人抬起头，好像盯着天空中的某个点，咕哝了几句，不知道他在说什么。

"好了，我今天已经行了善，"热罗姆生气地说，"我走了，再见。"

他大步走向地铁口，正准备进去，熟悉的警灯旋转着靠近，他回过头：一辆警车刚刚停在圣德尼剧院门口，下来两个警察，把那个醉鬼带走了。查理不用再管他了。

热罗姆耸耸肩，钻进地铁站。

几天后，这件事情让两个朋友发生了激烈的争吵。那天晚上，他们在查理位于玛丽-安娜路的寓所里吃饭。他们要了一个比萨饼，查理吹嘘自己是红酒专家，希望热罗姆好好享受他上周的"历史性发现"；他说的是德罗伯塔-图尔努城堡红酒，产自罗马尼亚东南部，但在北方地区[1]，存放在用美国橡树做的酒桶里发酵。据说，它让许多有名的波尔多红酒制造商都眼红得要命。他们很快就喝完了一瓶，当第二瓶眼看又要喝空的时候，他们说话就口无遮拦了。

"这一两个月来，你变了。"查理有些不客气地说。

"当然啦，我老了一两个月。"

"别拿我的话当玩笑，我是说真的。我觉得你变了，热罗姆——不一定变好。"

"哦，是吗？很遗憾。你能具体说说吗？"

"我首先想到了圣德尼路的那个醉鬼。我至少可以说，你已经没有什么同情心了。"

"哥们儿，我的血管流淌的特蕾莎修女[2]的血比谁都多。你也许接受了输血？"

"没有，我的血管里流淌着自己的血。但那天晚上，我都认不出你来了，热罗姆，真的认不出来了。"

"你想要我怎么样？一个又臭又粗鲁的醉鬼倒在我前面的人行道上，还谩骂去帮助他的人，我都不敢相信自己的眼睛。"

"我理解你，热罗姆。我也讨厌他，但我们还是不能让一个正在流血的人待在零下10摄氏度的地方吧？

而且，正如我说过的那样，这仅仅是一个例子，你还要我再举其他例子吗？上周四，当我告诉你，我父亲因患前列腺癌要动手术时，你无

① 此处为玩笑话。——原注
② 特蕾莎修女(1910—1997)，世界著名慈善工作者，1979年获诺贝尔和平奖。

动于衷，就像我是在跟你说金河谷的剪兔毛俱乐部今年有可能排名最后似的。可这不是小事，他甚至有可能送命啊！如果我再想想，我还能再找出其他例子。不过，我没有列单子，那不是我的风格。有些事也许会让你发笑，你会觉得很无聊，但其实并非如此。其实，哥们儿，让人不开心的是你的态度。一段时间以来，你好像对别人不在乎了，他们发生了什么，不管是好事还是坏事，对你来说都不重要。你好像断绝了与世人的联系。彬彬有礼，和气，但冷若冰霜。"

"好了，查理，我决定了：我选你当忏悔师。我觉得你真的适合当忏悔师。不过，你得去上几节心理课和宗教课，拿个神甫证书，那样，你就可以继续教训人了。我允许你这样做。"

"你看，"查理把两人的酒杯倒满，说，"你对什么都不在乎，你身上好像真的有什么东西结冰了。"

"可是查理，我却觉得越来越热……好了，我承认，这并不是什么太了不起的俏皮话……就当我没说。不过，顺便说一句，你的酒，就其价格来说应该是不错的，但要波尔多的酒商们破产，那还是不可能的——其他地方的酒商也不会破产。"

"哥们儿，别转移话题。你怕继续谈下去了？你短裤里头的东西发抖了？"

热罗姆绯红的脸色突然发亮了：

"哥们儿，我短裤里面的东西不要你管，我自己管理得好好的。我一直管理得好好的，你知道……查理，我突然觉得你真是个十足的道德学家，而且天真得很。可生活不是过家家，你到现在还没有意识到吗？应该自我保护，不是吗？如果不想像社会上的那些傻瓜一样陷入贫困，就要预测未来，保持警觉。就因为这一点你才谴责我，是吗？是这样吗？"

查理露出一丝嘲笑，喝了一口酒，咂着舌头，一副满意的样子，想明确告诉热罗姆，他对德罗伯塔-图尔努城堡红酒的批评没有丝毫作用。但热罗姆说话的方式开始让他担心了，必须设法避开，免得被辱，但他找不到办法。

"这一切都由于那辆旧车。现在事情变得越来越糟。"他最后低声抱怨道，但语气不大肯定。

"哥们儿，你胡说八道！"热罗姆唾沫横飞地说，"你满嘴跑火车！谁跟你说是旧车？不仅仅是旧车，还有鹿角的事，让我损失了20万元，也许更多。那是一个灾难，不是吗？还有……还有……"

他的声音开始发抖，喉咙慢慢地哽咽了。

突然，他一咬牙，让自己镇定下来，两口喝光杯中酒，然后深深呼吸了一口气，眼睛看着天花板，语气十分平静地说：

"我们再开一瓶？"

查理尽管深信他们已远远超出理性的范围，还是站起来（他不得不扶着桌子），走向柜台，拿来第三瓶德罗伯塔-图尔努城堡红酒。他想打开，但双手已经不像刚才那样听使唤了。

"拿过来。"热罗姆命令道。

瓶塞发出一声欢乐的扑通声，脱离了瓶子。

热罗姆倒满酒杯，嘴唇浸了进去。

"我觉得这酒比刚才的好。奇怪。"

查理看到热罗姆重新平和下来，放心了，轻轻地点点头。

两人沉默了一会儿。

"怎么样？"热罗姆问。

"什么怎么样？"

"你把我划到了没有良心的人那边去了，是吗？"

"没有没有，根本没有那回事。"查理信誓旦旦地说，他宁愿砌一晚上砖或给50个婴儿换尿布，也不愿再跟热罗姆争论。不如……

尽管脑子里一团糨糊，他还是开始寻找外交辞令来诚实地表达自己的意见。

"不如什么？"热罗姆又问，游移的目光看着查理同样游移的目光。

"这样吧，热罗姆，"查理摇晃着脑袋，像一匹被牛虻骚扰的马，"我们为什么不下次再讨论呢？我们俩都鸣金收兵吧，我都不知道自己在讲些什么了，你也一样。再讨论下去，我们又会吵起来，弄得两人几个月不说话。我可不想失去你这个朋友。我想你也一样吧？"

热罗姆气恼地说：

"好吧……既然你不想把自己的真实想法告诉我，那我把我的真实想法告诉你吧，这样可以做点弥补。看到我在践行'人不为己，天诛地灭'这一信条，你感到很遗憾。不太光彩，是吗？可是，查理，请睁大眼睛，其实大家都在这么做，只是不敢说而已。例外也不是没有：傻瓜、两三个圣人，可这类圣人我们从来没有遇到过。啊，对了，我忘了经典的例子，就是家长对孩子的无私。很难解释，因为这是繁殖的本能促使他们这样做的，或者是种族延续的本能。母牛对小牛也同样。尽管有这种本能，但报纸上每天都在报道可怕的家庭悲剧，而青少年保护中心却不收留伤残儿童。你其实是在谴责我适应社会。就这么回事。好了，作为朋友，我给你一个建议：哥们儿，学学我吧，这样你会觉得好过一些。"

说完，他满面笑容看着自己的酒杯，朦胧的目光中露出了一道满意的光芒。

查理大笑起来：

"如果我是忏悔师，你就成了说教者，而且是一个滑稽的说教者！"

10分钟后，公寓里鼾声如雷，一个鼾声来自客厅，热罗姆躺在长沙发上艰难地醒酒；另一个鼾声来自卧室，查理在那里做着奇特的噩梦。

两人好几天没有见面，也没有说话。是因为那天晚上的争论吗？说实话，那天晚上的红酒弄得他们头脑糊里糊涂的，后来见面时，谁也没有再提起那茬事，他们好像全都把它忘了。也许他们隐约预感到他们的生活正走向不同的轨道，所以才避免谈论这个话题。

慢慢地，几个星期过去。冬末了，一下冷，一下回暖，春天与冬天在进行拉锯战，彼此不分你我。这种情况已经持续多年，好像从此以后这就成了寒冷季节必须接受的新模式。热罗姆继续在市镇路蒙特利尔老城的咖啡馆工作，并开始跟女老板的女儿交往。女老板是法国鲁昂人，很讲原则，但对他们的事好像睁一只眼闭一只眼。看到她亲爱的女儿跟一个大学生交朋友，她也许抱有一线希望，说不定哪天可以让他成为自己的女婿和合伙人，因为他似乎充满活力，应对能力强，善于跟人打交道。

但到了4月初，热罗姆突然对这工作心生厌倦，而蒙特利尔的天气又阴沉了十来天，所以他决定去古巴休两个星期的假，但之后便再也没有回咖啡馆。

他在一个31摄氏度高温的星期二晚上来到了巴拉德罗，住进一家马蹄铁形状的五星级酒店。酒店周围有一片圆锥形屋顶的仿茅屋，盖着棕榈叶，也许是用来装饰的，也许真的有用。他订酒店的网站向他保证"好玩极了"，并特别指出，酒店是一家西班牙公司管理的。

假期的前几天，他睡懒觉、游泳，在酒店的自助餐厅大吃大喝，在酒店内溜达，在某个露天酒吧停下来，用蹩脚的西班牙语点鸡尾酒，侍应满脸微笑地给他送上来，但他得胡吃海塞无数东西后才有一点点幸福感。

炎热、阳光、放松、穿着泳裤赤脚走到细沙上，凡此种种，很快就像他预料到的那样，在他身上引起了性欲，他必须尽快满足，否则假期会蒙上阴影。而且，由于缺少伴侣，他开始感到单调和乏味。酒店在这个季节所组织的活动不是太有趣，客人大多是退休者，一些宁愿来古巴而不愿去佛罗里达的老年夫妇，年近六旬、想在椰子树下找老伴的单身人士，逃脱手术刀、决定蔑视死神的人，或者是带着孩子的年轻夫妇，他们艰难地试图把新的蜜月与家庭责任统一起来。热罗姆后悔没有再努力一把，说服他的女朋友陪他一起来，结果现在好像只能自慰了。

他开始寻找愿意跟他同床或欢迎他与她同床的漂亮女人。他来来回回走了好多圈，观察了有可能成为他的伴侣的六七个女人，但这些女人都像是从同一个模子里出来的：四十来岁、文员模样，外表有些冷漠或仿佛是来与头痛病做斗争的，同时还努力装出放松的样子。但他很快就发现，自己诱惑女人的本领太差。在一个陌生的环境里（他是第一次来古巴），他觉得自己很笨拙，迟疑不决，不会花言巧语，害怕遭到粗暴的拒绝。确实，他在酒店大堂遇到一个秘书模样的女子，想认识她，便问她："这是您第一次来古巴吗？"对方生硬地回答说："我像是第一次来吗？"然后耸耸肩，大步朝电梯走去。

"谢谢，不要脸的女人，"他咬牙切齿地低声说，"你走了才好。"

他因此情绪低落了一整天，不过，第二天上午，他好像遇到了好机会。

他来来回回游了很多次自由泳，从泳池里出来时，遇到了一个金发女人的目光，她躺在一张折叠式帆布躺椅上，小女儿蜷缩着靠在她身上。那女人对他笑了笑，他也还以笑容，并且走了过去。

"您游得很好。"那女人说。

"啊，没以前游得好，"他谦虚地说，"我现在几乎不游泳了。"

"可您还是游得这么好。你不觉得吗，安德烈–安娜？"

"是的，妈妈，他游得比你好。"

"我能坐在这里吗？"他拉过一张沙滩椅，心里怦怦直跳。

她三十出头的样子，身材高大，微微发胖，面容姣好，其表情特别让热罗姆心动，就像痛苦了很长时间后完全解脱的样子。这种样子，可以在跳水运动员身上看见：就在要窒息的瞬间，他们浮出水面，大口地呼吸。

两人聊起天来，小女孩在母亲身边折腾了一会儿之后感到厌烦了，跳下长椅，跑到小游泳池里，十来个孩子在那里嬉闹玩耍。欧仁妮·梅蒂维埃在麦德龙杂货连锁店当营养师，她住在蒙特利尔，第二天要回国，很高兴在古巴度过一个星期。她觉得时间太短了。

"我太需要了！"她叹息道，但没有具体说需要什么。

热罗姆也简单地做了自我介绍，一边说，脑子里一边在激动地盘算。他喜欢这女人，很明显，对方也喜欢他。如果要加深了解，他们只剩下不到24小时。时间不多，但毕竟比没有好。不过，她带着一个孩子，这让事情变得有些复杂。必须抓紧时间，体面地直奔主题。

"今天下午，我们要去参观一个甘蔗种植园，"欧仁妮·梅蒂维埃说，"您去吗？"

"不去，"他难以掩饰自己的失望，"我想这需要预约登记吧？"

"是的。到了现在这个时间，所有的位置应该都满了。不过，谁知道呢？可以到前台去问一问。您想去吗？"

他并不喜欢集体出行，但丝毫没有流露出来。

"为什么不呢？我去问问。"

他匆匆地向酒店走去。一起度过几个小时将非常有用，白天旅游是晚上交欢的前奏。他太需要交欢了。

"名额满了。"几分钟后，他回来了，失望地说。

"我有预感。"

由于没有任何时间可以浪费了，他便单刀直入：

"您什么时候回来？"

她怪异地笑笑，嘲讽中有点尴尬。

"我想五六点钟吧！"

"我想再次见到您，非常想。晚上可以吗？"他迅速补充了一句，直盯她的眼睛，连耳朵都红了。

她笑了："可以啊，我愿意。不管怎么说，我们是在度假，不是吗？"

他正想抓住她的手臂，突然，小游泳池那边传来一声尖叫。安德烈-安娜从那里出来，在水洼里滑倒了，头碰到了方砖地面上。欧仁妮·梅蒂维埃马上冲到女儿身边。孩子大叫大喊，流了很多血。周围聚集了一小群人，酒店的一个职员跑过来。必须把孩子送去诊所。热罗姆想陪母女俩去，但觉得自己的身份不明不白，于是对欧仁妮·梅蒂维埃做了一个鼓励的手势，便回头上楼换衣服去了，但欧仁妮似乎没有注意到他的手势。

两小时后，他才在大堂见到她们。当时已用过午餐，她们正准备上大巴去参观甘蔗园。安娜的额头上包了一大圈纱布，怯生生地向他招招手，母亲却只对他笑了笑。他觉得这种笑有点漫不经心，甚至有点冷淡。

他感到有种巨大的失望，就像一种强烈的瘙痒症妨碍他集中精力，什么事都做不成，让他恼怒极了。他充满了欲望，与此同时，他又觉得自己就像一个气球，被风一会儿吹到东一会儿吹到西。命运在作弄他，要把他在古巴的假期变成一种惩罚。

他决定出去散散步，去离酒店有五六公里的巴拉德罗。走一走会对他有好处，到处看看可以帮助他打发晚上之前的时间，于是他大步流星地上路了。走了一会儿，他产生了一种奇怪的感觉：三天来，他已经习惯了酒店的生活，旁边总是人来人往，现在，他突然独自一人了，很长时间才有一辆汽车经过，要么是已经褪色的美国旧车，要么是已经生锈的破卡车，用销钉马马虎虎地修理过，冒着黑烟，艰难地设法延长自己的寿命，虽然随时都有可能报废。他用手背擦着额头上的汗。阳光很强烈，热罗姆好像觉得有人用一块烧红的烙铁凑近他脸部，想让他的大脑沸腾起来。他的T恤衫里面好像在蒸小桑拿，汗水似乎汇成细流，沿着他的后背和大腿往下淌。尽管如此，他还是产生了一种幸福的自由感：他躲开了蒙特利尔胶着而阴郁的春天，现在，放眼望去，到处都是欢快明媚的色彩；每呼吸一口，浓郁的香味都充满鼻孔。他放慢脚步，被炎热和这种强烈的新感觉弄得有点昏昏然，想寻找一个阴凉的角落。离巴拉德罗还远得很呢！在十来米开外的地方，他看见有个灰色的木栅栏，下面有点阴影。在那里蹲下来，可以休息一会儿。

突然，远处出现了一辆50年代款式的水星牌汽车，锃亮的柠檬黄，好像刚出厂似的。车子到他身边时慢了下来，有人大笑。

"Pobre crio." [1]一个女人大声地嘲讽道。

眨眼间，车子就已经开出很远。

是在笑他吗？去他的！一定是那些勾引游客的妓女，为了十块钱什么都愿意干。

他走到栅栏跟前，检查了一下地面。地上长着草，短短的，又干又黄——古巴有狼蛛、蝎子和其他乱七八糟的东西吗？——他满意地蹲下来，靠在上面。相比起来，他觉得这里的温度要舒适多了。他闭上眼睛，慢慢地熟睡了过去。睡了10分钟、15分钟还是20分钟，他不知道。

---

[1] 西班牙语，意为"可怜的年轻人"。

突然，他听到有轻轻的尖叫声，这刺耳的声音把他从午睡中惊醒。

"Hola! Señor! A donde va? Quiere subir?" ①

一个老农民坐在一辆驴车上，朝他这个方向摇摆着手。

热罗姆猜到了对方想要他干什么。在这个地方，大家都想从游客身上弄点小小的外快。不过，在目前的情况下，这倒是千载难逢的机会。

他一跃而起，跨过地上的板岩，向驴车跑去。那老农民露出大牙，开心地向他笑着，那牙齿黄黄的，长得很整齐。

"去巴拉德罗？"老农民指指前面，问。那头驴子一只耳朵耷拉着，另一只耳朵竖得直直的，扭过头来，用怀疑的目光打量着这个不速之客。

"是的是的。"热罗姆答道，手伸进口袋里掏钱包。

那老农民假惺惺地推托了一番之后，接受了热罗姆递给他的美元。车子继续往前走。这个驾车人矮小干瘪，但充满活力，好像已年过六旬。他皮肤黝黑，缺乏光泽，布满了皱纹，隐约让人想起栅栏下面的干草。

"有什么样的人就有什么样的地方，一方水土养一方人。"热罗姆心想，但不知道为什么会这样。这一想法让他感到很自豪。是谁这样说的呢？雨果？佩吉？海明威？米隆？不管怎样，现在是热罗姆说的。

20多分钟过去，骄阳如火。热罗姆觉得头上戴着一顶燃烧着的帽子，肩膀都被烤熟了，他感到越来越渴。每走一公里，他都更加庆幸自己遇到了这个赶车人。但他们的交流仅限于微笑和手势，辅之以几个象声词或类似的声音。

渐渐地，路边的田野、灌木丛和树丛让位于木棚、或多或少有点寒酸的农舍和破屋，一群群孩子在四周跑来跑去，也看到了几个成年人。快到城里了。驴车在一个岔路口突然停下来，那里分出一条高低不平的土路。老农民转身对热罗姆使劲比画，不断说着"巴拉德罗"这个名字，想让热罗姆明白，他不进城，但这里离城里已经不远。

---

① 西班牙语，意为"喂，先生，您去哪儿？想搭车吗？"

热罗姆深深地感谢他，跳下驴车，继续赶路，并再次向那个农民致谢，而那个农民则双手围成喇叭状，好像在祝他好运。

走着走着，突然就到了城里。铺石马路，但没有人行道，马路两边是灰色的破屋，屋前有些孩子在家禽当中玩耍。他觉得这地方有些寒酸，急需躲在阴凉中喝瓶冰镇啤酒，于是继续往前走，寻找酒吧、咖啡馆、饭店，不管是什么地方，只要有能止渴的东西就行。他很快就看见右边有家商店，玻璃橱窗很大，好像是家杂货店。他走了进去。里面有几排褪色的货架，非常干净，但好像物资严重缺乏。在一个狭窄的过道上，他惊叫起来：几乎空空如也的货架上显眼地摆放着三瓶"无敌"牌洗涤剂，那是魁北克麦德龙杂货连锁店的一个牌子。它们着了什么魔，怎么会出现在古巴呢？

"No cerveza, señor."①一个半秃的小个子男人不慌不忙地说。他背着手，在柜台后面已经观察热罗姆好一会儿了。

热罗姆又问："Agua mineral？"②

"No agua mineral."③那人耸耸肩，好像表示道歉。

不过，他对热罗姆做了个等一等的手势，离开了柜台，回来时，满脸笑容地拿着一瓶汽水。

热罗姆谢了他，走出商店，两三口就喝完了汽水。汽水太甜了，让他感到更渴，于是他继续往前走，路上遇到几个行人，他们用眼角瞟了他一眼，有的带点儿微笑。大部分人穿的衣服都很简朴，但很干净，也没有破。当他经过一座年久失修的浅黄色小屋前面时，半掩着的大门里突然走出一个老太太，抱着一大捧花，想卖给他一束。但他不需要花朵，而是需要冰镇啤酒。

"有Cerveza吗？"他用哀求的口气问。

---

① 西班牙语，意为"先生，没有啤酒。"

② 西班牙语，意为"矿泉水呢？"

③ 西班牙语，意为"没有矿泉水。"

"Cerveza? Allí Allí[①]!" 她指着马路尽头。

于是他再次弯腰，说：

"Muchas gracias, señora!" [②]

他继续前行。

几分钟后，他高兴得不由自主地大叫一声：马路对面有座一层的建筑，带人字墙，门前空旷，摆着几张金属的桌椅；门口上方挂着一块跟门面一样大的招牌：

EL SOMBRERO A LOS TRES PICOS
萨姆布雷罗酒店

显然，可以在那里喝点东西。他几乎是跑着穿过马路的。

"Cerveza, cerveza." 他轻声地说，高兴得就像抱着遇难船残骸的幸存者看见了救生船。

店里弥漫着浓浓的潮气，但那里有绝好的啤酒，几乎是冰的。他喝了几大口，人都感到有点麻木了。大堂里飘浮着刺鼻的油炸味。眼下，他是唯一的顾客。一个有点过瘦的小个子妇女带着亲切的微笑，问：

"加拿大人？"

"不，我是魁北克人。"他非要说个清楚。

"啊，法国人，法国人。"她最后点了好几次头，好像这是一个好消息似的。

后来，她就没有再跟他说话，而是忙着训斥两个尖叫着从院门进进出出的小男孩。他要了第三瓶啤酒。"慢点，慢点，热罗姆，"他对自己说，"可不要爬着回酒店。"

他伸直双腿，喝着啤酒，浑身舒服得飘飘欲仙。今晚如何结束？啊！千万不要想它。顺其自然吧！跟着感觉走，临时决定。计划往往会让人进退两难。

———————

① 西班牙语，意为"那边那边。"
② 西班牙语，意为"夫人，非常感谢。"

灌下去的这些液体突然需要换个容器。他扫了一眼大堂。

"Los servicios？"① 女老板猜到了他在想什么，问。

她指着一个被一堆塑料椅子半遮着的门。狭窄的厕所里，消毒水在勇敢地与宿尿的臭味做斗争。洗手盆已经裂了，被马马虎虎地补了一下，几滴水往下漏，汇入方砖地板上的一小洼水中。他缩起鼻子，屏住呼吸，尽快撒尿。齐眼高的地方有个小窗户，可以起点换气作用。透过窗户，他看见小巷尽头，两个人站在墙边激动地争吵，其中一人二十来岁，似乎是个游客。

不一会儿，热罗姆回到桌边。他刚刚坐下，女老板就带着两个孩子一脸歉意地朝他走来，比画来比画去，终于让他明白了，由于孩子，她必须离开店里，但热罗姆可以继续坐在露台的桌前喝啤酒。她一边笑，一边道歉，推着两个孩子向门口走去，撑开安放在桌子中央的遮阳伞，拖过一张椅子，请他坐下。然后，她插上门，带着孩子，脚步匆匆地离开了。两个孩子突然不说话了，变得很严肃。

他又喝了几口啤酒，但啤酒的温度已经升高了好几度，不过他已经不渴了。他向四周扫了一眼，正寻思应该朝哪个方向走，这时，小巷里传来了叫喊声。这叫声既不欢快，也不愤怒，但是很悲哀。

他跳起来，推开桌子，半满的酒杯掉到地上摔碎了。回答那叫喊的是愤怒的咒骂声，有人用西班牙语骂人呢！

热罗姆不由自主地走到巷子里，在离那两个陌生人几步远的地方站住。一个四十来岁的男人，脸色黝黑，个子矮小，但胸部如獒犬，面容也像，一手抓住一个年轻游客的衣领，另一手拿着一把刀，强迫对方不许动。

"怎么回事？"热罗姆双手叉腰，大声地问。

在他身上累积了几个月的挫败感爆发了出来，沸腾着，让他鲁莽起来。

---

① 西班牙语，意为"厕所？"

"Socorro! Socorro! ①他想杀我。"那个年轻的游客大喊。

獒犬样的男人冷笑着，仍然抓住那年轻人不放，同时向热罗姆扭过头，转动着拿刀的手威胁他，要他别管闲事，到一边凉快去。热罗姆没有动，身上掠过一道彻骨的凉意，觉得自己的膝盖都软了。这是恐惧，真正的恐惧，说有多恐惧就有多恐惧，到了可耻的地步。但这种恐惧不但没有让他后退，反而让他恨起自己来。结果，他愤怒到了极点，看到墙边有块石头，便冲过去捡了起来。他的手在颤抖，但目光坚定。他用尽全力，把石头朝那人扔去。那人被砸中了，倒在地上。

"快，快过来！"他朝那个陌生人大喊。

他们在马路上会合，然后穿过马路飞跑。

"我的汽车就在旁边，"那人向热罗姆转过身来，脸色苍白，"就是红房子旁边的那辆小本田。"

"别跑，"热罗姆拉住他的肩膀，命令道，"我们不如步行。无论如何不能引起别人的注意，别把警察给引来了。"

那人马上就服从了，调整了自己的步伐。两人默默地走了一会儿，就像两个逛街的人，东张西望，由于炎热而无精打采。

"哎，真要感谢你，"年轻人轻声地说，语调平直，"我想，如果你不挺身而出，那狗娘养的可能就要放我的血了……你真了不起。"

热罗姆轻轻地摆摆手，好像这是小事一桩，不值得一提。其实，第一个为这种行为惊讶的就是他自己，他因此而充满了自豪。

"如果你是我，你也会这样做的。"出于礼貌，他这样回答。

"嗯……可我根本不是打架的料……"

他扭过头，看有什么事情发生。两个男人站在咖啡馆门前，指手画脚在说些什么。

"你看着前面，"热罗姆嘱咐他说，"我们什么都没看见，什么都没做。我们在散步，生活很美好……你叫什么名字？"

"费里克斯·西科特。你呢？"

① 西班牙语，意为"救命！救命！"

热罗姆做了自我介绍，得知这个伙伴跟他一样，也住在伊波罗之星酒店。

"我是跟母亲一起来的，"费里克斯补充说，"滑稽的假期，是吗？"

热罗姆没说什么。两人走到本田旁边。

"今年的新款？"他惊讶地问，"在这里可不多见。"

"这是我母亲的车子。"费里克斯打开车门，只说了这么一句。

他竭力装作若无其事的样子，但坐到方向盘跟前时，他忍不住朝后面看了一眼。

"咖啡馆前好像有一小群人。"他说，似乎有些害怕。

"走吧，我们开车，"热罗姆钻进车子，说，"伊波罗之星，我们尽管去，但古巴的监狱，我不想尝它的滋味。"

本田抖动了一下，轮胎发出轻轻的摩擦声。

"哎，兄弟，慢点！"热罗姆耐心地说，"你赶着投胎啊？想让我们进棺材还是怎么的？"

"对不起。"那年轻人可怜兮兮地答道。

他们很快就来到了热罗姆坐驴车走过的那条路，然后左拐。费里克斯开得很慢，甚至轻轻地吹着口哨，但吹得乱七八糟。热罗姆不时地斜睨他一眼。他算是个金发美男，大方活泼，让人一眼看上去就有好感。但热罗姆却觉得此人有点傻，至少是有点天真，像个被宠坏的孩子。在他面前的是个富家子弟，坐在柔软的丝绒坐垫上经受生活的颠簸？

在这之前，热罗姆一直觉得刚才发生的一切都很正常，事情不可能以别的方式发生。直到汽车穿过伊波罗之星的铁栅门时，他才意识到自己的勇敢行为有多了不起……让一个完全陌生的人摆脱麻烦，这是一件多大的事！他一直为此感到自豪，同时，自己居然这么迅猛也让他感到惊讶，但他隐约觉得有些不安，因为这完全不是他的风格。这是一种发泄，还是某种危机的表现？

"我是不是又产生了另一种小小的压抑？"他突然问自己。

有人拍了一下他的肩膀，把他从沉思中唤醒。

"走，我请你喝一杯。"费里克斯开心地笑着，对他说，"你当之无愧。"

　　汽车在停车场停下，两人前往酒吧。在这个时间点儿，酒吧里基本上没人。几棵盆栽棕榈树在阴影中枯萎，一座凸形的木桥横跨一条在大堂蜿蜒的人造小溪。他们在离柜台不远的一张藤桌前坐下，一个侍应在柜台后擦杯子，两眼无神，好像在打瞌睡。

　　"你喝什么？"费里克斯问。

　　现在，他好像感到很安全，显得十分自在。

　　热罗姆犹豫不决，双臂紧紧地抱着腰。空调让他们从古巴炎热的夏天来到了魁北克清凉的秋天。

　　"朗姆酒，不加冰。"

　　"好主意，我跟你一样。"

　　他转身用西班牙语对侍应说了几句话。侍应猛地从麻木状态中惊醒过来，低头微笑着。不一会儿，朗姆酒就放到了桌子上。两个年轻人开始碰杯。

　　"你会说西班牙语？"热罗姆问。

　　"是的……我经常来古巴。我父母拥有这家酒店的股份。"

　　"哦，是吗？"

　　"这次，"他挖苦道，"我很高兴有母亲陪伴。但大部分时间我是跟女朋友或者是朋友们来的。这要看情况。"

　　热罗姆喝着酒，漫不经心地听着高音喇叭播放的流浪乐队的轻音乐。费里克斯的形象慢慢地在他脑海里清晰起来。

　　"我能问问那个强盗为什么要用刀捅你吗？"他把酒杯放在桌子上，眼睛转向那个正在用梳子梳头的酒吧侍应。

　　"你什么都可以问，"费里克斯笑着说，"因为你救了我的命。"

　　然后，他严肃起来：

　　"由于一件蠢事。我做了蠢事。昨天，我在一家破酒吧里遇到了那个家伙，离你所在的咖啡馆不远。我想找高质量的大麻，他答应低价给我好货，但交货应该偷偷摸摸，因为这种交易在这里的当局看来是违法的，处罚可能会相当厉害。我呀，我这个傻瓜，我竟然同意在那个小巷里交货。他约我晚上10点见面，可我毕竟有所怀疑，所以要求大白天交易。正如你看见的那样，这要好得多……这对我是个教训。"

他从桌面上伸过胳膊，抓住热罗姆的手腕。

"你替我保密，好吗？这事不能让我母亲知道，否则她会杀了我的……对了，她快到了。她一般就是在这个时候到这里来喝鸡尾酒的……再来点儿？"他举起已经空了的酒杯，"这会让你心里平静一点。"

"随你的便吧！"热罗姆答道。

酒刚端上来，费里克斯就抬起头，轻轻地向一个中年妇女摆手。那妇女挺胖的，刚刚来到大堂。

"她来了，"他低声地说，"将军到了……立正！"

他喝了一口酒，然后说："妈妈，"他说着站起来，走到热罗姆身边——这一礼貌的举动让热罗姆吃了一惊——"我给你介绍一下，这位是热罗姆·吕皮安，我在巴拉德罗刚刚结识的新朋友……热罗姆，这是我母亲……弗朗西娜·德雅尔莱……小心，"他开玩笑地补充说，"什么都逃不过她的眼睛。"

弗朗西娜·德雅尔莱耸耸肩：

"你弄得我'名声在外'，"她握着热罗姆的手，"会把你的朋友吓跑的。"

但她笑得很真诚。这是一个中等身材的女人，模样一般，但目光活泼智慧，一头浓密的栗发，其中有几束是金黄色的，一直垂到肩上。她穿着一件棕榈树图案的绸裙，领口很低，品位不敢恭维。她在他们的桌前找位置坐下，并匆匆瞥了热罗姆一眼，让热罗姆觉得费里克斯刚才并没有开玩笑，她已初步对他进行了快速审查。然后，她朝吧台招招手，并没有说话，吧台的侍应马上就拿起几个瓶子弄起来，只听见冰块碰撞的咔嚓声。

"你的衬衣怎么了？"她突然问她儿子，上面的一颗纽扣被拽掉了，"你打架了？"

费里克斯被突如其来的问题问住了，显得非常狼狈，他转身对热罗姆说：

"看见了吧？我对你说过。"

"你对他说什么了？"

"我对他说，我们家实行军事统治：左右，左右，注意！举枪致敬！"

"好了好了好了，我明白了……先生想转移话题。那好，我们就不说这事了。费里克斯，你又遇到什么麻烦了？"

"我不想告诉你，因为我知道你会骂我的，不过现在告诉你也无妨，不管怎么说，我是没办法。事情是这样的：今天下午，妈妈，我在巴拉德罗遇到一件麻烦事，如果不是热罗姆在那里，我也许就要上医院了——甚至有可能进太平间了。"

然后，在热罗姆惊讶的目光下，他把事情详详细细地讲给母亲听了，但没有讲跟那人在小巷见面的原因，而是把事情当作一件普通的抢劫案。

弗朗西娜·德雅尔莱转身问热罗姆：

"您用石头砸他了？"

"嗯……是的，夫人。是这样，他也要打我。"

"是吗？那您还是很冷静的。"然后，她嘲讽儿子说，"你呢，你永远也做不到。"

"我动不了，妈妈，"费里克斯辩解道，"他一手抓住我的衣领，另一手拿刀子顶着我的肚子！我又不是超人！"

她又耸耸肩，嘴唇凑到刚刚放在她面前的圆形玻璃杯中的吸管上，小口小口地品尝起鸡尾酒来，一只眼睛半闭，十分享受。

"好了，我的小伙子们，"过了一会儿，她重新抬起头，"我劝你们在酒店里乖乖地待到假期结束，因为你们不能在角落里结交朋友，这是我的底线。可是，费里克斯，他跟你说了些什么，竟然能把你吸引到小巷子里去？也许他想给你提供什么地址？或者是……"

"哎，妈妈，"费里克斯打断她的话，放肆得让热罗姆感到吃惊，"除非你忘了，我已经是个大人了，成年了，你不能干涉我的私生活。"

她强笑着，没有再往下说。热罗姆好奇地听着母子俩的这番对话，努力掩饰自己的惊讶之情。最让他不可思议的还是当母亲的，他从来没有遇到过这样的女性。她的神态和她的行为举止都让他觉得，没有任何东西能让她惊讶或害怕，别人的规则、习俗或意见，她不但不放在心上，而且一向转眼就忘。这不是卖弄，也不是蔑视，而是她就是这么一个人。就像人生出来就有两只手两只脚。事实早就证明是这样了，她想都不想。

鸡尾酒喝完之后，她马上又要了一杯，然后转身对费里克斯和热罗姆说：

"还要吗，我的孩子们？"

热罗姆刚刚喝完自己的东西，摇摇头，想告辞了。他要努力为晚上保持状态，说不定还要坚持到半夜呢？为什么不？他希望和上午新结识的女子共度良宵呢！总之，梦想对谁都没有坏处。

"我想，您是要去和您的女朋友约会。"弗朗西娜·德雅尔莱开他的玩笑。

"不，夫人，我是一个人来的。眼下是一个人。"

"哦，是吗？很遗憾，可您是一个英俊的小伙子。古巴的阳光给人以很多灵感，总之，别人是这样对我说的。"她装傻地补充了一句。

热罗姆笑了：

"我可不缺灵感。但事实就是这样。"

"那好，如果您没有更好的事情要做，晚上就跟我们一起吃饭吧。您救了我淘气的儿子，完全值得奖赏。1402号套房，晚上7点。我们等您。"

热罗姆犹豫不决。

"对，热罗姆，来吧。"费里克斯坚持道，他也许不想跟母亲两个人面对面吃饭。

"您会看到，在我那里吃得很好：厨房总是给我们开小灶。跟餐厅里的自助餐简直是天壤之别，尽管那里的自助餐也不错，请允许我给自己做点广告。酒管够，要多少有多少。"

热罗姆越来越觉得她庸俗，但这种庸俗很让人喜欢。他接受了邀请，但很快就后悔了：这会让他晚上的计划变得复杂起来。不过，他早点走就行了，不要错过和欧仁妮·梅蒂维埃的约会。这可能有点不合适，但礼貌对这位德雅尔莱夫人来说好像并不是太重要，他觉得她跟她可爱的儿子一样，有些轻率放肆。

他上楼回到自己房间，冲凉，梳妆，换了衣服，然后来到阳台，靠在栏杆上。现在是下午5点。8楼的视线非常好，可以清楚地看到大海和四周。白花花的浪峰总有耀眼的光点一闪一灭，沉重、幽深、有节奏的涛声好像在对他说："我一直在这里，不用着急。"他叹了一口气，肩膀的肌肉放松了，想去酒店给喜欢休闲和晒黑的人提供的长椅上躺一会儿。

他开始想计策，但漫不经心，有点挖苦的味道。他不应该太早去漂亮的欧仁妮那里，这会让她觉得他是丧家狗；也不能太迟，这有可能会被认为是不热情。他着了什么魔，要接受费里克斯母子的邀请跟他们共进晚餐呢？脚踏两艘船，同时追两只兔子，说的就是他这种人，尽管有时真的能抓到两只兔子，这当然开心。但在费里克斯母子这方面，兔子在哪儿呢？事实上，他犯了一个错误，就这么回事。必须尽快纠正。

他站起来，重新倚靠在栏杆上。下面，一群人围着游泳池在互相追逐，一个穿运动服的瘦高个挥着双臂想让他们安静下来。他饶有兴趣地看了一会儿。突然，三四百米开外，一条两边种着棕榈树的漫长道路的尽头，大门的铁栅开了，让一辆黄色的汽车进来。他马上认出来了，那是出去郊游的人从种植园里回来了。这时，他迅速改变了主张，决定打电话给欧仁妮·梅蒂维埃，告诉她他不得不接受别人的邀请去赴晚餐，但晚上9点左右应该就有空了。这既表明了自己感兴趣，也表明自己是自由的。他觉得这办法很好。

他等了一刻钟左右，让母女俩有时间上楼回房间，然后才两手汗水，抓住电话筒。不一会儿，他就听到在电话那头说：

"啊，我正要跟您打电话。"

这个"您"字让他后背一阵发凉。

"出什么事了？"他尽量显得轻描淡写。

"我自己没什么事，但，我不知道是中午吃的三明治的原因，还是她从游泳池边掉下来的原因，我可怜的女儿一直在吐，直到上车回来。现在她有点发烧，直喊头疼。我要带她去医院……"

她喘了一口气，又说：

"遗憾的是，我想我们今晚是不能见面了。很抱歉。"

"没问题。"他只说了三个字。

他身上有什么东西崩溃了。一种深深的失望突然让他心灰意冷。这是怎么了？在他的艳史上他从来没有这样失望过。

"真的太遗憾了，"她接着说，"因为我们明天早上就要离开……"

"那就下次见吧！"他冷冷地打断她。

"我……我真的很抱歉。真的，我……"

她犹豫着，语焉不详。热罗姆没有说话，想找借口挂掉电话，但一时找不到。

"这样吧，"她突然鼓足勇气，说，"如果您愿意，我们可以在蒙特利尔再见……"

"哦，是吗？那就太好了。"热罗姆高兴地说。

"我把我的电话号码给您……您在古巴待到什么时候？"

"我五天后离开。这么说，欧仁妮，回到蒙特利尔，我们也许还能……嗯……我们不要说'您'了吧？"

她笑了：

"我太害羞了，请原谅……你手头有钢笔和纸吗？"

"我什么都有。"

记下电话后，他祝她归途顺利，女儿尽快康复，并尽量掩饰交织于内心的狂喜和惊恐，然后挂上了电话。

"好啦，醒醒吧，热罗姆，"他露出一丝嘲笑，自我谴责道，"你失败了？应该是阳光太烈……而且还禁欲的缘故。"

事情最后并不是太糟：由于看到自己的努力不会立即得到回报，他也许选择了见效更快的一方，可这也让他陷入了前所未有的失望。

"有孩子在身边，根本没法搞？"他嘀咕着回到阳台，"不过，哼，我也不是第一次遇到这种麻烦事……今晚还是豁出去试试，否则欲望难息……况且，我觉得这个年轻的母亲挺不错，魅力十足，也许值得等待。"

"是的，"他内心有个声音在嘲讽他，"你真的相信自己说的话吗？"

他又在长椅子上躺下来，慢慢地睡着了。梦里一场离奇的高尔夫球赛（他从来不打高尔夫）让他低声抱怨起来。他双手痉挛，两腿发抖。突然，海鸥的一声大叫让他惊跳起来，那只海鸟好像碰到了他的头。他心里怦怦直跳，看着它远去，然后看了一眼手表。

"妈的，我要迟到了。"他赶紧跑到房间里，在镜子面前梳了一下头发，匆匆前往德雅尔莱夫人和她儿子的套房里。母亲是酒店的股东，快乐的新贵；儿子呢，显然是个渴望冒险的狂热者。

"小心，老兄，"费里克斯低声说，"我老妈正在发火呢！"

热罗姆想问问他是怎么回事，但他只把食指放在嘴唇上。

"她在客厅里等我们。"他指着进门右边一扇磨砂玻璃的大门，补充说。

他打开门，让热罗姆进去。

德雅尔莱夫人坐在椅子上，双脚搁在一个墩装软垫上，报纸摊开，放在大腿上，一手拿着一杯马蒂尼，另一手拿着一支烟。

"您好，您很准时……这至少是您的一个优点。"她挖苦道。

他欠了欠身，结结巴巴地说：

"我希望什么事都没有……否则我会感到很抱歉的……"

"抱歉什么？费里克斯告诉你了？"

"不，妈妈，我什么都没有告诉他。我想让你自己讲给他听。"

"那敢情好。坐下吧！"她指着一张椅子，问，"喝什么？啤酒？红酒？马蒂尼？朗姆酒？"

她的语气缓和下来，接着说：

"我有一瓶陈年巴旁库尔，我向您保证，没有被虫蛀。"

“那我就喝一点。”

费里克斯走到一个摆满酒瓶的小柜子旁，往两个酒杯里倒了朗姆酒，来到热罗姆旁边坐下，递给他一杯。

“亲爱的热罗姆，您想象得到吗，”德雅尔莱夫人接着说，“我儿子做的蠢事和您的辉煌战绩花了我1800美元。”

热罗姆感觉到她的愤怒如果不是装出来的，至少也是一种表演。

“夫人，出了什么事了？”他低声问，并转过头来。

“热罗姆，您可以叫我弗朗西娜。我希望我们以‘你’相称。熟悉了之后，再用‘您’相称，我觉得如鲠在喉。”

热罗姆笑了：

“好吧。”

“我们在酒店大堂见面后一小时左右，”德雅尔莱夫人说，“一个警官来按我的门铃。显然有人记下了车牌号，打电话告诉警方了。警官要盘问我的爱子。幸亏，他当时正在冲凉。于是，我们争吵了大半个小时。——唉，他纠缠不休！弄得我浑身是汗。——最后，我终于成功地把我身上所有的钞票都塞给了他，他客客气气地走了。”

费里克斯尴尬地看了热罗姆一眼，做了个鬼脸，然后喝了一大口朗姆酒。

“我……揍的那个家伙，”热罗姆声音都哽住了，问，“他怎么样了？”

“情况不好。他在医院里，紧急治疗。”

“能治好吗？”

“我衷心地祝愿他，亲爱的……也许警方夸大事实，想从我这里弄到更多的钱……但你知道，我不想去弄清楚。”

她抽了一大口烟，看着烟圈盘旋着消散在空气里，然后慢慢消失，好像他们刚才谈的事很无聊。

“我丈夫讨厌香烟。他不在，所以我利用这个机会抽个爽快。”

“妈妈，”费里克斯笑着说，“如果他看见你这两天的表现，我想他会跟你离婚的。”

她瞪了他一眼，想回答，但又改变了主意：

"好吧，"她说着站起来，"卡尔拉应该摆好桌子了，我们去进餐。我的羊羔们，你们饿了吗？"

她走向面向露台的落地窗，把它拉开，后面跟着两个年轻人。几个人来到一个几乎要被茂密的爬藤植物淹没的绿廊里，无数砂岩花盆围成一圈，植物纷纷从里面冒出。阴影中放了一张桌子，摆放了三个位置。两支长蜡烛在湿热的暖风中扑动着火苗，一大盘海鲜和刺身在等待着他们。

"嗯……妈妈今晚大排场了，"费里克斯对热罗姆耳语道，"我得说，她可真把你当一回事。"

一个肤色很黑的古巴女孩出现在门口，背着双手，唇边挂着微笑。她穿着酒店的制服和餐厅服务员的花边围裙，但一双漂亮的高跟鞋好像抬高了她的身价。她那种天真的美让热罗姆怦然心动。德雅尔莱夫人用不熟练的西班牙语跟她说了几句话，她便弯着腰，回到里面，出来时拿着一个冰桶，里面放着一瓶香槟。

"今晚，我们香槟佐餐。"德雅尔莱夫人动作庄严地给热罗姆安排位置，说，"费里克斯，要懂得感恩，先生给我们帮了这么大的忙。我在想，我怎么能忍受得了你这样的捣蛋鬼。"

"谢谢了，先生。"费里克斯夸张地向热罗姆鞠了一躬，有点开玩笑的意思，弄得热罗姆不知所措。

晚餐从举杯开始，热罗姆举止得体，显得很谦逊。他担心晚宴时间会拖得很长，其实他多虑了。德雅尔莱动作轻松，说话随便，似乎很开心。她的行为与刚才教训儿子时完全不一样，这种对比让热罗姆感到很吃惊。而且，她好像很会讲故事，肚子里好笑的故事源源不断，有的甚至有点黄，格调不高，许多故事费里克斯似乎都没听过，因为他一直在大笑。费里克斯也争着说话，有时以嘲笑母亲为乐，尖刻地讽刺她，随意数落她，最后让热罗姆得出这么一个结论：他的这个朋友并不像他原先以为的那么傻。晚餐进行得很开心，卡尔拉很快就送上第二瓶香槟。弗朗西娜·德雅尔莱装着漫不经心的样子，不时地打听热罗姆的生活、爱好、接受过的教育和未来的计划。听说热罗姆获得了文学学士文凭，她感到非常吃惊。

"您呢？"热罗姆有点醉了，突然问她，"您肯定也有职业，或者类似的工作，是吗？"

"我丈夫经商，"她回答说，"我尽我的力量帮助他。"

"就像将军帮助士兵一样？"费里克斯讽刺说，"咚咚咚，战鼓敲响了。"

"胡说八道！"接着，她又对热罗姆说，"塞弗林是金融顾问，也负责公共关系及相关事务。古巴的这家酒店，是我的得意之作。我可怜的丈夫没来几趟，八年来好像只来过两次……你又能怎么样呢？他是工作狂，不知道享受生活。哪天他想享受了，也许已为时太晚。呼的一下，人就没了。"

"妈妈，也许你不在的时候他正在享受呢！"费里克斯在使坏。

她瞪了儿子一眼，凶了他一下，然后指着差不多空了的香槟酒瓶，示意他再去拿一瓶。

"你呢，热罗姆，你享受你在古巴的假期吗？"

热罗姆叹了一声：

"我想尽量过得愉快一点，但运气并不总是很好。真的！"

他神经质地交叉着双手，又叹了一声，也许是香槟在他身上打开了平时关着的门，他接着说：

"你们要知道，今晚，我跟一个真的很好的女人有个约会，我说'很好'，那就确实很好，因为我有眼力。不幸的是，她带着小女儿。就在我要到你们这里来的时候，我得知一切都打水漂了，因为她女儿发烧了，而她明天就要离开酒店。"

"这真扫兴，我的孩子。"

"是的，我真想把桌子的边沿都掰碎。"

弗朗西娜笑了，抓住他的胳膊，说：

"这个问题可以解决。"她笑得很怪。

之后，她就没有再说什么。热罗姆很惊讶，但他不敢问。

◆◆◆

他是晚上10点左右离开那对母子的。头晕得很，他决定到海边去走一走，让香槟的酒气散发掉。走向大门的时候，他在酒吧里停下脚步，喝了两杯冰水，因为他渴坏了。

这个时间点儿，沙滩上空无一人。消失在黑暗中的大海一片喧哗，覆盖了别的噪声，诉说着久远的时代与孤独。

他脱掉鞋子和袜子，把它们放在沙滩边给游客庇荫的草棚底下，然后走向大海。他在海浪中走着，浪花涌过来，淹没了他的双脚，有时一直舔到他的腿肚子。

他不时地抬起头，望着无云的天空。无云的天空总是这样，在他头顶布满了神秘而沉默的群星，那里的事情永远如此，千万年不变。

这时，出现了在这种情况下常有的情况：他开始回顾自己的人生。其实，他头脑昏昏沉沉的，根本不能进行这种思考，但事情是强行而来的，支配着他的思想，决定着他的情绪。他愤怒地用脚踢着在他四周翻滚着白沫的温暖的浪花，脑子里产生了一些问题，它们执意要冒出来，讽刺和嘲笑他。他这样会走向何方？没有人生规划，没有牵挂，过一天算一天，满脑子忧虑。20年后他将成为什么样的人？人们会怎么想他？这个"人们"包括他自己吗？微不足道的公民-消费者慢慢地开始影响他，不知不觉把他变成了一个他在街头、地铁、理发店、杂货店，在他所到之处天天遇到的不露真面目的人，一本正经地打发他们单调乏味的日子。如何避免这种如此普遍的不幸？他真的想躲避吗？回到蒙特利尔之后，他将怎么办？当老师？他没兴趣。当记者？得有关系，但他在这方面没有熟人。那还是回去当他的咖啡馆侍应？他想起来就难受。继续上学？四处投简历？投到哪里？又为什么要投？

他突然感到厌烦了，很想睡，植物性消化不良。他转身穿上袜子和鞋子，困得跌跌撞撞，回酒店去。

他头脑昏沉，手指麻木，花了很久才用钥匙打开房门。门终于开了。空气不流通，那都是空调内循环干的好事。他捏着鼻子，走向落地窗，把它开得大大的，然后决定去洗个澡，因为他觉得他的皮肤会黏在床单上。他在热水下冲了很久，感到很舒坦，然后关灯睡觉。

他正在摆弄枕头，想让自己睡得舒服点，这时，电话铃响了。

他冒出一系列不祥的念头：警察来盘问他了；父亲心脏病复发了；酒店着火了。

"喂？"

"啊，您终于接电话了，"是一个女人的声音，"等我几秒钟，我马上到。"

"您……请问您是谁？"

"这是一个突然袭击，"那女人笑着说，"我想您不会后悔的。"

然后"咔哒"一声，对方挂断了电话。

他坐在床沿，瞎猜起来。尽管他认识欧仁妮·梅蒂维埃不久，但他听得出来这不是她的声音：打电话给他的那个女人，有点儿西班牙口音，是个陌生人。肯定是个在古巴住了很长时间的魁北克女人，要么就是住在魁北克的讲西班牙语的拉美女子。突然，他意识到自己赤身裸体，而某人要来房间看他。他打开床头灯，奔向柜子。他刚刚穿上睡衣，就听见有人敲门。

"谁？"他尽量装出坚定的口气。

"是我。"那个陌生女人欢快地答道。

他打开门，惊呆了。

站在他面前的是一个绝色美人：一头金色的长发，满脸微笑，打扮得像明星一般。她身着缎裙，很短，但很合身；一双薄底浅口高跟皮鞋，光可鉴人；袒胸低领里丰满的胸脯骄傲地挺着，漂亮的钻石项链闪闪发光，身上散发出麝香香水的味道。这种过分华丽的美有点俗，但又不完全俗，好像在大声宣称："谁出得起钱我就跟谁！"

热罗姆从来没有跟高级妓女在一起过，顿时不知所措，胆怯地笑着：

"我想，您可能弄错房门了。"

"我想没有。"她回答道，"您叫热罗姆，对吗？那好，我找的就是您。"

她向他走前一步。

"不管怎么样，根据别人给我的描述，我能认出您来。712房间的英俊小伙子就站在我面前。我能进去吗？"

她继续往前走，脸上一直挂着微笑，然后转身把门关上。

"我来给您的假期增添乐趣，"她温柔地低声说，"亲爱的，别担心，公司会支付费用的。"

"公司支付费用？我……我不明白。您的意思是说……"

"亲爱的，我是说，公司负责一切，我负责你。"

说罢，她的左手就向他伸来。

他后退一步，仿佛伸过来的是燃烧的木柴。他满脸通红，思考了一会儿，然后，出其不意地改变了主意，抓住她的双肩，心醉神迷地看着她：

"天哪，如果你愿意跟我做爱，那简直是不可思议。"

"太巧了，"她笑着回答说，"我来正是为了做这事的。"

他抱住她的脖子，吻她的胸，然后把贪婪的嘴贴在她的嘴唇上。

"啊，"她从他怀里挣脱出来，轻声地说，"骑士举起投枪了，很粗啊！会行动的。我能用用你的浴室吗？"

"随便用。对了，你叫什么名字？"

"希尔达。我两分钟后就属于你了。"

热罗姆坐在床沿，轮番看着地毯和自己龟头发紫的刚劲的性器官。他觉得自己是在做梦。弗朗西娜·德雅尔莱用一种非常独特的办法来感谢他。要马上脱掉睡衣吗？可这并不重要。说到底，脱不脱都一样。他把睡衣扔在地毯上，但不想马上就躺在床上，否则会显得傻乎乎的。

希尔达（这显然是个假名）穿着内裤，戴着黑色花边的胸罩。效果惊人，她那种野性的美被衬托得无与伦比。热罗姆又心虚了，轻轻地咳了几声。

尽管从下午开始她就脖子疼，这个妓女还是带着淫荡的美继续朝他笑着。说实在的，她晚上更希望待在家里，但她得让这匹年轻的公马平静下来，人家就是为了这才付她钱的，而且付得不少。他肯定会弄两三次。生活就是这样。但他至少不像有的不得不接待的客人那样让人讨厌。

他们迅速做了爱——热罗姆觉得太快了一点——然后躺在阴暗中聊天。他打听她的生活，这太常见了，答案是现成的。干这个行业，这是避免不了的。可由于他讨她喜欢，所以她撒谎撒得比往常少。

热罗姆并没有弄错，她生在魁北克，在古巴生活十来年了。她毕业于蒙特利尔戏剧学院，在许多戏中扮演小角色，最后才意识到自己对这个行业并不感兴趣。当然，她起初是作为游客来古巴的，但很快就交了好运，由于某些高官，她慢慢地给自己建了一个安乐窝。只要谨慎小心就可以了，有人在后面保护。

"有什么喝的吗？"她在床上伸着懒腰，问。

他什么喝的都没有。她喜欢香槟，他便让人送上来一瓶。他们喝了两杯，然后又紧紧地拥抱。他觉得自己像是在一部美国电影里。

"宝贝，酒吧对你是敞开的，"她抚摸着他的一半屁股，说，"别不好意思。我很愿意跟你做爱。能再给我一点香槟吗？跟你这样的英俊小伙子喝香槟，我就像上了七重天。"

这句恭维话是否真心，他并不是太在乎。快乐压倒一切，而这快乐是多么巨大，因为她是这方面的专家，而且也是一个好伙伴。她身上有种欢快和忧虑，那是看起来比实际年龄年轻10岁的三十五六岁的漂亮女人身上才有的东西。

到了3点20分，他们已经做了4次爱。

"哎呀，你可真累不死！"她满脸微笑，惊讶地说，"我有点困了。你不困？"

说实话，他也开始累了。好好休息一下对他们有好处。他最后嗅了一次她的奶子，吸了吸，然后挨着她躺下来，很快就像一个铁砧掉进海里，沉沉入睡。

第二天早上6点左右，他惊醒过来，床上只剩下他一个人。落地窗半开着，远处传来杀虫剂播洒机的隆隆声。阳台上没有人，浴室里也没有人。

她悄悄地离开了。

◆◆◆

回蒙特利尔之前，热罗姆又见了费里克斯很多次，但只在跟漂亮的希尔达共度良宵的第二天遇到过他母亲一次，简短地说了几句话。他不知道，在酒店餐厅早晨的喧闹中交谈的几句话将对他的人生产生巨大的影响。

"怎么样，热罗姆？昨晚过得好吗？"弗朗西娜·德雅尔莱笑着问，让他脸红得像猴子的屁股。

"很好，夫人，谢谢您。"他结结巴巴地答道，眼睛看着自己的鞋尖，"我正要打电话感谢您……"

他停了下来，不知如何是好，如果说得太详细，会显得笨拙；如果不更加具体地感谢，又显得粗鲁。

"啊，你幸亏没有这么早打电话来，"他的局促让她觉得很好玩，"费里克斯还在打鼾呢！他的酒量可没你那么好。"

"嗯……我并不想跟他讲话，夫人，而是想跟您……总之，非常感谢。"

"好好睡觉，这对健康很有好处。"她带着暧昧的微笑，说，"尤其是对你这样的知识分子来说……所以，有时要采取强有力的办法，你懂的……而且，我觉得你很可爱，况且你还很勇敢，并不是所有的人都能做到的。拿着，"她从手袋里摸出一张名片，递给他，"如果你愿意，回蒙特利尔可以打电话给我。我愿意把你介绍给我丈夫。谁知道呢，也许他能给你找些事干。"

"我会的，夫人。"这时，一滴汗水刚刚流进他的左眼。

看着她轻快地迈着步子朝大门走去，他还以为前一天晚上她光喝水了。

下午，热罗姆在游泳池遇到了费里克斯，费里克斯的态度让他很快明白，这个年轻人并不知道母亲为了报答他的救命恩人而做出的特殊补偿。他跟热罗姆说起他头疼得要命，直到中午才好一点，并发誓以后再也不喝香槟和红酒了，不管是什么酒。他一直觉得没有什么味道，然后，在两次下水的间隙，他给热罗姆描述了一个他已经酝酿了好几个月的计划。只要有父亲的担保，这个计划就可以实现：

"朋友，我想投身于一个很有前途的生意：电子烟。"

"哦，是吗……"

"你不抽烟吧？"

热罗姆摇摇头。

"你抽过烟吗？"

"3年前就不抽了。当时我得了支气管炎，持续了半个冬天。"

"娇气！我13岁就开始抽烟。但4个月来，我少抽了许多。现在，我抽电子烟了。"

"你抽电子烟？"

"是的，我抽电子烟，我甚至可以在这里向你展示一下。可惜，我手头没有烟斗。"

于是，他向热罗姆介绍起电子烟的工作原理来。之前，热罗姆对此只略知一二。和普通烟相反，电子烟没有烟，只有一种像烟的雾，这就是"抽电子烟"这个词产生的原因①。它里面装了个锂电池，这种雾可能包含尼古丁，成分或多或少，或者一点都没有。最重要的是，它没有焦油，而焦油是一种致癌物。

"老兄，对于想戒烟但戒不掉的人来说，它很理想。你可以逐渐减少所吸入的尼古丁的量，但保持原先的吸烟习惯，你懂我的意思吗？餐后一支烟，做爱后一支烟，巨大的激动之后一支烟……关于这个问题，我收集了几个月的资料。这个市场非常大，可以赚很多钱。大家都想戒烟，但大多数人都戒不掉。必须帮他们一把。"

"嗯，好计划，"热罗姆讽刺说，"特蕾莎修女也会同意的。作为一个大麻爱好者，你有很多优点。"

费里克斯笑着反驳说："你别挖苦我。哥们儿，这种烟也将帮助我摆脱大麻，只要我下一点决心。我承认，在某些阶段，我抽得有点多。这让我渐渐地跟现实隔绝了。这可不好……这样，你回蒙特利尔之后，

---

① 在法语中，抽电子烟（vapoter）这个动词来自vapeur（雾气）这个名词。

到我们家里来看一看，我给你看看我买的各种型号的电子烟。我告诉过你，它前景非常光明！"

热罗姆很乐意接受他的邀请。这将给他提供一个机会，进入一个让他惊讶、他一直觉得无法接近的阶层——上流社会。

回到蒙特利尔的第二天，热罗姆便理所当然地去看望父母。早来的炎热让城市摆脱了冰与雪，一眼望去，马路和人行道上到处都是黑乎乎的干了的巨大污迹。他一星期前从古巴寄出的明信片也是同一天到。父母见到他很高兴，很亲切，但也掩饰不住越来越明显的担心。一段时间以来，他们的儿子好像过着流浪的生活。

热罗姆给母亲带了一张恩纳斯托·莱库纳[1]的音乐光盘作为礼物，给父亲的礼物是一瓶橡木陈酿的经典朗姆酒，给马塞尔的是一个用陶土做的魔鬼脑袋，马塞尔还在学校上学，傍晚才回家，而等他回家时大哥已经走了。

母亲想留他吃晚饭，但离开了两个星期，有太多的急事要处理，无法在家里长留，但他答应两三天后再回来。

"儿子，将来有什么计划啊？"父亲站在门口，鼓足勇气问。母亲站在父亲后面，不安的眼神中也可读出同样的问题。

"哦，我眼下有一两件事要做，"热罗姆转过头，"我很快就会告诉你们的。"

告别父母之后，他便匆匆离去。他有一大堆衣服要洗，冰箱也空了，电话录音要处理，许多信要看，而且肯定有许多账单要痛苦地支付，但他首先急于把自己在古巴度过的异乎寻常的假期告诉他的朋友查理。不管怎么说，在一条小巷揍一个家伙，然后和一个能让石头雕像都动心的高级妓女免费度过一晚，这种事毕竟不会天天遇到。还不算麦德

---

① 恩纳斯托·莱库纳（1895—1963），古巴音乐家。

龙连锁店的那个漂亮的女营养师呢！她可能很愿意跟他说说心里的事，每次他打电话过去她也许都会惊叫着跳起来。

那天晚上，查理得加班好几个小时，所以没法去见热罗姆。热罗姆急得要命，查理只好同意在他上班地点附近的一家小饭馆跟热罗姆一起晚餐，就在让-塔龙旧火车站旁边。他可以给热罗姆45分钟时间。

晚上6点左右，两个朋友在让-塔龙路的"比萨比萨"店坐下来。查理祝贺热罗姆在古巴晒黑了，脸色也很好。查理原先涂了发膏的鱼翅头变成了易洛魁①发型，这使他看起来没那么粗鲁，但并不影响他征服夜总会新来的前台女接待员——这是他告诉热罗姆的第一个消息。他们的事情进展得非常顺利。

"你呢？"他盯着热罗姆，问，"如果我没弄错的话，你好像重了一点。"

"哦，是吗？也许是由于香槟喝多了的原因。我喝了不少香槟，你可想而知！"

他一口气把自己在巴拉德罗的历险故事告诉了查理，查理听得嘴都合不拢，一句话都说不出来。这正是热罗姆所希望的，他取得了彻底胜利。

"可怜的朋友，有没有人告诉你，"查理最后终于吞吞吐吐地说，"你……完全疯了？"

"你是妒忌了才这么说，"热罗姆讽刺道，"你妒忌极了，我看得很清楚。我的那位Minute Maid②，你也很想跟她做爱吧？"

"谁不想呢？……问题不在这儿……你有没有想过——有没有想过一秒钟——你冒了什么险？哥们儿，你犯了罪！你为什么要这样做？为了救一个脑子有问题、离不开妈妈的可怜虫，他一有机会就会迅速甩掉你……况且，古巴的监狱可不是五星级酒店，你进去就知道了，想要出来就不容易了……而且，你还想重见那个粗俗的胖女人，我觉得她完全

———————————

① 美国东北部和加拿大东部最强大的原住民。

② 英文，意为"一夜情女人"。

是……盗贼中的一员！"

热罗姆抓住他的胳膊：

"冷静，冷静，查理……我看见有危险，我会跑的。这不就完了吗？"

查理脸色阴沉地摇摇头：

"热罗姆，不管你愿不愿意，你已经受到了牵连。这就好像有人抓住了你的后背，那个女人可以在任何时候把你带到任何地方。"

"你忘了，"热罗姆反驳说，"他的宝贝儿子也跟我一样受到了牵连。"

"并不完全如此，热罗姆，事件中打人的人是你，而他只是个受害者，虽然是一个想买毒品的受害者，但毕竟是受害者。对他来说，这是一件普通的大麻案。而你呢，你可能犯了杀人罪。你想过吗？"

"行了，她好像也这样对我说过的……为了让你高兴，我们这样假设：警方现在被塞饱了钱，他们会消停的，别担心。"

"也许是这样，"查理叹了一口气，"但是，谁知道呢？你说的那个女人也许会要挟你。为什么不会？你知道些什么？你都不了解她，除了她花钱给你叫了妓女。总之，我要是你，我会躲得远远的，逃离这对母子和其他人。对，是的！"

他用劲把叉子叉在最后一块比萨饼上，并用餐刀的刀尖小心地削下比萨饼的皮（他喜欢吃皮），然后三口两口就结束了晚餐。

"我得走了，热罗姆，"他说着站起来，"我忙得要死。想想我跟你说的话。还有，既然你回来了，你也许可以开始给自己找找工作了，免得你思想空虚，胡思乱想。这样还可以改善一下你的财务状况，不是吗？"

热罗姆有点生气地撇撇嘴：他的合理建议已经够多了。两人握了一下手，热罗姆看着查理走远，若有所思，喝完咖啡。

尽管像猪一样熟睡了9个小时，他起床时仍然感到精神紧张，头脑糊涂，牢骚满腹。他穿上睡衣，在房间里走来走去，把东西胡乱地放来

放去，舌头舔着上颚，一副怪样，因为晚上睡得他满嘴苦涩。是因为前一天跟查理争论？他身上好像在进行一场莫名其妙的斗争，他弄不明白是为了什么。

他拖着脚步，走到厨房里，插上咖啡机（这是去年父母给他的礼物）的电源，给自己煮了一杯很浓的咖啡，然后站在窗前，边喝边嘲讽地看着一个邻居在拆临时雪棚，那个破雪棚在寒冷中保护了那辆2001款福特汽车一整个冬天。他还是觉得查理的担心太夸张，要么就是幼稚。那个可怜的小伙子，尽管把头发弄成易洛魁人的样子，却正变成一个性格温和的胖子。再这样下去，他很快就要天黑就怕出门了。

他一直郁郁寡欢，洗了澡，穿上衣服。那个愚蠢的伪君子一直不放过他，败坏了他的心情，而他早上本来都是精神百倍的。他摸了摸钱包，想数数自己还有多少钱（查理说得对，他的存款在逐渐减少），结果碰到了一张纸条，他打开来，是欧仁妮·梅蒂维埃的电话号码。

这时，他头脑里一切都清楚了。

他想尽快见到她。如果她到蒙特利尔之后，曾对他表现出来的兴趣没有消失的话，她自然会打听他的生活、爱好和工作，或迟或早会问他靠什么生活。"啊，"他会这样回答，"眼下，我手头有一两件重要的生意，情况应该很快就会好。"

他不喜欢这样回答，这对他没好处。所以他坚持要让她对他有个好印象，那样，在她的头脑里，这就不是一个普通的做爱故事。换句话说，他对这种事情不在乎，真的！或者，就干脆对她撒谎。可他为什么一定要让她对他有好印象？发生了什么事？在他眼里，她为什么那么重要，他本人也对她有那么好的印象或类似的感觉？……不，不是这样的。不应该这样做。不可能对一个完全陌生的女人有正确的看法，正如不会喜欢一本从来没有看过的书一样。爱，好吧，这话说就说了。这是一个经典的词，给数百万个句子以灵感，让人印了数百万本书，流了成吨的眼泪，让人狂热、战栗、叹息、失眠、决斗、麻木、快乐得说不出话来——数不胜数的蠢事。镇定，镇定，我的热罗姆……一件一件来吧。他觉得她很漂亮，是的，但比她漂亮的人多得是。事实上，他在伊波罗之星酒店看到不少女人长得比她更好看，而且，他觉得并不是全都刀枪不入。还不算自青春期开始他到处都能遇到的小妓女，其中有一些漂亮极了，让他几天都忘不了，甚至在床上都想，一开口就谈那个地方……这时，这个问题又出现了：发生了什么事？难道他吃了春药？人们要他出演特里斯丹和伊瑟①？这类无聊的故事显然都是瞎掰。四五年前，他读过约瑟夫·贝迪埃②改编的这个著名传说，他所留下的唯一印象是，烦闷透顶，丑得要命，弄得他脖子酸痛。他仿佛又看见那对情侣含情脉脉地四目相对，惊讶得像遇到了交通事故，国王马克站在他们背后，尽管一副庄严的样子，但这个被戴绿帽子的人仍然显得十分可笑。可怜的贝迪埃对他的反应应该会非常失望；瓦格纳也根据他们的不幸故事编写了一部歌剧，他会把热罗姆赶走的！但有什么办法呢？这种故事就像在垃圾桶里面发现了一堆生锈的铁钉，怎么能打动热罗姆。

事实上，他唯一的一次恋爱——而且是独一无二的——可以追溯到他17岁，初中快毕业的时候。他心仪的女子（一头漂亮的金色发辫，长及半腰，在她美丽的腰上晃荡）。三个星期来，他们偷偷地吻了几次，交换了十来封情书，但当他想让她陪他去参加毕业舞会时，她却在课间休息时当着大家的面公然嘲笑他。啊，这下贱的女人！他真想掐死她！不过，时机还算不错：那天是星期五，马上就到周末了。他恼羞成怒，把自己关在家里，而且还装病请了两天假。当他回到学校里的时候，好像一切都已被遗忘。他也假装如此。但那个姑娘让他当众蒙受的耻辱，使他之后跟别的女孩交往的时候变得冷漠了。他竭力加以掩饰，采取各种手段和计谋，由此养成了猎人般的谨慎，耐心地潜伏，直到确信能捕捉到猎物才下手。他的策略渐渐产生了作用，他长久地、慢慢地对此加以完善，从失败中学到的东西如果说不比从胜利中学到的东西多，至少也不会少。他与他所瞄准的猎物之间保持着一定的感情距离，随时提

---

① 特里斯丹是亚瑟王传说中的骑士，奉命代表舅父康沃尔国王马克去向伊瑟求婚，却和伊瑟双双堕入情网，被国王马克发现后，他逃到不列塔尼，与伊瑟结成夫妇。

② 约瑟夫·贝迪埃（1864—1938），法国古罗马文献学家，中世纪文学专家。

防，这就减轻了对彼此造成的伤害。

当然，有的时期毫无收获，事事不顺，他好像失去了诱惑女人的本领；也有的时期，没有一个女孩能吸引他，他好像失去了诱惑女人的兴趣。那时，他会回到书中、上网、游泳、骑车远足，晚上在酒吧或咖啡馆和朋友们长聊。但这种时期绝不会持续太久，几个月后，几年后，他终于获得"勾花好手"的名声，而他远远没有不高兴，有时甚至还悄悄感谢那个扎着金色发辫的惹火女子。

但今天上午，他怎么样了呢？处于他最不喜欢的境地。一想到他在古巴某酒店遇到的众多女人中的一人，这个哀求者的脸就一下子红一下子白，浑身颤抖，但在他的脑海里，她的模样却怎么也甩不掉。事情复杂了！如果这仅仅是性刺激那该多好！那种事，他经历多了，可以摆脱，新的可以替代旧的。但事实上根本不是这样。他觉得，尽管当初只是床上的事，现在重要的却不在这里：他需要她帮助他继续生活——或者说，至少是帮助他感到自己的活力。这情形棘手而又可笑。依赖性太强。而其中的根源，似乎不在她身上，而是在于他。比如说，当他离开厨房，去浴室照镜子的时候，问题还是这样，他仍然在想她。如果没有弄错的话，他已经坠入情网，爱上了一个被女儿连累的女人，这女孩就像一窝小狗一样碍手碍脚。"坠入"这个词用得很贴切。创造这个形象的男性或女性一语中的。因为这确实是一种坠落，或者是一种跌落。他正从陡峭的斜坡上滚下来，被石块擦破了双肘、屁股、膝盖，却不太清楚下面有什么在等待着他。

不过，说到底，他打算用来结束年假的这场南美长途旅行还是值得的，但他没钱再旅行了。即使他的经济状况允许，也不能保证那位瓷娃娃一样的妈妈的形象不会受到破坏。这真难以忍受。他产生了一丝愤怒，夹杂着恐惧。他坐在厨房里，面对一杯已经凉了的浓缩咖啡，开始大口呼吸，满脸通红，双手出汗。突然，他站了起来，步伐坚定地走向卧室，脱掉衣服，赤身裸体地平躺在床上，专心地开始自慰，眉头紧皱，争取有条不紊，求得解脱。但快感姗姗来迟，因为他难以集中精神。三四分钟后，他终于发出一声嘶哑的呻吟，两眼无力地看着天花板，与此同时，一道暖流沿着大腿流下来，感觉立即就不爽了。他身体依然躺着，手伸向放在床边的纸巾盒，小心地擦拭，然后闭上眼睛。可就在他正要睡着的时候，内心似乎一阵震动，让他突然坐了起来。

"你真傻，"他低声嘲笑自己可怜，"好像一次自慰就能解决你的问题似的……可怜的小傻瓜。"

几分钟后，他重新穿上衣服，走进厨房，给自己煮了第二杯浓缩咖啡，然后，犹豫了一会儿，去给费里克斯·西科特打电话。

查理·普拉蒙东是在17岁的时候认识热罗姆的。那是一个7月的星期六上午，热罗姆骑自行车经过安大略路时，碾上碎瓶子，车胎被扎瘪了，人重重地从车上摔下来。当他惊魂未定、摇摇晃晃、肘臂上流着血，从地上爬起来时，一辆辆汽车陆续从他身边开过，好像什么事都没有发生一样。这一天，也许是人类团结精神降到冰点的一天。

但这种气氛并没有影响查理，他赶紧向那个不幸者跑过去，临时充当起交警来，然后帮热罗姆把自行车拖到人行道上。

"妈的，我自杀成功了。"热罗姆嘀咕道，从口袋里掏出纸巾，擦去伤口上的血。

尽管他很想装出无所谓的样子，但还是痛得直咬牙。他肘部裂开的伤口有7毫米左右，也许需要缝针。

"你的轮胎被扎得够呛，"查理说，他显然更关心事故的技术层面，"你住得远吗？"

"嗯，挺远的……博比安路31号。"

查理高兴地笑了。

"太巧了，我父亲就在那儿附近的一家车行里工作。他是技师，可以给你修修轮胎，让你可以骑着回家。"

"我身上没多少钱，最多只有两元……而且，我还得去药店买东西，包扎一下我的手臂。"

就在他说话的时候，血大滴大滴地滴到人行道上，灰尘很快就让它的边缘变成了深红色。

"别担心，车行里有急救包，剩下的事再看看怎么解决。"

说完，他就抓住自行车的车把，昂着头，拖着车在人行道上往前走，骄傲得像个大慈善家，为自己的慷慨而自豪。

看到这两个年轻人，诺尔曼·普拉蒙东从一辆吐着白雾的福特汽车里面抬起头来，他惊叫一声，径直朝热罗姆走来。这是一个矮小的男人，但动作敏捷，腰圆背粗，缩着身子，脸色棕黑，老得过早。他步伐奇特，脑袋前倾，好像要扑过去抢什么东西似的。

"朋友，你总有一天会送命的！"他大声地说，都懒得抬头看儿子一眼。

热罗姆来到车行时，白色的 T 恤上有一大块血迹，很吓人。

一个淡黄色头发的六旬老头出现在办公室门口，睁大眼睛，皱起鼻子嗅了嗅，然后嘀咕着走开了，也不知道他在低声抱怨些什么。

5 分钟后，热罗姆的胳膊被消了毒，包扎起来，他的自行车轮胎也正在修补。

"小伙子们，你们到对面去喝杯咖啡吧，"普拉蒙东老爹突然低声建议道，"老板不喜欢车行里有闲人溜达。他能让我修理自行车已经很不错了。"

查理想回答说，他们根本不是在闲逛，但情况不允许他辩解。他只好拉着热罗姆去了马路对面的一家小便利店。

从那时起，事情就变得有趣起来。两个年轻人已经彼此做了介绍，现在互相了解得更多了。查理家就住在附近，伍尔夫路。事故发生时，查理正在替母亲买东西。他母亲是本街区一家一元店的收银员。查理是保守不住秘密的人，他补充说，母亲不喜欢这份活儿，但眼下又找不到更好的工作，只好忍受，因为家里的经济状况不是很乐观：他父亲本来有一家修理厂，三年前破产了，工会把他的最后一滴血都吸干了。工会就是这样。现在，他替一个冷酷、苛刻的老板打工，收入微薄。

"我可以告诉你，那个人，他从来就没有开心过，真的！如果他笑一次，我想他的脸都会裂开两半。他刚才没有追骂我爸爸，已经让我感到很惊讶。也许是你的血迹吓住了他。"

热罗姆听着，试图掩饰自己的惊讶。这是第一次有人坦诚地向他描述小人物的生活。

"你呢，你老子是干什么的？"

"我父亲，"热罗姆纠正道，"他是牙体技师……也就是做假牙的，你明白吗？我母亲是钢琴教师，教古典音乐。"

许多出身优渥的年轻人都娇生惯养，他们的世界观只建立在一些成见和若干没有很好消化的经验上，对生活的看法有时很简单。热罗姆就是这样，他觉得自己面前的这个人来自社会底层的一个大家庭，注定要过一种没有前途的生活，原因很简单，就因为他们缺乏前景，而他呢，他当然属于那些幸运者，命运决定他们必然会成功。

"原来如此！"查理有点挖苦地大声说，"你太幸运了，出生的时候嘴里就衔着金汤匙。"

他们彼此瞪了一眼。

"别夸张了，"热罗姆想装穷，"我们家的房屋甚至贷款都没还清。"

然后，他想起来，两人当中，他才是受惠方。为了表示客气，他马上补充说：

"我敢肯定，你父亲会迎头赶上的，现在只是运气不好罢了。"

"可我却不这么想，"查理叹了一口气，"他一直都那么倒霉。"

说着，他摇摇头，好像想驱赶不愉快的想法，然后站了起来：

"我们走吧？你的车胎应该补好了。"

热罗姆想付钱，但对方不收，说话甚至有点冲：

"不用了，乐意效劳。"

"这瘦高个儿真有意思，"热罗姆想，"我们甚至都还不熟呢。"

自行车靠在车行的一个垃圾桶上等他。那位修理工用油腻的破布擦着手，向热罗姆走来：

"如果是我的厂，我分文不收，"他轻声地说，好像在道歉，"这活儿花不了我10分钟。但这不是我的厂，老板在这里。你得付5元。"

热罗姆脸红耳赤：

"我身上没钱，您能不能等我一下……"

"我借给你。"查理打断他的话，口气中充满了自豪。

"谢谢，不用了，"热罗姆越来越生气，回答说，"你已经为我做得够多了。我骑车去，半小时后就给你们送钱来。"

"诺尔曼！"一个沙哑的声音从车行里面传来，"拿个桶过来！"

"小伙子们，你们自己商量吧，"诺尔曼·普拉蒙东边说边走，然后对热罗姆补充了一句："要到柜台去结账。"

他指了指20分钟前老板的黄头发出现过的那个门。刚好，老板的脑袋又出现了，他朝车行扫了一眼，目光就像警察在犯罪现场的一道手电光束。

查理手里拿着5元钱，大步走向那个人。热罗姆呢，耸耸肩，然后抓住自行车，走到人行道上去等他。

热罗姆对那个破坏他诚信的陌生人感到很气愤，同时也觉得自己不该如此：他怎么能对这样的事情感到愤怒呢？但现在他确实把善举变成了洪水，这洪水再大一点，就会把他淹死在里面。

查理回来了，脸带笑容，一副心满意足的样子，热罗姆也努力地朝他笑笑：

"再次表示感谢，啊……你真的太好了……我回家去取钱，很快就回来。你能等我吗？"

"好吧，慢慢来……我不急。"

他低着头，好像农户面对庄园主。

半小时后，热罗姆气喘吁吁地骑车来到车行。他的善人靠着墙，坐在一块水泥上，合上他已经读了第三遍的《蒙特利尔报》，说：

"没必要这么赶，你的小心脏好像都要从嘴里蹦出来了。"

"拿着，"热罗姆尖声说，"再次感谢。"

他把钱递给查理，想再补充几句感谢的话，突然感到有些生气，于是改变了主意：

"说实话——原谅我这样说——你做得有点太多了……你对所有的

人都这样吗？这种责任感会把你累死的，真的。"

查理站起来，满脸通红：

"我做得太多了？也许，但也有可能是你做得不够。你想过这个问题吗？"

热罗姆愣住了，惊讶得合不拢嘴。两个小伙子默默地对视着，再次狠狠地瞪着对方，然后，转过身，各朝各的方向走去。

坦诚，哪怕有点粗鲁，也是建立友谊的良好基础，也许是唯一的基础。让热罗姆大为吃惊的是，一个月后，梅松诺夫中专开学的那天，他迎面碰到了他的大善人。他反思过自己对那个诚实的查理的态度，感到十分后悔。但由于他没有查理的联系方式，又没有勇气去问查理的父亲，所以他一直后悔至今。

他的反应很快：

"原谅我，查理，"他伸出手去，"我那天对你态度不好。我不知道自己怎么了……也许是因为我肘部受伤……我当时痛死了。"

"应该是我道歉，"查理回答说，"你太宽宏大量了，我说的是真话。"

他们当场和解了，并开始了至今持续了8年的友谊。

查理并没有因此而改变性格，一直想拯救地球及其居民，但他最后也明白了，善举不能太冲动，至少要采取各种策略，让大家觉得没那么张扬，要尽量符合习俗。然而，热罗姆从古巴回来后日子一直过得很潇洒，最后变得像青少年时期那么理想主义。那天上午，坐在"微店"充当职工饭堂的小厨房的圆凳上，对周围的喋喋不休充耳不闻，查理失望地对这个朋友的前途进行了思考。

最近跟他同居的迷人的女前台苏珊娜悄悄地走到他身边，对他耳语道：

"出什么事了，查理？你得知自己得了癌症？"

他惊跳起来：

"没有没有，我健康得很，别担心。"

"忧心忡忡的是你，查理，而不是我。我的大灰狼，今晚约会吗？"她低声地说，"我的心理课9点结束。"

他又惊跳起来：

"你的心理课……你真的在说你的心理课？"他咕哝道，有点吃惊，好像有个大发现。

"是的，我的心理课……我告诉过你我在上心理课吗，查理？没有？不管怎么样，看你的样子，——我并不想伤害你，我想你现在是心理学家很好的研究对象。"

这句话刚好被伯努瓦听见了。伯努瓦是个技师，跟查理一起工作几个月了，这会儿正忙着吃一大块胡萝卜蛋糕呢！

"我一直对他这样说，"伯努瓦有些阴阳怪气，"我敢肯定，他将推动科学的进步！"

小厨房里一片笑声。查理耸耸肩，离开了那里，大步回到自己的车间。不一会儿，他就开始在互联网上搜索了。

"对对，弗雷蒙，若埃尔·弗雷蒙，"不久，他就这样嘀咕道，一副满意的样子，"我想幕后就是那个人……"

当他的朋友热罗姆打电话给费里克斯·西科特时，查理联系了那个所谓的弗雷蒙。他觉得自己应该这样做，他犯错时就常这样做。

热罗姆挂上电话，脸色苍白，脚步蹒跚，走到餐桌边，倒在一张椅子上，背上全是汗。好一会儿，他的头脑都是蒙的。他心里乱得很，情绪急转而下，满脑子都是矛盾的感情。几分钟就这样过去。慢慢地，他终于集中注意力，思考他刚刚得到的消息。

他打电话给费里克斯的目的，是希望能得到邀请，去费里克斯家，这样就有机会遇到弗朗西娜·德雅尔莱，以便核实她曾跟他提过一嘴的工作是否有可能落实。因为他现在非常渴望找到一份工作，不管是什么工作，只要能给他带来一点收益。

电话那头，一个女人有气无力地回答说，费里克斯先生现在不在。"什么时候能回来？"热罗姆问。那个女人沉默了一会儿，显然有些为难，然后问："我能知道您是谁吗？"他自报了姓名。不一会儿，弗朗西娜·德雅尔莱接电话了。

这时，坏消息好消息接踵而至。费里克斯由于健康原因不得不离开了蒙特利尔，但很快一切都会恢复如常，她安慰他说，"热罗姆，他经常跟我提起你，把你当作朋友……我能理解，因为你帮了他大忙。"但说到这事，她突然压低声音，接着说，事情在古巴不太妙。前一天，有人告诉她，绑架他儿子的人因伤重不治身亡。

"不过，你千万不要担心，"她连忙补充说，"局面掌握在我手里，或者说，"她有点讽刺地说，"我口袋里有的是钱。不管怎么样，那就是等待那些混蛋的命运，你知道……他们或迟或早都会死于非命……对这个地球来说，这并不是什么太大的损失。我跟你私下里说说，这样甚至能让景色更美……而且，别忘了，你是在救人，可以说这是正当防卫，是吗？因为那个流氓，正如你所说的那样，正准备攻击你呢……总之，你表现得很勇敢。不管怎么说，事情就是这样，我就是这么看的。"

奇怪的是，这事好像让她高兴极了。

"谢谢，夫人。"热罗姆回答说，声音轻得几乎听不见。

他转身看着洗碗槽。他亟须喝杯冰水，但不敢中断电话。

"很高兴你能打电话来，热罗姆，"弗朗西娜·德雅尔莱接着说，声音还是那么愉快，"因为我正想找你。"

"哦，是吗？"

他慌乱中有点害羞，但很开心。

他们约好下午3点见面。弗朗西娜·德雅尔莱似乎永远都那么精力充沛，她再次安慰热罗姆说，完全不用担心古巴的事件有什么变化。

热罗姆双手撑着桌子才站起来，他走到洗手池旁边，接了一杯水，然后又是一杯，但他的精神远远没有振作起来，头脑反而更乱了。这种冰凉的感觉扩散到他的喉咙里。这是死亡的寒冷，他以人们能够想象出来的最粗暴、最原始的方式让别人走向了死亡。

他回来重新坐下，掌心在塑料桌子上留下了闪亮的印痕。这是一个杀人犯的手印。现在，他已经属于那个可怕的族群，人们在报纸上经常看到其代表。

"我是个杀人犯，"他大声地说，"我杀了一个人。"

他产生了一种从未有过的痛苦，它并不全都来自罪恶感（因为，说到底，他的行为不是故意的，而且，是为了帮助别人），更多是来自一种彻底的、无法弥补的孤独。他已经永远成为一个"边缘人"。有多少人属于这一类？除了军人（但那是一种职业，而且，他是个和平主义者，一直蔑视这一职业），这类人很少。当然，这是比较而言。如果把他们全都集中在同一个地方（他想象在一个光线灰暗的平原上，密密麻麻有一群沉默的人），每个人都会是孤独的，孤独得就像生活在一个荒凉的星球上。因为他让另一个人失去了人所能拥有的最宝贵的东西，唯一重要的东西。人其实只能做出两种绝对的行为：给人以生活，剥夺他人的生命。

这种令人窒息的印象也许会慢慢地减弱，他最后与某人分享自己的秘密，这会让他轻松一点，但在他自己看来，他已经改变了事情的性质，自己的一部分变得连他自己都感到陌生了。

突然，他又想起了欧仁妮·梅蒂维埃。他还怎么敢出现在她面前？失业还可原谅，可现在他是个杀人犯！

他翻来覆去，想了好一会儿，目光定定的，咬牙切齿，突然，他失控了，砰的一拳，猛击在桌子上。水杯跳了起来，掉在地板上，水一直流到厨房中央。

"够了，"他大吼一声，站起来，愤怒得满脸通红，"难道我因为想救一个小傻瓜就得断送性命吗？"

他看了看表。如果楼上的女邻居还没有去上班，她应该会觉得他疯了或者喝醉酒了。

不能再这样继续下去了。在下午3点见面之前——和另一场约会之前，天哪，是的，另一场约会，精神绝对应该放松下来。

提到醉酒，他突然灵机一动，来到食品储藏室，蹲在下方的一块隔板前，他在那里存放了几瓶红酒和烈酒。他拿起一瓶干邑，那是父亲送给他的圣诞礼物。他拿起仍躺在地板上的酒杯，酒杯并没有破。他倒了半杯酒。4分钟后，他拼着老命把它喝光了。克洛德–奥斯卡要是看见他像喝药一样喝掉这瓶昂贵的干邑非气坏不可。酒很快就见效了。他双腮麻木，目光模糊，跌跌撞撞地走回自己的卧室，趴倒在床上。20秒钟后，他就睡着了。

后来是电话铃把他吵醒的。他把手伸向床头柜，拿起电话，但在说话之前，他高兴地发现，虽然他喝得酩酊大醉，但并没有像往常那样口干舌燥。这么说，他还清醒，可以去赴约。

"喂？"他声音沙哑地"喂"了一声。

"妈的，我吵醒你了？"查理惊讶地问，"你病了？"

热罗姆慢慢地清了清嗓子，然后欢快地回答说：

"没有没有，这是因为我起床后就没有跟任何人说过话。我正在看书。"

他扫了一眼手表，发现才12点45分，不禁松了一口气。

"你在看什么书？"

"你不会感兴趣的，是给有文化的人看的。"

"见鬼去吧！……如果我向你展现我的学识，你会妒忌死的……是这样，我两分钟后就得回去干活，我就不绕弯了：今晚必须见面。"

"不一定哦。"

"不一定？"

查理的声音中流露出失望。

"明天可以吗？你为什么想见面？"

查理犹豫了一会儿，然后说：

"我想让你认识一个人。"

"你现在开始管我的感情生活了？太客气了，但我自己能对付。尽管如此，还是要感谢你。"

"用不着，以后再谈吧，我得挂电话了。那就明天见。"

说完，他就挂了电话。

热罗姆坐在床沿，摩挲着头发，打着哈欠，做了几个鬼脸，想松弛脸上的肌肉，然后，他长叹一声。跟查理聊了几句让他感到好受了一点，几分钟内，他好像又变成了得知那事情之前的他。这么说，只需让自己忙碌起来，心中的愁绪自然就会散去。这不正是查尔斯·狄更斯用来与他周期性的忧虑做斗争的药方？他所喜欢的那位作家担心，那种忧虑会把自己逼疯。反对非正义的英勇斗争给狄更斯以启发，让他写出了一系列恢宏而粗犷的作品。如果治好了他的焦虑，人类就会大大受益了。

他痛痛快快地淋了一个冷水浴，半小时才结束——冷水像鞭子一样抽打他，让他重新打起精神来。他吃了一个鸡肉三明治，喝了一杯蔬菜汁，检查了一通自己的衣橱后，觉得要去买几件衬衣，因为他觉得现有的衬衣多少都有些旧了。那天，必须穿得无可挑剔。缺钱？他有信用卡。信用卡发明出来就是派这用场的。

他坐地铁去了圣卡特琳娜路的"时尚之翼"，买了两件高级衬衣，一件是丝绸的，另一件是亚麻的，透支了198.12元。他穿上丝绸衬衣，把换下来的旧衬衣塞进皮公文包里（他觉得提着皮公文包去见面更严肃）。花了这么多钱以后，就不得不节约了。西科特-德雅尔莱夫妇住在皇家山喀里多尼亚路27号，这个住宅区以隔篱著称，它明确区分了不同的社会阶层，把周围的贫困街区挡在了外面。如同蒙特利尔的大部分中产阶级人士一样，他对皇家山跟对南极一样陌生。地铁小心翼翼地避开它，好像是出于害羞，也许是因为尊重。这个富人区里的家庭，每家都起码有三辆汽车。

他手表的指针指向了14点15分。应该尽快找到最便宜的方式前往目的地——同时也要考虑到自己的仪表。他双手冒汗，掏出手机，非常幸运，几乎立即就接通了蒙特利尔交通运输公司的咨询服务电话，一个女职员有点懒洋洋地告诉他，离目的地最近的地铁站是"阿卡迪"。剩下的时间去那里刚好，然后，从地铁站打出租车去西科特-德雅尔莱夫妇家。

14点55分，他喉咙发紧，按响了门铃。这是一栋两层的砖房，很大，隐约有点皇家风范，矗立在波特兰大大街的角落。门马上就开了，来开门的是一个年轻女子，身材高挑苗条，面带青色，模样俊俏，像是被拉长似的。她向他微微欠身，默契地一笑：

"是吕皮安先生吗？"她轻声地问，略带猜疑，操着南美西班牙语的口音。"大家都在等您呢！请跟我来。"

她重新关上沉重的大门，一个如此纤瘦的人与那扇如此沉重的大门形成了奇特的对比，热罗姆尽管紧张，也忍不住笑了。

他们走进一个四方形的大厅，大厅里铺着厚厚的暗红色地毯，挂着水晶坠子的分枝吊灯灯光明亮，有一点炫耀的味道（尽管除了他们俩这里一个人都没有），热罗姆觉得这与他坐下来等人的地方不协调。"女主人有点俗，"他心想，"喜欢摆花架子。"

他又恢复了自信。

他原先以为人家会在一个豪华的客厅里接待他，那里有巨大的壁炉，还有一架谁也不会去弹的钢琴。让他惊讶的是，那个年轻女子走到大厅尽头，推开一扇门，通过一条走廊，来到房屋的一角。这一部分从马路上是看不到的，而且它有自己的门口。

不一会儿，他走进一个表面上非常一般的房间，房间的大部分都被金属文件柜占了，用来采光的是两扇装着窗栅的大窗户。德雅尔莱夫人坐在一张写字台后面，面对着一台电脑，见到热罗姆，她抬起头来。

"热罗姆先生，"她高兴地大声说，"你很准时啊。我太高兴了。谢谢，阿尔玛，"她转身对那个年轻女子说，"我待会儿会喊你的。"

阿尔玛点点头，款款离去。

"坐，热罗姆，"弗朗西娜·德雅尔莱指着一张椅子对他说，"我的干女儿很可爱，是吗？"

热罗姆出于礼貌点点头。"可爱"这个形容词在他脑子里一下子没有与这个虚弱的、近乎不存在的年轻女子挂起钩来。

"而且很机灵，真的……她是5年前和家人一起从哥伦比亚到这里来的。政治避难。当然，我说的是他父亲，也许还有他儿子，长子。搞不清楚……他们想告诉你自然会告诉你。"

"在哥伦比亚生活不容易。"热罗姆没话找话说。

"在哪里生活都不容易，朋友，不要被外表蒙住了眼睛。"

她带着善意的微笑，盯着热罗姆看了一会儿，然后脸色有点不高兴地叹息道：

"我今天是想让你见见我丈夫，可是不巧，他刚刚有要紧的事匆匆离开了，我都不知道他什么时候会回来。"

热罗姆差点要建议改天再来，但又怕这会有奉承之嫌，于是只装出遗憾的样子。但他的担心很快就变了对象，他现在更担心的是自己举止不妥。他一下子架起腿，一下子又放下，轻轻地咳了一声，眼睛盯着废纸篓。

"不管怎么样，"弗朗西娜·德雅尔莱接着说，"最坏也就这样了……我和塞弗兰在大部分项目上是独立运作的。我们结婚27年了，你知道……"

然后，她双肘支在办公桌上，身体前倾：

"热罗姆，我想再跟你说一遍，你在古巴给我的印象相当好……我觉得你像是个精力充沛、勇敢、处事能力强的年轻人，据别人说，"她有点戏弄人地微微一笑，补充道，"你并不讨厌在生活中乐一乐。"

"夫人，像您这样客气的要求，"热罗姆有点脸红，回答说，"我很难拒绝。"

"我太不希望你拒绝了，亲爱的，"弗朗西娜·德雅尔莱笑着说，"酬劳几乎是一样的。"

他觉得这回答太庸俗了，但努力露出真诚的微笑。

"我们谈谈正事吧！你到这里毕竟不是来听我说俏皮话的。我本来很希望你也能见到我丈夫，不过，我已经跟他说过你，他知道我嗅觉很灵。那我现在就把我们想让你做的事情详细告诉你。剩下的事，他会跟你商量解决。我们需要一个人……"

热罗姆做了个手势，打断她的话：

"夫人，请原谅……"

"说吧，请叫我弗朗西娜。"

"弗朗西娜，我现在就必须告诉你……那天，您对我说您丈夫是财务顾问。而我呢，您知道，对数字笨拙得很。如果你们想找一个……"

"这没有任何关系。事实上，我说得更清楚点吧，塞弗兰是个……压力集团成员。你知道是什么意思吗？"

"当然，"热罗姆有点自以为是，回答说，"每天只读报看电视就行了……代表公司向政府陈情？"

"对了……这是一种职业……很难，需要有很多计谋、耐心——还有直觉。"

"我可天生不擅长做这种事。"热罗姆冒失地说。

弗朗西娜笑得有点尴尬：

"这，我可有点怀疑，你想想啊……在你这个年龄……不管怎么说，我跟你谈的是我丈夫的职业。我还是让他自己向你解释他对你有什么期望吧！不过，我现在就可以告诉你，如果你接受我们想交给你的任务，我们给你的待遇你不会不满意的。我们这里可从来不吝啬，不像一般的家族公司。"

热罗姆的忧虑已经差不多消失。如果有人问他生活得怎么样，他会回答说："激动人心！"尽管弗朗西娜·德雅尔莱提供给他的消息有些模糊，但他觉得自己的运气来了。他立即就想到，自己可以向欧仁妮·梅蒂维埃递上漂亮的名片了。他产生了一种愚蠢的狂喜，很想跺脚，但最后还是成功地保持了冷静，脸上不动声色，挂着淡淡的微笑。

"夫人，谢谢您对我的信任，"他努力克制自己微微颤抖的声音，"我希望……"

"叫我弗朗西娜。我的名字叫弗朗西娜，亲爱的。叫我'夫人'我会不高兴的。"

热罗姆笑了，甚至都愿意去吻她的手。

弗朗西娜站起来：

"一两个小时后我应该就会有我丈夫的消息。你能把你的电话号码留给我吗？写在这张纸上吧……塞弗兰晚上会打电话给你的。等等，我让阿尔玛送送你。"

他看着她，又开始忧虑起来，目光在无言地询问。

"有什么不对劲的吗？"弗朗西娜惊讶地问。

"嗯……那家伙……巴拉德罗的那个家伙……他真的……死了？"

弗朗西娜耸耸肩：

"是的……让他见鬼去吧……你想想，警方就这件事一直纠缠到这里……说什么引渡，一大堆类似的蠢话……我不得不再次掏钱。不过，现在，事情真的彻底解决了，别再想它了，就像这事从来没发生过一样。能答应我吗？"

他努力地吞咽了一下，充满信心地回答说：

"我答应。"

弗朗西娜通过内部电话喊叫养女，一直站在她面前的热罗姆不安地看着她。她略微皱皱眉，有点不耐烦了：

"热罗姆，还有什么事吗？"

"费里克斯……他知道吗？"

"亲爱的，费里克斯在波蒂奇戒毒呢！他还得在那里待好几个月……对他来说，这是一个艰难的决定，但他已经没有选择了，真的……不，他什么都不知道。我觉得在目前这种情况下，跟他说这个并没有什么好处。"

热罗姆感到自己的声音十分虚弱，很后悔问这个问题。

他搭出租车回家，在车上，他不得不与第二次狂喜做斗争，这次斗争的性质不同，它强烈得让他有些失控。不一会儿，送他回家的海地年轻司机就感到惊讶了，后来还生气了，因为这个客人老是用脚踢椅背。他转过身，温柔地说：

"哎，朋友，你是在太阳马戏团工作的吧？你是想保持健美，是吗？"

"请原谅，先生。"热罗姆显得很尴尬，脚马上就停下来了。

"朋友，我并不是坏人，我向你保证，我甚至都不忍心杀死一只苍蝇。为什么？因为我想所有的人都有活着的权力——总之，我母亲一直这样教育我，我外婆也是……不过，说真的，"他笑着说，"你弄得太用力了，朋友，这可不是新车，你知道，它已经开了7年。你能想象吗？现在，它已经是个老太太，要好好爱护它了。"

"我真的很抱歉。"热罗姆感到越来越不好意思，告诉自己一定要多给司机一点小费，这也许也是他说这番话的用意。

10分钟前，轻飘飘好像不存在的阿尔玛给他叫了出租车，两人一边等车，一边有礼貌地聊天时，女主人喊她了，那个年轻女子只得匆匆离去。他站在门厅里，看着马路，一会儿支着这条腿，一会儿支着那条腿，时间一分分过去，越来越乏味沉重。几小时前，弗朗西娜·德雅尔莱告诉他巴拉德罗悲剧的结果时，他曾经很担心，现在，这种模糊的忧虑感又出现了，慢慢地淹没了他日常生活中的参照点。工作日、他所处的这个地点、他来此的原因，凡此种种都变得苍白了，淡去了，在一种晕眩中消失了。这个杀人凶手将再次在那面该死的镜子前照见自己，他将从多种角度看见自己。他被自己吓坏了，千方百计想让自己消失。"千万不能让他出现！"他心想。

他必须像查尔斯·狄更斯那样，采取行动。这是自我拯救的唯一办法。他拿起手机，找到欧仁妮·梅蒂维埃的电话号码，拨了过去，丝毫不知道要跟她说些什么。

回答他的是一个彬彬有礼的声音，但没有感情色彩。一个十分忙碌却又想把事情做好的女人就是这种声音。

"我是欧仁妮·梅蒂维埃，我能帮您什么忙吗？"

"欧仁妮，我是热罗姆·吕皮安。原谅我在你工作的时候打搅你。我不会占用你太长时间。我想打听你的消息，知道我们是否可以……"

"热罗姆！你好吗？我今天早上还在想你呢。"

她的声音立即变了，让热罗姆心里充满了快乐。收藏家发现了珍奇物品，猎人眼看就要猎到珍贵的猎物就这么高兴。这么说，这并非海边的一点点调情，假期结束就一切都烟消云散了。他们简短地说了几句话（欧仁妮确实忙得要死），爽快地约好晚上7点在她家见面。

他刚挂了电话，还沉浸在遐想中，阿尔玛就神出鬼没地重新出现了，指着马路：

"您的出租车来了。"

他对她微微欠身，一句话都没说，几乎是跑着钻进车子，对司机说："先生，德塞尔路，5207号。"好像这是胜利宣言似的。

司机已经不再唠叨了，和气地对各种事情发表意见，关于魁北克及其季节，关于蒙特利尔（"朋友，这是一个安全的城市，我不是乱说的：我表弟在底特律开出租！"），说他的客人大部分都很有礼貌（"他们都很慷慨，尤其是魁北克人，我在想这是为什么。"），也谈起同样严肃的别的话题。热罗姆出于礼貌"嗯""哦"地回答他，都是一个字，纯粹应付。兴奋慢慢地平静下来，代之以战略性的思考。夜色已经降临，几乎可以肯定会做爱（当然，前提是小安德烈-安娜没有生病或受伤，并同意在晚上11点之前睡觉）。

不过，如果事情做得太急，十有八九不能持久。纯粹的性行为，就像阳光下的雪，化得很快。那应该采取什么办法呢？必须准备三四种策略，见机行事。因为，开始做爱的时候非常像打仗。但他没有准备任何计划。没有退路。突然袭击？设法迂回？他什么主意也想不出来。他跪在那个女人面前，像一个傻子。他觉得自己唯一的需要，就是扑向她。他心急如焚，同时，眼泪也冒出来了。真该死。这么久没有来过了！激动人心，却又让人害怕。他越想越深陷其中。

热罗姆的沉默让司机感到惊奇，他朝车内后视镜扫了一眼。"这小子，看起来不像有料的人……但愿他有钱付车资。"但5美元的小费马上就打消了他的担忧。

回到家里，热罗姆不知做什么好。为什么他的快乐总伴随着这种愚蠢的忧虑？为什么想到要和一个漂亮的女人过夜会让他处于这种状态？该死，该死，为什么他不能像正常人一样？

幸亏，查理在录音电话留的言让他很高兴。

查理刚从"微店"打电话给他，话显得特别多：

"热罗姆，"他深思熟虑，严肃地说，"今天中午，我第一个午餐，想独自一个人在小厨房里，因为我有重要的事情要告诉你——这事跟你的性命有关。是的，老兄，你的性命，一点都不夸张……在这方面，我甚至要给你一个建议。这个建议是经过长时间的思考刚刚想出来的。啊，我已经想象你正在跟你那类傻瓜一样发牢骚……所以，我不想跟你面谈，宁愿给你留言。这样，你至少不会动不动就打断我……好吧，我就讲事了。"

他清清嗓子，然后紧张地轻轻咳了一声：

"热罗姆，我想让你见个人……他能让你重新找到方向，因为你现在已经找不到北了——我提醒过你很多次了——你的生活失控了，这一点，你不能否认。我当然为此很担心，作为一个真正的朋友应该为此担心。热罗姆，那个人是一个心理学家。我去看过她三次（请原谅我不详细告诉你原因），她给了我很大的帮助。她叫若埃尔·弗雷蒙，是一个'康复'专家，这很重要。她的老师是莱奥纳尔·奥尔的学生，而莱奥纳尔·奥尔是心理疗法的创始人。你一定知道'复苏'是'新纪元运动'①最大的成功之一。'复苏'救了无数人，热罗姆，如果你愿意，它也可以救你。"

热罗姆关了电话录音，脸上出现了两团红印，嘴唇往下咬得很紧，预示着雷霆与闪电。

"他这是怎么了？抽了太多的大麻？需要拯救的应该是他，正如他自己所说的那样。"

他发现查理虽然笨手笨脚的，说话却一语中的，心里就更来气了。在一场激烈的讨论中——尽管美好的未来刚在他面前展开——他不是被迫承认，从某种角度来看，他的生活早就偏离了方向？首先是有可

---

① 又称"新时代运动"，是一种去中心化的社会现象，起源于1970—1980年西方的社会与宗教运动。该运动所涉及的层面极广，涵盖了灵性、神秘学、替代疗法，并吸收世界各个宗教的元素以及环境保护主义。

能——现在是理论上的，但谁知道将来会怎么样呢？——被牵涉到一件杀人案中。

他拿起手机，发疯似的拨着一个电话号码。

"喂？"是查理的声音。

"是我。"热罗姆冷冷地说。

"啊，你好……听到我的留言了？"

"当然！老弟，你听好了。两件事，首先，我很快就要有一份让你羡慕得要死的工作；第二，我今晚跟一个漂亮的女人有约。所以，尽管我应该尊重你，但你的'复苏'，让它见鬼去吧！"

电话线那头沉默了一会儿。

"你的反应完全正常，"查理平静得让人吃惊，"我第一次的时候也是如此。"

热罗姆气得满头大汗，对着电话大声地说：

"只是，老弟，对我来说，第一次，同时也是最后一次。所以，行行好，别再拿你的蠢话来烦我了，OK？"

"随你的便，"查理强忍着，说，"不管怎么说，吃亏的是你。不过，还是抽时间想想吧。现在，请原谅，我要去干活了。这事我们以后再谈。"

热罗姆迈着大步，在厨房里来回走动。

"他妈的，"他愤怒地一手抓住自己的头发，一边嘀咕道，"他着了魔还是怎么的？这可怜的家伙，以后不能再跟他交往了……"

必须改变主意。气愤不能败坏了这个眼看将永生难忘的日子。这时，他的手机铃声"新浪"①响了起来。

"我是塞弗兰·西科特。"一个深沉而刚硬的声音，"说话方便吗？"

"方便，西科特先生。"热罗姆急忙回答。

他的腋窝马上变成了小水洼。

（别忘了今晚约会之前换件衬衣。）

---

① 几年前在美国非常流行的音乐。——作者注

"今天下午您见到了我太太。您有时间跟我聊聊吗？"

"当然有，先生。悉听吩咐。"

但想到这有可能耽误他今晚与欧仁妮的约会，他的衬衣上很快就出现了两块深色的汗渍。

"谢谢您。"那个深沉的声音回答说，"我在谢尔布鲁克路的里兹-卡尔顿酒店。您知道在哪里吗？"

"当然知道。"热罗姆从来没有进去过，但知道戴高乐、丘吉尔、席琳·迪翁都在那里下榻过。

"您可以来342房间吗？嗯……半小时以后？"

"没问题，先生。"

"不会太急吧？"

"一点都不。"

"很抱歉这么急让您赶来，可我今天很忙——事情还没做完呢……那就待会儿见。"

热罗姆关上手机，又看了一下手表，然后失望地看了一眼自己的衬衣：已经见不得人了。

他脱下衬衣，跑到浴室里，用香水喷了一下腋窝，然后换了一件新衬衣，决定在皮公文包里再塞进一件，以防不时之需。这一切都是在10分钟之内完成的。

"幸亏有很多出租车去那个方向。"他走下通往大街的楼梯，心想。

塞弗兰·西科特进了套间，走了几步，然后突然停下来，转着脑袋，左右不断地嗅着，眉头紧皱。尽管威士忌的香气还留在他的鼻孔里，他还是捕捉到了一种可疑而讨厌的味道。

"这里有香烟的味道，奥利维埃。"他扭头对一个秃顶的小个子男人低声抱怨道。奥利维埃目光活跃，跟在他后面，刚刚在身后关上门。

奥利维埃深深地叹了一口气，好像主人刚刚向他指出的问题他更讨厌。他迅速上前几步，打开一扇窗，然后又是一扇，接着又打开空调。塞弗兰·西科特恼怒地看着他，但看到自己的意志这么快就得到了实现，他也有些满意。

他讨厌香烟及所有可能影响呼吸的东西。这种厌恨来自1977年拉瓦尔大学法学院的新生训练。那年，新生处强迫法学院92个不幸的新生不惜一切代价地挤在一间最多只能容纳20个人的房间里——有的人不得不以奇特的姿势压在别的同学身上，每个人都被迫抽一支新生处慷慨地提供的"吉卜赛"牌香烟，然后要发音准确地齐声同唱《云雀，可爱的云雀》，直到组织者完全满意为止。

这一活动持续了38分钟。6个学生吐了，3个学生晕倒了，还有一个（当然是个胆小鬼）被送进了医院，不过当晚就出来了。在整个训练过程中，塞弗兰·西科特一直躲在床底下的一个角落里，呼吸着难闻的烟雾，左手被一个同学的脚后跟压着，头紧紧地靠着一个正在与恐惧做斗争的同学胸前。那场训练让他永生难忘，甚至让他产生了幽闭恐惧症的倾向。

"里兹–卡尔顿酒店的服务以前不是这样的，"塞弗兰·西科特又抱怨道，"我的客人5分钟后就要到了……没时间换房了。"

奥利维埃说："我已经不是第一次建议你租同一个套间。无论如何，你知道那里的气味是什么样的。"

"你有没有想过，在里兹–卡尔顿酒店租一个月的套间要多少钱？吓死人！"

奥利维埃没再说什么，但苍白的薄嘴唇上浮现出一丝微笑，似乎在说，在他看来，对普通人来说是巨款，对另一些人来说可能只是九牛一毛。

塞弗兰·西科特在一张大办公桌后坐下来。这是帝国时期风格的桌子，以镶嵌工艺细腻著称。他从总是随身带着的公文包里拿出一些纸张和资料，放在面前，然后又扭头四处闻着，一脸不高兴的样子。一阵轻咳很快就让他的肩膀抖动起来。

"这种难闻的味道是散发不出去的，"他抱怨了一声，"奥利维埃，加大风量。"

"老板，我已经调到最大了，"奥利维埃在隔壁房间里说，"要过一会儿。"

然而，他在门口探头过来，问：

"要不要让他们给您送杯咖啡来？"

塞弗兰·西科特点点头。

几声敲门声好像很快把奥利维埃变成了一股空气，在随后的会谈中，他没有发出任何动静。

塞弗兰·西科特前去开门，他试图让自己的声音热情一些，但没有完全做到：

"是吕皮安先生？谢谢您来得这么快……请再次原谅我直到最后一分钟才约您……我这两天忙得可怕，如果您知道……还有，我得向您承认，"他强笑着补充说，"我太太跟我讲述了关于您的情况后，我有点急于见到您。"

"您太客气了，先生，谢谢。"热罗姆结结巴巴地说，自从踏进这家豪华酒店起，他就觉得自己像个叫花子。

"请坐吧！"塞弗兰·西科特把他让进房间，指着一张椅子，自己则坐在客人对面的一张长沙发上，身体前倾，双肘支在大腿上，带着专注的微笑，看着对方。热罗姆红着脸，干笑着，不知所措，在椅子上如坐针毡。

这时，塞弗兰·西科特显得非常激动，脸上出现了非常严肃的神情：

"吕皮安先生，我首先要感谢您在巴拉德罗那个不幸的事件中表现出来的勇敢，"他用缓慢而深沉的声音强调说，"如果没有您，我那个可怜的儿子可能已经入土三尺了。"

热罗姆决定打谦卑牌，他做了个手势，意思是说他不过是做了大家在那种情况下都会做的事情。

"在那些地方，"塞弗兰·西科特接着说，"大家都知道，事情很难办。情况您了解，我也完全知道……而且，当然，请相信，对于给您造成的麻烦，我很遗憾，非常遗憾……不过，现在，一切都解决了，我太太已经跟您说了……非常感谢。"

这时，他的脸放光了，好像有一道灯光打在他脸上：

"想喝点什么？咖啡，红酒，矿泉水？咖啡？好的。我让他们送上来。"

话音刚落，就听到有人在轻轻地敲门。

"来了。"

咖啡端了上来，带着大酒店惯常的那种讲究。之后，一切都加快了节奏。几分钟内，热罗姆口述了自己的简历，他持有蒙特利尔大学的文学学士文凭，但也对许多领域感兴趣（科学，包括政治学）。他爱好外国文学（当然是翻译作品，除了英语）——如果这能有什么用处——3年前，他在"美洲听写"竞赛中得过一等奖。

"您擅长写作，对吗？"塞弗兰·西科特显然很高兴，"很好，非常好。"

他喝了一口咖啡，眼睛半闭，若有所思。

"我太太跟我说您不抽烟，这是真的吗？"他把自己的杯子放在桌上。

"我不抽烟。"热罗姆回答说，他有些惊讶，"这重要吗？"

"对我来说很重要。我不喜欢香烟，它简直是谋杀。"

他又端起咖啡杯，送到唇边，喝了一口，然后放回杯子，用脚尖轻轻地磕着地板。

一个决定马上就要做出。热罗姆看着他，脚踝滚烫滚烫的，蜷缩在鞋子里。他甚至都没问问究竟是什么工作。"啊，"他突然对自己说，"幸好我带了一件换洗的衬衣。我像落汤鸡，浑身都湿透了。"

"是这样，吕皮安先生，"西科特重新抬起头，说，"我在寻找一个能独立工作、充满活力、能写文件的人，当然是用法语写，但也要会一点英语。不管怎么说，我们毕竟是在美洲，不是吗？至于有没有经验，这不重要，只要他肯学。"

"我可以向您保证，"热罗姆半开玩笑地回答说，"我学得很快。"

之后，他觉得情况越来越荒谬，于是问：

"西科特先生，究竟是什么工作呢？"

"我在找一个……秘书，必要时，他也要能够充当联络员。您知道，吕皮安先生，我是压力集团成员，但事情都是互相联系的，我有时要做许多事。"

"您的压力集团为谁服务？"

"我将来会一一跟您细说的，这是一个比较复杂的职业。"

"所以他才雇佣我？"热罗姆暗地里想。

他难以克制自己的喜悦——心里一阵狂热，让他大为惊讶——突然想起了欧仁妮·梅蒂维埃，他急于想再见到她。

"如果您对我提供的工作感兴趣，"西科特说，"我将试用您一下。起初，我将雇佣您……起草信件之类的东西吧，行吗？因为我必须承认，尽管我是律师，但写作从来不是我的强项……不瞒您说，事实上，我甚至有点讨厌它。"但他马上又补充道："可我对擅长写作的人充满敬意。您用电脑写东西吗？当然，您这一代人从小就懂得信息技术，而我们这些老人家不得不在晚年的时候才学，有时急得直挠头。对你们年轻人来说，这就像鸟儿飞翔那么简单，是吗？现在……"

他直起身体，轻轻地靠在沙发上，姿势慵懒，好像要谈一件不重要的事情：

"年轻人，您有条件？"

热罗姆被问得措手不及，愣住了。

"暂时年薪5万元，您看可以吗？"

看到热罗姆的眼睛发亮了，西科特淡淡一笑，接着说：

"不过，工作时间可能会有变化。大部分时间，是每周35个小时，但可能会有急事、特别的事情。那时，您就要像我一样，不计时间了……"

"非常适合我，先生。"热罗姆努力用坚定、从容的口吻回答说。

西科特站起来，向他伸出手：

"那好，朋友，就这样说定了。明天上午9点到我位于喀里多尼亚路的办公室来。现在，我必须送您走了，我有个客人马上就要到。"

热罗姆身体摇摇晃晃，好像走在云雾中一般。就在他正要离开的时候，西科特叫住了他：

"你的公文包……热罗姆，你忘了公文包了。"

"啊，见鬼！真的。"热罗姆赶紧走回来，尴尬地要从椅子旁边拿起公文包。他的新老板看着他，笑着挖苦道：

"现在我们可以以'你'相称了，是吗，热罗姆？在一个团队里，把'您'这个字扔到垃圾桶里去吧！"

"是的，当然，照您……嗯，照你说的办。"

"照你说的办，塞弗兰。"

"照你说的办，塞弗兰。"热罗姆红着脸重复道，"那就明天见。"

西科特等门关上后，把眼睛贴在猫眼上，确认热罗姆真的走了。当他转过身来时，奥利维埃也重新出现了。

"哎，兄弟，你怎么看？"

"老板，我认为你的运气很好。他似乎一点都不傻，恰恰相反，但他又有点天真，这有助于你慢慢培训他——加上他头上悬着达摩克利斯之剑，这就更容易了……"

"那把剑是橡胶做的，"西科特答道，"不过他不知道。他做了我要求他做的那件小事之后，万一他哪天知道了，也已经不重要了。你不觉得这事很有趣吗，嗯？"

奥利维埃笑着点点头，见老板跟他平起平坐地说话，他有点受宠若惊。说到底，他为他效劳才11个月零一个星期，但他已经向老板清楚地证明了自己的忠诚。

晚上6点左右，热罗姆又回到里兹-卡尔顿酒店的大堂，他跟欧仁妮·梅蒂维埃约好7点在这里见面。但在这之前他必须换第三件衬衣（天哪，难道他得了黄热病？他这辈子从来没有出过这么多汗！），然后买瓶好酒（他总不能违背习俗，空手赴约吧），最后准时到达乌特尔蒙的盖尔伯路159号。他看到一个侍应，便打听洗手间在哪，然后进去换了衬衣，重新回到大堂，天真地（这里毕竟不是假日酒店）把一个两元的硬币塞到一个五十来岁的门童手里。这个门童一副总督派头，威严地一挥手，招来一辆出租车。

10分钟后，正好是交通高峰时段，他下车来到圣卡特琳娜路的"多翼"综合楼，那里有烟酒协会的一家分店。

"我马上回来，"他大声地对司机说，"等我一下。"

7分钟后，热罗姆手里拿着刚买的酒，继续前往乌特尔蒙。一场事故造成27分钟的交通大堵塞，警车闪着警灯，警笛远远在他们前面吼叫。出租车司机谈起了他的孩子们的前途（三个儿子、两个女儿）和他太太的病。他太太是皮尔莱斯服装厂的裁缝，下班后还要上法语补习班。热罗姆努力保持冷静，因为他无法再换衬衣了。7点14分，车子穿过了富豪区。中途，他打电话给欧仁妮，通知她说他会迟到一点。他对她说，自己刚刚遇到一件大喜事，急于告诉她。

"先生，到目的地了。"司机满意地看了一眼计价表。虽然开了很长时间，但结果毕竟还不算太坏！

热罗姆付了车资（小费再次给得很大方），下车后便在人行道上疾行，手里提着酒，心怦怦直跳。

欧仁妮住在楼上。那是一栋很漂亮的砖房，离马路边有些距离，设计跟周围马路上的大部分建筑差不多，属于后维多利亚风格，但装饰要朴素一些，这正是某些上升中的中产阶级所喜欢的。

一棵已经发芽的老枫树在盛夏季节给屋面遮挡着阳光，门前有两道石阶，木栏杆精雕细刻。

热罗姆慢慢地走上通往楼上的室外楼梯，小心不让自己再出汗，然后按响了门铃。斜方格的玻璃大门里面挂着平纹细布门帘，里面传来装着弱音器的小号声和钢琴声。这时，他脑子里冒出一个问题，他很惊讶以前怎么从来没有想过这个问题：欧仁妮是离异、寡妇还是单亲母亲？在某些领域，目前十分流行当单亲母亲。

他来不及多想，门就开了，欧仁妮满脸笑容地出现在门口，显得前所未有的漂亮，与此同时，一阵急促的脚步声走近来：

"是谁呀？谁？"是一个孩子的声音。

"宝贝，我跟你说过，是热罗姆来看我们了。你还记得他的，是吗？"那年轻女子弯腰对紧紧地靠在她大腿上的安德烈–安娜说。小女孩盯着来访者，怯生生的目光中充满了问号。"进来，请进。"欧仁妮带着默契的微笑对热罗姆说，"你的来访可是一件大事……"

她都不相信自己这么会说话。

小女孩咯咯笑着，激动地跑开了。

"把外套给我吧？"欧仁妮说。

手轻轻地碰了一下，加上温柔的目光和半闭的眼帘，这些都告诉热罗姆，今晚确实不会让人失望。

趁她挂外套的时候，他走进宽敞的大厅，里面的家具都是现在重新时髦起来的北欧风格。

"你家里很漂亮，"他试图用熟悉和放松的口吻说，（但一个问题不断地回到他的脑海：她女儿什么时候睡觉？）"你在这里住很久了吗？"

"我是两年前买的这栋联体屋，"她边回答边走到他身旁，"在我离婚之后。哎，过来坐啊，跟我讲讲你刚刚遇到的不可思议的事。你喝什么？红酒、啤酒还是马蒂尼？"

"是迈尔斯·戴维斯①演奏的吗？"他指着他们面前的高保真组合音响问。那套音响是桃花芯木和抛光过的钢做的，具有最少派艺术②的那种美。

"是的。你爱好爵士乐？"

"啊，稍微了解一点，可谁不知道迈尔斯·戴维斯呢？"

他们漫不经心地闲扯，彼此都勇敢地搭话，就像两个假装认识许久的陌生人。

---

① 迈尔斯·戴维斯(1926—1991)，美国爵士大师，多次引领新的音乐潮流，囊括了九次格莱美大奖。

② 20世纪50年代以美国为中心的美术流派，属于抽象表现主义的直接后裔，力图将造型语言精练化、纯粹化。

"对了，"她又问，"你喝点什么？"

"我要点红酒。"

"那天，我发现了一种很好的红酒，西班牙产的，皇玺红酒——如果你喜欢有橡木味红酒的话……别担心，"她笑着补充说，"我不会把杂货店卖的酒塞给你的，尽管我在麦德龙工作。"

"那就要皇玺。"他大声地说。

她灵活而优雅地转身离开了客厅。热罗姆在一张椅子上坐下来，伸长双腿，深深地呼吸了一口，露出了微笑。厨房里传来酒杯碰撞的叮当声，伴随着轻轻的歌声，歌声中散发香味，让他肚子咕咕地叫。小女孩在隔壁房间嘀嘀咕咕地说着什么，好像已经忘了他的存在。事情进展得非常顺利。La vita è bella! ① 他觉得这个欧仁妮比以前更美了，头发挽在后面，露出了她漂亮的椭圆形脸蛋。她既简单又讲究——一点都不像大家所说的那种乌特尔蒙的赶时髦女人。而且，她的目光平静、明亮、自信，给人以安慰。在伊波罗之星酒店游泳池边曾留给他的那种落魄的印象已完全不见踪影。显然，那天晚上两人都处于诱惑模式。剩下的事情，那就看着办。这种随意性让他感到惊讶。他这是怎么了？几个小时前，他还像疯子一样苦苦挣扎，深受折磨，"需要她才能继续活下去"。他到底爱不爱她？以后再说。想到要进行一场两人都热切盼望的交欢，"成了他生活中心的美女落难者"形象便破灭了。

欧仁妮回来了，步伐轻盈，端着一个托盘，上面放着一瓶红酒、两个圆酒杯和一碟冷餐。

"好了，"她把盘子放在咖啡桌上，说，"给我讲讲你发生了什么事。"

她在他对面坐下，两人碰了碰杯。热罗姆满意地咂咂舌头，然后开始讲他的故事，差点一口气讲完。

"妈妈！"突然，安德烈–安娜大叫起来，好像有人用匕首刺穿了她的手，"什么时候吃饭啊？我饿了！"

①　西班牙语，意为"生活是美好的"。

"宝贝，到客厅里来，这里有好东西吃。我们5分钟后吃饭。"接着，她又低声地对热罗姆说："她像个来自幼儿园的饿鬼，胃口大得很。但我想她只是为了引起我们的注意而已。"

安德烈–安娜走进来，手里拿着一本要涂颜色的图画书，站住脚步，用谴责的目光久久地瞪着热罗姆。

"我能看看你的画册吗？"热罗姆亲切地说，觉得此时应该问这个问题。

她慢慢地摇摇头，一本正经地说：

"这是私人的东西。"

热罗姆笑了，小女孩似乎对他的反应很高兴，也跟着笑了，然后走过来，把手伸向冷餐碟：

"妈妈，橄榄辣吗？"

"不辣，宝贝，一点都不辣。来，也拿一块奶酪脆饼干，你喜欢的。"

"啊，太遗憾了，"热罗姆开玩笑说，"最后一块了，我也想吃。"

"妈妈会再给你做的。"她直视他的眼睛，回答说。

她一口吃掉奶酪脆饼干和橄榄，然后转过身坐在地上，翻起图画书来。

"告诉我，"热罗姆问她，"你几岁了？5岁？"

"我下个星期就要5岁了。"安德烈–安娜自豪地说，好像这是了不起的大事似的。"妈妈，我的绿铅笔用完了。"

"我明天或后天去采购东西时给你买。"

进入她们的亲密圈，热罗姆感到很温馨，而这还仅仅是开始呢！他高兴地想着，心里一阵得意。

"这么说，"欧仁妮向他转过身来，继续聊天，"你明天就要从事压力集团的工作了？太酷了。你会遇到各种各样有趣的人的。"

"啊，你完全可以想象得到，我不会明天就成为压力集团的专业人士。我首先得学习，熟悉这个行业，证明我自己……谁知道呢？也许一星期后他们就把我扫地出门了……"

"可我对你有信心。"她回答说。

她的声音平静而严肃，让人感觉到它已远远超过职业能力的范围。热罗姆得意扬扬，同时也有点担心。

但他的心已经不在这里。

"蓝蝴蝶可以这样吗？"安德烈-安娜把翻开的图画书放在他膝盖上，问。

左边那页的正中，有只蓝色的蝴蝶，张大尾巴，正在逃离一只还没涂上颜料的小西班牙猎犬。

他看了一眼，寻找着合适的回答。

"我不知道，但总的来说，蝴蝶画得很漂亮。"

他不想像和蔼的大叔跟小孩玩，尽说些乏味的话，但不这样他又能怎么样呢？

"今天上午我在学校里涂了颜色，"小女孩突然变得话多了，"米丽亚姆对我说，不可能这样的，没有蓝色的蝴蝶，这太难看了。米丽亚姆和大家一起嘲笑我，可她的图画得不好，一点都不好。而且，我在电视上看到过好几次蓝色的蝴蝶。我是说真正的蝴蝶，而不是动画片里的蝴蝶。"

"不管怎么说，重要的是要好看。再说，我好像不久前也在电视上看到过。"

"啊，是吗？什么时候？"

欧仁妮看了看表，站起来宣布说：

"上桌了。热罗姆，你能把酒端过去吗？"

晚宴进行得十分愉快。如同有钱人家里一样，一个传菜的小窗口得以让菜从厨房传到餐厅。随着酒瓶渐渐浅去，热罗姆越来越殷勤，主动提出帮助女主人。欧仁妮慢慢地熟悉和放松了，最后终于同意让他帮忙。安德烈-安娜勉强地吃了两三分钟后（"你知道得很清楚，妈妈，我不喜欢鸭子！"），便离开了桌子，回自己房间一边等甜点一边看光盘去了，欧仁妮和热罗姆的谈话马上就变得更随意了。

"我觉得你非常漂亮。"热罗姆走到她身后去拿碟子时，突然对她这样说。他吻了一下她的脖子，问："你邀请我今晚在这里过夜吗？"

她抬起头，调皮地笑着说：

"你这个样子，我肯定没办法让你走了。"

他们的嘴唇刚刚贴在一起，热罗姆就看到安德烈-安娜一动不动地站在门口，一副指责的样子，看着他们。他们接吻的时间比他期望的还要短。

"可以吃甜点了吗？"孩子轻声地问，声音有点尖酸。

"安德烈-安娜，能吃的时候我会喊你的。"母亲尽量保持耐心，回答说。

不过，她的语气马上又缓和下来：

"宝贝，过来……热罗姆，我们过去吧？"

"好的。"

吃完甜点，他们回到客厅。安德烈-安娜用怀疑的目光久久地看着热罗姆，在一个角落里坐下，拿出一个平板电脑，发出噼噼啪啪的怪声。但是很快，她就开始打哈欠了，咧着嘴揉揉眼睛，让热罗姆高兴坏了。

"宝贝，我想该睡觉了。去穿上睡衣，洗漱一下。对热罗姆说声'晚安'好吗？"

"晚安。"她咕哝了一声，眼睛甚至都没有看他。

"我去去就来，两分钟。"欧仁妮转身对热罗姆说。

她拉着女儿去了浴室。

半开半闭的门里面马上就传来了水声和孩子的叹息声，母亲正匆匆地给她洗脸。

"我不洗澡了？"安德烈-安娜惊讶地问。

"宝贝，今晚不洗了。我有客人。"

"你搓得太用力了，妈妈。"

"对不起，小宝贝，我会当心的……可你怎么会把自己弄得这么脏的，你说说？把脚伸给我。"

过了一会儿，呻吟代替了叹息。这种快速洗脸法弄得小女孩很不高兴，她对什么都嘟嘟囔囔地发牢骚：肥皂水流到眼睛里了，睡衣太旧太难看，她的那份甜点太小了，等等。

"爸爸喝酒你不喜欢，"她突然抱怨道，"可是你，你一整个晚上都在喝……"

"安德烈－安娜，爸爸是每天晚上都喝，而且他喝得很多，可我……"

门关上了，热罗姆听不到下文，但这种亲密的景象他非常感兴趣，让他心情大好。他轻轻地以华尔兹的节奏哼起《欢乐颂》，情色的场面在他脑海里翻滚。

突然，他感到肚子一阵痉挛，全身一凉。"是的，"他合上湿漉漉的双手，心想，"我明天就要开始新的工作了，我得配得上这份工作……真的配得上，否则……"

他深深地呼吸了一口气：

"好啦……会过去的……我要独自对付……说到底，我并不是随便什么人……你不是随便什么人，热罗姆·吕皮安！你不是……"

一扇门开了，传来光脚走路的声音，然后另一扇门关上了。妈妈去安顿她的小宝贝了。到时间了，啊，是的！《欢乐颂》又响了起来，前所未有的欢乐。热罗姆倒在椅子上，晃动着双腿，眼睛看着天花板，耽于声色，陷入遐想。

突然，欧仁妮出现在面前，脸上的微笑既灿烂又紧张。

"她睡了。"她低声说，"四五分钟后就会睡着。"

她走过来，坐在他所坐的椅子的扶手上。

"在她这个年龄，精力太充沛了。"她叹了一声，伸出一只胳膊，放在椅背上。

他向她抬起头，暧昧地笑笑：

"今晚，我感到自己也精力很充沛。你呢？"

他开始抚摸她的大腿，然后一只手伸进她的裙子。她顺势坐在热罗姆的膝盖上，两人疯狂地紧紧拥抱起来。

"不不，不要在这里，热罗姆，求你了。"她一边推开他，一边对他耳语道，"要等一等，她还没有睡着，我敢肯定。"

他往后仰起身子，大声地呼吸着，她则站在他面前，目光不安，两颊因情欲而通红。她整理了一下头发和衣服。

两人对视了一会儿。热罗姆轻声嘲笑道：

"我都快要喷发了。"

"你知道我在想什么吗？"

她走了几步，脑袋伸向女儿的房间，然后回到热罗姆跟前，一根手指放在唇前：还要几分钟，之后就一切都好了。

"吃点什么吗？"

"为什么不呢？可以打发时间……"

他又深深地吸了一口气，然后笑着说：

"尝尝我带来的酒好吗？是1988年的'蒙特科马'，不错的……如果你喜欢'里帕索'的话——而且年份很好。"（他有时喜欢晒一晒他的小酒馆侍应的知识）

他们去了厨房，但并没有开酒，热罗姆在她耳边甜言蜜语，挑逗她，她笑了，很快也以同样的热情来回应他的抚摸。

"等一等，求你了，"她突然挣脱开来，说，"你把我刺激得太厉害了。"

她低着头，笑着，跟一个她并不十分了解的男人发展到这种程度，她觉得有点不好意思。

他用贪婪而温柔的目光包围了她，开始抚摸她的头发：

"你很漂亮，漂亮得让人都不愿当教皇……"

她扑哧一下笑了：

"啊，第一次有人这样恭维我……天主教色彩这么浓！不过，认真想想，我觉得你去当红衣主教比跟我在一起更适合。"

但热罗姆一时冲动，继续热情地说：

"在巴拉德罗，如果那天我错过了你，与你擦肩而过，那该是多大的灾难啊！"

"话别说得这么早，"她晃动着食指反驳道，"你也许会失望的。"

她的声音中好像有一种不安的东西。

他摇摇头，抱住她的双肩：

"不可能！但我看着你的时候，我就……我双腿都站不稳了！好啦，让我们喝点吧！"

他颤抖着手，打开瓶塞，她拿来酒杯，两人开始小口小口地喝起来，眼睛充满欲火地看着对方。过了一会儿，她去女儿房间扫了一眼，然后轻手轻脚地回来，示意热罗姆跟她走。

他们走进一个宽敞的房间，里面有张深色的维多利亚风格的大床，与家中的现代布置很协调。床头柜上有盏陶瓷台灯，散发着蓝色的幽光，空气中弥漫着茉莉花香。"这女人，她做了精心准备。"热罗姆开心地暗笑着。

他们二话不说，迅速脱掉衣服，扔在地毯上，像饿鬼一样扑到床上。他们做爱时没有语言，动作准确而猛烈，几乎可以说是粗鲁，折磨了他们许久的饥渴得到了满足。要是维罗纳的那对诚实的情人①看见，一定会大惊失色的。不过，他们很快就结束了。两人蜷缩在一起，恢复了正常呼吸，有点惊讶地相看了几眼。由于快活，目光都有些迟钝了。

"很棒。"她轻声地说。

"可太快了。"

"不过很舒服。"

"谢谢你……我们再来。"

她笑了：

"这呀，我可一点都不担心。"

他们平息了下来，开始迷迷糊糊地睡去。热罗姆两次醒来，查看手表：新工作，第一天上班可千万不要迟到！可夜晚才刚刚开始。

半夜两点，他又睁开眼睛。但这回，是爱情把他唤醒的。欧仁妮在他的爱抚下，慢慢地从睡梦中醒来，舒服地叹息着。就在这时，门外传来赤脚走路的声音，门开了，有人睡意蒙眬但充满悲伤地轻声说：

"妈妈，我做了个噩梦，我要跟你睡。"

"怎么了，小宝贝？"欧仁妮从床上坐起来，有点惊慌。

---

① 指罗密欧与朱丽叶。

安德烈-安娜惊愕地盯着热罗姆，热罗姆赶紧翻身趴在床上，脸埋在枕头下面，好像感到很害羞。

"他是谁？"孩子害怕地问。

"是热罗姆？"

"他跟你睡了？"

她的声音很尖刻。

"是的，安德烈-安娜。我们决定今晚一起睡。"

一阵沉默，随后，孩子一动不动，吸着鼻子。

"我也想跟你一起睡。"

"不行，孩子，这会打搅热罗姆的。你回去接着睡，宝贝，噩梦已经走了，不会再回来了。"

"不，我要跟你睡，妈妈。我要睡在你旁边。我不会动的，我答应你，我也不说话，我向你保证。"

母女俩继续讨价还价，小女孩哭了。这时，热罗姆也从床上坐起来。

"你可以上床来，安德烈-安娜，"他不得不这样说，"你不会打搅我的。"

这个以激情开始的夜晚在漫长的沉思中结束。他在思考该怎样在这个家庭当中当父亲，想起了他勇敢的伴侣，这个当母亲的女人。

第二天，4月19日，上午9点，热罗姆来到了皇家山的喀里多尼亚路27号，眼圈乌黑，腿肚子有点发抖，但精力依然旺盛，那是大自然给30岁以下年轻人的慷慨馈赠。

迎接他的是一个半秃顶的小个子男人，满脸皱纹，但笑容可掬。小个子向他伸出手，说："是吕皮安先生吧？我是奥利维埃·弗拉岱特，西科特先生的助理。先生请进吧！今天早上有点凉，是吗？都已经4月份了。我在等老板，他马上到。他有个工作早餐，应该8点30结束，但可能会拖一点时间，这是常有的事。所以他昨天要我在这里迎候你，以防他迟到。因为德雅尔莱也没到，应该说，她到了这个点儿还不来，这种情况不多见。"

他一边跟这个有点惊讶的年轻人滔滔不绝，一边帮客人脱下大衣，挂在衣帽钩上，然后示意热罗姆跟着他走，并不时转过头来对他干笑。热罗姆穿过大厅，厅里的挂式分枝大吊灯昨天曾让人那么吃惊。他们走进通往弗朗西娜·德雅尔莱的办公室的走廊，接着走，一直走到尽头，那里有三扇门。经过老板娘的办公室门口时，门微微开了一点，热罗姆似乎认出是阿尔玛，弗朗西娜·德雅尔莱时隐时现的秘书。

陪他进来的这个小个子一路套话，好像这是一个出于礼貌而不得不做的作业。这种新贵的光鲜和巨大排场，加上弗朗西娜·德雅尔莱在古巴给他的色情回报，以及其他无数小小的细节都涌入他的头脑，让他觉得事情越来越值得怀疑。"天哪，我这是来到了什么地方？他们将让我做什么？现在就开始有些让人莫名其妙了。年轻人，张大你的眼睛。"

"到了，这就是老板的办公室。"弗拉岱特自豪地说。

他大手大脚地把门打开，然后闪在一边，让热罗姆进去。

这是一个很大的房间，橡木壁板精雕细凿，采光靠的是两扇朝着花园的大窗。花园被融雪覆盖着，慢慢地从冬天中醒来。但热罗姆的第一印象是，这富丽堂皇的地方几乎就是用金子和大理石打造的。他一动不动地站在门口，一言不发，雕镂和镏金的青铜器和镶嵌着玳瑁、珍珠、象牙的工艺品精美得让他叹为观止。他从来没有见过这么豪华的陈设，也许除了在古代题材的电影中。房间正中，威严地端放着一张办公桌，四角装饰着青铜图案，形象呆板；桌上有一盏卤化灯，制造工艺十分现代；一沓文件，边角有些磨损，显得有些滑稽。办公桌后，有张同样风格的椅子，桌前则斜放着两张小一些的座椅。左边有张长沙发和一张大理石桌面的矮桌。正对门口，两扇窗户之间，摆放着一张书桌，有许多抽屉。桌上放着一个很大的花边状金色雕塑，细木工匠在它中间镶嵌了一个挂钟。

"哇！"热罗姆觉得不可思议，脱口叫了一声，"我从来没有见过这样的东西！”

奥利维埃·弗拉岱特得意地笑了。

“不错吧，嗯？”

“就像在凡尔赛宫一般。”

“朋友，眼光不错，这确实是布尔的杰作。我想，这个著名的细木工匠曾在路易十四甚至路易十五手下干过。”

“啊，是吗？”热罗姆大叫起来，惊讶的目光扫视着四周。

他突然想起，巴尔扎克曾迷上了布尔的东西，这种爱好让他破了产，但后世却有福了，因为这迫使他像苦役犯一样写作，以便应付债主。

这辉煌的办公室给他留下的不好印象开始消失。

“啊，我说的布尔的家具，”弗拉岱特纠正道，“当然都是仿作——但毕竟是古代的仿作，因为，吕皮安先生，布尔的一件家具，今天要值数百万元。即便是最有钱的疯子，如果他真想要布尔的真品，他也得使劲赚钱。哎，进来吧，请进，西科特先生一两分钟之内就会到。来，”他走向那张长沙发，“请坐，随便坐。来杯咖啡吗？哎哎，您要是拒绝那就错了。”看到热罗姆犹豫不决，他大笑起来，补充说：“老板也是个咖啡行家……好了，您喝什么？拿铁？卡布其诺？意式浓缩？小杯？大杯？美式？或者是土耳其咖啡？这里应有尽有。”

“请来杯拿铁吧。”热罗姆激动地答道。

“西科特先生总是爱美，”几分钟后，奥利维埃·弗拉岱特端着两杯拿铁回来（热罗姆听到这种庸俗的说法，忍不住笑了），放在矮桌上，然后接着说，“他是行家里手。”

他坐在长沙发的一角，喝了一口咖啡，抿着嘴唇，一副满足的样子，然后用目光问热罗姆：

“行吗？”

“非常香，谢谢。”

两人默默地喝了一会儿咖啡。

“对西科特先生来说，这个办公室还有另一个好处，”奥利维埃·弗拉岱特狡黠地眨眨眼睛，突然说，“这里离夫人的办公室足够远……我的老板喜欢安安静静的。"

"哦，是吗？"热罗姆听到这样的话感到很惊讶，他尽量加以掩饰，心想，我今后可不能把他当密友。

"我看我的话让您吃惊了，"弗拉岱特说，"您刚才把我划到毒舌者一边去了，是吗？是的是的，您不用否认。您的反应完全正常……但我得跟您说一件事：是西科特要求我们坦诚相对的，当然，在理性的范围内。他经常这样说，如果彼此不能说出自己心里的想法，那就没有必要一起共事。不要虚情假意，不是要虚伪的礼貌，这是命令。我刚才就是这样做的。这样，大家就知道该根据什么原则来与他人交往了。您会看到，这样会大大净化周围的环境。"

一阵嗡嗡声从他上衣里面的口袋里发出来。他迅速拿出手机，对热罗姆转过背，简短地应答，对方显然非常激动或者生气，说话声大得热罗姆尽管站得够远，仍然能听到几句那人差不多是对着电话吼叫出来的话（现在，他肯定已经勃然大怒）。所以，热罗姆清楚地听到了一句几乎完整的话："他娘的！"那人对着话筒骂道，"那个混蛋，我要教他如何尊重我……"

这句话让奥利维埃·弗拉岱特走得更远了一些。最后，他耸耸肩，对热罗姆做了个无奈和抱歉的动作，离开了办公室，让热罗姆一个人面对着咖啡。热罗姆好好地思考了一下塞弗兰·西科特和他太太两个人办公室布置风格的巨大差异（德雅尔莱的办公室装饰得十分普通），他们的性格和爱好区别似乎也很大；然后，他又想，这个奇怪的弗拉岱特和时隐时现的阿尔玛到底是干什么的。最后，他也自问，人们究竟要他在这个他觉得越来越奇怪的地方干什么。

喝完咖啡，他打了一个哈欠，重新扫视着四围金碧辉煌的装饰。时间一分钟一分钟过去，他很想站起来，走过去摸一摸这些精美的东西，但他克制住自己，礼貌和谨慎要求他不能过早地享受这种快乐。

"对不起，"奥利维埃满脸通红地闯进办公室，大声地说，"该死，怎么能这样接待您！"

热罗姆笑了笑：

"没关系……工作嘛，没有什么原谅不原谅的。"

"是西科特先生打来的。"奥利维埃回来坐在沙发上，说。

他端起已经凉了的咖啡，送到嘴边，马上又做了个鬼脸，放回桌上，

"是西科特？"热罗姆觉得很惊讶。

他很难把电话里听到的骂人的话与国王路易十四①的细木工匠安德烈-夏尔·布尔联系起来。

"他迟到了，请您原谅他。一件意外的事情，干我们这行的，这是常有的事。他要11点以后才能到。所以，他要我负责接待您。"

"我可以待会儿再来，"热罗姆礼貌地建议说，"您肯定有很多事情要做。"

"不不不……一切都没问题，没问题。事实上，我要对您进行一个小测试——很小，但很重要。西科特对此很重视。我敢肯定对您来说是小菜一碟——您甚至开着玩笑就能完成。请您……跟着我，我们去谢尔布鲁克路商业中心的凡尔赛广场……您明白吗？我们继续看太阳王②。"他眨着眼睛补充道。

他们走出办公室，来到走廊上。

"对不起，我马上回来。"

热罗姆看着这个矮个子像木偶一样晃动着双臂，步伐匆匆地离去。几分钟过去，他咳嗽了一声，挠了挠脸，开始端详起走廊来。牛奶咖啡色的墙上有一道科林斯式柱型的石膏挑檐，地毯也是牛奶咖啡色的——显然，这里是咖啡崇拜——图案是相缠的玫瑰花束，典型的"旧英式"，橡木壁板精雕细刻，一切都为了与布尔的工艺媲美。当然没法比，尽管如此……人们还在一个普通的走廊里，竭尽全力，登峰造极，要达到传统意义上的时尚。在这里，任何左派的阴谋都绝对无法得逞。

突然，房子深处传来一个女人的声音，令人不安，几乎有点催人泪

① 路易十四（1638—1715），波旁王朝的法国国王和纳瓦拉国王，是在位时间最长的君主之一。他亲政的55年是法国专制制度极盛时期。

② 指路易十四。1682年5月6日，路易十四宣布将法兰西宫廷从巴黎迁往凡尔赛。

下：她似乎在打电话，但距离太远，无法听清她说的话。热罗姆相信那是弗朗西娜·德雅尔莱的声音，马上想到了她在波蒂奇戒毒的儿子。他遭遇了不幸？毫无疑问，那个费里克斯是个蠢货，但毕竟让人同情。再说，从某种意义上来说，热罗姆得到这份新工作还要感谢他——假如能得到的话。

"我来了，我来了，"弗拉岱特又突然出现了，大声叫道，"抱歉让您久等了。我找不到我的书。走吧。"

"书？什么书？"

"您会知道的，您会知道的。我现在无法跟您讲太多。"

他脸上出现了一种调皮和神秘的表情，好像在开玩笑，好像那是一件好笑的秘密。他拉着热罗姆的胳膊，两人大步朝门口走去，经过寂静的门厅时，各自穿上大衣。

"哐哐哐！这是什么春天，冻死人了！"弗拉岱特一边走出门外一边低声嘀咕，"情侣们一定缺乏灵感……您不觉得吗？"

他又看了热罗姆一眼，热罗姆开始有点不高兴了。

天上，晴空万里，落下一道寒光，让最细小的东西都被看得清清楚楚。他们走向一辆锃亮的凯美瑞，它似乎要用车窗玻璃和黑色的车身把这天寒地冻的日子里的紫外线统统吸走。热罗姆斜着扫了弗拉岱特一眼，觉得他面目无情、瘦弱、冷酷、脸色发黄，看起来忙碌而吝啬。这种模样的人很容易被人看不起。"哎，朋友，"他马上暗暗地谴责自己，"快别乱想了，你这个傻子，你知道他一些什么？"

为了原谅自己这种不那么厚道的想法，他满脸笑容地向刚刚坐在方向盘后面的弗拉岱特侧过身去，说：

"这辆'凯美瑞'价格不菲。您好眼力。"

"是的，车很不错，谢谢。"弗拉岱特发动了汽车，"啊，我正在想这个问题，德雅尔莱夫人告诉我，您没有汽车。您必须得有辆车啊！"

"我正要买车。"热罗姆满脸通红地说。

"啊，别那么急……而且，不管怎么样，还有个小测试，但我相信您，相信您能过，"他马上又说，"您别担心。"

"我们去凡尔赛广场的什么地方？"热罗姆感到越来越好奇。

"啊，我也不太知道。这取决于您。"

"取决于我？"热罗姆很惊讶。

"是的……取决于您，当然，要看情况……您知道有的历史学家是怎么形容拿破仑的吗？不知道？人们说他是'看情况而定的人'。这就是他的长处。别让自己被太具体的计划束缚，要适应形势的发展，以便采取尽可能好的决定。他因此获得了不少胜利，起码在某个时期是这样。我试图模仿他……当然，就我的层次而言。"

他笑了起来，目光正视前方，好像自己才知道为什么笑。

"天哪，难道他疯了吗？"热罗姆心想，"这是个什么怪物啊？见鬼！"

他没有再问问题，但感到越来越困惑，只看着在街道两边伸延的一栋栋豪华宅邸。

他们开了三刻钟，一路没说几句话，然后，两人在一个商业中心的大门前停下。奥利维埃·弗拉岱特转身对热罗姆说：

"我们选择凡尔赛广场，不是因为它的名字，尽管我刚才说了关于它的不少事，而是为了方便测试。您知道，这里的顾客主要都讲法语。这对您来说更好。"

"悉听安排。"热罗姆下了车，说。

奥利维埃吹着口哨，晃着公文包，正在等他。他走了过去。

"那些书，我现在可以看了吧？"热罗姆再也克制不住自己的好奇心了，问。

弗拉岱特打开公文包，把书拿给他看。里面有两本书，全都是新的，塑封还没拆，还带着标签。第一本书的书名叫作《如何白手起家》，作者是詹姆斯·夏雷特；第二本书是一本豪华画册，封面上有一个极富挑逗性的少女，装扮成夏娃的样子，兴高采烈，开玩笑似地展现自己最隐秘的部位，双手在高举着一条标语，上面用滑稽的字体写着：疯狂时代的巴黎爱情。

"很色情，是吗？"弗拉岱特嘲笑道，眼睛却贪婪地扫视着封面。

"与里面的内容相比，这还不算什么……我家里也有一本。它不会让人禁欲的，嘿嘿……"

热罗姆大笑起来：

"您想让我用它来做什么？"

但他的笑是一种担忧的笑。

"来，我们去喝杯咖啡，我把一切都讲给您听。"

他把热罗姆拉到商业中心，不一会儿，他们就在"好咖啡"的一张桌前坐下了。面对着另一杯"拿铁"，这个年轻人惊讶地得知了他马上就要经受的考验，这一考验也许能让他将来的老板对他处理问题的能力、信心、应变心中有个数。

他要在一个小时的时间内以合理的价格卖掉两本书中的一本——两本都能卖掉最好——夏雷特的书不低于5元、色情画册不低于15元；但不能把书卖给商业中心的书店。再说，书店也不会从个人手里买书的。

热罗姆一言不发，生气地看着对方。

"您要明白，我们已经尽最大努力照顾您。"弗拉岱特一副自命不凡的样子，这让热罗姆越来越恼火。"首先，您将使用母语；第二，两本分别针对完全不同的客人，这就增加了您成功的机会；第三，书的主题非常大众化：金钱与性。还能有更好的吗？"

"如果我在一个小时内卖不掉这些书呢？"

弗拉岱特耸耸肩，好像想说，决定并不取决于他。

"这些无聊的测试有什么用呢？"

"朋友，我待会儿会告诉您的。我的老板们非常尊重教育和文凭，但他们也知道，人可能拥有一箱博士文凭，却整天懒洋洋的。当然，我这样说并无意伤害您。"

"我只有一张本科文凭。"热罗姆苦笑道。

他喝了一口咖啡，陷入沉思，脸上浮现出各种表情，既觉得好玩，也很蔑视。

"怎么样？"弗拉岱特问，"不能浪费时间了……"

热罗姆只咕哝了一声。

"好啦，勇敢点。我敢肯定您能通过的。我在这方面感觉很灵敏。"

热罗姆抬起头，用怀疑的几乎是仇恨的语气问：

"我是第几个应试者？"

弗拉岱特做了个不耐烦的鬼脸，站了起来：

"我们这是在浪费时间。您做还是不做？办公室里有很多事情在等着我。"

热罗姆只好也站起来，拿起书：

"您有袋子吗？我毕竟不想让人以为我是小偷……"

"当然有。"

他递给热罗姆一个带绳子的结实的塑料袋，可以提。热罗姆把书塞到里面，在咖啡馆门口等待折磨他的人。弗拉岱特正在结账呢！

"我希望您不要看我应试。"他不高兴地对走过来的弗拉岱特说。

"遵命，头儿，我会化作一阵风。一小时后在这里会合。祝您好运！"

他轻轻地拍了一下热罗姆的肩膀，默契地笑笑，然后很快就消失在街角。

"他妈的，"热罗姆咬牙切齿地低声骂道，"我现在在干什么呀！"

怯场几乎让他无计可施，剩下的只有生气了。他与那个奇怪的教练背道而驰。快到中午了，顾客和闲逛者越来越多，还有不少老头，他们坐在长凳上，试图靠聊天或偷窥美女来打发他们无所事事的生活。

他手里拿着袋子，大步走着，皱着眉头，四周环顾，寻找机会或希望想个策略，但一无所获。试着推销他的商品，就是同意被当作一个盗贼，一个缺钱的吸毒者或是一个有精神病的怪人。想到会成为其中的一个，他顿时就泄了气，产生了一种让人恶心的耻辱感，让他四肢无力。但十几分钟已经过去！必须动起来了——要么宣布弃权，像丧家犬一样夹着尾巴逃之夭夭。

这时他看见两个小年轻正坐在一张长凳上聊天，便决定过去坐在他们旁边碰碰运气。两个男生——一个金发一个栗色头发——最多只有十六七岁，穿着干净的衣服，典型的法裔中产阶级年轻白人。在这个时间和这个地点看见正常应该上学的年轻人，热罗姆觉得有点惊讶。他一边装作查看记录本，一边悄悄地偷听他们的谈话。金发男孩在说一个叫纪尧姆的人，在爱美丽路的拉丁区电影院兼职才两年，就已经买了一辆漂亮的小尼桑2000。

"……车子跑了才不到两万公里，真的，那辆车无可挑剔，干净得像是刚出厂似的。昨天，他带我兜了风，发动机的嗡嗡声温顺得像猫叫，但一旦你想加速，它有的是劲，你就像被压扁在椅子上一样……今年冬天，他准备在圣诞假期开车带女朋友去迈阿密。这样冬天就没那么难受了！"

他的同伴很是不屑：

"是吗……可你的纪尧姆，他要以最低时薪工作多少个小时才能买得起他那辆宝贝车？那叫什么生活啊！"

他们争论得越来越厉害，金发男孩竭力为小零工甚至收入很低的工作辩护，认为这也比袖手叉腰做白日梦强；他的伙伴则认为恰恰相反，总是逃避那种让他们过苦日子的破工作，因为做自己喜欢做的事，回报要大得多，也有趣得多。在他看来，这是唯一体面的工作，他打算绝不干其他工作。

热罗姆觉得机会难得，便把手伸进袋子里，向他们转过身，把书掏出来给他们看：

"朋友们，冒昧打搅一下。我听了你们的谈话，"他对栗色头发的那个男生说，"我觉得您说得对，甚至有个建议，您也许会感兴趣：一本很好的书，而且价格很优惠：《如何白手起家》。我可以只卖7元。书的塑封还没拆呢！这个价格，真像是白送一样。"

那两个年轻人吃了一惊，面面相觑，目光中流露出一种狡黠。

"什么？"栗色头发男生跳起来，大声地说，"20元就可以搞你？真不要脸！"

热罗姆愣了一会儿，然后满脸通红，迅速离开，而那两个家伙则互相捅着臂肘，大声嘲笑他。路上的行人都停下来，惊讶地看着他。一个老太太拉着一个正在吃蛋卷冰淇淋的小男孩的手，在他面前停下脚步，伸出一只手，两眼冒出愤怒的光芒，说：

"您应该感到耻辱。"

热罗姆拔腿就跑，好像有一群蜜蜂在后面追赶着他。他心跳得很厉害，好像呼吸都停止了。可以说，他在那两个小混蛋身上浪费了宝贵的十分钟。最后，经过慎重思考，他觉得最好还是认输。这种测试不适合他。他甚至都用不着到咖啡馆等弗拉岱特，立即就走得了。被侮辱一次已经足够。

不一会儿，他来到了一个餐饮区。一大片桌椅用钢管固定在地上，四周排列着一个个快餐台，不是油腻的食物就是番茄。这个时候，正是生意的高峰期。大部分柜台前都排着队，几乎每张桌子旁边都有人。大广场上震耳欲聋的嗡嗡声突然让他冷静下来。他停住脚步，望着埋头在纸碟或塑料碟上进餐的人群，发现前面20步开外的地方有一张桌子还空着。很快，他就在那里坐下来，把那包书放在桌上。消失在陌生的人群中，觉得自己不再存在，这多好啊！因为上午他遭到了惨败！他都站不稳脚步了，脑袋沉得像一块铁，完全失去了自我。突然，他想，应该坚决回到弗拉岱特在那儿等他的咖啡馆，把书还给他。失败已经很丢脸了，幸亏没有被当作小偷。

这时，他非常吃惊地发现，尽管自己恶心得很，却仍然感到饿了。一股比萨饼的香味飘过来，让他垂涎三尺。他饥肠辘辘，想吃东西……难怪遗体安葬室里也有餐饮，"美杜莎号"的遇难者最后互相吞噬。他抬起头，试图找到散发香味的柜台，结果遇到了坐在邻桌的一个男人的目光。那人躲在报纸后面，匆匆地斜睨了一眼他的那包书，然后假装继续看报。他们的目光只接触了一瞬，但热罗姆的大脑已经全速开动，两耳发烫。包是半开的，里面的东西邻桌看得见，也许吸引了那个陌生人。那人40岁左右，系着花色丝绸领带，上衣胸前的小口袋里插着小手绢，像是商务代表。他刚刚吃完午餐。

这一情况也许可以加以利用，但动作要快。

于是，热罗姆站起来，吹着口哨，潇洒地把包留在桌上，走向柜台区，但他没有去较远的小比萨饼店，而是选择一家位置更好的寿司店。两个正处于更年期的胖女人一边聊天一边等她们所点的餐食。热罗姆几步跨到她们旁边，加入了她们的谈话，尽管他没有任何话要跟她们说。他聊些家常，受到了她们的热烈欢迎。他不动声色地不时扫一眼他的桌边，高兴地看到那个陌生人仍用报纸半遮着脸，但已经越来越明显地流露出紧张的迹象。

那两个妇女点的餐到了，她们含糊地对他说了声再见就离开了。突然，事情发生了。那陌生人卷起报纸，慢慢地站起身来，迅速地朝正在点餐的热罗姆这边看了一眼，然后拿起那袋书，装出漫不经心的样子离开了，越走越快。

热罗姆立即跟上去。

"哎，先生，"寿司店店主看到客人离开，连忙大叫，"您不要寿司了？"

"要要，我马上回来。"热罗姆笑着说。

密集的人流便于他跟踪。那小偷两次转身，想看看是否有人跟着他，但热罗姆两次都成功地躲在了柜台后面。那人很快就减慢了步伐，走进一条斜向的小巷，然后又拐进另一条路，最后，他越来越放心了，在一张长凳旁坐下，脸上露出满意的微笑，认真地检查起袋子里的东西来。《疯狂时代的巴黎爱情》似乎让他感到很高兴。

"您真倒霉，先生。"他的背后响了一个声音，"我是保安。"

那个小偷转过身，声音沙哑地叹了一声，惊慌地朝热罗姆摇头。他本来想跑，但那样必须扔下他的大衣，因为热罗姆双手紧紧地抓住了他大衣的领子。他好像已经明白，跑只能让事情变得更复杂。

"怎么回事？"他站起来，结结巴巴地问。

"您刚才偷了我的书。"热罗姆指着那个袋子，冷冷地说。

坐在同一张凳子上的另外三个人站了起来，后退几步，带着嘲笑或惊恐的表情看着这一幕。很快，一小群人围了过来，响起了低沉的声音，还有人愤怒地大喊。"抓小偷"变成了一场戏。这时，热罗姆担心真正的保安过来，会破坏他的计划。

"跟我走，先生，"他抓住小偷的胳膊，命令道，"走，快点……别跟我玩花招，"他亮了一下手机（他的想象力之丰富让他自己都感到吃惊），补充说，"您动一动，我就启动报警装置。明白吗？好，我会对您客气点，松掉您的胳膊，但您已经听到我的警告了，是吗？"

"我们要去哪里？"那人轻声问了一声，目光忧郁，垂头丧气地看着他。

"去保安室，先生，然后报警。"

（现在我该怎么办？我甚至都不知道保安室在哪里——假如有的话。）

他们沿着一家超级市场往前走，然后右拐，走进一条通道，那里有几家店铺已在装修，橱窗里贴着大大的牛皮纸，挡住了人们的视线。这里好像人来得比较少。

"我这一辈子都完了。"那个小偷脸色阴沉，突然低声地说。

他的额头上流淌着大滴汗珠。

"啊，先生，这可不是我的错。这是您自找的。"

"蠢死了！要知道，我这是第一次……"

"看您刚才的表现，我深表怀疑。"

"我说的是实话！我是个本分人……我一直诚实做人……我不知道着了什么魔，真倒霉！……先生，两个月来，我生活不顺……事事不顺……我昏了头，我向您发誓……您能给我一个机会吗？"

热罗姆不易察觉地放慢脚步，看了看自己的手表：离与弗拉岱特在咖啡馆会合的时间只剩下20分钟了。

他的沉默突然让那个系花领带的陌生人产生了希望，那小偷停下来，站在热罗姆跟前，用乞求的目光看着他。

"求您放我走吧……求您了……先生，我什么都可以给您，只要您让我走。每个人都该走一次运，是吧？"

一个年轻女子推着一张轮椅经过他们身边，轮椅上坐着的残疾老太太不安地在手中转动着一盒香烟；接着，两个负责维修的职员出现了，手里提着工具箱，大声嘲笑一个刚刚做了蠢事的名叫雷让的人。

"好吧。你身上有多少钱？"热罗姆厉声问。

他感到自己的脸颊滚烫滚烫的，一方面是卑鄙的感觉，另一方面是成功的喜悦，两者之间的通道充满了恶臭，但某种愤怒促使他继续前行。

"我有多少钱？"小偷问。

他的双眼开始闪烁着喜悦的光芒，令人同情。

"请让我看看，先生，马上。"

他掏出钱包，伸进一只瘦弱的手，开始数钱，然后低声地说：

"嗯……120元，"他抬起头说，好像是请求施舍，"还有一点零钱。可以吗？"

热罗姆厌恶地推开零钱。

"给我80元……行了。滚吧！别让我再看见你。"

那个人怀疑地看了他一眼，匆匆地走了，不一会儿，就消失在通道的角落里。

热罗姆往相反的方向走去，但由于他并不是很清楚咖啡馆在什么地方，他去向一个指甲美容院的员工打听，然后小跑着，因为他只剩下四五分钟。

当他终于赶到那里的时候，奥利维埃·弗拉岱特刚刚在桌边坐下来，满脸笑容地迎接他。

"任务完成。"候选人兴高采烈地告诉他。

"我知道。"

"从我脸上看得出来？"

"朋友，我是天生的观察者……好啦，坐下吧。我给您买单，您一定饿死了。"

热罗姆一屁股坐在椅子上，伸直大腿。

"那还用说，因为我没有时间午餐。起初，事情进展得很不顺利……真的！我甚至差点要放弃。"

他开始浏览菜单，舌尖都伸出了嘴唇。

"我知道。"

热罗姆突然又抬起头。

"您知道？怎么会知道？"

他盯了对方：

"您一直跟我？"

“您盯梢的本领不错，但我也不赖。”弗拉岱特干笑一声，回答说。

“您一直跟着我。”热罗姆重复道，有点生气。

“别这副样子，是西科特先生要求我这样做的。如果您事先知道，您就不会这样做了。”

“这么说，您知道我从那个可怜的傻瓜那里弄到了多少钱？”

“您应该全拿走的，对小偷不能仁慈……不不，您留着这笔钱，这是属于您的，是您自己赚的。”

“我不想要。”

热罗姆把钱放在桌上，弗拉岱特嘲讽地噘了一下嘴，然后拿起钱：

“朋友，您的清高会给您增添荣誉。”

热罗姆咕哝了一声，作为回答，然后又埋头看起菜单来。

“您觉得我通过考试了吗？”他突然抬起头，问。

“当然，我甚至要说……”

他停了下来：

“热罗姆，我们可以以‘你’相称吗？这个‘您’字让我听了不舒服。总之，我觉得我们还能见面……当然，”他马上又说，“做决定的不是我，但如果你想知道我的看法，我可以告诉你，事情已十拿九稳。”

“应该说，我运气不错。”热罗姆谦虚地说。

“是的，但自助者天助。”

然后，他对已经走到他身边、背着双手、耐心地等待他点餐的侍应说：

“请来一份意粉，配阿尔费雷多干酪酱。”

“我也一样。”热罗姆说。

“对了，”弗拉岱特转身对侍应说，“拿酒水单给我们看看。”

◆◆◆

查理坐在热罗姆面前，惊讶得差点晕过去。当晚，热罗姆在厨房里跟查理讲述了同时改变了他的爱情生活和职业生活的一系列事件，但避

免炫耀自己。查理从来没有听说过这么多不可思议的怪事。在一个带着"小鸡"的"母鸡"床上度过了一个爱情之夜后——这种事情没必要对他隐瞒，但热罗姆在这方面的口味真的不同一般——热罗姆在商业中心变成了一个诈骗者，抢劫了一个有盗窃癖的人，由此在压力集团获得了一份助理工作，年薪超过5万！

这件从来没有见过的事情确实太离谱，或迟或早会让他倒霉，给他带来前所未有的麻烦。跟这种麻烦比起来，以前遇到的麻烦真的不值一提。

热罗姆举起一只手：

"等等，哥们儿！我觉得你有点夸大了。如果可以的话，让我们一一说个清楚。首先，我和欧仁妮做爱并非小东西在床上期间，而是之前。这一点，你脑子里必须十分清楚，懂吗？而且，当我和她母亲在床上的时候，我并不想让她上床。OK？这是我和她的初夜，我毕竟不能刚踏进她家家门就当独裁者。总之，该懂得如何生活。其次，我承认那个弗拉岱特是有点太奇特，但我觉得他的老板——也是我的老板——西科特却完全正常。而且，他好像对他的助手让我经受的考验十分惊讶，我甚至觉得他对此不是太高兴。最后，我也许会在今后几天把这事看得更加清楚。"

查理看了他一眼，没有说话，伸手拿起放在面前的酒杯，喝了一大口，然后用热罗姆所不熟悉的沙哑的声音轻声说：

"热罗姆，关于你的那个女人，我知道得不太清楚，她也许是个很好的人……"

"那是个很好的人！"热罗姆粗暴地打断他。

"……好吧，好吧……你知道，小女孩夜里做噩梦的这种事，我一无所知，真的什么都不知道，我没有孩子，我是个独子，你知道的……但你的西科特……"

他抬起头，目光茫然，让人想起先知先觉的可怕的圣人：

"……你的西科特，他的老婆和他们吸毒的孩子，以及他那伙人，啊！我希望你离他们越远越好！"

他又喝了一口啤酒，打了个嗝，连忙用掌心捂住，然后双肘支在桌上，向他的朋友俯过身去，热情得像个招不到会员的雷尔教派教徒：

"热罗姆，你为什么不去看看我的心理医生？你需要好好反思自己的生活了，毫无疑问。'康复'正是用来派这个用场的。那种治疗可以让我们恢复与我们真正的根的关系。若埃尔·弗雷蒙在这方面是无可挑剔的……真的，去看看她。你一辈子都会感谢我的。"

热罗姆冷冷一笑，站起身来：

"我宁愿去乌特尔蒙看望某人，两人互相治疗，这并不那么糟，尽管不太时髦。现在，请原谅我要赶你走了，老兄，我还要坐地铁去，你懂的……"

"我毕竟从来没有遇到过这样的事情，"查理出门时说，"你的故事太离奇了……总之，你不要说我没有警告过你。"

热罗姆只笑了笑。查理突然决定去旁边的雷诺-布雷书店看看，于是两人在雪岭地铁站站口分手。查理此举也许只是一个借口，以便缩短这场火药味很浓的争吵。

但在把他带往爱情之夜（起码他是这样期望的）的车厢里，热罗姆目光茫然，满脸忧虑。在跟朋友充满火药味的争论中，为了能高兴地胜出，他略微修改了他从凡尔赛广场回来时与塞弗兰·西科特会面的经过。

他从11点左右开始等，但塞弗兰·西科特直到傍晚才来办公室，一脸疲惫，但很高兴，就像刚刚完成了难以完成的辉煌战绩。什么战绩？热罗姆永远都不会知道。

当时，奥利维埃·弗拉岱特带着热罗姆，去办公室向他汇报这个新职员的佳绩。听到他们新招聘的人经受的这种奇特考验，西科特又惊讶又气愤，但热罗姆觉得这完全是表面现象，不难看出，他不仅没有不高兴，反而暗自得意。

塞弗兰·西科特做了个鬼脸，皱了皱眉头，低声抱怨了几句，最后笑着说：

"哈……朋友，奥利维埃给了你一场滑稽的考试，我甚至要说，这种考试档次不是太高……但我不得不承认，它可以一锤定音。你表现得很机灵、很聪明，我看我没有理由拒绝你为我服务。"

他向热罗姆伸出手：

"让我们祝贺吧！明天上午9点见。"

"谢谢，先生，明天上午见。"热罗姆高兴得话也说不清楚了。

但走出新老板的豪华办公室时，他感觉到里面出现了一阵静寂。当他竖着耳朵、在走廊上走远时，这种寂静一阵在延续。他觉得，那两个人一直在保持沉默，等到只剩下他们俩时才会不慌不忙地交换意见。

几天来，凡尔赛广场的插曲让热罗姆隐约有些不高兴，他不时想起查理的提醒。塞弗兰·西科特究竟是什么人？是个招聘方式独特的老板还是一个骗子？一个细节很有暗示性：尽管他在别人强加给他的考验中取得了巨大的胜利，热罗姆从来没有跟欧仁妮讲过半个字，总是不断地把要做的事情推迟到以后。有两三次，经过一个失眠之夜去上班时，他差点要提出辞职，但每次都改变了主意。

不管怎么说，工资是不错的——事实上，他从来没有赚过那么多钱——在这之前，人们要他做的好像都是他已习以为常的事情。上班后的第三天，他就买了一辆小本田，这是他的第一辆新车，他非常爱惜。

几个星期过去，他头脑中对凡尔赛广场的不好印象已慢慢消去。为了让他准备好迎接新的任务，他被派到一个漂亮地取名为"档案室"的小房间里去整理资料，乱七八糟的资料堆得都碰到了天花板。

"是的，当然，这不那么刺激，"看到这个年轻人一副惊讶的样子，西科特承认说，"但我想，对你来说，要适应将来的工作，这是个锻炼的好办法。"

西科特或者是弗拉岱特（但主要还是弗拉岱特）经常来找他，跟他闲聊，有时谈到一些十分个人的问题。热罗姆马上就意识到，对他的考察还在继续。

在进行这乏味枯燥的工作过程中，他没有发现任何觉得可疑的材料，但必须补充一句，其中的大部分资料对他来说都如天书一般，他不得不经常向奥利维埃·弗拉岱特请教，否则真不知道该如何分类。老板或其助理每天会叫他两三次，向他口述他们觉得特别重要的信件或邮件，因为他们两人的法语好像都不行，英语更差，然而他们又必须经常使用。在这方面也同样，信件或邮件的内容没有引起热罗姆的任何怀疑。

"幸亏有你，"一天，弗拉岱特寄走了一个必须润色和修改多次的邮件后，这样对他说，"我有你这样的文化就好了。"

"这不是文化，奥利维埃，而是基本知识。我来这里之前你是怎么干的？"

"唉，做得很差，我去找弗朗西娜。她的法语也很好。"

但从他说话的口气中可以听出，只有在没有办法的情况下，才会去求助于弗朗西娜。

"你好像并不太喜欢她。"热罗姆尽量做到诚实，这是这里所要求的。

"人们付给我工资不是让我来喜欢她的，而是让我来工作的。"弗拉岱特可恶地嘲笑道。

热罗姆没有再做进一步的调查。

自从他被聘用以来，他只在工作中遇到过那位夫人，而且往往是在早上上班的时候。她热情地跟他打招呼："你好，热罗姆。工作还满意吗？""我在学，我在学，我在学。"热罗姆总是这样回答，尽量让自己的声音充满生机和活力。他们交谈几句关于天气的话，然后各自回自己的工作岗位上去。

老板夫妇俩各自处理自己的生意，完全独立。工作期间，罕见地在不外出吃饭时两人才在一起。阿尔玛似乎有隐身的本领，有时，热罗姆经过弗朗西娜·德雅尔莱的办公室门前，门又没有关严的时候，会听到她的声音，说得很轻，像在唱歌似的，带有嘲讽的味道。由于种种想法好奇地综合在一起，这种声音会让他想起了奥逊·威尔斯[1]的一部奇特的侦探电影《上海小姐》。那是威尔斯在离婚之前为丽塔·海华丝[2]拍摄的，气氛非常神秘，十分让人不安。但阿尔玛又瘦又小，一头黑发，跟那个身体丰满、一头红发的美人毫无可比之处。

一天上午，他到办公室时，迎面撞见了她。阿尔玛带着奇怪的微笑盯着他，讽刺的神情与肉欲感似乎既相互混杂又相互排斥，她向他微微欠身，弄得他越发尴尬。

"您好，热罗姆先生，"她说话带有一点拉美西班牙语的口音，好像嘴里滚着小弹珠，"我看您挺顺利的。"

"是的，谢谢，"他试图掩饰自己的不安，"我希望您也顺利，阿尔玛，有事吗？"

"弗朗西娜有事找您，"她没有回答他的问题，"请跟我来好吗？"

到了老板娘门前，她又向他欠了欠身，然后就闪开了。弗朗西娜·德雅尔莱穿着长裤，正坐在办公桌的一角，在电话里用西班牙语跟人激烈争吵。她匆匆一个手势，对热罗姆指着一张椅子。阿尔玛正要离开房间，德雅尔莱对电话线那头的人说了句"等一等"，然后用手捂住话筒，说：

"阿尔玛，你别走。"

"一定要留在这里吗？"阿尔玛绷着脸，问。

女主人瞪了她一眼，这目光显然很说明问题。于是阿尔玛靠着墙，眼睛盯着地毯，而热罗姆则看着自己的指甲，一门心思在推测。电话中的争论继续进行，但随着弗朗西娜·德雅尔莱的一声大喊，几乎马上就结束了。德雅尔莱挂上电话，好像生气极了。

"这是什么破国家！"她大叫道，"还口口声声说什么人民革命，

---

① 奥逊·威尔斯（1915—1985），美国演员、导演、编剧、制片人，代表作有《公民凯恩》《第三人》《历劫佳人》等。

② 丽塔·海华丝（1918—1987），美籍西班牙裔舞者、影视演员，1964年凭借剧情影片《马戏世界》中莉莉一角获得第22届美国金球奖最佳女主角奖提名，1999年被美国电影学会评为"百年来最伟大的女演员"第19位。

公平对待每一个人！让我恶心死了！"

"您是说……古巴？"热罗姆大着胆子问。

"我还能说什么国家？"她粗鲁地答道。

她深深地吸了一口气，似乎把房间里的空气都吸走了一半，然后走到办公桌后面，重重地倒在椅子上，头往后仰着。

"对不起，"她喃喃道，"我今天上午很吓人，可这一天开始得多么糟糕啊！老天爷啊……你知道出了什么事吗？"

热罗姆皱起眉头，一副询问的样子。

"他们要求引渡你！"

好一会儿，房间里寂静无声。德雅尔莱盯着上一年夏天幸存下来的一只苍蝇飞来飞去，好像突然忘了这个热罗姆的存在。热罗姆面如土灰，双手紧紧地抓着椅子的扶手，好像眼看就要晕倒。

"您……您说的是真的吗？"他终于说出话来。

"可怜的朋友，没有人比今天上午的我更当真了。"她严肃地答道。

"可是……究竟发生了什么事，德雅尔莱夫人？"

"弗朗西娜，永远叫我弗朗西娜……我也不是很知道为什么……或者不如说，唉，我知道得太清楚了。那里的警察局或是政府里有人还想要钱，总是要更多的钱。三天来，我都在解决这件破事。在这之前，我一直没有跟您说，怕您担心。不管怎么说，这会有什么结果呢？不过，我们现在必须商量一下。我刚刚联系了哈瓦那的一个律师，奥古斯托·埃雷拉斯先生。必须了结这件事。我再也无法忍受了……费里克斯给我惹的麻烦好像还不够多似的。你知道吗，两天前他差点被送回来？"

"我的胖大嫂，我才不关心费里克斯及其毒品问题呢！"热罗姆心里暗暗地答道，他从扶手上抬起已经发烫的双手，然后清清嗓子，想让声音变得坚定一些。

"这些事，律师怎么说？"

"啊，你知道，那里的律师很特别。你完全可以想象，那里的环境跟这里不一样……收买一个法官就像我在这里买一瓶酒一样……当然，一瓶好酒……要知道，在我们目前的情况下，这可能是最好的办法了……但不用说，事情仍然很悬。亲爱的，在某些专制国家，法官有三只眼睛，两只长在脸上，第三只长在后背，盯着当权者，而当权者是无法预料的。"

她又叹了一口气，右手敲击着办公桌，染成深红色的细长指甲轻轻地发出刺耳的声音，让热罗姆心里十分悲哀。

"最后……埃雷拉斯暗示我，再收买司法部的一两个高官会有好处，但与此同时，他也强烈建议我给你制造不在场证明，要做得滴水不漏……"接着，她对阿尔玛说："你要在这里扮演一个角色。"

只听见房间角落有轻轻的脚步声，然后是轻咳声，接着又恢复了寂静。热罗姆不敢扭头。

"什么角色？"他低声地问。

"一开始，我还以为我那天晚上派到你房间里的那个'付酬美女'也许能干这事。"

房间尽头传来轻轻的笑声，但用手捂住了。热罗姆还是没有转身，因为他的脸颊跟手一样发烫。

"她本来只需发誓，"德雅尔莱接着说，"某某日子，某某时间，她和你一起正在……不在场证明，尽管……鉴于她从事的职业，你知道，让她的可信度大打折扣……于是我想到了阿尔玛。"

"您对我真是太好了。"阿尔玛轻声地讽刺道。

热罗姆满脸通红地从椅子上蹦起来：

"什么？为了费里克斯这个小笨蛋我得回古巴去？如果事情进行得不顺利，我得在监狱里待上天知道多少年？办不到！"

他双手按着桌子，狠狠地用目光瞪着德雅尔莱。

"冷——静——"她一字一句地说，热罗姆爆发出来的愤怒丝毫没有让她受到影响。"首先，我要向你指出，亲爱的朋友，没有任何人让你杀死那个人。"

"如果我不这样做，"热罗姆骂了一句，"你的儿子早就死了。"

"其次，"她抬手打断他，"没有人让你回古巴。眼下只需……"

"眼下……"热罗姆嘲讽道。

"小伙子，你给我听好了，"热罗姆的发火也让她激动起来，她尖叫道，"在这之前，我已经为你花了不小的一笔钱，而这还将继续！你那天做的事和我儿子做的事我没有任何责任，这一点你同意吗？……好，我希望这一点大家都已经很清楚。我努力把你们俩从困境中拉出来，这并不那么容易，我像个被罚下地狱的人拼死拼活地干，在这种情况下，我希望你对我即使不是有所感谢，起码也要有所尊重。"

热罗姆愣住了，看着她，然后重新坐下来。阿尔玛一直站在房间角落，轻轻地咳了两声。热罗姆想回头，但忍住了。无法知道这种咳嗽是不安还是幸灾乐祸。

弗朗西娜·德雅尔莱仰坐在椅子上，把脚伸到桌子底下，长叹一声：

"请原谅……这事也让我跟你一样烦死了，热罗姆——加上你所说的那个'小笨蛋'让我天天晚上失眠，自从……"

她抬起一只手，又让它无力地落下来。

热罗姆垂头丧气，又看着自己的指甲。

"好吧，"过了一会儿，他轻声地问，"你对我有什么建议？"

"热罗姆，我所要求的，就是你和阿尔玛签一份誓言，坚决声明4月10日下午2点到4点，你们两人在你的房间里，或者是在阿尔玛的房间里，这不重要——你们正在……聊天，如果你们愿意这样说的话。总之，不用提供细节。"

"阿尔玛在古巴？"热罗姆惊讶地说，"没有人告诉过我。"

"我希望事情到此为止。"阿尔玛轻轻一笑，让热罗姆大为恼火。

这次，他转过身，看了她一眼，她好像觉得此事非常好玩。这个女孩是没有良心还是没有判断力？也许二者都没有？

"这些材料……该怎么填写？"他冷冷地问德雅尔莱。

"我马上打电话给领事馆。我们也许可以在明天中午之前解决这个问题。我跟他谈妥之后马上就让你签名。"

说完，她站起来，向门口扫了一眼：谈话结束了。

◆ ◆ ◆

在各种因素的推动下，弗朗西娜·德雅尔莱才劝丈夫试用热罗姆。首先是因为感谢，不管怎么说，他不是救了她儿子的命吗？他不出手，她儿子可以说死定了。他好斗而冷静，细细一想，德雅尔莱觉得这种好斗和冷静可能对他们的工作有用，很快就对这个英俊的小伙子产生了好感，现在，在这种好感当中也许产生了一点说不清楚的原因；毒舌者会说，她付钱让那个妖艳的希尔达为他提供性服务，自己心里也或多或少幻想通过中介跟他睡觉。这其中的快乐是巨富才享受得起的……除非还有更大的快乐。

塞弗兰·西科特很爽快就答应先试一试热罗姆，他需要万无一失，而这种万无一失很难做到。两年来，他的生意蒸蒸日上，也让他忙得够呛，一个可靠而精力旺盛的助手将对他有很大的帮助。奥利维埃·弗拉岱特的忠诚是没说的，但层次较低，而他觉得他未来的事业需要一个层次较高的人。这个年轻的大学毕业生正是这样的人，他举止优雅，说话得体，目光中充满热情。但这个年轻人是否能完成他赋予的任务，还需要对热罗姆的能力做进一步的考察。

于是他指示弗拉岱特测试一下热罗姆的应变能力。凡尔赛广场的测试超出了他所有的期望，这个年轻人身上有种斗牛士精神，这可不是在街头巷尾能随便找到的。

在热罗姆这个年龄，许多中层阶级的年轻人还稚气未脱，生活往往很青睐他们，继续向他们露出温暖的一面。他们中的许多人刚刚才意识到，那些美好的原则往往都是官方演说、誓词和其他无聊言谈的点缀，用来愚弄善良的人民，保证社会的安定。所以他在招聘中，必须预防动不动就火冒三丈的应聘者，否则会破坏他的生意，因为年轻的大学生和其他被宠坏的孩子很容易成为夸夸其谈的人，他们最喜欢的就是在媒体上炫耀自己。

热罗姆在古巴救他的窝囊废儿子时，并不知道自己主动给他提供了一个好机会。他们想方设法找到了一个别人识不破的计谋。

当然，在巴拉德罗被他揍过的那个小走私犯早就出院，继续做他的小生意去了。弗朗西娜·德雅尔莱是在跟丈夫谈起这件事的时候灵机一动，编造了这个失手杀人、请求引渡的故事。她对这个计谋感到很满意，因为热罗姆根本无法证实他们说的话是真是假。

丈夫起初反对这样做，说，这样对待一个帮了他们大忙的人太不地道。但弗朗西娜·德雅尔莱看起来是个好妈妈，实际上心肠却硬得很，她辩解说，谨慎是第一位的，将来，当他们确信他忠诚可靠的时候，再把这个计谋告诉他也不晚。她最后终于说服了丈夫，当然，塞弗兰·西科特起初笑得很勉强，但这种笑很快就会发自内心的。

快到5月底的时候，一天中午，塞弗兰·西科特邀请热罗姆去伊丽莎白女王酒店的海狸俱乐部。这个年轻人从来没有踏进过这个加拿大有钱人的美食圣殿。电影导演皮埃尔·法拉多曾在这里拍过《丑角时间》，那部短片无情地揭露了封建社会上层的黑暗。那天晚上，他们穿着旧日的服装，设盛宴庆祝自己的胜利。热罗姆和老板坐在饭店的一个壁炉前，他又惊讶又隐约有点不自在。壁炉里燃烧着三条枫木，漂亮得都可以获得木柴设计奖了。上桌的时候，西科特停下脚步，向一个富态的秃头男子打招呼，陪伴秃头男的妇人差点被防皱霜带回到30岁，只是看起来像是经过防腐处理。西科特把热罗姆介绍给他们，对他赞不绝口，"接替""年轻"这类词应该说用得恰如其分，他还得体地轻轻拍了拍热罗姆的肩膀。

"Really？Wonderful！"[1]那妇人大声地说，发出一连串笑声，而那个男的则使劲点头，就像一个收藏行家看到人们刚从阁楼中找出来的一幅凡·高的画。

"你认出他来了？没有？那是马克·拉隆德，"在桌前坐下来时，塞弗兰·西科特悄悄地对热罗姆耳语道，"特鲁多[2]时期的一个部长。小伙

---

① 英文，意为"真的吗？太好了！"
② 皮埃尔·特鲁多（1919—2000），加拿大第15任总理，曾于1968年4月20日—1979年6月4日、1980年3月3日—1984年6月30日两次担任加拿大总理，执政生涯长达15年。

子，那可是当时的一个强权人物。那个女人我倒是想不起来了。”

在老板的强烈推荐下，热罗姆点了一份狍子大排，配炒土豆、蕨菜头和鸡油菌；塞弗兰·西科特自己则破了中午从来不喝酒精饮料（这会让他脑子糊涂）的习惯，点了一瓶1998年的波尔多尚梅斯特莱-杜特里萨克，餐饮总管充满激情地向他盛赞这款红酒。

“显然，”热罗姆心想，“塞弗兰·西科特有什么事情要告诉他。”

谈话首先围绕着日常事务而展开，热罗姆竭力掩饰自己的不安，一个劲在猜测老板邀请他到如此高级的地方来进餐的原因。酒过三巡，塞弗兰·西科特的脸放光了，在桌子上方把脑袋伸过来，突然压低声音，说：“热罗姆，我曾告诉过你，我是压力集团的。这是真的……又不是真的。事实上，我并没有根据法律的要求进行过正式的登记。”热罗姆忍不住答道：“我也有点怀疑。”喝了酒之后，他越来越放松。

“你有所怀疑？”对方扬起下巴，有点嘲弄似的噘了噘嘴，“好啊，朋友，这对你来说可是一个优点。干我们这行的，必须头脑像天线一样灵敏，心像丝绸一样细……你好像就是这样。”

“那你究竟是干什么的，塞弗兰？”热罗姆大着胆子问。

就在这时，侍应过来给他们斟酒，并问他们是否一切都满意。那是个身材高大的男人，看不出年龄，一头鬈发，风度翩翩。塞弗兰等他走远，才开始滔滔不绝的独白，好像忘了热罗姆的问题，声音中有时出现怀旧的味道。

“1981年，我夹着律师文凭离开了拉瓦尔大学，回到了我的家乡法尔南，开了一家律师事务所，结果让我饿了二十二个月三星期零两天。啊，多么天真的年轻人！正如诗人歌颂的那样……法尔南的律师已经够了，我是多余的。我从来没有身体那么瘦、脸那么长过。我当时的女朋友还以为我得了结核病。我正准备回魁北克城①，一天，给我母亲接生过所有孩子的奥斯蒂盖老医生来看我，因为他跟睿侠电器连锁店发生了一些矛盾，后者想买他位于主干道上的维多利亚风格的房子，用来开

① 魁北克城为魁北克省首府，蒙特利尔为魁北克省第一大城市。

设一家电子器材商店。这时，我意识到有快钱可赚了，尤其是当你的客户——可怜的奥斯蒂盖老医生差不多就要点头了——并不太清楚自己所要出售的东西值多少钱时。不，不，不，朋友，别这样皱眉，他绝对没有什么可责备我的，因为我所接受的法律方面的教育让我始终站在正确的一方。在这里，我要感谢我父亲，是他逼我成为律师的。"

"所以，"热罗姆现在越来越放松了，"你赚了大钱。"

"这样说有点太夸张，不如这样说，两年来，我连菠菜都买不起，现在买得起了，甚至还可以在上面涂黄油了。但这种生意做了三四单之后，我发现法尔南的市场对我来说太小了，我需要更广阔的领地。于是，我回到了魁北克城，在好几个月里，我每天工作16个小时，把一些旧屋和旧楼改造成药店、音像俱乐部、殡仪馆、糕点铺、咖啡馆、麦当劳等。而且，我总是遵守规则，朋友。"

热罗姆的嘲笑慢慢地消失了，变成了专注而充满好奇的表情。

"后来呢？"

"后来，"律师叹了一口气，"1985年，魁北克老城上了联合国教科文组织的世界遗产名录，但环境已经有点遭到破坏，甚至在魁北克老城外围，你知道的。从那时起，'什么都不再改变或尽可能不改变'成了时尚。举例说，如果哪里有座老教堂冬天没有暖气，因为没有足够的信徒支付暖气费，天哪！那时，就必须起个大早，小伙子，去说服当局以有用的东西取代它，以利于经济发展——有时，花了很多时间和精力，最后计划还是泡了汤。靠政府养活的梦想家和艺术家开始对我们大骂出口。"

"后来呢？"

"后来，我明白，必须到蒙特利尔来落脚。这里要自由得多。蒙特利尔老城损坏得太厉害了，联合国教科文组织不感兴趣，要是这座城市或其中的一部分进入世界文化遗产名录，不但母鸡能长出牙齿，屁股里也会长蒲公英。"

这种充满"诗情画意"的比喻让两人都沉默了一会儿。热罗姆觉得西科特的语言跟他办公室的陈设越来越匹配。

　　"总之，"律师接着说，"从蒙特利尔，我们可以向四周扩散辐射，况且，现在由于有了互联网，我们甚至可以从一个穷乡僻壤发散开去，不是吗？后来，随着时间的推移，我的生意越做越大，越来越广……现在，小伙子，我在一些大集团中起着重要作用。"

　　说着，他用拳手捂住嘴，压下去一个舒畅的饱嗝。

　　"我能问一问，那是一些什么集团吗？"热罗姆半开玩笑半担心地问。

　　"如果你足够聪明，你自然会明白，不是吗？你当然明白了。像你这样聪明的年轻人如果不明白，我会感到奇怪的……听着，热罗姆，我能像我一个人自言自语那样跟你说话，这说明我对你的信任，不是吗？不管怎么样，总有一天要到达这个程度的……年轻人，我是'影响分子'，如同一切优秀的压力集团成员一样。"他有点自大地说，"举例说，我是政客和某些商人之间的桥梁，反之亦然。政客需要金钱以便当选，商人需要合同才能……赚钱。你看，我试图在这两种需要之间创造'和谐'。一切都运行顺利了，经济就发展了，工资就有得付了，每个人都可以得到自己应该得到的东西，社会也满意了。你明白吗？"

　　"我明白了。"热罗姆答道，他好歹没有低下头去。"这样看问题毕竟有些滑稽。"他很想这样补充一句，但觉得不能说，当然，永远都不能说。

　　侍应又出现了，示意餐厅服务员撤掉桌上的东西，并拿出甜点菜单。塞弗兰·西科特甚至都没用目光征询一下客人的意见，就用手背推开菜单，点了几杯开胃酒。

　　显然，这是一顿特殊的午餐。

　　"热罗姆，"塞弗兰·西科特严肃地说，"到时候了，我该训练你了……是的！我太太帮了我大忙，幸亏她向我推荐了你。自从我雇用了你之后，我一直在观察你。我看到了你的行事方式和反应能力，真的，我很高兴。很高兴！不过，正如你自己也应该察觉到的那样，我并不喜欢恭维别人，我只是给我的职员以机会，并将此作为自己的责任——正如我也等待别人给我机会一样。跟你说句掏心窝的话，我梦想伴随在我身边的是我儿子，而不是你……"

他长叹了一口气。正在这时，前部长拉隆德从餐桌旁站起身，向塞弗兰·西科特挥挥手，然后带着他化石般的女伴准备离开，西科特马上友好地回了个礼。

"可是，费里克斯，"他的脸阴沉下来，继续低声地说，"他已经定性了。一个……烟鬼！但愿他还仅限于烟草，这可恶的毒药……可是不！祸不单行。酒精、大麻——也许还有很多别的可卡因毒品——已经烧坏了他的大脑。啊，是的……当我听说他从事这种毒品交易……天哪！怎么可能堕落成这个样子？我太太对他还抱有希望，但对我来说，他已经定性了。如果我要给一件事情定性，热罗姆，我只定性一次。生活经验告诉我，不要在无法挽回的事情上面浪费时间。"

这句话似乎在承认自己的失败，话中有愤怒也有痛苦，但他的思绪已经远去，好心情又回来了。

"够了，我有个好消息要告诉你，热罗姆。不管怎么说，我希望对我来说是个好消息……从今天开始，你不用再整理资料了，跟我一起工作。我将亲自负责你的培训。开始的时候，你只是作为一个普通的观察者跟着我——在工作中，当然，会跟许多人见面——以便尽快掌握技巧。不过，正如我对你所了解的那样，你不用太长时间的。还有，从现在开始，朋友，你不再领工资，而是抽股份——你会看到这将有意思得多！"

他在椅子上往后仰去，肚子滚圆，肥胖的脸上浮现出得意的笑容，俨然就是享受生活乐趣的慈善家形象。

"告诉我，你是怎么想的？"

好像是为了强调这一不可思议的条件，壁炉中的一块柴欢快地发出噼啪一声，在玻璃防护罩里面爆发出一片火星。

热罗姆瞪着眼睛看着他，头晕目眩起来，西科特像波浪一样晃动，大厅也变得有点模糊。是酒的缘故，还是因为意想不到的前景突然展现在眼前？他好像听到了数钞票的沙沙声、窃窃私语声、轻轻的笑声、酒杯碰撞的叮当声。这时，一股不明的味道涌到鼻孔，让他感到有点恶心。他注定要闻这种味道，因为它总是伴随着其他气味。他双手扶着桌边，深深地呼吸了一口气。

"塞弗兰，谢谢你对我的信任。"他最后终于回答说，与此同时，他满脸通红，腋窝全湿了。

"这么说，你同意了？太好了，年轻人。你不会为你的决定后悔的。当然，你会工作得很辛苦，有时，夜晚苦短，而且，在这个行业里，不时会遇到臭狗屎一样的人。但总而言之，你将看到，这是一种美好的生活。"说完，他转身叫住从旁边经过的侍应："加里，给我们再来两杯苹果烧。"

这顿饭吃得有点累，回到办公室，塞弗兰·西科特按摩了几下，跟妻子简短地说了几句话就回到自己的房间，想稍稍午睡一下再去参加重要会面。

"走了，回家去，年轻人，"他对热罗姆说，"你好像有点头疼。我下午放你假。把汽车停在这里吧，我给你付出租车费。现在不能因为酒驾而被抓了。"

回到家里，热罗姆发誓不跟任何人提起他的新工作：包括他父母、欧仁妮，尤其不能告诉查理。查理会用喋喋不休的说教烦死他，最后两人肯定会动拳头。不管怎么样，只要引渡的威胁没有消除，他就应该谨慎从事，乖乖地合作。今天爱抚他给他开门的手，以后也会推他出门，他可以肯定这一点。傻瓜才会反叛。

再说，他必须承认：他喜欢历险。经历了去年的那么多厄运之后，他需要报复？"人也许是这样才变坏的。"他心里这样想着，倒在床上，"都是环境造成的。"

这种让人伤感的发现并没有妨碍他在半分钟之后就呼呼大睡。

◆◆◆

在热罗姆短暂的爱情史上，欧仁妮·梅蒂维埃远远不是最吸引人的女性。生物化学现象好像伴随着某种关系的开始，有助于结成伴侣。在他身上，这种现象所起的作用极为强大，因为一想起不能再见到她，他就会感到既可笑又可怕——而他的新情人似乎也同样。

她很沉静，可以说很保守，这是一个有条理的女人，性格坚强，可以说是用管理者的角度来看待生活，但她对享乐和幻想并不排斥。她爱想入非非，并没有某些行政和商业人士身上的那种狭隘。她喜欢旅行、文学，常常去看电影，听别人谈论政治也不一定会麻木不仁。她读的是营养学，6年前就得到了蒙特利尔高等商学院商业管理本科文凭。麦德龙连锁店委托她管理所谓的健康食品。

像大家一样，生活也给她造成了不少创伤，有的还未痊愈。热罗姆打听她前夫的情况时发现了这一点。

“他是比利时人。”她回答得有点不客气，“回比利时去了。他太不应该离开比利时了。”

他想追问，但她摆手打断了他：

“对不起，我不想说他。”

这是一个星期六的上午，安德烈-安娜去她的小伙伴家里了，下午4点才回来。所以他们不慌不忙地吃早餐，一杯接一杯喝咖啡，然后疯狂做爱。欧仁妮不满足她教给他的某些爱抚动作，自己也不断地爱抚对方，熟练灵巧，充满激情。热罗姆发现了新的天地。

在一次极为强烈的性爱之后，他气喘吁吁地突然问欧仁妮：“亲爱的，你是怎么做到让我像气球一样飞起来的？”

她笑了：

“因为我氢气足罢了。应该说，你还是挺容易起来的，热罗尼莫[1]（她在亲密时刻是这样称呼他的）。”

---

[1] 热罗姆这个名字的西班牙叫法。

当他不住地吻她的脸时，她继续在笑。

"天哪，"他用火热的声音喃喃道，"遇到你我太幸运了。你呢？你觉得自己幸运吗？"

她用双手捧住他的脑袋，直视他的眼睛：

"这是什么问题呀……你修复了我的生活，热罗姆……甚至连安德烈-安娜都发现了。"

他开心地咯咯笑着。就在这时，他差点违背诺言，把自己新工作的事告诉她。

"我修复了你的生活？"他低声重复道，这种说法让他很是惊讶，"将来也许有一天我需要别人来修复我的生活。"

他用食指抚摸着她的下巴，她抓住他的手：

"你想说什么？"

他犹豫了，身上一阵颤抖，但只持续了一瞬，然后，便调皮地眯起眼睛，模仿她刚才说话的语气，想岔开自己的问题：

"请原谅，我不想说。"

她猜到了他是在躲闪问题，不过，看他笑得那么真心，她也改变了主意：

"乱开玩笑，滚……好了，说说我们今天做什么？"

热罗姆前一天的经历，可以成为人们所能想象的最好奇最丰富的一个故事的素材。

他和塞弗兰·西科特在海狸俱乐部午餐后的两天内，没有任何特别的事情发生。第二天上午，奥利维埃·弗拉岱特带着默契的微笑，递给他一个厚厚的案卷，用大老板的命令口吻，要他认真地看一看，"因为内容有用"。热罗姆马上就开始看起来。

这些资料好像互不相关，其中有许多页面写满了难认的字。独自认真地研读了两个小时后，他觉得自己能猜出来的，就是专门建造人行道的建筑商们好像在争夺拉瓦尔市政府的一个招标项目。

第二天下午，弗朗西娜·德雅尔莱让他去她的办公室，亲切地告诉他，他的案件"发生了令人鼓舞的转折"，但她还要做出不少努力才能彻底解决问题。接着，她又问他觉得新工作怎么样？

"实话告诉你吧，弗朗西娜，这项新工作跟我以前的工作很像。"

"等一等对你来说又没有什么损失。"她笑着回答说。

塞弗兰·西科特在外面临时有事，回不来了，直到第二天上午才来到热罗姆的办公室，用庄严的口气对他说：

"年轻人，跟我走。我向你介绍一个很重要的人物。"

接着，他以坚定不疑的神态补充了一句：

"我把他当作我的思想导师。是的，年轻人，一点都不夸张。而且，并不是我一个人这么说。请相信我。"

"那位先生叫什么名字？"热罗姆跟着老板，问。

"约瑟夫–埃美·若亚尔。当时人们都叫他若若，但从来不敢当着他的面这样叫。真的，不敢。否则他会骂死我们。"

"当时？他现在不工作了？"

"你到了88岁还会工作吗？"

"如果我身体还健康，我会的。"

"年轻人才会这么回答。"

一到外面，热罗姆就惊叫一声。一辆威武的奶白色宝马四门轿车停在他刚刚买的那辆小本田旁边。与宝马一比，他的小本田显得一副寒酸样。一小时之前，他到这里的时候那辆豪车还不在。在这之前，老板夫妇都满足于各自的双门凯迪拉克，夫人的是天蓝色的，先生的是橄榄绿色的，对于皇家山这么高级的居民区的居民来说，凯迪拉克是合适的，但也仅此而已。奶白色四门轿车豪华但收敛，就像用小号来庆祝事业进步。

"比这更好的有的是，但我觉得这已经不错了。"西科特只说了这么一句，装作漫不经心的样子走向车子。

"哇，太豪华了！"

热罗姆羡慕地看了一眼里面：

"要很多钱啊，要买这样一辆……"

"年轻人，只要有钱，没什么是贵的。"西科特一副教训人的样子。

他深深地呼吸了一口气，欣赏自己故作高深的自明之理，然后说：

"上车。不能迟到了。"

"我们去哪？"

"威斯特蒙，库伍德路。"

宝马慢慢地倒到门口，然后右拐，一下子就冲了出去，似乎在马路上面静静地飘。驾驶室里散发出新皮的味道。西科特竖着脑袋，唇边挂着满意的笑容，优雅地用小指压下一个按键，贝德里赫·斯美塔那的《伏尔塔瓦河》乐曲似水一般流进车中，像在教堂里一样回响。热罗姆愣住了，转着脑袋四处看。

"太美了，"西科特说，"让我心里很愉快。"

他关掉音乐。

"作为立体声频道，应该说不错吧？"

"我从来没有听到过这么美的音乐……至少是在汽车里。"热罗姆装作行家的样子。

"这才是伟大的艺术。"西科特说。

热罗姆斜了他一眼，觉得他沾沾自喜，愚蠢地拜倒在自身的成功面前，死死地用牙齿咬住，疯狂地咀嚼。

他摇摇头，想停止这种想法，在目前这种情况下，这种想法只能有损于他。他觉得这场见面非常重要，也许还是决定性的，他们想让他接受最后的考验。

阔气、豪华、排场得咄咄逼人的房子继续在马路两边延伸。谁不曾梦想过拥有这样的一栋房子，哪怕知道自己永远也不可能得到？这让有些人心生阴暗的羡慕、低下的妒忌和满是怨恨的失望等。热罗姆想起大革命中在马路上搏斗、抢劫他人房屋、到处放火的人。他有个教历史的老师，是个老右派，厌恶地挥动大手，把他们形容为"乌合之众"。对于那些不经过大脑思考的人，这种说法是恰如其分的。也许富人区本身也酝酿着自我毁灭的种子？

西科特转身问他：

"年轻人，你好像在想什么……有什么不对劲的地方吗？"

"没有，没有……有点儿头痛，没别的。一下子就好了。"热罗姆支支吾吾地说。

他脸红了，胡思乱想，对现状不满，这让他觉得很不好意思。

"那位若亚尔先生，他的身体还很好？"他假装感兴趣。

"我上次见到他时，他浑身是劲，尽管膝盖有点问题。不过那是10个多月以前的事了。我们到了。"

左边有一栋带山墙的多层石屋，墙体很厚，但依据威斯特蒙的标准，这没有任何特别之处。

塞弗兰·西科特下了车，看了一眼手表后，便快步走向小道，然后两次朝热罗姆转过身来。热罗姆半路停下来整理领带，并用纸巾擦拭鞋尖。

"好了，热罗姆，"他不耐烦地说，"你又不是去参加时装秀！我们差不多晚了三分钟。你将看到，他会指责我们的。"

他正想按门铃，门却突然开了，一个矮胖的海地女人扎着女仆那样的头巾出现在门口。

"你们好，先生们，若亚尔先生在等你们。"她声音有点沙哑地说，"请跟我来。"

在这个"等"字里有责备的意味。塞弗兰·西科特做了个鬼脸，清清嗓子，然后不高兴地看了热罗姆一眼，好像是因为热罗姆的缘故才迟到似的。

"他好吗，克莱芒蒂娜？"西科特强作欢颜。大家穿过一个铺着紫色地毯、陈设端庄豪华的客厅。

"啊，就他的岁数来说，还不算太坏，但冬天不太好过，啊，真的！就在圣诞节前夕，他得了严重的感冒，持续了很长时间，大家都想把先生送到医院去。幸亏他最后痊愈了。幸亏！"

他们来到一扇橡木大门前。大门高处有一个浮雕，一个小天使，展开厚厚的小翅膀看着他们，一副嘲笑的样子。女仆推开门，在他们面前闪到一边，伸出一手：

"他在办公室里。你们知道怎么走。"

他们来到一个小客厅里，四周有不少房间。一个沙哑但威严的声音从一扇半掩的门里传来：

"在这儿呢，塞弗兰！我在等你们。"

一个秃顶的大胖子，戴着灰色的玳瑁眼镜，肩膀宽阔，但身体有点衰老，正翻阅着摊在桌上的一张报纸。

热罗姆发现他坐在轮椅上。

"我等了你们三分半钟了，"那人指着西科特，然后又指着热罗姆，大笑着说，"在我这个年龄，我得争分夺秒，每一分钟都很金贵。将来有一天你们会知道的。"

"乔，这是我的错。我刚刚买了一辆新宝马，我是第一次开。"

"宝马？什么型号的？"

"格兰轿跑6系。"

"啊，那可是好车……接受道歉，但仅此一次。"他调皮地眨眨眼睛，指着热罗姆，"你带你的继承人来了？"

"乔，我谨向你介绍热罗姆·吕皮安，这是一个才华横溢的小伙子，我和弗朗西娜·德雅尔莱对他寄予厚望。"

热罗姆不知所措地点点头，一副傻呆呆的样子。

"脸别红成这样。"老头粗鲁而开心地对他说，西科特则悄悄地笑着。"如果他赞扬你，那是因为你当之无愧。在生活中，不要害怕展示自己的价值，否则，什么事都干不了。收入微薄的人才会谦卑。"

"因为我刚刚进入这一行，若亚尔先生。"热罗姆说。（但这是什么行当啊！他心想。）

"西科特先生这么信任你确实不易。要是我在他的位置，而他在你的位置，我恐怕不会这样做。"

约瑟夫-埃美·若亚尔转身对西科特说：

"你的这个年轻人，他不乏智慧，但我觉得他的思想太正统。还得继续培训他，塞弗兰。"

"放心吧。"

"有两三件事我教给了塞弗兰，他最后完全理解了。第一件事，绝不要被感情所累，那种福不该去享受。第二件，属于普通的道理，不是随便做什么或跟什么人都能得到好结果。必须严格、顽强、努力工作。但离最重要的事情还差得远呢……"

他盯着热罗姆，伸出一只手指粗短、因关节炎而变形的手，用他镌刻着姓名开头字母的戒指轻轻地敲了三下桌子：

"……年轻人，重要的是想象力。做一个普通的水手还是当老板，跟人的想象力有关。"

"啊，这一点，他可不缺。"西科特笑着插嘴道。

他把凡尔赛广场的那件事讲给了老人听。

"好，很好，"约瑟夫–埃美·若亚尔专心地听着，不时轻轻地称赞，"很有前途……你看起来很聪明。"

热罗姆差点把他划到令人厌烦的专业饶舌者当中，打断了他的评价：

"谢谢先生，我受宠若惊。"

"您看，"西科特兴高采烈地指着他的雇佣说，"他懂礼节，而且知道怎么说话。并不是所有的人都有这种天赋的。"

"那当然，那当然，"若亚尔慈父般地说，"这是个优势。在这一点上毫无疑问。"

热罗姆微笑着，又感到不安起来。他觉得自己就像过去的一个大家闺秀，被人领进舞会，想进入社交圈，给自己找个门当户对的对象。事情变得怪诞起来。

"……不过，我看得很清楚，"老人家用开玩笑的口吻继续说，"你的表情告诉我，我的建议开始让你讨厌我了……不不不，不要否认，我早就意识到了，我还没有瞎，也没有老糊涂……这很正常，年轻人不喜欢别人对他指手画脚，他们充满活力，觉得自己无往而不胜……但也因此而经常摔破脸！很抱歉给了你这些建议，可你要我怎么办呢？我这把年纪了，你总不能要求我做示范吧？关于尚普兰大桥的故事，塞弗兰有没有告诉过你？"

"没有，乔，我不敢夺你所快，你自己告诉他吧！"

"年轻人，你想知道吗？"

"当然想，若亚尔先生。"热罗姆使劲点点头。

"很好，"老人满是皱纹的黄脸上明显露出了高兴的神情，"20世纪50年代初，人们开始说要在蒙特利尔和南岸之间建一座新桥。在路易·圣劳伦特①时代，你知道，有的桥是由联邦政府来决定建不建的。当时，南岸发展迅速，人人都想拥有自己的汽车，现有的三座桥已经不够用了。那个时候，我才三十来岁，有一家道路建设公司，一家混凝土公司，还有两三家负责修修补补的小公司。我的生意进展顺利，但我雄心勃勃，想让公司扩大得更快一些。由于工作的原因，我和各地的工程办公室都有联系，跟政党也建立了良好关系——这很重要，大家都知道，如果想从公共工程中分一杯羹的话。"

他停下来喘了喘气，然后深深地呼吸了一口，用严肃得几乎可以说是庄严的口吻继续说：

"年轻人，我现在才刚刚介绍了故事的背景。"

塞弗兰·西科特激动地轻咳一声。他坐在椅子上，身体前倾，激动得两眼放光，渴望听到这个百万老富翁的话，就像摇滚乐发烧友，面对他的偶像在唱他已经听了千百遍的歌曲，兴奋得差点晕倒。

"1955年8月17日，交通部部长乔治·玛里埃在蒙特利尔召开新闻发布会，宣布将在宝乐莎的西南部建一座新桥。当时人们那个激动啊，你要是能看到就好了！渥太华决定把它命名为尚普兰大桥，这是献给民族主义者的一朵小花，当然啦……开始招标了。那天中午，我和一个搭档维克·拉莫纳在谢尔布鲁克路的'康宝'午餐，离我们头顶不到一米的电视播放了这个消息。'这是一个大工程啊，'维克说，'数百万，数百万，数百万！可惜我们的公司不够大，否则的话可以去试试。只要成功一次，你就可以吃一辈子了。''我们为什么不试试呢，维克？'

---

① 路易·圣劳伦特（1882—1973），加拿大第12任总理，1948—1957年执政。

我问他，'我熟悉混凝土行业，而且我们不怕干活。找一些合作者不就可以了。''可这需要关系，乔，但我们没有。'事情悬在那里，但我继续在想。维克不知道的是，关系吗，我有一个：两三个星期前，在凡尔登举办的一场慈善晚宴上，我遇到了玛里埃部长的财政主管，我们聊了很长时间，那家伙好像很好说话，很快就听进去了。我打电话给他，两人见了面，谈妥了。他给我介绍了关键人物，从那时起，我就能操纵武器了，进了即将投标的'幸福儿童'集团……我一开始就懂得了必须避免重蹈建造雅克-卡蒂埃大桥的覆辙。"

"什么错误？"热罗姆惊讶地问。

"建造得太牢固了。"

"这是一个错误？"

他差点笑出声来。

"当然！年轻人，你听好了，雅克-卡蒂埃大桥是1930年通车的，你看看它现在的状况！就像新建的一样！只需不时地刷刷漆，然后这里那里小修小补，基本不用去管它！我们永远都看不到终结的那天。我肯定是看不到了，你，我也怀疑。它牢固得至少还能挺立200年。"

热罗姆盯着他，笑容都凝固在脸上了。

"我不明白。若亚尔先生。"

"我看得很清楚你不明白！所以塞弗兰先生才把你带到这里来，让我给你讲讲我的生意经。"

热罗姆本能地向老板转过身去，好像想确认若亚尔先生不是拿他开玩笑。

西科特一副冥思的样子，在继续聆听老人的每一句话。

"好好听，好好听。"他低声嘱咐道。

"所以，"约瑟夫-埃美·若亚尔接着说，"我刚刚明白，如果希望一个国家一代代繁荣下去，生意就得一代代兴旺下去，有很多公共工程做，以保持良好的'经济流'。年轻人，要从自私的贝壳里走出来，想想我们的后人。我们死后，他们将在生意场接替我们的位置。对我们来说是好的东西对其他人来说也是好的，不是吗？造桥，或者是建医院、修路，这不重要，如果它所使用的时间太长，就会让一个国家陷入经济萧条，长期不景气！金钱是用来流通的，如果不流通了，它会生锈。记住这个道理。"

他又停了下来，呼吸急促。

西科特突然站起来：

"想喝水吗，乔？"

"不用不用，"老人不耐烦地挥了一下手，回答说，"你坐下吧……不过，我想了想，还是喝一点干邑吧。你们也喝点？"

没等回答，他就按了按钮。克莱芒蒂娜出现了。

"克莱芒蒂娜，给大家来点提神的东西。"

女仆一脸不高兴地走到镶嵌在书房里的一个小水吧里，给大家端酒。书房里满是黑乎乎的精装书。

"请把瓶子放在桌上。"若亚尔说。

"十天来已经是第二回了。"那个海地女仆生气地说。

"十天后，我喝第四回。去吧，孩子。"

"可您知道医生是怎么对您说的。"

"去吧，孩子，去吧。"

她耸耸肩，嘟哝着离开了房间。

"于是，"若亚尔接着说，"由于耐心、外交、在适当的时刻给适当的人打电话，我终于通过小圈子进入了制订桥梁建设计划的'智囊'。那时我才发现，有两帮人正在搏斗：法老帮和现代帮。"

看到热罗姆惊讶的样子，他笑了：

"法老帮争取建造能欣赏几百年的桥梁，阿门，可造价昂贵，天哪！打了胜仗建造大桥的就是这个帮；现代帮呢，他们希望建造'适应我们这个时代'的桥梁，建造起来没那么贵。但我要说，桥造完之后，它能给包工头们带来财富。你听懂了吗？桥只建一次，但要维护、修补多次。如果你建得太牢固，维护和维修的来源可以说就被切断了。而且，随着现代化的来临，最美好的事情是有一天，在桥上投了很多钱之后，政府最后说，桥无法再修补了，必须建新桥，于是又重新开始了。"

他把鼻子凑近干邑酒的酒杯，闻了闻味道，然后喝了一口。

"当然，我选择了现代派，通过结盟和运作，我让他们取得了胜利。计划出笼了，开始招标了，我及时开办了一家控股公司，跻身于最大的玩家当中。我们投了标……说投标有点夸张，其实，我们是在分蛋糕……有的人分得大点，有的人分得小点，还有的一点都分不到，但弄到很多糖衣……下次会轮到他们……他们有点咬牙切齿，但最后会得到安抚的……"

老人刚才所说那些刻薄的话，让热罗姆一惊。为了掩饰自己心里的惊讶和厌恶，他笑了笑，表示同意，然后高兴或惊奇地轻轻噘噘嘴，让这种笑容有所变化，否则这种僵硬的表情会让人怀疑。喝一口干邑，对他完成这个任务大有帮助。

约瑟夫–埃美·若亚尔双手按着桌面上，双臂撑得开开的，满意地笑着，看着听他说话的这两个人，这让他瞬间年轻了20岁。

"'现代'的策略最后结果了。两三年来，你们都看见了，人们越来越多地谈论要重建尚普兰大桥，因为它坏了。它仍然是安全的，但破损了。或迟或早，人们将毫无选择：必须重建。政府头疼了很长时间，各种各样黏乎乎的东西不知在我们那座老桥上放了多少——价钱不菲啊——但总有一天，渥太华不得不承认一个明显的事实：我们需要一座新桥！假如桥刚好在交通高峰期倒塌呢？一想到这一点，任何一个执政者都会被吓得屁滚尿流。于是，当局在蒙特利尔又召开了一场新闻发布会，宣布将制订新的计划，当然是完善过的。不管怎么说，总不能对进步不满吧？人们将研究新的投标，工作又重新开始了，经济运行得更好了，大家都将皆大欢喜。

"除了出钱的人。"热罗姆在心里暗暗反驳道。

他怕自己的想法被眼神暴露出来，于是赶紧喝了一口酒。

"不能只想着自己，"若亚尔用传道者那样夸张的口吻接着说，"而要想想将来的一代代人……年轻人，我说得对吗？"

这个问题就像是一个忠告。

热罗姆使劲点点头：

"完全同意，先生。"

他感到自己的脸又有点红了，但依然忍受着老人似乎要看穿他五脏六腑的征询目光。必须找到别的东西，不管是什么东西，总之要证明自己是跟他们一伙的。

"无论如何，"热罗姆看破红尘地说，"我们缴纳的税一半都被那些领导我们的无能者浪费了。"

"说得对，"塞弗兰·西科特拍了一下他的肩膀，"你什么都明白了。那些钱还有一些落到了私人的口袋里，不是吗？我们至少知道如何花这笔钱，到最后，民众也能获得好处。"

若亚尔拿起酒瓶，一副善良的样子，让客人们把酒杯拿过来。

西科特摆摆手，说：

"不了，乔，谢谢你，但我们应该走了，工作在召唤着我们。"

热罗姆连忙站起来，把酒杯放在桌上，向老人伸出手：

"见到您真是我的荣幸，若亚尔先生。"

"不客气，年轻人，祝你好运。你有个好老板，好好珍惜。"

热罗姆向门口走去的时候，若亚尔向西科特比画了一下，意思是说："他给我印象不错，但是，"他又眨了眼睛，"谁知道呢？"

克莱芒蒂娜立即出现在前厅，满脸不高兴地带领他们走向大门。

"你们跟他聊得有点太久了，西科特先生，"开门的时候，她说，"那个可怜的人，他得恢复两天。"

"对不起，克莱芒蒂娜，真的对不起。我不知道。"

"西科特先生，我每天都看着他比前一天衰弱。我想，他的时间已经不多。"

"但愿他马上就死，"热罗姆心想，"他现在就已经耗费我们太多的钱财了。"

他欠欠身，笑着向女仆告别。

外面凉爽刺激的空气突然让他身体僵硬，他走路差点蹒跚不稳。是酒精的缘故，还是在见面过程中老家伙不断地向他灌输的那些卑鄙的语言与之形成了鲜明的对比？刚才，他也不得不附和那个老家伙。

他上了车坐好。

"你看起来有点昏头昏脑的。"西科特一边发动车子一边说。

"是的，我自己也不知道我怎么了……突然间这样的。"

"孩子，你受不了干邑吧？这可是250元一瓶的轩尼斯X.O.……味道太好了！"

发动机运转润滑，车子行驶柔和，皮椅散发出刺鼻的味道，这些似乎都让他感到恶心，他要不断地咽口水把它压下去。他脑袋前倾，大口地呼吸起来，脸色苍白。

"停车，停车！"他突然大喊起来，听得出来他很尴尬。

西科特把车子拐到右边，刹住车。热罗姆冲到外面吐了起来，但一道黏乎乎的东西已经弄脏了车门的内侧。

"啊，天哪，天哪……我这是怎么了？"他喃喃道，靠在消防栓上，掏出一张纸巾来擦嘴。这时，一个白发老妇在他面前停下，厌恶地盯着他，她的鬈毛狗狂叫着躲在她身后。

"怎么样？好点了？"当热罗姆不好意思地回到车中，西科特低声抱怨道，"老天保佑，但愿我的皮椅没有留下污迹，我已经把能扔掉的都扔掉了。手套箱里有餐巾纸。"汽车又开动了，他用命令的口吻说："继续擦，好吗？"

此后两人便一路无语，直至回到办公室。

欧仁妮困惑地盯着电脑屏幕。她关着门，把周围办公室的噪声挡住了一半，但还是能清楚地听到广告公司两个广告设计师可以说是很激烈的讨论。广告的主题的是"无敌"牌冷藏树莓从600克减少到400克，价格却没有相应地降低。冷藏树莓，对健康多么有利啊！但现在对她来说一点都不重要。她刚刚看完一个名叫查理·普拉蒙东的人的邮件，那人自称是"替热罗姆担心的朋友"。热罗姆多次跟她说起过查理，说他是自己最好的朋友，"有时很迟钝，但心地善良"，不过他没有细说。她叹了一口气，又看了一遍电子邮件。

梅蒂维埃夫人：

　　首先我要声明，并不是热罗姆把您的电子邮箱告诉我的（我想，出于谨慎，他会拒绝的），我可以通过您的雇主得到它。开门见山吧！因为我知道您的时间很宝贵（我的时间也很宝贵，请允许我这么说）。几天来，热罗姆很让我担心；如果说他也让您担心，我一点都不会感到惊讶。我们能见个面吗？希望得到您的回信。

　　祝好！

查理·普拉蒙东

　　"我的时间也很宝贵，请允许我这样说。"她低声地重复道。热罗姆的朋友说话有点粗鲁。

　　除了这个令人不愉快的句子，整封电子邮件的语气中还能有什么细节使她不想立即就回复呢？凭她对人的了解，持有这种态度的人，要么是确实令人讨厌，把自己当作拿破仑的后代了；要么是极害羞的人，把自己的粗鲁作为挡箭牌；还有可能就是以上二者兼而有之，这种情况最糟糕，因为这种人永远捉摸不透。总之，与这种人打交道是最没有意思的。

　　但她很快就做出了决定：她回答查理说，她将很高兴见到他。第二天晚上8点在范霍恩路1317号布拉格咖啡馆见面是否可以？

　　10分钟后，会面就确定了。她感到一阵解脱。这个查理·普拉蒙东说得没错，她确实很担心。说实话，一段时间以来，她都不认识热罗姆了。他情绪低沉，心不在焉，精神紧张，有时甚至缺乏耐心，常常一个人在想心事。她故意问他一些问题，想把他拉回到现实中来，但他总是用略带讽刺的玩笑来搪塞，或者说自己整天在外面跑，还要适应新工作，很累。

　　有一天晚上，他叹了一口气，说："早上一醒来，甚至还没下床，白天的工作就摆在你面前了。你要花差不多半个小时才缓过神来。要知道，这种工作太紧张了。"

　　但关于这项工作的性质，她只笼统知道一点。一天晚上，那么多秘密弄得她很生气，她想逼他老老实实解释给她听。他被逼到墙角了，"压力集团嘛，"他回答说，"如果不对自己的工作守口如瓶，那就要另谋出路了。这个行业是建立在绝对保密基础之上的，不容外传。"

　　"乖，亲爱的，"他一边熟练地爱抚她，一边对她说，"别再向我提问题了。否则，我就会干蠢事的，到时候，你就会跟我一样后悔莫及。我向你发誓，我的工作是百分之百体面的。很难，但很光荣。"

　　那他的忧伤又如何解释呢？她觉得他很伤心。这种伤心让她想起他在巴拉德罗的游泳池旁接近她时的自己，当时，她跟一个非常出色但无法继续与之生活下去的男人已经离婚6年，正在疗伤。

　　而这个她再也无法离开的热罗姆，他又在疗什么伤呢？她遇到的男人注定都很优秀但无法一起生活吗？如果那样的话，独身万岁吧！

　　星期四晚上8点，范霍恩路。6月中旬的这天晚上，大雨倾盆。蒙特利尔到处都是汽车喇叭声，无数汽车行驶在湿漉漉的大街上，大街成了一面镜子，倒映着各种光亮。安德烈-安娜又得了扁桃体炎。这已经是8个月来的第三次了。这就是流动托儿所的"好处"之一！欧仁妮刚把女儿托付给科斯蒂，那是原籍希腊的一个14岁男孩，就住在对面。去年夏天，那孩子在超市的广告栏上贴出布告，说自己可以看护孩子。科斯蒂安静、严肃，满脸微笑，第一次见面，他五分钟就征服了她女儿。但今晚，他得重新征服她。小女孩不要科斯蒂了，死缠着要……热罗姆。一段时间以来，她就黏上了他，热罗姆成了她正式的故事员和给图画着色的伙伴。有个星期六，他带她去让-塔隆市场买东西，一个半小时后，她回来时，目光中出现了欧仁妮很久没有见到的喜悦。

　　科斯蒂差点失去了他的教主地位，显得有些惊慌，但迅如闪电，他很快就重新掌握了局面。两分钟后，安德烈-安娜就笑了。笑得有些勉强，但毕竟还是笑了。妈妈利用这个机会赶快开车去赴会。她很喜欢这个皮肤黝黑、声音已经变得低沉的科斯蒂，每次见面，他都用非常羞怯但很火热的目光看着她，好像她已经成了他的一个"性象征"。

透过瓢泼大雨，布拉格咖啡馆的门面亮堂堂的，就像在热烈欢迎大家。正当她想寻找一个离咖啡店尽可能近的车位时，运气不请自来：停在店门口的一辆小人货车发动起来，离开了。她很快就冲进店里，合上湿淋淋的雨伞，扫了大厅一眼：一个人都没有，除了一个年老的先生，坐在右边靠墙的酒红色皮长凳上，脸上带着精明的微笑，正在翻阅宜家的产品目录。站在柜台后面的老板看见欧仁妮，友好地向她招招手：

"你真勇敢，冒着这么大的雨到店里来。"

这是个四十来岁的男人，声音响亮，嗓门很高，一口法国口音，充满了小商人为生计拼搏的那种活力。

"有时是迫不得已，"她露出笑容，说，"我暂时不点东西，我在等人。"

"那我给您来杯水？"

"谢谢，谢谢。水我已经喝够了，真的。"

看到她在门边角落里的小桌子旁坐下，他笑了。那张桌子的正上方有一系列黑白照片，当然，是老布拉格的照片。

空气中洋溢着烤奶酪的味道，她才意识到自己几乎没有吃饭。她看了看表：8点10分。但愿那个查理不会让她等太久，因为她很想吃口东西。如果10分钟后他还没来，去他的礼貌！她就点餐。

10分钟过去了。她正要找老板拿菜单，门开了，扑进来一阵雨声和一股潮湿的空气，一个穿柠檬黄雨衣的人来到餐厅当中站住，摘下雨帽，脚底下很快就聚了一汪水。他看见她，便笑着问：

"您是欧仁妮·梅蒂维埃？"他上前一步。

"您是查理？"她伸出手，试图用笑容掩饰自己的震惊：他一头易洛魁人那样的头发，一脸大胡子遮不住被粉刺蹂躏的脸。

"请原谅我迟到。好像是故意找我麻烦，临出门碰到了紧急的事。抱歉。"

他在她面前坐下，用手背擦拭了一下额头。

"我甚至都来不及吃晚餐。"他补充道,一副伤心的样子。

"巧得很,我也没吃。"

老板的耳朵灵得很,他已经站在他们旁边,好像强迫他们似的,拿着菜单,推荐道:

"今晚,我们只剩下两份鸭胸脯肉色拉晚餐,还有很好的三文鱼浓鱼汤,加三明治,意大利帕尼尼三明治和普通的烤面包片夹奶酪火腿三明治。厨房十分钟后下班。"

"三文鱼浓鱼汤是捷克菜吗?"查理问。

大家一时都没有说话,意识到这个问题太愚蠢。

"先生,这里没有任何捷克的菜肴,除了咖啡馆的名字。"老板打趣道。

"对了,为什么叫布拉格咖啡馆?"查理满脸通红,他的话收不回来了,只好硬着头皮往下说。

"那是老掌柜取的,先生。由于这家店名声不错,我们觉得最好还是保留这个店名。"

"我要一份鸭胸脯肉色拉。"欧仁妮选了菜,想打断这一关于地名的讨论,尽快进餐。

"我也同样。"查理说。

然后,他转身对欧仁妮说:"我请您。毕竟是我让您在这场大雨中出门的。"

"您好像在这里吃饭的次数比我多。"欧仁妮笑着说,"谢谢了。"

这个年轻人给她的印象在不断变化:他由让人不安变成有点傻傻的,现在又似乎给人以好感。但她猜到在他们的见面过程中,她的评价指针会不断地波动。

"喝点什么吧?"查理建议道,"咖啡?嗯,"他马上看了看自己的手表,"差不多八点半了……对我来说,哪怕是无咖啡因的咖啡,这个点喝都有点晚了,我会睡不着觉的……"

"我也是。"

"那就红酒?喝吧,我很高兴……我觉得您好像很熟悉这个地方……他们这里有上好的桶装红酒吗？"

"他们的红酒不错的。"欧仁妮说，心里暗暗发笑。

"半升红酒，老板。"查理转身对柜台那边说。

"好的，先生。"老板答道，然后转身说："罗姗娜，你去弄酒好吗？"

查理这时才发现还有个老板娘。一个身材高挑、四十来岁的漂亮女人走过来，动作敏捷，满脸微笑，睫毛膏和眼影化妆粉使她的眼睛更加妩媚。

"来了，先生。"她把长颈瓶和杯子放在桌上，迅速地倒满酒，然后问："梅蒂维埃太太，您好吗？"

她说了几句话就走开了，因为她猜到客人在这个点来她店里，应该不是来闲聊的。坐在长凳上看宜家产品目录的那个男人也许对自己的分析感到很满意，要结账了，他来到收银台前。付完钱后，他站在门口忧虑地看了一会儿马路，撑开巨大的黑色雨伞，消失在暴雨中。

鸭胸脯肉色拉来了，伴随着一小筐香喷喷的热面包，好像在嘲笑外面无情地越下越大的雨。

几分钟里，查理和欧仁妮埋头吃东西，只友好地交换了几句客套话。后来，查理停下来，一手拿着餐刀，一手拿着叉，十分严肃地看着欧仁妮：

"我们能以'你'相称吗？"

"我正要这样问你呢！"她有点惊讶地说。

"我觉得这样说起话来更方便。"

他继续盯着她，然后把话又咽了回去。一次，两次。

"天哪，这是怎么了？"

"我想……我想热罗姆是上了贼船了，或者差不多是这么回事，"他低声地说，"我犹豫了很久才……打电话给你，因为我可能会失去一个朋友。但我必须这样做，你知道……这是为了他好。"

他又大口吃起来，好像甩掉了包袱。欧仁妮脸色苍白，轻轻地推开自己的碟子：她不想再碰。

"可是……你为什么会这样想？……请详细解释一下你这样说的原因。"她很激动，严肃地对他表示不满。

她用眼角往咖啡馆里头扫了一眼，里面传来洗涤餐具的嘈杂音和罗姗娜打电话的声音。她放心了，拿起酒瓶，把两个酒杯倒满，等待下文。

"上星期三晚上，"查理说，"热罗姆在家吃晚饭。前一天，我曾请他吃饭，因为我发现他近一段时间以来劲头十足。我们喝了不少酒。说实话，我曾想灌醉他，让他把秘密和盘托出，但直到现在依然一无所获。就在晚餐快要结束的时候，突然，他的手机响了。他看了一眼，瞧他的样子，他宁愿我去参观迪士尼乐园或去看望曾祖母了，而不是坐在他对面。可我既没有去迪士尼，也不用去看曾祖母，于是我便站起身，假装去解手。作为一个好朋友，应该知道什么时候该撒尿。但我是有计划的……从餐厅里看不见厕所的门。我把它打开又关上，人却站在走廊里偷听，但只听了半分钟，没有更多。但在这半分钟里，我了解到的情况比过去很多个星期都要多。"

"你了解到了什么？"

查理皱起眉头，严肃地说：

"我了解到什么？是这样……"

他停了一下，喝了一口酒。

欧仁妮生气了，低声地说：

"朋友，你听好了，我们不是在演侦探电视连续剧，而是在现实生活中。所以，痛痛快快地说出来吧……我都快急死了！"

她抓住他的手，就在这时，老板从柜台上面伸出头来，但马上又缩了回去。

"他在跟山姆·卡尔维多讨论什么。"查理迅速答道。

"山姆·卡尔维多？蒙特利尔市执行委员会主席？"

"是他……很有用的关系，是吗？一个月来，你知道，在谈到路灯丑闻时，人们不断提到他，前天，他的名字出现了——天哪！——出现在了圣塔马布尔镇案件中，一桩好像涉及数百万元的诈骗案。这应该还是单子的开头，这单子长得很，起码有5公里……我拿十年的工资打赌，人们准备先免去他的职务，然后再把他送上法庭。啊，那将是一个极为轰动的事件！"

这回，轮到欧仁妮向柜台转过身去，扬起一只胳膊：

"罗姗娜，请再给我们来一瓶红酒！"

她试图让自己的声音变得愉快点，但这种快乐却透出无限的忧愁，罗姗娜和丈夫交换了一个眼色。

"马上来，夫人。"

她端来了酒，然后迅速离去，比第一次躲闪得还快。

查理和欧仁妮沉默了一会儿，他们已经喝光了杯中的酒。欧仁妮在最后一道希望的鼓励下，突然向查理弯过腰来：

"你刚才说他曾跟山姆·卡尔维多通过电话？"

"是的。"

"你能肯定吗？跟某人说话和谈起某人可不是同一回事。"

查理同情地看了她一眼。"真的，这个可怜的女人，她真的爱他……为了他，她愿意献出自己的生命！热罗姆那个傻瓜，他不知道自己有多幸运！"

"很抱歉，"他摇摇头，接着说，"我没能听太长时间，但还是听到他说：'是的，卡尔维多先生……不，卡尔维多先生'，在我看来，他那种说话方式，只能是对那位卡尔维多先生的。"他扬起手，彻底打消了她的最后一丝希望。他指的确实是经常上头版头条的那个大腐败者，因为热罗姆提到了路灯，而且提到了两次。

"好吧。"她低着头，叹息了一声，"我想你已经没有什么要补充的了。谢谢你告诉我这些。"

马路上好像传来车轮打滑的声音，接着是沉闷的撞击声。查理猛然转过头去。磨砂玻璃倒映着他自己的影子，欧仁妮却好像什么都没听见。

"你准备怎么办？"查理问。

"我没有任何想法。"她轻声说。

"真是不可思议，"查理惊讶地想，"我跟这个女人在一起非常舒服。她给我的印象很好，小心了，热罗姆……假如她放弃了你，我会立马去追。"

她一口喝光杯中的酒，伸手去拿酒瓶，但立即就改变了主意，自嘲道：

"我呀，我好像正成为我的前夫。不喝了。"

过了一会儿，她只有一个念头：走，走，吃一颗安眠药，睡它三年。

"雨好像停了。"她扭头看着马路，"你的车停得远吗？"

"我是打的来的。"查理撒谎说，其实他是坐公交车来的。

"我送你回家？"

他们俩都喝了不少，她喝得比他还多。

酒鬼们所诅咒的吹气测酒精仪浮现在查理眼前。天气这么恶劣，不用多久车子就会发生事故。他似乎已经看见警灯的蓝白红光束在他后面的马路扫来扫去。啊！管它呢，去他的警察……他跟这个女人在一起感觉很好，尽管她已经喝得大变样。把这场会面延长一点又有什么坏处呢？不管怎么说，这不会破坏他对朋友的忠诚。

"我很愿意，如果你不太累的话。"他笑得很开心，"我住在离这里10分钟车程的地方。"

塞弗兰·西科特的关系一直通到罗兰·多祖瓦那里，那是蒙特利尔新党筹集资金的元老，多年来，出没于全城策划阴谋以及能给政党和他个人增加财富的所有地方，不管这些地方名声好坏。此人身材矮壮，大腹便便，一头白发，但脑袋已经半秃，脸上的皱纹像是用刀刻出来的。这是个大酒鬼、大烟鬼，永远都那么乐呵呵的，好像跟他的骨架匹配得天衣无缝。他不知疲倦地到处奔走，收集他一本正经地所说的"战争原动力"，好像这种说法是他刚刚创造出来似的。一个不怎么厚道的记者把他比喻成一辆似乎准备攻打斯大林格勒的战车，一个注定要灭亡的时代无法摧毁的残余。年轻时候的一场车祸让他上了手术台，做了穿颅手术，在左边的脑门留下了一条长长的伤疤，后来被剩下的头发所遮掩。这场手术让他获得了一个绰号，叫作"穿颅者"，这个词如今已经很少用了，但他自己倒挺喜欢。

"所以我的思想才那么开放，"他用食指摸着自己左边的太阳穴，"我的大脑有幸透了几个小时的气，这种情况可不多见！这让我同时明白了所有的主张，拥有了'十分广阔'的视野，你们知道……对我的职业来说，这是一张难得的王牌！……有人看见我在这一行里干了那么久，觉得十分惊讶。原因就在这里，不用到更远的地方去寻找。"

所以他才能先后效忠那么多党派：在魁北克，他曾为全国联盟、自由党效劳，之后又转向渥太华，先是给社会资产论者的钱库增加资金（可惜，雷阿尔·卡乌埃特①把他踢出了门），然后又给加拿大自由党工作，最后在保守党那里落脚。不过，他一直拒绝与分离主义者和极"左"分子来往。

"跟那些空谈者为伍是浪费时间……而且，如果深究一下，就可发现，他们全都那么虚伪。太让我恶心了。"

他所到之处，几乎所有的人都承认他办事效率高。权力游戏、内部斗争、心血来潮，所以他常常更换老板，但他依然充满热情。应该说，职业给他带来的物质收入大大满足了他的需求。

"我靠爱而活着，而不是靠清水。好威士忌可不便宜。"

这句话在全城流传，最后一直传到了最高当权者那里，大家都笑了。当然，有人嘲笑他，因为他们觉得他选择的威士忌太贵。但大家都承认，此人关系多，消息灵通，在他的活动范围，他唯一不知道的事情，是还没有发生的事情。

西科特苦笑着加入这一组织已经有一段时间了。不过，几年前，罗兰·多祖瓦告诉他城市东部的区域划分要改变的事。市政厅将允许在那里建设12层的住宅大楼，而在此之前，只允许建双户连体屋。他由此进

① 雷阿尔·卡乌埃特（1917—1976），加拿大政治家，曾任加拿大议员和加拿大社会信用党主席。

入了一个经过精挑细选的投机商组织，这个组织早在区域划分发生变化之前就拿到了地，10个月后，他们把自己的股份卖了，获得了巨额利润。不久前，他借工作之便，在交易所进行证券交易，非法获利。但谁能经得住诱惑呢？

交割一完成，"穿颅者"就来到了他的办公室，大胖脸笑得合不拢嘴，举止像乡下人那般粗鲁，声音由于抽烟而沙哑。西科特必须给钱——分两次付好过一次付！当然，首先支付给蒙特利尔新党（没有充足的资金，选举便不可能有进展，资金越充足，蒙特利尔新党就会发展得越快）；然后支付给站在他面前的这位忠诚的朋友，这位朋友很高兴地给他提供了赚钱的大好机会——能赚很多钱——而作为一个忠诚的朋友，"穿颅者"坦然地接受了回报，这一回报可高达利润的15%。请现在就支付。谢谢。下次见。

当弗朗西娜·德雅尔莱决定和丈夫一起收购巴拉德罗的伊波罗之星酒店时，"穿颅者"也显得非常有用。当时，酒店的西班牙主人在经济上出现了困难，被迫以"出血价"卖掉酒店。从迪芬贝克①统治的时期开始，"穿颅者"就出入于各个角落，利用自己与渥太华高层的关系，帮助他们简化众多复杂的手续。而在一个由戴着军帽、叼着雪茄的大胡子领导的国家里，想买不动产的公民免不了要走这套烦琐的程序。

"我只要您支付我花去的时间。"他一大早就登门来访，满脸笑容地向弗朗西娜·德雅尔莱递上账单。

德雅尔莱接过那张纸：

"您是说您的时间？真是太可怜了！您穿开裆裤的时候就开始准备这些资料了？"

他哈哈大笑，她也跟着笑了起来，但这种笑带有苦涩的味道。

这意味着，收购酒店是一桩好买卖。"穿颅者"虽然贪婪，但办事还是可靠的，能提出很好的建议，这让他跟普通的强盗区别开来。

所以，塞弗兰·西科特在众多的合作者中习惯于依靠他，甚至允许

---

① 约翰·迪芬贝克（1895—1979），1957年6月21日—1963年4月22日任加拿大总理。

他每年两三次带可敬的多祖瓦夫人来伊波罗之星酒店免费居住，而多祖瓦夫人有时又带侄女来打牌，以消磨晚上的时光，因为她丈夫大部分时间都从晚上6点就开始酩酊大醉。酒吧向他敞开，这么好的机会他可不会放过。

直到发生可悲的路灯事件之前，一切都很顺利。几个月前，蒙特利尔市政厅为了改善公共安全，减少电耗，让马路变得更加漂亮，招标购买3万盏新一代路灯，分3年安装。据说投资40万元。千载难逢的机会！好像有个耳朵尖的人不知在哪个办公室听到了这一让人垂涎三尺的消息。

制造商是法国博斯人，叫吕米纳尔，当时让塞弗兰·西科特当他的"非正式"压力集团顾问，西科特当然就去找"穿颅者"了。"穿颅者"咨询了高层之后，夸下海口，而且条件并不特殊。他还带着默契的微笑补充说，上述路灯的安装很有可能委托给魁北克的索宾&韦米亚尔工程办公室，其名声当然是不用说的，并且已经登门向蒙特利尔市执行委员会和市政处表示感谢。

"索宾&韦米亚尔工程办公室？"塞弗兰·西科特耸耸肩，"为什么不呢？这和我无关。"

"你说得对，和我也无关。有人喜欢番茄酱，有人喜欢酒，不是吗？我们喜欢番茄酱。"

"穿颅者"刚刚用隐语告诉他一个信息，而他显然没有听懂。事实上，这位当律师的压力集团顾问并不知道，蒙特利尔市执行委员会主席山姆·卡尔维多用了一个化名，在索宾&韦米亚尔工程办公室有经济上的好处。尽管他很谨慎，消息还是不胫而走。有人不怀好意地私下里嚼舌头，加上他运气不好，其中有东西会引起"八级地震"。"穿颅者"感到很奇怪，西科特这只如此精明的狐狸竟然对此没有风闻。不过，如果丑闻爆发，而西科特来向他抱怨，那算他倒霉。"穿颅者"永远可以这样回答他，说某天某时，已经通知过他，觉得他已经得悉此事。至于他自己，他一直小心翼翼，避免受到这些破事的影响。

事情按照自己的流程在发展。4个投标人回应了市政府的招标，但由于他们事先就已经商量好市政府的这块蛋糕长期怎么分，因此由吕米纳尔获得了路灯合同。西科特非常高兴，他获得了可观的佣金。经常替卡尔维多充当信使的"穿颅者"，利用私交向他打听跟索宾&韦米亚尔工程办公室进行交易的一些司法文书，然后把内容转告给执行委员会的那位主席，以换取大把钞票。

西科特和卡尔维多在普通聚会和政治集会上遇到过多次，也曾在电视演播台遇到过两次，但并不熟悉。有一天，那位市政官员要"穿颅者"安排他与西科特见面。一星期后，"穿颅者"邀请卡尔维多、西科特及其夫人到贝尔中心他的包厢观看加拿大人队与波士顿棕熊队的冰球赛。索宾&韦米亚尔工程办公室的先生们也受到了邀请，但并未出席，索宾的人乘游艇去加勒比海旅行了，韦米亚尔的人继一项高强度的工作后正在拉斯维加斯休假。

晚会在欢快、放松的气氛中度过，更让他们感到荣幸的是诺尔曼·儒诺厅长过来问候卡尔维多，祝他尽快康复，因为他的隐私部位刚刚接受了一场小手术。

"太感谢您了，亲爱的诺尔曼。"卡尔维多被这种关心感动了，吻了一下她的手。

这位女厅长三十来岁，身材高大，苗条，可以说挺漂亮的，黑眼珠，目光富有魅力，精明能干。她笑着说：

"我只对对我好的人好，卡尔维多先生。这就已经够多了。至于其他人，祝他们好运！"

"夫人，他们不配。"

他指甲短短的胖手握着那位女政客纤细柔软的手，笑得更欢了。

可敬的卡尔维多夫人在这二十多年来慢慢地陷入肥胖，她目光如箭，射向丈夫，但丈夫咧开大嘴笑着。这老家伙，尽管年岁已大，还在追小母鸡，也不怕见笑，他能成功地猎获这个女阴谋家吗？晚上会大吵一架的。

就在这时，"穿颅者"手一挥，两个穿制服的侍应上来，一个端着一瓶冰镇香槟，另一个推着餐车，上面放着高脚杯和冷餐。儒诺夫人那天晚上尽管有很多事情要做，还是同意多留几分钟。在如此友好的气氛中喝香槟，对"穿颅者"这个筹集资金的人来说，这是晚会的荣耀，也是难忘的胜利时光，他第一次尽力喝酒，但适可而止。

三天后，山姆·卡尔维多发现《责任报》头版的一篇文章波及他，有人指责他在市政府的招标项目中有重大利益冲突，他将成为股东的索宾&韦米亚尔工程办公室签下了安装3万盏路灯的合同。

眼看自己也将被卷入丑闻，塞弗兰·西科特慌了，他想联系执行委员会主席，却未能如愿。

"蠢猪！"他一直在骂骂咧咧，脸色灰白，领带也歪了，"我从来没见过这样不会办事的人！小学生也比他强！如果早知道会这样，我绝不会掺和这种事。我会在公共广场跟他们一道被处死的。因为我给他寄了一份司法文书，其中一份还有我的签名。那个混蛋，他得把这些资料还给我，否则，我就把他的头发一根一根揪下来。"

一个星期四，他终于打通了电话。真倒霉：当天上午，一篇关于卡尔维多的令人尴尬的文章刚刚发表，那是在这之前一直被他当作战友的一个记者献给他的礼物。朋友们都把他当作犹大，转过身去。他最后会在诉讼中被钉在耻辱的十字架上？

卡尔维多态度粗暴地接了西科特的电话，西科特也很不客气。调门升高了，两个男人看谁骂得更狠。那个市政官员挂了电话。本来是应该联合起来躲避打击的，他们却闹翻了。

"你不应该这么冲动的。"弗朗西娜·德雅尔莱轻声说，丈夫打电话时，她一直站在旁边，"现在，我们该怎么办？"

"如果不涉及自己，宣扬道德当然很容易。"西科特气得满脸通红，话都说不连贯。

但他知道他太太说的是对的。干他这一行的，只有冷血动物能不这样冲动。他的神经不听他指挥。是否他年龄太大了？

"现在，"他尖刻地说，"如果你能让我安静一会儿，那就算帮我大忙了。"

德雅尔莱转身离去，砰的一下带上房门。待在隔壁房间里的奥利维埃·弗拉岱特和热罗姆什么都听见了，不安地互相努了努嘴。这天，办公室里一直笼罩着不愉快的气氛。

塞弗兰·西科特的夜晚很快就被分成差不多是相同的两个部分：一部分是失眠，另一部分是噩梦。失眠的时候，他在大床上翻来覆去，脚趾痒得他像演杂技一样做着各种柔体动作；噩梦则逼真得要命，不是上吊就是掉进布满狼蛛的深渊。于是他在床上坐起来，瞪着发疯的眼睛，大声吼叫，天花板都要被震下来了。他太太精疲力竭，到一楼客厅去睡了。她躺在长沙发上过了一夜，寻找摆脱这一困境的办法，因为她显然也无法睡着。

两个大男人必须不惜一切代价和解，因为这种不和对他们来说很可能是致命的。一天上午，吃早餐的时候，德雅尔莱建议一脸呆滞的丈夫派奥利维埃·弗拉岱特作为信使去见山姆·卡尔维多，向他表示道歉，提出全面合作。老板给奥利维埃精心准备，让他衣着笔挺，但奥利维埃最后还是连最底层的下属都见不到，西科特这个名字在蒙特利尔市政官员的圈子里像天花一样让人唯恐避之不及。抑或是奥利维埃太像患了天花的人？然而，在这之前，他没有这方面的问题啊！

几个星期来，反对派领袖阿莉娜·勒塔尔特竭力要求国民议会成立一个调查委员会，来调查公共工程的财务问题。这是她最喜欢做的事，她动不动就提出这个问题，身上散发出夏奈尔5号香水的浓烈味道。媒体给的压力已经让人受不了了。那天上午，省长让-菲力蒲·拉布雷什也许被问卷调查震惊了，态度坚定地宣布成立一个调查委员会。

第二天9点15分，弗朗西娜·德雅尔莱突然闯进丈夫的办公室，脸色苍白，头发凌乱，一只尼龙袜已经抽丝。她倒在沙发上，默默地哭起来。

"我们完蛋了，"她声音嘶哑，低声说，"完了。都是因为你做了蠢事。"

塞弗兰·西科特低声抱怨了几句，咳嗽了两声，然后轻轻地挥了一下手，扫去妻子的指责。他站了起来，终于在内心的什么地方找到了剩余的战斗力，脸上现出了坚毅的神情，就像遇难的船上的船长，准备在夜里发射最后的求救信号弹。

"刚才，我又试着跟卡尔维多通了一次话。他把我当作耶和华的见证人①。好吧，我决定派热罗姆去。"

"热罗姆？你疯了？你知道，他还缺乏经验。"

"不管怎么说，他比奥利维埃层次高，这很重要。他也更聪明。况且，他是个新面孔，几乎谁都不认识他，他来不及树敌……有时，缺乏经验是个优势。说到底，亲爱的，我们没有什么可损失的了。如果你有更好的建议，请用挂号信寄给我。"

他突然一拳猛地砸在桌子上：

"那些该死的纸张，我需要它们！我不想去调查委员会做证，那会永远毁了我……我真是白白地替那个混蛋卖力了！"

弗朗西娜·德雅尔莱盯着镶嵌着青铜像的布尔风格的桌子，那是他们繁荣的辉煌象征。桌子是她8年前作为圣诞礼物送给丈夫的。如今，这张桌子和其他的一切都有可能在一场风暴中被卷走，让他们一贫如洗，永远被钉在耻辱柱上。

"你什么时候对他说？"她低声地问。

"我刚才跟他说了，他已经出发。我等他傍晚时分给我电话。"

"你是怎么吩咐他的？"

"尽量做好。"

然后他又补充了一句：

"有些时候，应该相信自己的直觉。他在凡尔赛广场表现出来的能力给我留下的印象很深刻，你忘了吗？"

热罗姆跳上车子，直奔市政府。他心里十分矛盾，既怕完不成任务，又因为被选中完成这一任务而感到自豪。他对这种事和这一骗人的行当深恶痛绝，可人们却想把他拉入其中，因为塞弗兰·西科特已经十分坦率地向他描述了自己所处的棘手处境。奇怪的是，这种厌恶同时也让他愉快地感到了一种解脱，他平静下来了，而他的老板却已经焦虑了好几天。

---

① 一个被世界主流基督教公认的异端组织。

"假如他对我的工作不满意,那就让他见鬼去吧!"他这样想着,到了市政厅。"我先向他提出辞职,adios, amigos!①我现在有了一点钱,可以慢慢地换个工作。以后呢? 鬼才知道! 我的律师也许能让那个可恶的向导吐出从我这儿偷去的钱?"他像看破红尘似的笑笑,感到很奇怪,"谁会说,将来有一天,我自己也会为盗贼干活呢?"

他先后对一个女前台、两个秘书和一个新闻专员(这人好像对此特别敏感)施展了魅力之后,终于跟一个名叫奥雷里安·杜梅的人通了电话。杜梅是山姆·卡尔维多的政治顾问,终于勉强同意给他30秒,傍晚在一条走廊尽头见。

"吕皮安先生,我能帮您什么忙?"杜梅高傲地问。他长着漂亮的小胡子,好像刚刚带着猎犬打完猎回来,"我很忙,卡尔维多就更忙了。我想他和您的老板已经说了他们要说的话,不是吗?"

"可能没有吧?"热罗姆答道,他眼睛直视着对方,脚趾头在被汗水浸湿的袜子里动着,"首先,西科特先生委托我向卡尔维多先生表示道歉。他对谈话中的措辞深感遗憾,他那么激动……是因为过于劳累。"

"好吧,"对方做了一个让步的动作,"我会转告给他听的。还有其他事吗?"

"西科特先生还委托我,"热罗姆脸颊滚烫,开始即兴发挥……"向卡尔维多出个价,想……收回他很看重的那些资料。"

"我不知道您在说什么。"对方不客气地回敬道。

"先生,您能否还是帮忙把我的信息转告给卡尔维多先生?"热罗姆对顾问先生欠了欠身,"我向您保证出价会很高。卡尔维多如果不知道,也许会很失望。"

"我看看我能做些什么吧。"对方耸耸肩,上身微微地转动了一下,表明谈话已经结束。

"杜梅先生,这是我的名片,我随时听从卡尔维多先生的吩咐。我

---

① 西班牙语,意为"再见,朋友!"

能在这里等他的回答吗？"

"朋友，您这是浪费时间。卡尔维多会在他认为合适的时候打电话给您。再见。"

说完，他就走进一间办公室，门砰的一声沉重地在他身后关上了。

"要知道，垃圾喜欢自己身边围着高雅人士，"热罗姆离开的时候心想，"塞弗兰曾对我说，遇到他们的时候，他表现得就像个流氓。"

他回去向塞弗兰·西科特汇报了任务完成的情况，大家开始等待执行委员会主席的反应。一天过去了，然后又是一天。

在西科特的要求下，热罗姆守在离市政厅几步远的一家咖啡馆里，万一卡尔维多想见他，他可以立即出现。他焦躁不安，不声不响，在咖啡馆员工惊讶的目光下，吃了一肚子糕点，喝了一杯又一杯咖啡。他不时地打电话到奥雷里安·杜梅的办公室，但只得到模棱两可的回答或什么回答都没有。然后，他要把情况报告给塞弗兰·西科特。西科特在办公室里咆哮如雷，捶胸顿足，奥利维埃·弗拉岱特则怯生生地缩在自己的办公室里，发疯似的嚼着香口胶。

最后，热罗姆差点都要发疯了，肚子恶心得要命（糕点吃得太多了，肝脏开始报复）。第三天下午，他又去了市政厅，无非是想松动松动麻木的大腿，舒缓一下压抑得让人难受的情绪。

一大早，灿烂的阳光就召唤他外出了。他双手插在口袋里，在主楼旁边的广场上散了一会儿步，然后进了大楼，在宽阔的大厅里走了百来步。这地方回音很响，他觉得很阴森。他斜睨着经过的每一个人，希望能看到卡尔维多，但没有看到。他的行为终于引起了别人的注意，一个二十出头、面颊丰满的保安走过来，戴着过大的帽子，一副威严的样子：

"先生，我能帮您什么忙吗？"

"嗯……不……我在等人……或者说，是的……请问财务处在哪里？"

保安严肃地皱起了眉头：

"财务处还是税务处？"

"嗯……都可以吧！"

保安一脸狐疑，给热罗姆指了路，但说得不明不白。他双手叉腰，看着热罗姆远去，然后拿起手机打电话。

穿过大厅后，热罗姆走进一条走廊，然后又是一条，一共三条，最后来到电梯门口。电梯门开了，里面出来六七个女秘书，开心地聊着，四周散发着青春的气息（一个金发的年轻女子朝他笑了笑，他有些吃惊，也朝她点了点头）。"嗯……这女孩不错，"他走进电梯，心想，"那天我跟杜梅会面时也许见过她。"

他按了五楼的按钮，但电梯却下行了，然后突然一抖，停了下来。门开了，外面是一条地下走廊，满是刺鼻的汽车尾气。地下停车场都是这样。好像没有任何人按电梯。他不由自主地离开了电梯（不管怎么说，他得找个地方待着，他既不需要去财务处，也不需要去税务处），往左边走了几步，几乎与此同时，他听到身后有一些男人在低声说话，越来越近。他转过身，看到了4个男人，认出其中一人就是山姆·卡尔维多，矮小，壮实，肤色很红，带着灰色的毡帽，遮住了他的秃顶。卡尔维多的手臂上搭着外套，看得出来，他的心情很好。

热罗姆好像觉得肚子上被人打了一棍，目光有点模糊，一阵激动过后，他向卡尔维多冲过去。

"卡尔维多先生！"他用哽住的声音大叫，"遇到您太幸运了！您的顾问杜梅先生把我的话带给您了吧？对不起，卡尔维多先生，我先自我介绍一下，我叫热罗姆·吕皮安，是塞弗兰·西科特手下的人。您是否……"

大家都停下了脚步，没有说话。卡尔维多朝他身边的人轻轻地晃晃脑袋，要他们继续往前走，然后，慢慢地穿上外套，没有看热罗姆一眼，好像他不存在似的。

"您是否……"热罗姆结结巴巴地又问。

"走吧，朋友！"那个市政官员还是没看他一眼，"我6点钟打电话给你。6点整。好了，走吧，走。"他轻轻地拍了热罗姆一下。

然后，他就步伐匆匆地走远了。

热罗姆重新上了电梯，很快就来到了大厅，现在，他神采飞扬。一个餐馆的服务员正忙着给酒会摆放自助餐的桌子。他走出市政厅，现在正是下班高峰期，他凝视了一会儿堵车的圣母路，突然感到了疲惫，就像被一桶冰水倒在他身上。他腿肚子一软，开始发起抖来。他闭上眼睛，有点头昏眼花，思路都断了。但这种情况只持续了几秒钟，他看了一下表，4点20分。"我敢肯定，那个混蛋不会给我打电话的。他那样说，只是想甩掉我而已……"于是他决定还是回到那家咖啡馆去，以防万一，这样也可避开所有的指责。

一小时后，他已经喝光了半瓶红酒，感到离人世间的杂事已经挺远的了。他还没有打电话给西科特，告诉他自己的不期而遇。这时，衬衣口袋里的手机响了音乐，是欧仁妮。

"亲爱的，我现在不能跟你说话。我在蒙特利尔老城公干。我晚上7点左右打电话给你，我向你保证……当然，我喜欢听到你的声音！"由于一阵性冲动，他又忍不住补充说。

"哎，热罗姆，"欧仁妮笑了，惊讶地问，"你不会是喝酒了吧？"

"当然喝了，喝了半瓶红酒，现在……大吃大喝？太夸张了吧……好啦，我不跟你说了，亲爱的，不管怎么样，我向你保证。我在等一个重要电话。待会儿见，亲爱的。拥抱你。"

他把手机放回口袋，决定不再喝酒：万一卡尔维多打电话给他，他可不能语无伦次。

"请来大杯的意大利浓缩咖啡，要特浓的。"他转身对着柜台大喊。

这时，他从正收拾杯子的侍应和操作咖啡机的伙计嘲讽的表情中意识到，由于酒精的作用，他说话的声调已经不由自主地提高了。他朝大厅看了一眼，确信那个顾客已经听到他说的话，并且在窃笑。

他干笑着喝掉咖啡，结了账，走了出去。现在是5点50分。他刚刚坐到车里，手机就响了。

"我是卡尔维多，"一个粗鲁的声音说道，"你想怎么样？快说，我事情很多。"

许多想法在热罗姆大脑中盘旋，他随意抓住一种。

"西科特先生准备向您……做出赔偿，以取回他的资料。他委托我……跟您商量此事。"

回答他的是一阵冷笑，然后是一阵沉默。

"赔偿！"对方重复了一句，"这不错呀！律师们说话总是那么咬文嚼字。"

"这个词是我说的，先生。"热罗姆解释道，他有点生气，但很快就后悔做这种说明了。

"那你也差点成了一个好律师！"这个行政官员讽刺说，他好像也跟热罗姆一样喝了酒，但感情更冲动，"你的老板想给我出多少？"

对方的粗鲁让热罗姆愣住了，他呆若木鸡。

"两万元。"他最后随口说。

"太小儿科了，老弟……他跟我一样，对事情一清二楚，甚至有可能比我更清楚……否则，他不会像那天一样把事情搞大的……我从来没有见过谁像他这样……那天，西科特没有把我当朋友，没有！这话你可以告诉他！"

"那您想要多少，卡尔维多先生？"

热罗姆听到他清了好一会儿嗓子，然后咕哝了一声，又轻声嘀咕了一句。对这位执行委员会主席来说，时间似乎很难熬。

"要我说，起码5万元，年轻人，我不会让步的。"

热罗姆沉默了几秒钟。社会就由这种无赖统治，这怎么能行？但时间不允许他做社会政治方面的思考。必须立即做出反应。

"那就4万元，卡尔维多先生？"他努力用轻松自如的口气答道，"我满怀敬意地向您指出，我已经穷上加穷了。我有债要还，您知道……失业的滋味我可不想尝到。"

卡尔维多笑了：

"你看起来倒是一个心直口快的人。那就四万五？"

"很抱歉，先生，"热罗姆感觉到那位市政官员的声音弱了，于是回答说，"您知道，我同意出4万元，已经变成穷光蛋了。您也明白，对于几张司法文书来说，这太贵了。我的老板对您已经够慷慨了。我这样说并不是想冒犯您。"

"好吧，行，成交。我最迟明天中午就要现金。面值分别是20元和

100元，一半一半，明白吗？"

"明白，先生。晚安！"

热罗姆赶紧回喀里多尼亚路去报告任务完成的情况，既希望得到大大赞扬，也怕被骂得狗血淋头。接待他的是阿尔玛：老板不舒服，卧床了；夫人嘛，觉得要换换思路，跟一个女友看电影去了。

"谈得不错，是吗？"她轻轻地晃动腰肢，脸上带着好奇的微笑，得出这样的结论。

"阿尔玛，我必须马上向塞弗兰汇报，非常紧急。"热罗姆一副焦急的样子，说。

这时，只听见一阵轻轻的脚步声。门开了，塞弗兰·西科特听到热罗姆的声音，走了出来。他穿着睡衣，一脸憔悴，脸色灰白，起码老了10岁。

"去我办公室！"他命令热罗姆，不容对方开口。

听到跟山姆·卡尔维多谈妥的价钱，坐在沙发上的塞弗兰·西科特似乎有些激动，热罗姆都以为他快要跌到地板上了。但这种情况只持续了短短的一刻。

"嗯……哼……好吧，"他用睡衣的袖子擦了擦汗，说，"不用说，这是很多钱……但对于那种垃圾，我想我们是避免不了的。"他深深地叹了一口气，伸直大腿，盯着热罗姆头顶上方，然后把目光投向这个年轻人，淡淡地一笑：

"谢谢你出色的工作，热罗姆。最糟糕的事情避免了，至少我是这样希望的。只是，你本来应该要那个笨蛋多给点时间的：4万面值20元和100元的钞票，你知道，不是在哪块石头底下就能找到了。做这种事情，应该十分谨慎。"

"我有个小问题想问你。"热罗姆说，老板的赞扬让他放心了，也让他很高兴。

"等等。"西科特打断他，站起来，他恢复了力气。

他走到那张带挂钟的豪华写字台后面，打开一个抽屉，然后又是一个，拿出一个玻璃长颈瓶和两个酒杯。

"要理清思路，排除大脑中的负面情绪，没有比好干邑更有效了。"

他们碰了一下酒杯。

"朋友，1937年的龙瑟–勒加杜瓦，675元一瓶。"西科特觉得有必要说清楚，"重要场合才会喝。很遗憾，弗朗西娜·德雅尔莱去看电影了。她肯定关了手机。我马上就会把这个好消息告诉她的。"

然后，他笑着问热罗姆：

"你的问题呢？你到底想问我什么？"

"你不担心卡尔维多保留资料副本，给你使暗招？"

塞弗兰·西科特摇摇头：

"不担心。那些文件给他带来的麻烦比带给我的麻烦更大。他也许已经销毁了……天知道。"

"那为什么还要这样找茬，讨价还价。"

"他想给我一个教训。那个肮脏的家伙，他就是这样的人。"

热罗姆为了执行这一任务都累死了，但出于礼貌，他还是喝了，并且装出欣赏这昂贵美酒的样子。他感觉到自己在老板的心目中已经超过了奥利维埃·弗拉岱特。他的职业生涯将复杂而危险，但也充满希望，除非跟他梦想的完全不一样。

小小的零钞问题让热罗姆差不多忙了两天。他不得不多次打电话给卡尔维多，请求对方耐心等几天，而卡尔维多也许真的很忙，两次打电话给他，更改交钱的日期。

查理有天晚上邀请热罗姆到他家吃饭，听到的就是其中的一个电话。他警告了热罗姆。

对热罗姆来说，6月是一个很丰硕的月份。塞弗兰·西科特在工资方面认可他在卡尔维多事件中的机灵和独当一面的能力。在太太的强烈建议下，他几乎给这个雇员的年薪翻了一番，达到了9万元，这还不算提成。这么多钱对一个25岁的年轻人来说意味着什么？他觉得自己是在做梦。

"小伙子，这还仅仅是开始。"老板这样鼓励他，笑得有点自命不凡。

但6月的幸福到此为止。热罗姆很快就发现，他在谈判方面的成功让在这之前一直友好且乐于为他效劳的奥利维埃·弗拉岱特妒忌了，成了他的一个病态的竞争对手。

卡尔维多事件解决之后一个星期左右，他偶然在奥利维埃的办公室里听到了他跟阿尔玛的谈话。

当阿尔玛想夸奖热罗姆的办事能力时，他恼怒地反驳说："花别人的钱是容易的，我捏着鼻子也能花掉几百万。你想要钱吗？这里有！拿，拿！拿走！你也一样，同样的事情你也会做。事实上，谁都能做。"

他凄厉愤怒的声音充满了恐惧和妒忌，那是一种极深极阴暗的妒忌，只有生存的本能都被唤醒过来以保护重大利益的人才会这样妒忌。奥利维埃感到自己出局了，担心失去原先的位置。形势发生了变化：要么是他，要么是热罗姆。

由于这个原因，一段时间以来，奥利维埃对热罗姆显得很冷淡，嘲笑他，对他含沙射影，从此以后再也不能陪他午餐了——他说是因为要加班。

从今往后，要当心他最初的教练了。

6月里他还遭遇了其他失败，更令人痛苦的失败是，他跟查理闹翻了，跟欧仁妮也差不多，当然，这都是因为卡尔维多事件。

事情开始于某星期五晚上，通常，这是愉快周末的开始，让人产生一种无限的自由感——直到星期一早晨痛苦地醒来。欧仁妮邀请他去晚餐，他还期望能过一个"4B"①之夜，以犒劳自己艰辛的工作。"4B"这个说法是查理几年前发明的。当时，他与一个非常漂亮但很怪异的女心理医生热恋，那女子喜欢跳伞和转桌。可惜，在这"4B"当中，热罗姆只享受了前面两个，后面两个由于他在晚餐后跟情人争执而泡汤了。

———————————

① 即Bonne Bouffe, Bonne Baise，前面两个"B"意为"美食"，后面两个"B"意为"良宵"。

谁让他跟欧仁妮讨论他现在所从事的工作的真正性质呢？

"热罗姆，"一瓶朱利安红酒下去，他们也就不像平常那样克制了，欧仁妮结结巴巴地对他说，"我有件事想问你，这个问题在我心里已经憋了好几天了。"

"你想知道我是怎么治疗艾滋病的，"热罗姆问，"还是想知道我在'主业会'①的级别？问吧，亲爱的。今晚，我没有要向你隐瞒的，我甚至准备立即赤裸裸地站在你面前。"

"热罗姆，"她显然没有理睬他的玩笑话，直视他的眼睛，问，"你的老板是盗贼集团的吗？"

一阵沉默。

"为什么这样问？"热罗姆的声音都变了，喃喃道。

"因为对我来说，搞清楚这一点很重要。"

他用手指转了一会儿酒杯，然后喝了一口。

"他不是盗贼。他要是盗贼，我也不会为他工作。不过，他也不是唱诗班的儿童……我想我也不是。我们都生活在现实当中，真正的生活既没有飘带也没有花边……如果不想被旁人打趴，就必须奋斗。这并不总是那么有趣，你跟我一样都很清楚。"

他从桌上伸出手，抓住她的手：

"欧仁妮，你怎么了？出什么事了？几天来，我发现你跟以前不一样了。为什么？"

他感到心里很难受，仿佛胃里有块石头。红酒带来的欣悦突然消失殆尽。

"热罗姆，"欧仁妮声音沉重地说，"上星期三，查理打电话给我，我们在一家咖啡馆见面了。"

她平静地对他说，查理意外地听见了他跟山姆·卡尔维多的电话谈话，感到很吃惊，经过痛苦的思考，决定把事情告诉她，不是因为喜欢搬弄是非，而是受真正的友谊驱使。

---

① 即天主教自治社团，全名为圣十字架及主业社团。

"混蛋！"热罗姆咬牙切齿地低声骂了一句。

"你真的跟山姆·卡尔维多说过话？"她追问道，"你真的掺和了路灯事件？"

"我跟他说过无数次话，甚至还见了他三次——我要说明，是在西科特的要求下——但我丝毫没有掺和这一肮脏的事件，我甚至很高兴自己跟那个我希望他坐牢的腐败分子没有任何关系。"

"那你为什么跟他来往？"

"我没有跟他来往，"热罗姆大声地说，"如果不是老板逼我去见他，我永远也不会见他那张猪脸，也不会忍受他的粗鲁。那是个令人厌恶的人，真的。跟这种人打交道，是职业中的一个悲哀。"

家里响起了孩子睡醒后的哭叫声，他们不得不住口。热罗姆神经质地绞着桌布的边，欧仁妮则低着头，好像在反复咀嚼自己悲伤的想法。

"总之，"她痛苦地抽泣着说，"你的老板强迫你去见这种怪人。我们至少可以这样说。"

"见不见谁，我们并不总是有选择，欧仁妮。这种情况你肯定也经历过。"

他的声音非常缺乏自信，她痛苦地嚓了一下嘴。

安德烈-安娜叫了一声，然后又嘟哝了一会儿，重新睡着了。

"热罗姆，如果你现在没有参加阴谋，你看吧，你或迟或早会陷入其中。你的老板试图把你推到坑里。我敢肯定。一旦他成功了，你就已经滑到底部了，无法再上来。历史经验告诉我们。"

他什么都没有说，然后转过头去，这时，她看见他眼里噙满了泪水。

"热罗姆，我曾跟另一个男人生活过，他给我造成的痛苦你无法想象。然而，我想他是个诚实的人，但进了死胡同，尽管大家都帮助他，给他各种建议，但他怎么也不肯回头。我们经历了一些可怕的时刻，安德烈-安娜吃了很多苦。我发誓永远都不再过那种生活，你明白的。我并不是在教训你，热罗姆，我只是想拯救自己的生命。我很爱你，所以也想拯救你的生命。因为他们最终会以这种或那种方式要你的命。你的那个西科特和他太太完全不在乎你，也不在乎你会遇到什么，热罗姆。

对他们来说，唯一重要的是金钱，这你清楚得很。哪天他们觉得你碍事了，他们转眼就会抛弃你。你要相信这一点。"

热罗姆木然地转动着放在皱巴巴的餐巾上的餐刀，失望的目光在房间里扫来扫去，不时落在欧仁妮脸上，然后又马上移开。他充满了羞耻、失望，也感到非常生气，好像他的情人突然变成了母亲，正试图纠正他的行为，教育他要品行端正。她白白地大他4岁了，他从来没有看到过她这样。这样太让人不愉快了。

"这么说，"他声音苦涩，带有挖苦的味道，"你是想跟我分手，是吗？"

她困惑地盯了他一秒钟，犹豫片刻，说：

"不，热罗姆，绝不是这样。我爱你，难道你感觉不到吗？但你必须离开那些不明不白的人，他们会伤害你的。他们已经伤害你了，这看得出来。"

"啊，是吗？"他嘲笑道，"这可太好玩了！我自己都没有意识到。"

但这种表演只持续了片刻，他的脸马上又阴沉下来：

"对于一个有份好工作，工资又高的人来说，给别人这种建议并不难……但我的钱是我自己挣来的，我没有偷任何人。那些高贵地到处露面的人可就不一定了……"

他本来想再拿出一些更加有力的证据，但是不敢。被人威胁要引渡到古巴的事情太玄乎，只能伤害他的形象。算了吧！

"如果我离开，"他只补充了这么几句，"我面前就什么都没有了……那就有好看的了！……如果我决定留下来呢？"他突然用挑衅的语气大声地说，"你会把我赶出门的，是吗？"

她闭上眼睛，好像突然显得非常疲惫：

"我不知道，热罗姆，我不知道……但一想到要重新经历……你必须离开他们，热罗姆。"她重新抬起头，坚定地说，"如果你真的爱我，你会离开他们的……告诉我你会离开他们，求你了……"

看到她伤心成这个样子，热罗姆心中产生了一种朦胧的快感，他觉得有点害羞了。他渴望得到她。

他站起来，走到她身边，开始抚摸她。她的身体变得僵硬起来，然后摇摇头，用哽咽的声音说：

"热罗姆，不，不要现在，求你了……我真的没有心情……真的没有……"

他的抚摸又勇敢地坚持了一会儿，但没有取得更大的成功。他停了下来。

"那就吃甜点？"他拿起一个碟子，然后又拿起另一个，声音有点冷淡和愠怒，"至少，我们不能完全浪费时间……"

"放下，放下。"她摆摆手，苦笑道。

热罗姆转身向门厅走去：

"请原谅，那我就回家去睡了。明天一大早我约了汽车经销商（这是说谎）。我决定买辆新车（这是真的）。"

她来到门前，一手放在他肩上：

"你生我的气了，是吗？"

"我却完全不这么看。"他不客气地答道。

她看了他一会儿，他感到自己脸红了。

"热罗姆，你决定怎么办？必须定下来。"

"欧仁妮，等我做了决定，我会告诉你的。"

他走了，临行前没有拥吻她。

他现在只有一个愿望：去查理家，把他碾成粉末。这样的朋友，没有也罢。真的，那是一个害人精，纯属多余。

查理住在圣德尼旁边的玛丽–安娜路。热罗姆在车上打电话给他。星期五晚上的12点30分，查理肯定在家。电话铃响了5次之后，电话录音启动了。

"可我确定他在家。"热罗姆气愤咕哝道，发动了汽车，"他藏起来了。他怕我。告密者永远是胆小鬼。混蛋，你等着瞧吧！"

一刻钟后，他就到了玛丽-安娜路。奇怪的是，那栋小楼对面的停车位是空的。那个告密者就住在这栋楼的三楼。他站在汽车旁边，双手叉腰，就像要纠正自己的错误。他发现窗是黑的。可查理是个宅男，周末晚上睡得很晚，雷打不动。不是看电影，就是看侦探小说，直到凌晨。

"他在装死，或者逃走了。"热罗姆跺着脚骂道。

右边走过来了两个家伙，经过他面前时，放肆地看着他，嘴里叼着香烟，然后大笑着走远了，一路留下大麻的浓烈味道。

热罗姆走到被日光灯照得通亮的前庭，按了门铃。一次，两次，三次。第四次，他的食指在按键上按了整整一分钟。公寓里没有任何生命迹象，他好像在云雾溟蒙中联系外星人。告密者离开了，但迟早会回来的。

"我要在这里等他，"热罗姆暗中发誓，"如果有必要，我可以在车里过夜。他跑不了的，绝对跑不了。"

但他没有等多久。就在他从前庭出来时，他差点撞到一个人身上。

"啊，你终于回来了！"他可怕地咧着嘴，吼叫道。

查理的脸变样了，但十分平静地回答说：

"我知道你会来的。我从女朋友家里来，她本来要到我家里来过夜的，但我希望我们能独自谈谈。"

他的声音虽然紧张，但语气很自豪。

"谢谢你考虑得这么周到。"热罗姆讽刺道。查理打开门锁，走上通往三楼的楼梯。

热罗姆说："很遗憾你没有早点这样做。"

查理向他转过身来，一个指头放在嘴边：

"大家都睡了，"他轻声说，"说话声音请小点。"

热罗姆两眼冒着愤怒的目光，在他鼻子跟前晃动着拳头，但剩下的几步路，两人都没有说话。

让人惊讶的是，查理的单身公寓里并不像平时那么乱，而像是住着一个有强迫症的老姑娘，一切都井井有条，这表明他预先都准备好了，打算在这里过个风流之夜的。但热罗姆几乎没有注意到这点。门一关上，他就挡在查理面前，冷冰冰地说：

"我不知道跟我来往的是个特务，他会去向我的女朋友告密。"

查理脸色苍白，然后涨得通红，接着又变白了：

"热罗姆，我今天晚上本来就想跟你谈谈……但傍晚时马蒂娜突然来了，我就乱了套，你知道的……我确实应该早点跟你谈的，但事到临头，我又没有足够的勇气。请原谅我。"

"被当场捉奸的人都这么说。"

"唉，朋友，说话能不能有点分寸？你觉得大家都在搞阴谋。"

"听好了，我们不再是朋友。结束了。耶稣原谅了犹大，但我不想被吊死在十字架上。我的皮肉太嫩了，你知道的。"

"热罗姆，请听我跟你解释，或者，你喜欢采取极权形式？在这件事当中，我丝毫没有利益，一点都没有！我之所以去找欧仁妮，是因为我为你担心，热罗姆。非常担心！但每次跟你说话，我都说不过你。我想，她也许比我强，能更好地影响你。就这么回事。"

语调又提高了一点。同样的理由热罗姆已经在情妇的嘴里听到过，现在查理又讲了一遍。他做出了同样的回答，但这次，态度显然要差得多。

"你这样说要么是疯了，要么是昧着良心。"查理绝望了，最后说，"你明白吗，你正准备让自己吃一辈子牢饭？你的老板和他那群流氓有的是钱，可以雇律师，也许能跑路或赢得时间。但你呢？你怎么办？"

"这跟你有什么关系？"热罗姆抓住门把，回嘴道，"我们已经行同陌路了，查理……再见！"

他砰的一声甩上门，走了出去。同楼层的一个邻居狠狠地捶了一下墙壁，对他的离开表明了态度。

◆◆◆

　　转眼到了6月底。娱乐与消遣伸手可及——至少对那些能让自己快乐的人来说是这样。自从那天晚上在玛丽-安娜路吵架之后，热罗姆和查理就没有再见过面。两个朋友的积怨似乎很深，也许终身难解。热罗姆继续与欧仁妮交往，但见面的次数变得越来越少，间隔也越来越长。在他们的关系中有什么东西断了，其证明是他们不再谈论他们之间的分歧。人还没死，爱情就已经完了。眼下，肉体关系似乎成了权宜之计。

　　6月28日，欧仁妮打电话告诉热罗姆，她要去巴黎参加7月最后一个星期举办的食品业大会。之后，她将利用这个机会去巴塞罗那，她有个多年没见的朋友住在那里。她要到8月中旬才回来。在出发前的这段时间，工作以及撰写信件会让她忙得够呛。她这么晚才告诉他这个消息，让热罗姆感到很吃惊。他开了几句玩笑，掩饰自己的恼火，还补充说，其实，这也巧得很，因为他也忙得不得了，也许要把自己的假期从夏天推迟到秋天（这当然是假的）。她离开三个星期从欧洲回来后会怎么样？他甚至都不愿去想。

　　他卖掉了本田，买了一辆他梦想已久的三菱敞篷车，还打算在慈善院街区买栋连体别墅。父亲老是跟他说，买不动产是收益最大最稳的投资。他以前看不起有钱人的西装革履，总觉得太老套或一副暴发户的样子，现在，他也接受了西装和领带，衣柜里的内容也随之丰富起来。他看事情的方式变了。职业使然，他这样想。总不能带着锤子去钓鱼吧！

　　卡尔维多这个灾星暂时远离了，塞弗兰·西科特让他协助奥利维埃·弗拉岱特处理一份复杂棘手的文件：把阿夫纳里家族的一部分资金用来投资。阿夫纳里是几个月前作为投资移民来到魁北克的阿尔及利亚富翁，低调地住在圣朗贝尔，等待获得永久居民身份。两个关键问题让这个案子复杂化了：原居住国的税务机关在追查他们（"税务，这捕食性动物。"塞弗兰·西科特耸耸肩说）；非法出口属于国家遗产的宝贝，具体而言是古罗马时期的一些浮雕（"这与我们无关。"西科特又耸耸肩，明确指出）。阿夫纳里把巨资投入了阿尔伯塔省的沥青砂工业。这似乎让他们在联邦当局面前获得了巨大的尊敬。这表明，起码的礼貌还是必要的。

然而，跟奥利维埃一起工作，让热罗姆感到越来越不愉快。这个同事变得越来越不合作，动不动就生气，有时甚至勃然大怒。他怀疑热罗姆两次暗害他，让他陷入尴尬境地。

和该家族族长萨利姆·阿夫纳里的会面原本定在9点钟，但被错误地推迟到了10点（奥利维埃当然否认一切，声称是热罗姆弄错了），这让热罗姆受到了顾客的指责，这是他从来没有过的事。几天后，在和这个亿万富翁家庭的成员会面时，当萨利姆族长接受了他起初不愿接受的条件后，奥利维埃转身对热罗姆开了这么一个玩笑：

"你看，热罗姆，"他大笑着说，"和你那天所说的完全不同，阿拉伯世界的富人还是可以谈的嘛！"

热罗姆满脸通红，在坐在他对面的富翁们难以捉摸的目光下，花了一两分钟时间才摆脱上述笑话所带来的后果。

结果，在回蒙特利尔的路上，两人发生了激烈争吵。奥利维埃说热罗姆缺乏幽默感，热罗姆反驳说奥利维埃缺乏判断力（他坚持自己的这一看法）。

他又气愤又不安，当着奥利维埃的面，把情况告诉了塞弗兰·西科特。

"朋友们，"老板只说了这么几句，"我付你们的工资不低，你们要互相理解，好吗？这里不是托儿所！好啦，马上当着我的面握手，事情就算过去了。"

但是，6月29日发生的一件事将让热罗姆疏远一个如此缺乏诚信的同事，同时也对自己的职业生涯和生活产生了严重后果。

事情是这样的，那天上午11点，悉尼·韦斯特温总理在加拿大遗产部部长丘克雷·科斯罗的陪同下，在渥太华召开新闻发布会，宣布在蒙特利尔建立加拿大法语文化博物馆。这一天的日子并不是随意定的。魁北克省庆日已经过去五天，这个"美丽省份"的爱省热情慢慢地平息了，此时离加拿大国庆7月1日只有两天时间。这将给演讲提供新的话题：大家不是到处都在说加拿大要团结吗？

"我们将给这个新机构提供6.75亿元的预算。"总理用法语宣布说。他的法语无可挑剔，但口音很重，"这座加拿大法语文化博物馆，向今天的公民和未来的人们表明，加拿大具有双重文化特征，是我们的国家重视自己的基本特点之一。"

他就这样讲了很长时间，死鱼一样的眼睛扫视着大批记者和摄影师，常见的那些套话被他发挥得让人半懂不懂，然后，他把话筒递给了科斯罗部长，部长用不同的语言重复了同样的内容。记者们的面容渐渐变得沉重起来，有的忍不住想打哈欠。《新闻报》可怕的专栏记者唐·马克福森却正相反，他迅速在笔记本上记录着，嘴边挂着笑容，他们提供的这些新弹药让他非常高兴。

这时，一个年轻女子举手，装出天真的样子，问，跟魁北克关系这么密切的项目，上面是否咨询过魁北克人的意见。韦斯特温迅速指了一下部长，表示这个问题应该由他来回答。

"我很高兴地告诉大家，关于这个问题，联邦政府和魁北克政府正在商谈，我们有充分的理由相信商谈会卓有成效。事实上，作为法语加拿大人在北美主要的家园，魁北克成为这个计划的重要合作者是很自然的事。因为这个计划是想弘扬萨缪尔·德·尚普兰①的后代的作品，这些作品对加拿大文化来说是非常宝贵的贡献。"

渥太华意识到这一决定会在魁北克引起抗议，尤其是那些分离主义者，他们总是喜欢大喊大叫，指责联邦政府干涉省府权力范围的事，浪费公共财政，马基雅维利主义②，等等。

所以，选择在29日举办新闻发布会还有另外一个好处：这个消息引起的骚动在夏日的炎热中很快就会平静下来。随着温度的上升，公民们对政治的热度会逐渐下降。

---

① 萨缪尔·德·尚普兰(1566—1635)，法国探险家、地理学家，魁北克城的建立者，也是法国同北美贸易的开拓者。

② 意大利政治家和历史学家马基雅维利(1469—1527)主张为达目的可以不择手段，这种观点后来成为权术和谋略的代名词。

第二天，《责任报》发表了一篇具有讽刺性的评论："魁北克人，博物馆的物件？"专栏作家米歇尔·大卫自问。约瑟·布瓦洛写的社论也是同一个调子。几天来，对韦斯特温计划（人们从此这样称呼这个计划）不满或高兴的读者来信如雪片般飞来。脸书和推特也有所反应，电视上也简短地讨论了这一事件，一个幽默者拿死气沉沉的魁北克开玩笑，获得了不小的成功。人们在谢尔布鲁克路蒙特利尔的大神学院前举行了小规模游行。因为大家都在传，圣绪尔比斯修道院的修士准备把他们那座可敬的教堂的附属花园卖给联邦政府，在那里修建博物馆。

在魁北克，反对党领袖阿莉娜·勒塔尔特把渥太华的计划批驳得体无完肤——直到7月1日。那天，她和家人飞往哥斯达黎加度假去了，那地方值得一去。她摇晃着戴着手镯的手臂，目光闪亮，大声宣称，博物馆的名字是对魁北克人的侮辱，它至少也要叫作魁北克文化博物馆。它当然要尊重其他省份勇敢、执着的法语少数人群，等等。这就是说，这个计划的主人应该是魁北克，而不是渥太华，文化领域首先是魁北克的管理权限。"严格来说，"她以老练的政治家所拥有的那种协调能力，补充说，"我们也许可以考虑与联邦政府进行某种方式的合作，它尤其要考虑到某些特别的因素。"

让-菲力蒲·拉布雷什是魁北克省省长，也是一个极热诚的加拿大人。总的来说，他是支持韦斯特温宣布的计划的。但作为名字，他觉得取加拿大法语文化博物馆比较好，他认为，这更能反映我们的历史，也更能兼顾加拿大文化的丰富性和多样性。但聪明的观察家应该能猜到，这场争论让他也烦了，他也想尽快去度他应该度的假。

《新闻报》对未来的博物馆的名字进行了问卷调查，阿莉娜·勒塔尔特支持的名称以3%的微弱优势战胜让-菲力蒲·拉布雷什建议的名字。事情变得复杂起来。公共舆论变化不定（如果不能说朝三暮四的话），无法预知最后谁将胜出。上层的意见也针锋相对。一位以精明著称的前厅长指出，"加拿大法语"这个词尽管已经过时（一点没错），但仍然比"魁北克"这个词范围广，因为一部分不容忽视的法语人口生活在魁北克之外，况且还有一些魁北克人首先把自己当作加拿大人，我们毕竟不能把他们排除在外。考虑到民主方面的原因，大家最后决定采取中性的态度，先"冷冻"此事，将来情况变得有利了，哪怕再进行论证也成。

塞弗兰·西科特密切关注这场讨论，但完全出于其他理由。他在魁北克城的一个耳目告诉他，省府秋季开会时，省长拉布雷什将宣布魁北克会加入博物馆计划；具体办法有待明确，但政府对该项目的经济影响将非常大。事实上，韦斯特温和拉布雷什在3个月前就已经达成正式协议，希望通过这一伟大的合作典范来促进加拿大的团结。

无论是加拿大的团结还是魁北克的命运，从来都没有影响过塞弗兰·西科特睡觉和打鼾。但一想到联邦和省两级政府仅为了宣传就准备花费巨资，他就兴奋得浑身发抖，有时让他长达几个小时睡不着觉。

光兴奋是不够了，还应该行动。

他打了许多个电话；参加了西岛一个高级俱乐部的两场高尔夫赛，尽管他打得很差；两次而不是一次邀请建筑师办公室的负责人在海狸俱乐部吃饭（餐费让他心疼得直泛胃酸）；他本人也被别人请去吃饭（这算扯平了）；和太太参加一个建筑商在私人游艇上举办的娱乐派对，这个建筑商好像不知道拿自己的钱怎么办，更不知道拿自己的原则怎么办。7月9日下午3点，他把热罗姆和奥利维埃叫到自己的办公室里，让奥利维埃来纯粹是做表面文章，因为并不打算交给他任何特别的任务，但要维护这个合作者的自尊心。他经常说，信息共享非常重要，只有这样团队精神才能加强。

"朋友们，"他说话的口气很严肃，看得出他很激动，"如果一切都像我希望的那么顺利，接下来的几个月油水会非常足。嘿嘿，我们有可能腰缠万贯。如果你们能把握好自己的运气，孩子们，你们会对我感激不尽。一方面，有阿夫纳里的项目，"出于礼貌，他转身对奥利维埃说，"这个项目你确实处理得非常好，它会不断地给我们带钱来。但另一方面，我们还有这段时间大家都在说的新项目……"

"韦斯特温计划？"奥利维埃打断他的话，会意地笑着。

"正是。由于它，你们最近在夜总会很少看到我。但只要有一点可能，我都不会毫无理由地缺席的。绝对不会！那个项目，"这次，他向热罗姆转过身来，"我们两个人一起来对付它，小伙子。别指望奥利维埃了，那几个阿尔及利亚人已经让他忙得不可开交了。'贪多嚼不烂'，就是这个意思。别忘了。"

"我应该怎么办？"

"首先，去度个假，让自己在两个星期后精神抖擞。你也一样，奥利维埃，只要阿夫纳里允许你度假。"

"我会安排的。"奥利维埃试图掩饰自己的气恼，回答说。

"不，我来安排，"西科特突然决定说，"奥利维埃，我马上打电话给大萨利姆，告诉他你将失踪两个星期。如果他有急事，联系我就是。朋友，你跟大家一样，都需要休假。我像重视自己的健康一样重视我的团队成员的身体健康。明白了吗？"

"明白了，头。"

"最后一件事情：弗朗西娜·德雅尔莱后天要去巴拉德罗，处理酒店的一些事情，8月9日回来迎接费里克斯。他终于要回到我们当中了。"

他的声音变了。沉默了一小会儿。热罗姆和奥利维埃都看着写字台角落的那个青铜女像柱。

"阿尔玛陪她去吗？"奥利维埃问。

"这次不陪，她有事。"

电话铃响了。西科特拿起听筒，然后做了一个手势，表示会议结束。

奥利维埃邀请热罗姆到他办公室喝杯咖啡，并从抽屉里拿出一盒瑞士进口的巧克力饼干，咧嘴笑着，递给他的同事（"吃一点，吃一点，别不好意思。很好吃的。"），其举动让热罗姆有点吃惊，因为他已经发现这个同事很抠门。他很久没有看见奥利维埃如此殷勤了。也许是西科特大方的恭维让他变得好客了？

"你准备假期里做什么？"热罗姆友好地向他打听。

"尽量离阿尔及利亚远点。"对方笑着答道。

"还有呢？"

"我也许会去我叔父位于东部乡村的农场住几天，然后去奥甘奎特小镇晒晒太阳。你呢，继续抚养女朋友的女儿？”

　　这个问题虽然没有恶意，却让热罗姆惊讶到极点，他从来不在办公室谈自己的私生活。也许他某天无意之中提了一下，这个精明的同事善于推理，从中得到了这个信息。

　　“这完全不可能。”热罗姆洒脱地笑着，“我自由得像风一样。”

　　“哦。”奥利维埃没有再说什么。他们换了话题。

　　三天后，热罗姆就开始觉得假期太闷了。欧仁妮不在，他们的关系让他深感忧虑；他跟查理吵翻了，查理再也不露面。他痛苦地在想自己将会变成什么样。没必要自欺欺人：他正加入无赖的队伍。在狄更斯的小说中，他属于可恨的人物，摩德斯通之类的人，他自己也很看不起这类人。在巴尔扎克的小说中，他接近可怕的伏特冷和腐败者鲁斯托。欣慰的是，他现在感到驾轻就熟了，由于在灰色地带工作而激情澎湃，因为这种工作要求他随时保持警惕。事实上，他经常觉得自己生活在惊悚片中，那里飘浮着恶臭的东西，但回报颇丰！塞弗兰·西科特说，好戏还在后头呢！

　　尽管“好戏还在后头”，他还是觉得假期很烦闷，就像在荒岛上一样。他给欧仁妮打了几次电话，互相写了几封不痛不痒的电子邮件。他们已经几天没有联系了，好像也没有什么话要说。他们之间再也走不下去了。什么东西破裂了，也许无法修补。

　　第四天下午，他去看望父母，父母很高兴，亲切地接待了他。母亲停下正在教的钢琴课（学生是个漂亮的小女孩，但有点笨拙），过来拥抱他，一定要用他们新买的咖啡机马上给他煮拿铁。

　　“怎么样？喜欢吗？”

　　“哇，真好喝，妈妈，真的好喝。是台拉维纳？我也想买一台。”

　　“我可以告诉你去哪儿买。他们给了我一个好价钱。请原谅，亲爱的，现在我得回去上课了……我来了，奥狄尔。”

　　对克洛德-奥斯卡来说，美好的季节并不适合娱乐放松，他早就决定了，9月才是度假的理想月份，尽管这会对妻子尤其是年轻的马塞尔造成不便。看到热罗姆回家，他连忙从作坊里出来，工作服上布满了灰尘。

　　"哈，我亲爱的儿子终于屈尊来看我们了。"

　　根据习俗，男性之间的友谊往往通过握手来表达，但他今天没有跟儿子握手，而是拥抱着热罗姆的双肩。然后，依旧抱着儿子的肩膀，退回一步，端详着热罗姆：

　　"你怎么样？总的来说，你的气色不错。真的，你甚至有了'先生'的风度。还是开你的三菱？"

　　"眼下还是的，爸爸。"

　　"给我看看，小子，我急着看它。"

　　父亲还是那么充满活力，甚至太有活力了，但热罗姆还是发现他老了。玛丽-罗丝教完钢琴课后回到厨房准备晚餐（热罗姆当然得跟他们一起吃晚饭），并悄悄地告诉儿子说，克洛德-奥斯卡患了糖尿病。

　　"千万别跟他谈这件事……格鲁克斯医生把这个消息告诉他时，他都生气了。"

　　"生谁的气？"

　　"我想，生生活的气呗！"

　　"他得给自己打盘尼西林？"

　　"不用，他的糖尿病是初期。眼下，医生给他开了一些降糖片，但他必须控制饮食。你可以想象，这可不容易。"

　　5点左右，马塞尔带着一个同学闯进家里，热罗姆不得不再全方位地展示他的三菱敞篷车，然后拉着两个小伙子去附近街区兜风。

　　"哇！"马塞尔望着热罗姆，大声地说，"好像是百万富翁的车子。"

　　热罗姆扑哧一声笑了。

　　"你是百万富翁吗？"弟弟十分严肃地问。

　　"我呀……永远都成不了！你为什么这样问？"

　　"那天，爸爸说你赚了很多钱。"

　　"是的，我赚了不少，但毕竟没有赚到一百万。"

他亲切地弄散弟弟的头发。

尽管热罗姆事先没有打招呼，玛丽-罗丝还是神速地做了一桌好菜：蘑菇奶油汤、尼斯色拉、牛犊胸腺、鱼片土豆，甜点吗——这是糖尿病人所要求的——水果色拉淋少量葡萄酒。家人的热情让热罗姆很感动，但与此同时也让他有些伤心：他们这么在乎他，本身就是在对他进行友好的批评，他对父母关心得太不够了！但有个细节尤其让他感到痛苦：他们一次都没有问他工作的事，好像那是个禁忌话题。这么说，他们有所怀疑了。父母肯定怀疑有什么问题，但掩饰了自己的不安。

他是9点左右离开家的，想联系大学预科的一个同学，没有联系上；又联系另一个，还是没有联系上。蒙特利尔的7月似乎人都走空了。他甚至想打电话给吕西，转眼又想，做事毕竟还得有个度，不要贻笑大方。再说，她很有可能跟她的"甜心爹地"在君士坦丁堡或斐济岛。

于是，他决定在市中心的迪吧猎艳。半夜两点左右，他一无所获，只好悻悻地回家，真想把自己住的公寓都炸了。

第二天上午9点许，他醒来时，感到精神饱满，心里很吃惊。"天哪！"他一边做早餐（他饿坏了），一边想，人好像是由荷尔蒙和细胞组成的，像一台机器，看着自己运行，却不是太清楚自己是怎么运行的，又为什么要运行。他坐在窗前，喝着加奶咖啡，咬着涂了覆盆子果酱的烤面包片。是的，那台"拉维纳"咖啡机真的对他诱惑很大，他可能下午就去买一台。

谁知道呢？他的心情变化也许取决于时间。天空是灰色的，但灰得明亮，让万物显得平静而欢乐。在这个星球的什么地方，好像不可能有人在互相残杀。

突然，他手机中的"新浪"铃声在卧室里响了起来。

"是查理，他想跟我交流意见来了。"他冲向手机，心想。

他终于在长裤的裤袋里找到了手机。

"喂？"

他的嘴唇耷了下来，一脸失望的样子。是奥利维埃·弗拉岱特的声音，从办公室打来的。他头上仿佛挨了一棒。弗拉岱特问热罗姆是否能尽快回去帮他一下。不，在电话里他什么都不能说。他很抱歉在假期中打搅热罗姆，但他没有办法。他会给热罗姆回报的。

"唉……不瞒你说，太倒霉了。（"老兄，你总是很倒霉。"他心想。）"时间长吗？你不知道……嗯……好吧。我去淋个浴，穿好衣服就来……"

"妈的！"他骂着挂上电话，"好像我需要这样似的！他被认为比我经验丰富，其实，那个混账东西……"

在飞奔前往办公室的路上，他想起了他们之间的对立，想起了这个同事对他充满仇恨的妒忌。奥利维埃现在这样求他帮忙，只能贬低自己。热罗姆对此感到有些吃惊。也许，对奥利维埃来说，这是终结的开始？"这对我完全有好处。"热罗姆心想。奇怪的是，他一点也不觉得高兴。

到了喀里多尼亚路27号，他发现奥利维埃正在发疯似的翻弄办公桌上的一堆文件，阿尔玛则蹲在角落里堆档案。

"啊，你终于来了！"奥利维埃松了一口气，"有了三个人，我敢肯定能够完成。"

阿尔玛朝他开心地笑着：

"谢谢你的到来，热罗姆。"

对她来说也一样，这件麻烦事好像把她的一天都毁了。她平时几乎总是穿得很宽松，化着妆，今天却穿着紧身的深蓝色裙子和薄底浅口鞋。

"我要做什么？"热罗姆没好气地问。

奥利维埃开始解释，但说得不清不楚。塞弗兰·西科特一大早就打电话给他，必须不惜一切代价找到一份文件，确切地说是份合同，是魁北克的一个名叫罗贝尔·雷米亚尔的承包商出具的。对方已经签字，西科特也应该在上面签字，但他没有签，天知道为什么。这样其实更好，否则的话事情可能会朝很不好的方向发展。那份文件是打印在淡蓝色（或者是蓝色，但是很淡）纸上的，经过弗朗西娜·德雅尔莱的手，而她跟此事没有任何关系，这就让一切都变得复杂起来，真的是一切。德雅尔莱上周——或者说是两个星期前——弄丢了这份文件，总之阿尔玛是这样说的，她好像在弗朗西娜的桌子上看到过它，但没有注意。

塞弗兰·西科特很惊慌，不知从哪儿打电话来，要他们马上找出来，急得像热锅上的蚂蚁，在电话线那头直生气，尽管这边的人都没做错什么。

"好吧，"热罗姆说，他感觉假期的气氛以光的速度消失了，成了一种遥远的回忆，"那是一份什么合同？"

"他不想说。"阿尔玛细声细气地答道，用奇怪的目光看了热罗姆一眼。

"那我该干些什么？"热罗姆着急地问，"如果我没弄错的话，我们只能根据颜色来找，是吗？"

"蓝色或绿色，但不一定全都是这种颜色。"

"那就更有意思了，"热罗姆嘲笑道，"请问有多少页？"

"老弟，我知道的都告诉你了……"奥利维埃缓和了一下口气，接着说，"也许十来页吧，热罗姆，如果你看到……"他结结巴巴地说。

"我第三次问：我该做什么？"

奥利维埃指着角落里一个塞满文件的大纸箱，说：

"你检查里面的所有内容，一个文件一个文件，一张纸一张纸检查。发现可疑的东西你就放在旁边，我会过来看一眼。在夫人的办公室里还有三个类似的纸箱，"他用嘲讽的语气说，"应该送到碎纸机里去的……"

热罗姆叹息着走到一张椅子旁边，开始工作。在很长时间里，只听见沙沙声、滑动声和三个倒霉的调查员当中的某一个的低声抱怨。

"要咖啡吗？"这时，阿尔玛问。

"不要，"奥利维埃说，"我现在已经够激动了。"

"我要一杯，"热罗姆答道，"我昨晚没睡好。"

阿尔玛在他面前站起身来，调皮地笑着，看了他一眼。她以前从来没有这样过。

"吕皮安先生，昨晚找乐子去了？"

"我倒希望如此。"

在这种情况下她依然如此无忧无虑，这让热罗姆感到很奇怪。不过，他一直觉得这个年轻女人的行为如果不说不可理喻，至少可以说很古怪。她过着怎样的生活？他不认识她的任何朋友，她的老板老板娘让她住在他们家里，把她当作女儿来看。但这种比较到此为止。

奥利维埃抬起头，说：

"好了，阿尔玛，动一动啦，我的老小姐，必须找到它，塞弗兰随时都会打电话来。"

她跳着离开了办公室，几分钟后端来一个盘，上面放着两个杯子、几包糖和一纸盒奶油。热罗姆伸手拿了一杯咖啡，两人的目光相遇了。她朝正专心地寻找资料的奥利维埃抬抬下巴，做了一个鬼脸，好像在说："真是个讨厌鬼！"然后回到了自己的那个角落。

热罗姆尽管对她的行为越来越感到奇怪，但仍然在继续工作。半个小时过去了，他的左脚和腿肚子开始麻木，颈背也痛起来。突然，他大喊一声：

"我想我找到了！"

他扬着从一个浅绿色的文件袋里抽出来的一沓浅蓝色的纸张。

"拿过来。"奥利维埃声音沙哑地命令道。

他激动地翻着那些纸张，时而身体后仰，脸部的肌肉抽搐着。热罗姆和阿尔玛则在等待他的裁决。

"嗨，老弟，"他深深地松了一口气，轻声地说，"我打电话给你打对了……你真的找到了！万岁！"

两人开心地握了握手。

与此同时，电话铃响了。奥利维埃抓起听筒：

"是我。塞弗兰，我们刚刚找到了。确实是那份……市立医院的选择明确地写在上面……好。我马上到！"

他挂上电话，得意地对他的两个同事说：

"任务完成！谢谢，朋友们。非常感谢你，热罗姆。我把这份该死的合同给他送过去。"

"老板在哪里？"热罗姆有点生气，尽管他找到了合同，但并没有立即获得信任。

"在机场的一个酒店里。再次感谢。再见，剩下的几天假期快乐！"

说罢，他很快就离开了办公室，消失在走廊里，随即传来了汽车的发动机声。

"La commedia è finita.[①] "热罗姆长叹一声，嘀咕道。

他走过去坐在奥利维埃的办公桌后，得意扬扬，喝了一口咖啡，伸长双腿。

"这可不是什么喜剧。"阿尔玛靠在文件柜上，看着他，辩解道。

热罗姆笑了，有些惊讶：

"阿尔玛，我用了意大利经典戏剧中的一句台词，我想你知道的。"

他们默默地对视着。热罗姆感到有点不自在：

"阿尔玛，你今天穿得真的很漂亮。裙子与你相当般配……要出去约会？"

她摇摇头：

"没有啦，我所谓的出去就是到这里。"她笑着补充道。

外面，一只蓝色的松鸡在欢叫，好像这就是它的全部生活。

"还有点咖啡，你要吗？"

"不用了，谢谢。我得走了。"热罗姆说着站起身来。

她做了个手势让他先别走。

"你能等我一会儿吗？我想给你看一点东西，很快的。"说着，她暧昧地一笑。

她走了出去，半路上回过头来对他笑了一下。

热罗姆又坐下来，喝完杯中的咖啡。咖啡现在有点温了，很好喝。这里的咖啡总是很好。但这个滑稽的善良女人要给他看什么东西呢？他越来越觉得她古怪，甚至让人有些不安。

这时，他听到隔板那边传来她的声音。

"热罗姆，你能过来一下吗？"

---

① 原文为意大利文，意为"喜剧结束了。"意大利剧作家莱昂卡瓦洛（1858—1919）的歌剧《丑角》中的台词。

他穿过走廊，走进小厨房，里面空无一人。

"我在隔壁。"她的声音好像被压抑住似的，"推门。"

他推开门，惊呆在原地。她背对着他，趴在地板上，轻轻地滑动着臀部。

"要我……我要你干我……我已经脱了短裤。"

当时，他差点笑出声来。这太怪异了，让他觉得是个陷阱。于是，他退后一步，扭头看看是否有人正在偷看他们。

"要了我，热罗姆，我太想要你了……如果你不要了我，我会死的。"

她把裙子往下拉了一点，露出了粉红色的屁股。

但她不用再哀求了。热罗姆又惊又怕地解开皮带，脱掉牛仔裤，扑到她身上，差点跌倒，三角裤还挂在一只脚上。

"就像在三级片中一样，就像在三级片中一样。"她轻声地重复道，让热罗姆觉得十分可笑。

他几乎很快就射了，然后一动不动。过了一会儿，他仍然保持着小猎兔狗那样的姿势。

"很抱歉，"他有点尴尬，低声说，"我忍不住了。"

她侧过头，用眼角瞟了他一眼。

"挺好的，别责怪自己，谢谢了。"

"我可以做得更好的。"

"看得出来。"她退了出来，回答道。

她抚摸着他的脸，仍然趴着。两人激情四射地拥抱。

"你真的一下子就吸住了我，"他又说，"我都来不及反应。"

"我知道。我就是这样……我喜欢突如其来，并且制造这种机会。"

她满脸笑容，看着他。他觉得有必要穿上短裤，这可不是私密展览，而是另外的东西，但他不知道是什么东西。

"你也这样跟奥利维埃搞突然袭击？也许跟老板也这样？"

"你觉得会吗？"她蔑视地轻轻一笑，"我只跟我喜欢的人搞突然袭击。"

她站起来，理理头发，穿好裙子。

"你也许想再喝一杯咖啡？冰箱里还有一点千层酥，是我今天早上买的。真的很好吃……我们刚才翻寻了那么多文件，至少也要吃一块，是吗？"

"为什么不呢？找了这么久，人都饿了，你不觉得吗？"他一边穿上牛仔裤，一边接着说，"哎，你的事情准备好了吗，别对我说还没有。"

她露出一副惊讶的样子，摇摇头：

"一点都没准备。可当我知道你要来的时候，我便告诫自己，千万不能错过这个好机会，你想啊……"

"所以，你是有所准备……"

"就算是吧，假如你把这叫作'准备'的话……"

"我可什么都没有想到，我向你发誓。"

"我可什么都没有想到，我向你发誓。"阿尔玛滑稽地模仿他说话，捏了一下他的鼻子，"男人们都这么狡猾，真让我惊讶……"

千层酥很好吃，她说的是真的。热罗姆从来没有吃过这么好吃的千层酥。他们就着咖啡，每人吃了两块，然后上楼到这年轻女子的房间里去继续做爱。他们觉得地板对于做这种事来说太硬了，况且，奥利维埃也完全有可能突然回来。

下午3点左右，热罗姆离开喀里多尼亚路27号时有种解脱的感觉，他自己也说不清楚这是为什么。他和阿尔玛都同意保持保密。再说，这种事情让人知道又有什么好处呢？

"那样只能让事情复杂化，"阿尔玛说，"我们的工作已经够复杂的了，不是吗？"

于是，两人达成了高度的一致。在这种事情当中，这很少见。热罗姆回到自己家里时这样想。那么，离开的时候为什么会感到解脱？为什么在互联网上搜索了一个晚上后上床时仍然毫无睡意？

尽管他竭力抵抗，但对欧仁妮的思念仍不断地破坏他跟阿尔玛的艳遇所带来的快乐。这是因为他很轻易就投降了……但看到突然出现在你面前的漂亮屁股，谁不会这样做呢？那种突如其来的东西，就像是汹涌的海浪，所经之处，摧枯拉朽……可他很快就重犯错误了，而且长期如此！难道他打算重来？也许。为什么？为了惩罚欧仁妮去欧洲度假前冷落他？或者是因为他们的意见有分歧？她认为他的路越走越没有光明。

他突然感到了一种无法弥补的损失，让他喘不过气来：他正贱卖自己的爱情，换取放荡的生活……

半夜3点左右，在床头灯昏暗的光线下，他开始阅读契诃夫的第6部中篇小说，突然感到眼皮沉重起来，心里慢慢地平静了，这让他终于结束他刚刚度过的特别的一天。

6天来，酷热已经让魁北克几乎成了空城，市民能跑的都跑了。7月23日，一个消息在媒体上爆炸，人们通过走漏出来的风声得知，3个月前，韦斯特温政府已经跟圣绪尔比斯修道院的修士就其遗传地块的出让达成秘密协议，以建造大家都知道的加拿大法语文化博物馆。修士们的那栋可敬的建筑由于缺乏原材料，早就年久失修。毕竟得量入而出嘛！他们好像应该从魁北克文化厅得到资助，但就是得不到。几个还没有被酷暑热昏头脑的人已经表示不爽，《责任报》驻巴黎记者克里斯蒂昂·里乌说，修士们这是背叛，不但出卖了具有历史价值的地产，也出卖了自己的道德。《新闻报》的专栏作家伊夫·布瓦韦在文章结尾指出，"这个项目对魁北克来说是种侮辱，它表明，人可以同时犯傻和犯浑。"圣-让-巴布斯特公司的一个通讯员也大声表达了自己的愤怒。但一切都在夏日的火炉中蒸发了。在反对派这方面，媒体一片沉默，反对派领袖阿莉娜·勒塔尔特的注意力也许集中在防晒霜和沙滩小说上，或者耳朵贴在智能手机上，试图在某个顾问的帮助下理清思路。

到了初秋，这个爆炸性新闻会引起一片喧哗。

塞弗兰·西科特重新出现在办公室里，脸晒得很黑，就像经常在海上旅行的人那样。他带来一个令人振奋的好消息：魁北克省对各厅局的工作做了谨慎的调整，原先的执政党财务负责人诺尔曼·儒诺夫人被任命为文化厅厅长。

　　"小伙子们，我们的生意将像装上了风火轮。"西科特当着热罗姆和奥利维埃的面兴奋地说。那天上午，奥利维埃休息了一段时间继续上班了。一切都按部就班。"你们都知道，诺尔曼·儒诺夫人很好说话。其实，我已经把她搞定了。我们只需顺着风向走，不要把脚踩到牛屎堆里就可以了。该看到的你们自然都会看到。这个加拿大–法语–魁北克文化博物馆（你们想怎么说就怎么说吧）将成为我们赚钱的博物馆！我们已经说好，热罗姆，你跟我一起负责这个项目。"

　　然后，他又转身对奥利维埃说：

　　"我的冠军，假期过得好吗？"

　　"不怎么样。我不得不见了阿夫纳里一家三次，老萨利姆的女婿不断地打电话给我，问他投资的事。"

　　"应该让他来找我，我以前就对你说过。"

　　"我正是这样做的。但他找不到你，不管是打电话还是发电子邮件。"

　　塞弗兰·西科特低下头，尴尬中透着狡猾：

　　"我向你承认，我有做得不好的时候。老弟，请原谅。我们都是人，不是吗？"

　　他似乎在表示巨大的悔意，就像是魁北克彩票的大赢家一样。

　　"有的人犯错尤其多。"他的助手刻薄地回答道。

　　西科特大笑起来，奥利维埃也跟着笑了。这一批评是他对假期被破坏所表现出来的唯一不满。这时，有人轻轻地敲了三下门，是阿尔玛。她托着一个盘子，给老板端来了一壶冒着热气的咖啡，西科特喝咖啡的量大得很。"我不是巴尔扎克，"他常常这样说，"但我一旦拿起笔来，有时就停不下来……尤其是涉及数字的时候。"

　　"哎，姑娘，你要当心啊，"当他的这个女雇员放下盘子时，西科特对她说，"上次，你在我的办公室里弄了一大块污迹，我花了三位数才把它去掉。"

　　她低声咕哝了几句，经过热罗姆身边看都没有看他一眼。他忍着不让自己笑出声来。十个小时以前，在他的公寓里，她的行为可完全不一样……

　　"来杯咖啡吗，小伙子们？"西科特问。

奥利维埃摇摇头，离开了老板的办公室，他知道老板有话要对热罗姆说。

当办公室里剩下他们俩的时候，西科特问："你呢，都好吗？"

热罗姆点点头，西科特没等他说话，就直奔主题：

"年轻人，我现在有点像个懒鬼，却要去希腊群岛远洋旅行。你知道我遇到了谁吗？"

"我觉得你会对我说的。"

"欧内斯特·鲁洛，诺尔曼·儒诺夫人的秘书。就是他，一个了不起家伙！圈子里最有趣的人，比别人有趣得多。我们交换了一些信息，我会给你一页。这部分解释了我的心情为什么这么愉快。我不想当着奥利维埃的面说这事。当然，我完全相信他，这不用说——但有的事情，我们希望知道它的人越少越好。你知道，主要是不想把事情搞乱……诺尔曼很想重新当选，可她在她的竞选范围内有些小问题。但对她来说，不可能委托别人，否则闲话太多。于是，我提出来帮助她——当然是通过中间人这种形式。我天生就是做这种事的，而且，为人慷慨，你知道。"

"我知道。"

"韦斯特温也想重新当选。权力欲让他夜不能眠，于是打算提高自己在魁北克的份额。博物馆的计划正是这样来的，其进展比人们想象的要快得多。我们的韦斯特温，是个狡猾的小老头，他早就不信圣诞老人了……其实，计划和预算早就完成，招标可能在10月份放出来。我的热罗姆，大家都认为游戏在那个时候才会开始。由于这是加拿大与魁北克合作的项目，大家都有肉吃，也就是说，叉子足够长能叉到肉的人都有肉吃。叉子是贵，但能让你叉到一些极好的肉块。计划和预算必须得到魁北克的同意，因为其中一部分要由它出资。但这不是我们的问题，你可以放心，大家都会同意的。拉布雷什骨子里是加拿大人，如果你想知道我的看法，我甚至可以告诉你他首先是加拿大人。所以诺尔曼·儒诺夫人才刚刚被任命为文化厅厅长。这是一个值得信任的女人，省长牢牢地把她抓在手里……除非情况完全相反……他得跟她一起同舟共济。你听明白我说的话了吗？"

"听明白了。"

"我们作为优秀的压力集团成员，要充当想获得合同的小人物和需要竞选经费的女厅长之间的桥梁。"

"是的是的，我明白。"

"这事看起来容易，其实并非那么简单。必须遵守TED规定。"

热罗姆露出不解的目光。

"我没跟你讲过吗？小伙子，你知道的，只是自己没有意识到罢了：TED就是工作、潇洒、谨慎。要经常重温它。牢记在头脑中会永远有好处的。"

"潇洒？"热罗姆笑了，惊讶地说，"当我想起'穿颅者'，我肯定不会想到这个词。"

"他属于过去的人物，而你是未来的代表。"

热罗姆欠了欠身：

"谢谢老板。"

说到"穿颅者"这个名字，热罗姆就想，西科特应该加上他自己，尽管他有布尔风格的家具，有法学文凭，说话还有点优雅。热罗姆又开始产生一种厌恶感，但他强忍着，不让它流露出来，继续专心地听老板讲话。稍后，他会有大量的时间来思考这些事情的。

"从今天下午开始，你就有机会实践TED了。下午3点，我们跟西蒙建筑公司的弗雷迪·佩托扎见面。"

"可你不是说招标要10月份才开始吗？"热罗姆惊讶地问。

西科特充满同情地笑了：

"嗨，热罗姆，我真的应该手把手教你了。亲爱的，招不招标，我们才不管呢！那是做给大家看的。投标人私下里已经商量好了，让弗雷迪来负责博物馆的大工程。现在轮到他了。我甚至成功地让他早就弄到了图纸（为此我曾像苦行僧一样干活），免得待会儿空谈。这种服务我们永远都不能忘记。好啦，下午3点，斯坦莱路的维奇咖啡馆见。"

他伸长手，从地上拿起一个塞满资料的文件包，放在办公桌上。

　　"拿着，"他把厚厚的资料递给热罗姆，"这是副本，你看一眼。如果一点都看不懂，那也没有关系。现在就要开始预估超出的费用。虽然大家的眼睛都在看着我们，这往往是合同中最有利可图的地方。"

　　弗雷迪·佩托扎一看上去就知道是个难以划分的人，或者更准确地说，是个不能小看的人，因为他显然属于那些能站在调查委员会面前的包工头。他五十出头，五短身材，矮小但不肥胖，眉弓突出，这让他的面容看起来有点野蛮，灰白的头发又浓又密，几乎把额头都遮住了，大胡子起码三天没刮，不是因为几年前开始时髦，而是因为他事情太多，没有时间坚持天天刮胡子。在激烈的争吵中，他的嘴唇很容易变得非常难看，不过，阴暗的眉弓下，他的目光很快就可以突然发亮，闪耀着可以说是温柔的光亮。那时，他会笑得像个被小猫迷住的五岁孩子，好像丝毫没有觉察到自己脸上刚刚发生的变化。大家都说他是个冷酷的男人，可他对谁都没有仇。他是个一流的说谎者，但痛恨无谓的虚伪（至于什么叫有用，那是另一回事）；他非常守时，经常引用"时间就是金钱"的古训，时间对他比对别人更值钱。所以热罗姆最后意识到，最无耻的荒淫之徒也并非一无是处。

　　3点5分，当塞弗兰·西科特和热罗姆来到维奇咖啡馆时，弗雷迪·佩托扎已经坐在一张偏远的桌子跟前，面前放着一个已经喝了一半的酒杯和一个素食汉堡。除了虚伪和不守时，过分喜欢肉食，对制作动物标本感兴趣，都属于他批评的范围。因为他喜欢动物，慷慨地向SPCA捐赠（以得到大量免税）。

　　"你事先没有告诉我你要带人来。"礼节性地握了握手后，弗雷迪·佩托扎就大声地对西科特这样说。

　　他说话有点第二代意大利移民的口音。

　　西科特说话突然傲慢起来：

　　"佩托扎先生……"

"叫我弗雷迪，这样更好。"

"好吧，弗雷迪。你知道，如果我不是完全信任站在你面前的这个年轻人……他就不会站在你面前了。"

佩托扎悄悄地示意他说话声音轻一些。这家咖啡馆虽然属于他，但他无法一个个过滤顾客，保持一定的私密性。

"我还是希望你能提前告诉我，塞弗兰。我们到这里可不是来打牌的。"

"倒霉，"热罗姆在心里大喊，"我觉得站在我面前的是个讨厌鬼。"

事实根本不是这样。在随后的低声谈话中，佩托扎又热情地感谢了这个压力集团成员给了他博物馆的计划书，这将让他赚到更多的钱，避免许多让人头疼的麻烦。

"朋友，我会报答你的。"

随后，他打了个响指，叫来侍应，要了一瓶1988年的萨利切-萨伦蒂诺，塞弗兰·西科特形容它是"维纳斯之酒"。之后，大家便开始认真地工作起来。

选择和评估一个尚未开始的项目假设的超支，这无疑很荒唐，但必须让这种荒唐在技术方面好像是严肃的，这有时需要做长期的准备。

"你越能远远地看到棘手的问题，回答时被难住的可能性就越小。"塞弗兰·西科特对热罗姆解释说。

热罗姆虽然就位的时间不长，但已经在积极准备，因为——他为此感到自豪或喜欢挑战——他要做出精神抖擞的样子。他把图纸摊在面前，认真研究，不时地查阅一本建筑和建设术语词典，那是开始工作的前两天他在资料室里找到的。然后，他克制住对奥利维埃的厌恶，跑去找他，想弄清某些制图符号的意思。所以，在维奇咖啡馆见面时，他能就地块的预先分析、低温下水泥的凝结时间及其对工程的进度影响提出两三个内行的问题，甚至还指出了两张图之间存在不一致。总之，他在不隐瞒自己缺乏经验的同时，显示出自己是个精明的观察者，表现出强烈的学习愿望。这让佩托扎和西科特都非常高兴，西科特为自己发现了这么一个出色的合作伙伴而得意扬扬。

他们喝了几杯酒，一小时后，非常满意地决定了一个"范围"：很不幸，某些意外将迫使出资者多出一点他们艰难赚来的钱；然后，只需跟监理达成一些秘密协议——如果还没有达成的话——金钱就会源源不断地倾泻而来了。当然，佩托扎根本不需要西科特来拟这份单子，但既然西科特要拿佣金，他也就让西科特事无巨细都做了。

到了分手的时候，弗雷迪·佩托扎显然心情很好，他友好地拍了拍热罗姆的肩膀，并满意地向塞弗兰·西科特眨了眨眼睛。

"这是一个吉兆。我想，我们看中这个博物馆，运气真是太好了。塞弗兰，我欠你一个人情。别担心，我绝不会忘记回报你的。"

完后，他又转身对热罗姆说：

"朋友，很高兴认识你。就这样，继续下去，你会成功的。"

说着，他若无其事地补充了一句：

"我觉得你在咖啡馆谈事时表现得很好。你有这方面的潜质……再说，没有人不让你去做其他生意……"他马上对塞弗兰·西科特说，"开玩笑的。"

他突然想起来要补充这一说明，因为西科特不会喜欢这个玩笑的。

傍晚时分，热罗姆回到家中，对自己感到相当满意，以至于决定犒劳自己一下，去饭店吃晚饭。他很少这样做，因为一个人在公共场合吃饭，他会觉得很沮丧。他双手插在口袋里，吹着口哨，朝雪岭走去。空气中飘来一股甜味，像是丁香的味道，但丁香开花的季节已经过去。在这夜幕降临的时候，他遇到的行人好像都很和气，大部分女性，包括五十来岁的妇女，他觉得都很有魅力，有的甚至让人想入非非。他宽容地想起了查理，心想，查理也应该想他的。总之，他觉得自己浑身舒坦。

在离开汽车之前，他的手机里收到了几条信息，两段文字让他露出了灿烂的笑容。第一段文字来自阿尔玛。

“今晚能收留我吗？我需要治治我的失眠症。9点30分左右我就可以来到你家。”他回答道：“来吧，我的美人，我急于见到你，但别指望我能治好你的失眠症。”

他跟这个滑稽的女孩有着滑稽的艳遇，她在性方面热烈得很，但至于其他，冷若冰霜。每次做完爱，两人都会感到有点不安，尽管事后又是喝酒又是开玩笑。他总是会想起欧仁妮。如果说她今晚来他家，那是因为在喀里多尼亚路的办公室一个人都没有。天知道西科特去哪儿鬼混了……

第二段文字来自查理。读这段文字时，他脸上露出了报复性的微笑。

“你还活着吗？如果你还有力气，打电话给我。”

这么说，甚至连查理这样的人也会感到烦闷？这对于一个自诩诚实的人来说太奇怪了。纯净的灵魂会觉得要不时地把自己泡在污泥里吗？明天再给他打电话吧！

他来到了爱德华-蒙佩蒂和雪岭的交叉路口，突然感到饿得人都要从肚脐那儿断成两半。犹豫片刻之后，他左拐去了雪岭。在雷诺-布雷书店对面，或者说差不多就在那个地方，有一家非常好的泰国餐厅，其主要优点是：上菜快。今晚，这很重要。

4分40秒之后，他已经在大口大口地喝酸辣汤了，他还点了泰式炒粉和蘑菇炒饭。

虽然是一个人独自用晚餐，他快乐的心情丝毫没有遭到破坏（想到要和阿尔玛一起过夜，这大大地帮助了他）。这时，一个熟悉的声音让他转过头去。左边，大堂中间，旧省长雅克·帕里佐正跟一个衣着宽松的四十来岁的男人一起吃饭。他感到很震惊。在上大学的那几年里，热罗姆午餐时在这个街区的一家饭店里见过这个著名政治家几次，其中有一次，他独自一人坐在桌边看报纸，跟一般的公民没什么两样。

帕里佐是他父亲的偶像。“他是最真实的人！”克洛德-奥斯卡经常激动地这样说，“他和其他政客完全不同，那些人只想着自己的小九九，争先恐后地训斥我们，却又满脸堆笑。而他在真正地为魁北克服务。如果没有那些在1995年全民投票中偷盗我们的骗子，魁北克已经是个国家了。"热罗姆想起来，当年父亲把自己的义齿制作间关了三个星期，到他的偶像所在的阿松普逊社区挨家挨户派发传单。

他一边吃，一边悄悄地观察着帕里佐。帕里佐老了，背驼了，灰发已经变白，但他的目光、面孔和细微动作仍散发出同样的力量和智慧，那种贵族风范曾让他在记者当中赢得了一个有点讽刺性的绰号——"先生"。看到他就会让人忘记人性的丑恶。热罗姆心想，那自己为什么还会感到忧伤，突然败坏了胃口？

他结了账，走出饭店。阿尔玛总是很守时，三刻钟以后就会准时来到他家。去做重要的事情去吧！

至少他是这样说服自己的。

9点30分，阿尔玛准时出现在他家门口，满脸微笑，化了淡妆，紧身牛仔裤让她的臀部魅力难当，让人很想立即就动手，尽快在床上做完那事。热罗姆行动了。不管怎么说，那是一只热情似火的母兔，渴望小伙子和好色的年轻人，简直就是一个埋头于情色的女人，一看就知道她难以满足。经过三个回合，热罗姆有点气喘吁吁了，客气地提出来大家睡觉吧，她不是来治疗她的失眠症的吗？她马上就同意了。睡到凌晨4点10分时，他从噩梦中惊醒，有人在吮吸他的小鸡鸡，火热得足以融化北极。他花了很长时间才重新睡着，想在脑海中把少言寡语、似乎不存在的阿尔玛和蜷缩着靠在他身上的那个火热的女战士联系起来，可惜做不到。

早上，两人默默地吃着早餐，肉桂燕麦糊、烤面包片涂果酱，一杯接着一杯地喝咖啡。收音机里，播音员正在播报世界各地刚发生的重大悲剧，字正腔圆，但不动声色。阿尔玛已经淋完浴，穿上衣服，正在拨手机。

"给谁打电话？"

"叫出租车。"

"现在就要走？"

"在他到达之前我必须在办公室里。"

"西科特？他昨天傍晚可能已经回家。"

"没有，我昨天晚上给他打过电话，家里没人。"

热罗姆惊讶地看着她。

"那时你已经睡着，亲爱的。就在吸你之前……"

然后她又补充道：

"我希望我们在办公室的事不会让任何人知道，我敢肯定你也如此。"她尖刻地一笑。

"弗朗西娜·德雅尔莱从古巴回来后该怎么办？"

她耸耸肩，说：

"那时你的女朋友也回来了，亲爱的……"

然后，她把未来的这些事都抛诸脑后，接着说：

"我不知道……要寻找合适的机会我们才能在一起。这也许需要很长时间……我真的不知道。"

热罗姆突然感到有点恼怒：

"你好像有点不在乎。你到底喜不喜欢跟我在一起？你打算怎么办？雪藏你的宝贝，直到时机到来？"

"对。"

"也许有人在办公室照顾你漂亮的屁股？"他嘲笑道。

"愚蠢。"

她平静而漫不经心的样子让他失控了：

"我突然想起了一件事，阿尔玛。是不是有人付钱给你让你跟我睡觉的？这可是我们女老板的风格。"

"你更蠢了。"

"你确定？"

"亲爱的，我的屁股不出租。"

她站起来，步伐轻柔地向门口走去，顺手拿起放在椅子上的手袋，向窗外扫了一眼：

"出租车到了，"她开心地说，"那就待会儿见了，热罗姆……谢谢你收留了我。"

他站在她身后几步远的地方，双唇紧咬，很想打她一个耳光。

◆◆◆

　　那天，他觉得蒙特利尔所有的卡车都在他身上慢慢地开动；一个问题别人要问两遍他才会回答；如果别人跟他说话超过两分钟，他得做出超人的努力才能不当着对方的面睡着；4个台阶的楼梯现在对他来说就像40个台阶一样。他两次遇到阿尔玛。像事先说好的那样，她依然像平时一样对他，采取"仅仅是办公室同事"的态度。她模样清新，就像是春天的郁金香，甚至当着塞弗兰·西科特和奥利维埃的面，故作惊讶，说他看起来一副疲惫的样子，还绷着脸开玩笑，问他是否得了流感。他一言不发地看着她。"你呀，我的美人，你在我看来一副恶毒的样子……我会记住的。"

　　到了中午，他没有吃饭，而是把自己反锁在办公室里，想在地板上睡个午觉。他开始为自己的状态担心了。"是的，做了5次爱，睡了4个小时。不过，我毕竟是个25岁的小伙子！但10年后怎么办呢？"

　　下午1点，老板来敲门了。热罗姆从地上跳起来，揉揉脸，想抹去睡觉的痕迹。他打开门。

　　"热罗姆，事情发展得比预料的要快，"西科特一副轻快的样子，但脸绷得有点紧，"儒诺厅长的秘书鲁洛想立即见我们。她的办公室主任图尔梅可能也会到场。我觉得佩托扎已经向他们发送了信号。他太急了……不应该这样做。他好像想马上就给他们钱，想确定在博物馆工程这个蛋糕中有他的份。钱要经过我转，用支票支付，由不同的人签名。这一点他是知道的。我试图打电话给他，但找不到他。发生了什么我不明白的事。我们去跟鲁洛把事情弄清楚。现在就出发，他在等我们。"

　　儒诺厅长的选举办公室位于拉瓦尔区的瓦扬库尔路。尽管才下午1点多，街上已经人满为患，像在交通高峰期一样。他们几乎花了一个小时才到达目的地。热罗姆趁机打了个盹，继续恢复体力。塞弗兰·西科特在想事，几乎没有跟他说话。

　　欧内斯特·鲁洛，爽朗活泼，但有点神经质。他热情地接待了他们，说"很高兴见到你们""幸会"等等，然后顺口谈了几句天气，说夏天开始以来就那么炎热少雨。这是一个三十来岁的男人，身体瘦长得有点夸张，脸也又瘦又长，两颊凹陷，有一条长长的垂直皱纹，这让他看起来一副苦相。他说个不停，说话时眼睛一直看着对方，注意对方的所有反应，显得非常客气。他殷勤得甚至亲自去搬塞弗兰·西科特的椅子：空调的冷风正对着西科特吹，鲁洛担心这会让他歪脖子。

　　"我宁愿要其他包裹。"①西科特答道，他对自己的玩笑感到很自豪。热罗姆却觉得这玩笑很愚蠢，但那个秘书听了以后却咯咯地笑了很久。

　　"很遗憾，图尔梅先生来不了，"作为开场白，鲁洛说，"他在魁北克有急事。但我们稍后可以联系他。"

　　"我们的朋友佩托扎出什么事了？"西科特不安地问。

　　有些消息传到了欧内斯特的耳朵里，在电话里听得糊里糊涂，现在突然明白了，让人很伤心。

　　"弗雷迪·佩托扎跟我告诉您的相反，他从来就不想……给儒诺夫人选区的组织整体捐赠。"鲁洛的指头插上又松开，"他遇到了某种麻烦。"

　　"我觉得也是，"西科特说，"他毕竟不是个傻瓜。"

　　"他想以支票的形式来捐赠，由他的雇员和一些熟人签发147张支票，他以后会还，也应该还。但我们觉得这个办法还是太冒险。147个捐赠人全都为同一家公司工作，您知道……"

　　"当然。可他自己也知道。化名狩猎又不是昨天才开始的。"

　　"于是图尔梅先生给了他另外一份名单，这份更加保险，但他拒绝了。"

　　"哪里来的名单？"

　　"从阿尔蒂尔·博尼法斯那里来的，他是儒诺夫人竞选委员会的组

① 在法语中，"歪脖"这个单词的后半个词与"包裹"同，故有此玩笑。

织者。"

"他告诉您原因了吗？"

鲁洛摇摇头。

塞弗兰·西科特轻轻地咳嗽起来，似乎有点不高兴，他紧紧地抓住椅子的扶手，然后又松开。

"他们也许吵架了。"热罗姆提醒道。

从见面开始，他这是第一次插话。他觉得应该说句话了。

"我也这样想，"西科特说，"可惜，我还没有找到那个该死的弗雷迪。图尔梅先生这样做，应该是恨他恨得直咬牙（鲁洛轻轻地后退一步）。那头蠢猪，他差点丢了合同。"

"你也差不多。"热罗姆在心里暗暗地补充道。

"很遗憾，我们不能接受佩托扎先生的名单。"欧内斯特·鲁洛彬彬有礼地重申。

电话铃响了，是亚德里安·图尔梅，儒诺厅长的办公室主任。鲁洛毕恭毕敬地听着，不时说一个字，语气越来越谦恭，然后把话筒递给西科特：

"图尔梅先生想跟您说话。"

"我们不能接受佩托扎的名单。"有个人语气粗暴、严肃地大声喊道，"太危险了，您知道得很清楚。"

"图尔梅先生，您说得完全对，我下午去找他。"

"我不明白他为什么拒绝我们的名单。您知道吗？也不知道？嗯……喜欢徒劳地把事情搞复杂的人最后将得不偿失。您把我的这句话转告给他，以防他哪天忘了。事情解决后就打电话给我。再见。"

回程跟来的时候一样，两人都沉默无言。热罗姆有点从昨晚的疲惫中恢复过来了，用眼角扫了西科特一眼，但他郁郁寡欢的样子告诉热罗姆，不要主动跟他说话。他们刚刚上了帕皮诺大街，但由于塞车，他们不得不慢慢地开，到了第三次被塞住不动时，西科特终于发作了：

"妈的，我还能不能到家啊！我要告诉那个粗鲁的家伙，他正在破坏我们的计划！"

他一打方向盘，往右拐去，停在一个加油站前，拿起手机：

"啊，我终于抓住你了！弗雷迪，你怎么了？你知道吗，你正在让我们的整个生意泡汤？"

话筒中传来很响的嗡嗡声，热罗姆听到了一个很不客气的断句：

"……别用这种语调跟我说话，OK？"

然后是长时间的叫喊，不时冒出几个刺耳的音节，最后，让西科特大大地温和了下来。

"我们去找他。"

"我一定要陪你去吗？"

"是的，一定要去。"

车子掉头，重新回到帕皮诺大街，然后往北而去。交通繁忙，车辆密密麻麻，像焦糖苹果馅饼一样厚实。三刻钟后，他们进入一栋大楼的地下停车库，大楼高34层，下面是发散状的都市高速公路网。他们坐电梯上了第28楼。西蒙建筑公司占了整整一层楼。

一个像是封面女郎的褐发女孩（说不定她真的是）把他们带到弗雷迪·佩托扎的办公室。他仰躺在椅子上，双脚放在办公桌上，抽着散发出香草和蜜糖味道的雪茄。没有文化的暴发户就是这副样子。在他们到来之前，他的怒火似乎已经冷却。

他站起来，过来跟他们握手。

"塞车很严重，是吗？我想总有一天，我会搬到育空①去住。"

这次，他对热罗姆的到来没有发表任何评论，只是用手指了一下椅子让他坐下，然后走到自己的办公桌后。

"塞弗兰，我们开门见山。把球踢来踢去，这没有任何意义。"

"我完全同意。"律师说，近乎阿谀奉承。

"你知道儒诺夫人的竞选组织者阿尔蒂尔·博尼法斯的父亲叫什么吗？"

西科特皱了一下眉头，表示他不知道。

---

① 加拿大十省三地区之一，位于加拿大的西北方，人口极为稀少。

"阿尔蒂尔·贝内代托·博尼法西奥。"

短时间的沉默。

"这跟我有什么关系？"西科特很想这样回答。

"那又怎么样？"但他最后还是选择这样的回答。

"这个狗娘养的孩子，真是堆臭狗屎，我小时候，他就毁了我父亲的一生。事实上，甚至可以说，就是他害死了我父亲。我细细地跟你道来。阿尔蒂尔·博尼法西奥，现在叫博尼法斯，是他4个男孩中的老大。我一生中可能只见过他半个小时——但这已经很长了——半个小时足以让我明白，他的血管中流着同样肮脏的血……他是他父亲的复制品，甚至比父亲更坏，如果可能的话。我不可能跟他一起工作，哪怕是间接的，你明白吗？别浪费时间了，我不会改变主意的，不，不！不要再说了。"

塞弗兰·西科特开始激动起来，试图"把事情一分为二"。但他越辩解越恐慌，理由站不住脚，而包工头的脸则难看起来，态度变得越来越强硬，浓浓的眉毛下目光发出越来越凶狠的光亮。热罗姆惊呆了，默默地看着这场面。两个男人都失去了最基本的理智，忘了自己最重要的利益，眼看就要发生冲突，一切都要完了。甚至连一个5岁孩子都能在半分钟内找到的很简单的解决办法，但他们都没有想到。

这时，热罗姆把手放在老板的肩上，声音轻快，无忧无虑，好像把这场争论当作一个玩笑：

"可是，我们再出一份捐赠者的名单不就可以了吗？这又不是很难，谁都想得出来！"

一阵沉默。

西科特垂头丧气地看着自己的膝盖，热罗姆从来没有见过他这副样子。难道他只有在顺境中才显得有用？那他没有选对职业。

"当然可以，"西科特回答说，"但也不像表面上看起来那么容易。不能随便找人，否则会出问题。儒诺夫人的组织者（他不敢说出名字）已经准备了一份名单。这种东西不是一天两天就能搞好的。魁北克那边好像很着急。"

他抬起头，突然兴奋起来：

"弗雷迪，我们总不妨试试吧？你的名单上应该有一些可靠的人吧？"

"嗯……我可以看一看。"包工头平静下来，在硕大的大理石烟灰缸里捻灭了烟头。

"我这边可以马上找到了十五六个来……必要的话，我可以联系多祖瓦。"

"'穿颅者'？"

"是的。"

"别碰他，朋友……为什么？你没有听说吗？上星期以来，他那边好像情况不妙。我听说警察会找他的麻烦……好了，塞弗兰，你好像很累，"他突然友好地说，"喝点好威士忌，这对大家都好，是吗？"

没等对方回答，他就按了叫唤铃：

"珍妮弗，三杯加冰……对，冰块另放。"

到了地下停车场，塞弗兰·西科特转身把车钥匙递给热罗姆，说：

"你能开车吗？我下午状态不是太好……你应该也觉察到了。"

热罗姆吃惊地看着他，有点担心：

"你肯定吗？我从来没有开过这样的大车，我可不想剐蹭。"

"朋友，跟开别的车没什么区别。"

热罗姆浑身冒汗，睁大双眼，小心翼翼，把笨重的宝马开出迷宫似的停车库。塞弗兰·西科特则昏昏欲睡，不时长叹，甚至好像都不知道身在何方。而他只喝了一杯威士忌，还没喝完。

车子一开到马路上，热罗姆就恢复了自信。这辆豪华轿车操作起来灵活、准确，很快就让他露出了笑容。他们就这样开了几分钟。

"生活并不总是那么容易。"西科特突然厌倦地说了这么一句。

面对这一不可否认的明显事实，热罗姆回了一句"是的"。没有比这更合适的回答了。

"让我伤脑筋的是我儿子。"塞弗兰·西科特又用同样的语调说。

"哦，是吗？"热罗姆感到很惊讶。

在这之前，塞弗兰·西科特从来没有跟他说过心里话。

"一个星期后，他就要离开波蒂奇……情况不怎么乐观……我三天都没睡好了……那小子，给我们惹了无数的麻烦……我盼望弗朗西娜·德雅尔莱回来。对付他，她比我更有办法……"

他每说一句话都停下来，沉重地叹息一声。热罗姆保持沉默，只在适当的时候说几个字，"是的""是吗？""是这样"。他看着前面，心里十分紧张，担心操作失误，剐蹭了车子。

"啊，我曾对他寄予巨大的希望，他是我的独生子啊！"西科特笑了笑，似乎已不抱幻想。"希望现在在哪儿呢？在垃圾场！"

热罗姆很吃惊，心里产生了对老板的同情。这还是第一次。

"好啦，别担心，你的费里克斯很快就会回到你身边的……说不定已经这样了。"

旁边出现了一辆半挂车，有点摇摇晃晃，迫使他专心驾驶。很快，宝马车中响起了轻轻的呼噜声。

接下去的几天热罗姆更多是同情自己。

第二天上午，事务缠身的塞弗兰·西科特就委托他火速草拟化名新名单。作为基本材料，他交给热罗姆一张他自己仔细核实过的17人名单，加上弗雷迪·佩托扎的另一张28人名单，那也是保证没有问题的。最后，还有从笔记本上撕下来的一张纸，上面写着5个分包商的名字，但"穿颅者"的名字被画掉了。这些人都很可靠，只要付钱，他们就可以给他提供尚缺的一百来个人的名字，以达到147人的数量。

在以后的三天里，热罗姆从早上8点到晚上10点一直在打电话或待在电脑前（晚上10点以后，态度不好或充满敌意的人大大增加）。他像机器人一样睡觉和起床，都快累死了。第三天，他干脆就睡在办公室里了，甚至都不想叫出租车送他回家了。阿尔玛不时给他送咖啡和三明治，有一两次还友好地拍拍他的肩鼓励他。还有一次，她抚摸得更随便，他几乎没有察觉。

在一个星期四，名单弄完了，傍晚时通过了儒诺厅长办公室主任的审核，然后让他们一个个在支票上签名——报酬当场给，付现金，由弗雷迪·佩托扎提供。8月5日下午3点左右，事情处理完毕。热罗姆觉得名单上的大部分人都很普通，不用担心，或者是不知道自己所涉的计谋。在他们面前，他就像个邮递员一样，尽量少跟他们说话。万一他们问他问题，也竭力避开。

任务完成后，他回到办公室，眼圈都黑了。塞弗兰·西科特似乎恢复了精神，把他拉到一边，给了他2000元奖励，都是面值20元的，其中也有弗雷迪·佩托扎的一份。

"好了，走吧，小伙子。回去休息两天，你应得的。"

他打定主意，一定要在家里睡上两天。他紧紧地抓住方向盘，把车子开得飞快，引来一片愤怒的喇叭声。

欧仁妮的一封电子邮件和查理的一个电话留言破坏了他的休息计划。

"我浏览了一下三四天来的讣告，"查理的语气有些紧张，"想核实一下你的名字是否在上面，但没有看到。这么说你还活着。我从中得出这样一个结论：你还没有回我电话，是因为你不想见我。如果我误会了，那就跟我说个明白吧。再见。"

欧仁妮的电子邮件则让他兴奋极了。邮件是这样写的：

我希望你一切都好，热罗尼莫。至于我嘛，我遇到了一个小麻烦，但是请放心，不太严重。我是在巴塞罗那的普拉多医院急诊室给你发这封邮件。两天来，我发烧，颤抖，恶心，头疼，肌肉酸痛，等等。也许是病毒。确实是病毒，很严重的病毒。吕西把我送到了医院里。我长话短说吧！我的回程可能会延迟，就我目前的状况，旅行是不可能了。我能请你帮个忙吗？安德烈－安娜在我母亲家里烦透了。我母亲今年70岁，尽一切努力帮助我。前天，小东西在电话里眼泪巴巴地问我你在哪里。你能去看她吗？这会让她感到很高兴的。千万不要告诉她我病了（暂时也不要告诉我妈）。尽管出发之前我们闹了不愉快，但我经常想你，热罗姆，我急于再见到你。

欧仁妮

后面附有伊冯娜·拉塞尔特寡妇的地址，她住在普雷里河边的古安大街。热罗姆从来没有见过她。

邮件的口气和其中意想不到的请求让他眼泪都要流出来了。这么说，无论如何，他们的关系有望继续了？她的请求让人觉得，不管怎么说，他们之间还有得谈。那究竟是什么性质的和解呢？他毫无概念。但在眼下，这已经都不重要了。

"只要她能回来。"他大声地说，"其余的我来负责。"

他马上就回复了她的电子邮件，并打电话给她母亲。回答他的是一个女人，声音有点生硬和沙哑，但他一报姓名，对方马上就热情起来。这是一个好迹象。老太太说，安德烈–安娜当然愿意马上就跟他通话，可现在她在隔壁的小朋友家里。

他突然感到浑身轻快，趁着高兴的劲儿打电话给查理，尽管他一累有时就词不达意。查理正在"被压榨"，每次他上班热罗姆打电话过去他都这样，好像热罗姆成了一个操作榨汁机的人。但这并不妨碍两个朋友进行如下对话：

"嗨，你还没有死，居然还活着？"

"老兄，我活得好好的。但你可以想象得到，我忙得要死。三天当中，我不知接了多少电话，耳朵差点都聋了。"

"你怎么样？"

"还死不了。很高兴跟你说话，查理。"

"我也是，今晚有空吗？"

"行行好吧，老兄。三天来，我能睡8个小时就谢天谢地了。我都怕自己倒在地上，磕坏鼻子。明天行吗？"

"好的，我没问题……在哪见面？"

"我请你来我家吃晚饭。这最简单，而且保证没毒……查理？"

查理的声音低沉了下来，闪过一丝恐惧。

"行吗？"

"我们不要像那天晚上那样吵了，好吗？"

查理好像在嘲笑，很难弄清他为什么笑。然后，他接着说：

"啊，这呀……这不仅仅取决于我，热罗姆……不过，我自从跟马蒂娜实行"4B"以来，我比以前更能控制自己的情绪了。"

热罗姆还以为在古安大街1992号会见到一栋豪华的古宅，因为那个角落以建筑遗产丰富闻名，但出现在他眼前的却是一栋很普通的连体屋，但维护得不错，墙面由有些褪色的白色铝合金搭接。屋前离马路有些空间，屋后有一个挺大的花园，三面围着浓密的柏树篱笆。拉塞尔特夫人住在一楼，楼上出租了。

一下车，他就听到花园里有孩子的叫喊声，紧接着是两个人跳水的声音。其中一个声音无疑是安德烈-安娜的。听到它，他感到很高兴，不知道为什么。

他推开一道低矮的木栅栏，走上一条平坦的石头路，上了两个石阶，台阶好像是新近粉刷过的。他按了按门铃，三次都没有人应答，他推断拉塞尔特和孩子应该都不在里面。他沿着屋子的右侧走进花园，看到里面有个充气游泳池，俨然是个儿童戏水池。一个老太太穿着长长的紫色花裙，戴着一顶宽沿草帽，正坐在一张折叠椅上，膝盖上放着一本翻开的书，看护着两个在水中嬉戏的小女孩。孩子们躺在水中，用腿拍打着水，发出巨大的溅水声，没有看见他的到来。

老太太转过头，看到了他：

"啊，您来了。"

她站了起来，尽管有点摇晃，但还是显得很灵活。她瘦长、优雅，让人想起一位不老的女歌唱家。

"我想您按过门铃？我应该在门上留个条，告诉您直接到后面来的。"

"热罗姆！"一个尖厉的声音喊道。

安德烈-安娜从游泳池里跳起来，身上湿淋淋的，扑到他怀里，用双手搂住他，外婆在大声地责备她。热罗姆放声大笑，孩子对他的欢迎让他既惊讶又高兴。

"可是，安德烈-安娜，你看看你，浑身湿淋淋的！再看看他的长裤！这怎么可以？"

她抓住孩子的一条胳膊，拉到自己身边来，结果成了第二个受害者。

"没关系，夫人。"热罗姆一直笑着，"天这么热，正好让我凉快一下。"

说着，他向安德烈-安娜弯下腰去，抚摸着她的脑袋：

"你好像跟你的小伙伴玩得很开心。我很高兴见到你。"

她的那个小朋友仍然泡在水里，下巴靠着游泳池的边沿，认真地看着这场面。

"我也是，很高兴又见到你。"安德烈-安娜抬起头，一脸严肃。

然后，她又补充道：

"你见到我妈妈了吗？"

"我见不到她，安德烈-安娜。她在旅行，我呢，我在这里，在蒙特利尔上班，你知道的。但我很想见到她，像你一样。"

"宝贝，她一个星期后就回来了，你等几天。"拉塞尔特插话说，然后示意热罗姆最好换个话题。

"安德烈-安娜，你的朋友叫什么名字？"

他转身看着那女孩，那女孩很怕生，马上游着狗爬式躲开了。

"她叫雅辛特，住在那栋红顶的房子里，那里有只狗在叫。"

"我们在凉廊里喝杯冰茶怎么样？"拉塞尔特夫人问热罗姆，"今天下午的太阳真的很毒。这么强烈的紫外线，一定要当心……两个小女孩嘛，有橙味雪糕和覆盆子雪糕。"

"好啊，好啊，"安德烈-安娜大声嚷道，"外婆，我要覆盆子雪糕。来，雅辛特，快来！"

那个小女孩，圆圆的鼻子上长了一颗小痘痘，皮肤黝黑，睫毛长长，有一双漂亮的褐色眼睛。她从游泳池里爬上来，低着头，慢慢地向前走来，心里好像在做斗争，既害羞，又想吃雪糕。最后，害羞败了。

拉塞尔特递给两个小女孩一人一条沙滩浴巾。

"好好擦擦，好吗？我不希望水滴到家里去。"

她们擦着身体，尤其是双脚，那是地板和地毯的敌人；然后，大家走向凉廊。安德烈–安娜突然抓住热罗姆的手，热罗姆弯腰对她笑笑，这一温柔亲热的动作让他感到有些吃惊：自己做了什么赢得了她的这种信任呢？

"这么说，你喜欢在外婆家度假？"他问。

"是的，但我想妈妈快点回来。"

"我也是，她不在我感到很闷。你知道的。"

"我知道。"

她紧紧地抓住热罗姆的手，越来越激动，还朝他眨眼。如果欧仁妮病重那会怎么样？如果她死了呢？天哪，不该这么想！可不想又有什么用呢？有时，这种事情还是会发生的。这孩子，还这么小；外婆呢，年龄已经这么大了……

茶来了，还有生姜饼干。两个女孩每人可以吃两个雪糕。热罗姆觉得这是因为他的来访外婆才这么慷慨。拉塞尔特热情开朗，充满活力，眼观四方，迈着碎步，跑来跑去。一直没有说话的雅辛特凑近安德烈–安娜的耳朵。

"外婆，我们回去游泳了。"安德烈–安娜说。

"只能再游15分钟，不能再多，安德烈–安娜，你的皮肤已经发红了。"

安德烈–安娜跳下椅子，发现游泳衣的一个扣子松开了，便走到热罗姆身边，背对着他，要他重新把它扣上，好像这是天经地义的事。

当两个女孩重新下到游泳池时，拉塞尔特夫人说："她很喜欢你。"

热罗姆笑着向拉塞尔特夫人转过身，有点不好意思，脸都红了，试图掩饰内心奇特的激动：

"是的，好像是的……这让我感动。"

"孩子的爱是最纯洁的，"老太太继续说。她手里拿着茶罐，又倒满了杯子，"只有她真的喜欢……有时，我们甚至没有意识到自己已经征服了他们。这很奇怪，您不觉得吗？"

傍晚时分，热罗姆回到家里时，完全不知道自己对这场出访是高兴还是不高兴。

门铃响了，把他吵醒。他跳下床，摇摇晃晃地跑去开门。

"天哪，都下午6点30分了，"他看了一下手表，嘟嘟哝哝地说，"我过点了。"

"幸亏我看见你的车子停在马路对面，"查理笑着说，"否则我还以为你逃走了呢！我都按了4次门铃了。"

"进来，进来。对不起，老兄。"

他们握了一下手。热罗姆注意到查理的粉刺基本上都消失了。

"我都快饿死了。"热罗姆一边说一边往厨房里走，"我下午去欧仁妮的妈妈家里了，老人家在替她看孩子……"

查理惊讶得睁大眼睛：

"你去看她女儿了？"

热罗姆掩饰住自己的不安，简短说了一下最近发生的事，尽量缓和气氛。眼下，他不想把自己心里想的事都说出来。

"所以，"他接着说，"回到家里，打开门，我累得像个秤砣，走到卧室里，一头倒在床上就睡死过去了。"

"如果我没有弄错，"查理说，"我们今晚不是在家里吃饭，"他吸了吸鼻子，想闻闻厨房里有没有味道，"我饿了。"

"不，不，不！我的邀请依然有效。冰箱里有两个很好的比萨饼。"

"薄皮的吗？"

"是的，阁下，薄皮的。我一心想让您满意，这您很清楚。我把烤箱调到220摄氏度，十来分钟后就可以吃了。在这之前，你可以喝罐啤酒顶顶饿。我有'贝尔格'牌的，也有'特朗布雷'牌的。在'贝尔格'中，我有上好的白啤，那是你最喜欢的。可以吗？"

查理点点头，满意地笑了，然后倒在一张椅子上，伸直双腿，担心地扫了一眼四周；热罗姆则打开炉子，拧开两瓶啤酒的盖子，递给他一瓶和一只酒杯（查理非要用酒杯或高脚杯来喝啤酒，觉得这样喝更有味道）。

"我今晚喝不了太多。"他说。

"是吗？"热罗姆趴在炉灶上看了看，"你一开始就想到醉了？"

"哪里。"

他喝了一口酒，然后说：

"喝了一定量的酒精后，我好像改变了性格，我不喜欢这样……它有时会让我干蠢事，你知道的……马蒂娜有一天对我说，我开始发福了。"

"你和马蒂娜好像动真格了。"

"是的……那是个不错的女孩。"

"也许是个心理学家？"

他的声音里有讽刺的成分。

"哪里！她在国立幽默学校担任舞台监督负责人。"

"哦，是吗？"热罗姆在他对面坐下来，"这很适合你的性格。"

查理的嘴唇抿了起来，眼睛放光，就像一只好斗的公鸡。

"行了，这些乏味的玩笑今晚到此为止。我们谈谈严肃的事？"

"对不起，查理。我真蠢，但我并不想伤害你。"

他喝了一大口啤酒，用手背擦了擦嘴，然后说：

"有什么严肃的事？"

"你知道我说的是什么。"查理有点烦了，手指在桌上敲了一会儿，然后抬起头来：

"啊，算了，我今晚不想深入讨论……而且，我饿了，给我一桶钉子我都消化得了。"

热罗姆站起来，检查了一下炉子的温度，然后把两个比萨饼塞了进去。

"12分钟之后，阁下就可以填饱肚子了，至少我是这么希望的。"

"嗯……大家都知道你是学文学的……这是什么比萨？"

"三种奶酪加蘑菇。"

"好吃！好吃！"查理双手在桌上咚咚地敲，似乎在击鼓，"好了，忘了我刚才说的话。我再喝一瓶啤酒，如果你还请我喝的话。"

"老家伙，你知道得很清楚，我从来就无法拒绝你。"

他们又干了两瓶，互相碰杯，说些闲话，然后针锋相对地开玩笑。查理活泼得有点反常，似乎在掩饰某种痛苦。连通管原理好像在起作用，热罗姆感觉到这种苦恼蔓延到了他身上。

空气中慢慢地充满了奶酪融化的香味，越来越浓。

"吃比萨，吃比萨！"查理手里拿着刀叉，大声地说。

比萨饼终于出炉了，布满了泡泡，奶酪颤抖着想淹没被烤得焦黄的小蘑菇群。他们激动得有点夸张地向比萨饼发起了进攻，隐约希望比萨能成为一个途径，让他们避免似乎被强加的争论。

热罗姆讲述了自己在欧仁妮的要求下，刚刚去了拉塞尔特夫人家，孩子对他的热情让他非常意外。

"我觉得自己就像是她父亲。而这对我来说是举手之劳，真的。"

"好吧，"查理讽刺道，"你们都已经组成小家庭了。"

"但不是神圣家庭，这你可以相信我。"

"我不能相信我不知道的东西，"查理狡猾地说，"我缺乏细节。"

短暂的沉默。

"不谈了。"热罗姆说，"有的话题应该以后再聊，是吗？"

但查理突然产生了强烈的好奇心：

"这么说，你这段时间工作很忙？"

"那当然！忙得不可开交。"

"你到底在忙什么，我能知道吗？"

两人刚刚喝干了各自的啤酒。

"我们接着喝点红酒怎么样？"热罗姆提议，"我觉得吃比萨喝红酒更合适。我有瓶很好的皇玺，是西班牙的莫纳斯特雷尔①，这是我今年夏天发现的。"

"莫纳斯特雷尔？哇！"查理嘲笑道，"有钱了，人也就成了品酒专家了。"

"价格很合理，连你也买得起。"

查理好像完全忘了戒酒的允诺，举起一只胳膊：

"皇玺万岁！让瓶塞飞起来吧！"

但他的声音有点颤抖，让人觉得他是在实施什么战略。

酒喝光了，而且两人都很喜欢。这时，查理问："朋友，你到底在忙什么？"

"忙一个我讨厌的项目，可是……这么说吧，我是被迫的。"

"什么项目？"

"我让你猜一千次……不，你猜不到的……一个该死的项目，加拿大法语文化博物馆。"

查理激动得满脸通红：

"你这个分离主义者，竟然在为这个项目工作？"

"啊，我无非是干点零碎活罢了，"热罗姆辩解道，"而且，我会要求他们派我去做其他事情的。"

"朋友，你可以自顾自地说下去，可我不会听你讲的。"查理心想，"当一个人为混蛋做事，不管做什么事，他都是在玷污自己。"

但他没有把这些话说出来，只是说：

"在帕里佐时代，这样的计划绝对不会出笼。这很清楚，他知道如何抵制。"

"一点没错，你想想啊，"热罗姆急于想改变话题，"我有一天在饭店里碰见他，觉得他有点老了，但还是那么精神，气度不凡。"

---

① 莫纳斯特雷尔，国际性的葡萄酒品种，约公元前500年由腓尼基人传入西班牙东北部地区加泰罗尼亚，在世界上许多地方都有种植。

"你本来应该利用这个机会请教他一下的。"查理吃着比萨，阴险地暗示道。

"啊，是吗？请教他什么？"热罗姆问。

他慌张地等待回答。

"关于博物馆的项目，关于你的职业生涯，你的雇主，等等……那是一个判断力很强的人……总之，大部分时间是这样……但我想你知道他会怎么回答你。"

热罗姆仍然看着他，没有说话，但下唇发抖了。他拿起酒杯，喝了一大杯。

"他会回答你说……用他的语言，非常礼貌的语言，因为那是个很有教养的人，不是吗？见过世面……他会回答你说，你的老板是个无耻之徒，你最后也会成为那样的人。这话他不会说出来，但他会这么想。你相信吗？"

热罗姆沮丧地看着查理。喝酒产生了奇特的反应，他的脸上出现了小小的红斑。他双手抓住桌子，呼吸都不正常了，感觉到心里像雪崩那样隆隆作响，盲目而无情的雪崩，所经之处一切皆无。

"可我不想成为坏人……我只想成功，过好日子……但他们紧紧地抓住了我，查理。啊，你知道他们是怎么抓住我的！"

他号啕大哭起来。

查理跳了起来，险些打翻杯子，幸亏他手快，及时抓住。他看着热罗姆，他的这个朋友正在用桌布擦鼻涕。他不知道该怎么办，但很清楚必须避免什么：千万不能走过去拍他的肩膀，拥抱他。那样的话，热罗姆会给他迎面一拳，那就什么都结束了。

所以，他只轻咳了一声，然后是长长地叹息。

"我能帮你什么忙吗？"他最后大着胆子，轻声地问。

"你走吧，查理……求你了，"热罗姆用餐布擦着脸，"我想一个人待着。我们下次见吧……我太需要睡眠了，如果你知道……"

"好吧，既然你这样求我……但你还是让我担心……我并不想……"

热罗姆平静了一点，轻轻把他推向门口，但就在他的朋友要离开的时候，他又突然抓住查理的肩膀，让他转过身来：

"是不是欧仁妮让你来看我的？"

查理呆住了，生硬地说：

"我不需要欧仁妮告诉我来看你，热罗姆，我自己可以做决定。我跟她上次在范霍恩路的咖啡馆见过之后，就没有再跟她说过话。"

热罗姆看着他走下楼梯，然后才关上了门。

他走到浴室里想淋浴，就在这时，电话铃响了。让他大吃一惊的是，打电话来的是阿尔玛。

她娇滴滴地向他打听情况，说东说西，然后才谈正事：

"老板准备走了，明天下午才回来。你想见面吗？"

"当然啦，阿尔玛，我将很高兴见到你。但我累死了，正准备上床。"

"太遗憾了，"她轻轻一笑，"我本来还想让你哄我上床呢！哈哈。好啦……晚安。"

她挂上了电话。

他耸耸肩，蔑视地嘬了一下嘴，然后脱掉衣服，淋了十五六分钟的浴，什么都不想，完全沉浸在动物性的麻木中。

之后，他就在床上躺了下来。

但半个小时后，他还没合眼，脑子里浮现出一些怪异、残忍、让人担忧的念头，一切都让他的欲望越来越强烈。自阿尔玛的那个该死的电话之后，这种欲望就开始折磨他。

从6月底起，他就没有见过欧仁妮。现在已经是8月的第二个星期，但这场病又把她的归程推迟到不知什么时候。这会不会是为了拖延时间而设的骗局和诡计？谁知道呢？也许她和她的比利时前夫重续旧好了？或者是另找情人了？而在这期间，他这个傻瓜却要照顾她的女儿，一个人待在自己的角落里苦苦等待，等待"夫人"回来向他宣布永远分手的消息？

他为自己有这些想法而感到羞耻，但不一会儿，他又不安和怀疑起来，接着再次感到内疚。

他下了床，在公寓里走了几分钟，每换一个房间都会改变决定。最后，他打电话给阿尔玛：

"喂，我的美人，来吧，我睡不着。我只想你，小乖乖……"

电话线那头响起了胜利的叫声。

在等待她到来的时候，他穿上睡衣，进进出出，坐在通往马路的楼梯台阶上。快到午夜了。潮湿的暖风带来雪岭巨大的喧嚣。如果他是烟民，他一定抽了好几根烟，一边抽一边思考生命的偶然与卑鄙。他渐渐地有些闷闷不乐，很需要一个好消息，不管是什么样的好消息，但又不知道它会来自何方。

尽管夜已深，还是有个老人牵着一只狗出现在人行道上。那只狗小跑着，显得很忙碌，鼻子在地上嗅着，这场意想不到的外出让它显得非常兴奋。它的主人则挺直身体，目光坚定，嘴唇紧抿，步伐缓慢而又整齐，好像正踩着钢丝穿越深渊。

虽然年龄悬殊，热罗姆还是把他看作兄弟。

三天后，弗朗西娜·德雅尔莱从古巴回来了，皮肤白里透黑，胖了4公斤，手指和手腕戴满了戒指和银手镯，都是很便宜买来的。她很开心，但随时会变得焦躁不安。肯定有什么事：费里克斯要回家了！她让人重新粉刷了儿子的房间，消去曾威胁他健康的大麻的所有味道，还在冰箱里塞满了他爱吃的东西（费里克斯酷爱海鲜和枫糖雪糕），还有一个意外的礼物——弗朗西娜给他买了一台最高级的二极管平板宽屏电视机。

8月12日星期三，费里克斯出现在他的深绿色花冠轿车的方向盘前。他在波蒂奇接受治疗期间，这辆车一直在停车场等着。他拒绝别人去接他，甚至拒绝参加欢送仪式。根据传统，住院病人成功地走过艰难而漫长的戒毒道路后，医院都会为他组织欢送会。

他的脚刚刚踩到地上，母亲就出现在便门门口，她尖叫一声，向儿子扑来，紧紧地搂住他。

"宝贝，你好吗？你怎么样？你的气色好像不错！"

"是的，我很好，妈妈。我很好。"

他强笑着，想客客气气地从母亲怀里挣脱出来。

"爸爸！"这时他看见塞弗兰·西科特也站在门前，脸色苍白，面颊凹陷，双手合十，放在胸前，这种古怪的动作让他父亲看起来像个议事司铎，"是的，爸爸，我终于回来了。"

西科特上前一步，久久地握着他的手，然后抱着他的肩膀，声音因激动而哽咽，但还是说出声来：

"孩子，我很高兴重新见到你……你重了一点，我想……你好吗？"

"我很好，爸爸……妈妈，别哭了，你看，这怪难为情的。"

"难为情，难为情，"弗朗西娜·德雅尔莱泣不成声，"你在我这个位置上试试……"

她哭得更厉害了。

"好啦，够了，"西科特威严地下令了，"他说得对，我们正在丢人现眼呢！真没必要这样。邻居们会怎么想？"

"他们爱怎么想就怎么想。那些不怀好意的人，我祝他们走路都摔跤！"

她一边朝家里走去，一边温柔地拥抱着爱子。

热罗姆、奥利维埃和阿尔玛在窗口看到了这一幕。当父母及其儿子走进屋中，回到自己的套间里后，他们赶紧回到自己的工作岗位。

热罗姆仔细观察了那个年轻人，觉得他有点发胖了，可以说变得壮实了，奇怪的是脸上没什么表情。也许是因为他过分看重这一点，期望看到费里克斯有巨大的变化，但这种变化没有发生。

而且，重新开始工作十分钟后，他就差不多忘了那个浪子的归来。晚上6点左右，来自巴塞罗那的一个电话让他彻底忘了费里克斯。

"您就是热罗姆·吕皮安先生吗？"电话那头是位女性，声音像涂了橄榄油似的，发出银铃般的响声。

他好像觉得胃部被人猛击了一下，满嘴苦涩。

"是的，我就是。"

"您好，先生。我叫劳拉·爱丝特夫，"那位女性继续说，"我打电话给您，是关于欧仁妮的事。我是她的朋友。她要我打电话给您。"

"好的好的。夫人，出什么事了？"

"欧仁妮必须住院做些检查，就这么回事。她发高烧，呕吐，抽搐，等等，您明白吗？医生们还弄不清她到底得了什么病，她必须接受很多检查，所以回魁北克只好推迟，所以她让我打电话给您。"

"好的。"热罗姆说。

他的脑子里突然一片空白，呼吸也变得不稳定了。他盯着办公桌上的那个瓷杯，上面有一圈咖啡印。

"喂，喂，"劳拉·爱丝特夫在电话那头喊，"您还在吗？"

"哦……对不起，"他声音哽咽，断断续续地问，"夫人，她……很痛苦吗？"

"叫我劳拉吧，这样更简单，不是吗？"那女人说。欧仁妮的闺密，这一身份似乎让她显得跟自己关系很近。"是的，得到了严重的流行性感冒，人当然很辛苦。而且，她很为安德烈－安娜担心，似乎在想您是否还能再去看她女儿一次。您还能再去一次吗？"

"当然，当然，我很乐意。她可以对我放心。夫人，您在哪里？您是在医院里给我打的电话吗？"

"是的，我在普拉多医院给您打电话。叫我劳拉吧，"她又说，"这样更简单，不是吗？现在，我得走了，对不起，有人在等我。我把我的电话号码留给您，这样，您就可以随时跟我联系了。您不用太担心，热罗姆。我能叫您热罗姆，是吗？谢谢。普拉多医院的医生水平都很高，他们会治好她的病的，我敢肯定。"

"那当然，"他艰难地吞咽了口水，回答说，"现在毕竟已经不是中世纪了。"他想尽量让自己的声音变得乐观一点。

他让她重复了两三遍她的电话号码，——条件反射让她老是说西班牙语而不是法语——并请她替他千万次拥抱欧仁妮。

"啊，次数不少，"劳拉笑着回答说，"我不知道是否有时间这样做，而且，她可能会传染，我不知道。但我会尽我所能。请放心。"

"我相信您。"热罗姆努力装出开玩笑的样子。

他挂上电话，显得十分沮丧，眼睛重新盯着咖啡杯，好像跌入了泥潭，一个个念头令人窒息，让人厌恶。跟阿尔玛睡觉的情景一再浮现在脑海里，让他觉得很恶心。他其实是一个多么卑鄙的家伙啊……呸！人们最不喜欢见到的，就是他这种人！不配，他根本配不上那个可怜的欧仁妮。他给她带来了不幸，她却那么信任他，简直让人感动，尽管他每次都更深地跌入罪恶的泥潭。现在，她也许要死了，毕竟有这种可能，不能掩耳盗铃……那他就得收养安德烈–安娜，给她展现健康的道路，就像那些黑手党把自己的女儿寄放在富有的修道院里。一切都可以收买，哪怕是尊重。

"你真是臭狗屎，热罗姆。"他咬着嘴唇，托着下巴，低声地骂自己，"谁曾想到你是这么无耻？"

他决定到屋后的花园去透透气。有时，在繁重的工作或艰难的电话讨论之后，他会到那里去清醒清醒。来到走廊里的时候，他碰到了奥利维埃。奥利维埃停下脚步，好奇地斜睨着他，好像同时在看两样东西。这是他新养成的一个习惯，两人谈话时，奥利维埃常常会这样。

"有什么不对劲吗？"奥利维埃小声地问。

"恰恰相反，事情很顺利。"热罗姆边走边回答。

所谓的花园其实是一角美丽的绿地，有几棵老丁香树和一棵漂亮的椴树。草地中心有个喷泉在哗哗地喷水。初夏时弗朗西娜·德雅尔莱花大价钱让人在那里安装了一个粉色的大理石承水盆。热罗姆坐在石凳上，伸直双腿，深深地呼吸着，让肺中充满新鲜空气，并闭上了眼睛。眼睛睁开时，他看见阿尔玛正在一楼的窗口偷窥他，但马上就消失了。

"他们俩一定是串通好的。"他痛恨地想。

20分钟后，他回到了办公室，内心一点都没有平静下来。什么决定都没下，但心底里隐约在骚动。他想重新看一遍关于未来的加拿大法语文化博物馆地基的难懂的技术报告，那是塞弗兰·西科特通过计谋弄到手的。就在这时，西科特兴高采烈地出现在门口。

"看起来不错，"他说，"我想他们在波蒂奇的工作行之有效……我是说……他们做得很好……其实我也不是很清楚，但这不重要……他

决定读完预科，然后去上高等商校，除非他选择……不过，眼下，这都
不重要。"

"当然，他有时间慢慢考虑。"热罗姆想让自己显得温和些，"我很
为他高兴。我想过去问候问候我们的费里克斯。我们很久没有见面了。"

"他刚到城里散心去了，这对他有好处。朋友，在那里就像在部队
里一样，铁的纪律，不停地进行繁重的劳动，每天进行身体锻炼，然后
是强制性的学习和阅读，集体讨论，谁都没有时间无所事事，真的。开
始几天，他每天晚上打电话给我们，哇哇大哭。"

突然，他装出一副忙碌的样子，指着热罗姆说：

"啊，对了，我忘了……你把它写在备忘录里：9月5日，星期四，
下午5点，在蒙田路的大皇宫饭店为儒诺厅长举办筹款晚宴。你陪我和
弗朗西娜·德雅尔莱一起去。这很重要。当晚，我会买单的。"

热罗姆微微地点了点头。

"好，我得走了。这个报告，"他按着那份厚厚的文件，问，"你
没问题吧？我还没来得及看。"

"对一个新人来说有点难，但我有进展。"

他重新埋头研究起来，手里拿着钢笔，在一个半小时的时间里，他
做笔记，提问题，做注释，但他老是犯困，大大地打着哈欠，下巴都歪
了，而且满眼泪水。于是，他把文件推到一边，开始给欧仁妮写长信，
爱意泛滥，他鼓励她，向她保证会把安德烈-安娜当作自己的女儿一样
来照顾，"不瞒你说，她好像已经是我的女儿。"快到5点时，他打了
几个电话，处理了几件急事，然后又饿又幸福地离开办公室，走出大
楼，向自己的汽车走去。正当他准备上车时，一辆深绿色凯迪拉克吼叫
着开过来，他不禁转过身。

"嗨，别走！我有话要对你说！""穿颅者"一边喊一边在他旁边
猛刹住车，车轮在砂石路上打滑。

车门被用力打开，"穿颅者"走下来，气喘吁吁地站在他面前：

"你能告诉我发生了什么事吗？三天来，我一直想跟你老板说话，
可怎么也找不到他。但我敢确定那个混蛋就在这里。"

　　站在热罗姆面前的是一个陷于绝境的老人，脸色苍白，呼吸急促，头发凌乱，露出了半秃的脑袋。

　　"我什么都不知道，多祖瓦先生。您要去问他……但他现在不在这儿。"热罗姆想起了他得到的吩咐。

　　"他不在这里？可他的车子在这里。"对方指着那辆宝马嘲笑道，"你把我当作傻瓜了还是怎么的？"

　　"他真的不在……坐他儿子的车走的，多祖瓦先生。"热罗姆有点慌了，"费里克斯今天回来了，您可以想象得到。"

　　"哦，是吗？"

　　"穿颅者"嘟哝了一声，用惊慌的眼睛扫视四周，一手按在车子的前盖上。

　　"这混蛋会揍我吗？"热罗姆突然想。

　　"你没事吧，多祖瓦先生？"

　　"穿颅者"没有理他，晃晃脑袋，嘴巴半张，忧郁的目光盯着律师的房屋。

　　"明天早上我一见到他就告诉他，我答应你。"

　　"穿颅者"无力地摆摆手，好像在说："行了，别浪费唾沫了，你什么也不会做的……"

　　"那些坏蛋，他们害了我，"他低着头，嘴巴一动一动，"他跟他们一样……"

　　然后，他突然向热罗姆转过身来，暴怒地瞪着眼睛：

　　"你也一样，年轻人，将来有一天你也会落得这个下场……祝福你！你会知道那该多开心！"他讥笑道。

　　两人沉默了一会儿，"穿颅者"又看着这屋子。

　　"请挪一下您的车好吗？"热罗姆觉得这场谈话已经持续得太久，"您挡住了门口，我出不去。"

　　"挪我的汽车？当然可以，我的大人！"他哼了一声，嘲笑道。

　　他转眼就发动了汽车，响声震耳欲聋，吓得在人行道上行走的一位女士尖叫一声，手里牵着的博美犬险些被碾成肉饼。热罗姆怕出事，赶紧跑过去。

"This man is crazy! Utterly crazy! Who is he? Call the police! What are you waiting for? I'll call the police!" ①

过分了，这太过分了。撒旦把世界上所有的垃圾都扔给了他？热罗姆对那个五十来岁的妇女做了个模糊的动作，要她安静下来，那妇女跟她的小狗一样都差点发疯。他双腿一软，就像年老体弱的人好久没吃肉一样。于是他赶紧钻进自己的车子，离开了那地方，但一直小心翼翼，那个讲英语的妇女继续在那里大骂，她的狗也跟着狂吠。

饥饿改变了晚上的计划。他现在前往皇家山大道，那是皇家山高地的主干道，饭店很集中。他想在离大道不太远的地方找个位置停车，那里有家不错的小饭店，因份量足而闻名，是查理去年发现的。突然，他的手机在上衣口袋里响了起来。

"讨厌！"他大声地骂道，"我也要吃饭啊！"

他还没有说完话，就在他前面靠右的地方，停在离皇家山大道很近的一辆黄色敞篷车开动了。他进了那个位置，关掉车灯，脾气好了一点，拿起一直在响的手机。

"打搅你了吗？"对方的声音他都听不出来了，"我是费里克斯。"

"没有没有。老弟，你好吗？很高兴跟你说话，自从……今天下午看见你回来了，但我觉得最好还是暂时让你跟你父母……"

"唉，"对方打断他的话，"4个月，那完全是另一回事了。"

"你在哪里？"

"圣德尼路，在玛丽-安娜路和拉歇尔路之间。"

"是吗？我离你那里不远，我在皇家山。你吃饭了吗？没有？我打算在皇家山大道吃。你知道地方吗？"

他给了费里克斯地址。10分钟后，费里克斯赶到了，热烈地跟他握手，在他的桌前坐下，惊讶地看到热罗姆正在吃小山坡一样的意大利肉酱面。

---

① 英文，意为"此人疯了！完全疯了！他是谁？报警！您还等什么？我要报警了！"

"对不起，"热罗姆有点不好意思，"但我等不及了，我饿了几个小时了，差点因低血糖而晕倒。我现在有时会这样。"

"没关系，我理解。意粉好吃吗？"

热罗姆双腮鼓鼓的，刚刚往嘴里送了一大团意粉。费里克斯见他点点头，便朝来到他身边的侍应抬起头，手里拿着菜单，说：

"请来一份同样的。"

两人一开吃，热罗姆就意识到，面前跟他说话的不再是他在古巴匆匆认识的那个年轻人了。他惹了一身祸，从危难中被解救出来的这个英俊的金发小伙子，好像不单在身体方面变了，原先身体纤弱、爱玩，现在变得认真、安分、谨慎了，那种矜持以前从来没过，就像一个旅人，经历了惊心动魄的长途跋涉之后，眼下都不大愿意说话了。费里克斯说话的嗓门低了，目光中严肃带笑，听得多说得少，眼角有点干涩，很快就会起鹅掌纹，这表明生活不易。那么多家长对误入歧途的子女所期望的这种"新的开始"在他身上是否成了现实？

"情况怎么样？"费里克斯问。意粉刚端上来，他就开始进攻了，"我父母没有太折磨你吧？"

"我嘛，一直都好，可我的女朋友就不是这样了，她得了一场倒霉的病，在西班牙回不来了。人们不得不把她送到医院里。病得好像挺严重的。"

费里克斯摇摇头，咬着嘴唇。

"她会好的，你放心吧……愿幸福常在。"他敲打着桌子。

"你父亲不久前对我说，你回来要上学？"热罗姆想改变话题。

"是的。我先读完预科，接着想上大学。我还没有完全确定自己要学什么，我还来得及……"

热罗姆看到了碗底，停了下来：再吃，就是滥食了。费里克斯则慢条斯理，吃得津津有味。他为什么要打电话给自己？需要倾诉？或仅仅就像这样，见一见曾帮了他大忙而自己却天天陷入麻烦的人？

"那里的伙食怎么样？"

"还可以。"

然后他又补充了一句：

"当然，不能跟酒店相比。"

"日子难过吗？"

费里克斯抬起头，在饭店里扫视了一会儿。饭店里拥挤而嘈杂，叠得高高的碟子被快速行走的侍应托在手里，就像飞盘一样。他的嘴唇上出现了淡淡的笑容，在这里见面他似乎很高兴。

"难过？"他回过头来看了热罗姆一眼，"我吃了苦头……前几个星期，我打电话给我母亲，不知道多少次求她来接我。她幸亏没有听我的，我还有一座沙漠要穿越呢！我赤脚走在滚烫的沙子上。这是合同规定的。违规者将被开除。事情就这么简单。"

他把最后剩下的意粉都用叉子卷起来，塞到嘴里，然后说：

"我刚告诉我父母，我要离开家里，另外租地方住。他们听了以后很不高兴。算他们倒霉吧！我的决心已下……钩心斗角的味道，我从小闻到大，我现在想清清肺……原谅我的直率，"看到热罗姆的脸色阴沉下来，他连忙说，"我并无意伤害你……你不怪我吧？"

"哪里会呢？"热罗姆笑笑，想掩饰自己的恼怒，"我现在是跟一个新人在说话！如果我没弄错，你甚至连电子烟都不会碰……你愿意参加'世界末日耶和华见证会'①或类似的团体吗？据说，这是一种皈依，当圣约瑟挥动着饰花权杖时，正在给小耶稣换尿布的圣母马利亚出现了。"

费里克斯耸耸肩：

"宗教，我才不在乎呢……在4个月当中，我好好地思考了许多问题……哪儿都不去，就像我以前什么地方都去一样，我父亲也是这样，只是方式不同而已……你那个地方的公寓贵吗？"

"挺贵的……但对你父母来说是小菜一碟，不是吗？"

"应该是这样吧！"费里克斯叹息道。

"哎，"热罗姆觉得又有换话题的必要了，"是谁把我的手机号码

---

① 基督教新教边缘教派之一，1881年创立于美国。

告诉你的？"

"是阿尔玛。你感到惊奇吗？"

费里克斯的声音中充满了暗示性的嘲讽，热罗姆担心自己脸红，为了掩饰，他拿起放在盘子旁边的水杯，喝了两大口。

费里克斯默默地笑了。

"她全都告诉我了，热罗姆……你不该这样做……以前，我也曾跟她这样睡过。你要小心她，那是个小婊子。我从来就没搞懂过她究竟想干什么。我母亲4年前雇用了她，一直说对她很满意，但与此同时，也不能说我母亲就喜欢她，不！该死的阿尔玛！她穿开裆裤的时候就跟父母从智利到这里来政治避难，但我们从来没有见过她父母……我一直很难相信这个故事，因为所有这些都是她自己说的。谈到做爱，她并不投入，是不是？她兴奋的时候，哼！一切都是在演戏！至少跟我是这样。"

"跟我也一样。"热罗姆有点生气地肯定道。

费里克斯半闭着眼睛，微笑着，也许沉浸在幸福的回忆当中，但几乎马上就看着热罗姆说：

"尽管……不瞒你说，我有时在想，她并不是在演戏。像她这样的骗子，也许在床上都在撒谎。你怎么看？"

"嗯……我不知道……要钻到她肚子里才知道。"

这顿晚餐可以说吃得并不怎么愉快。热罗姆招手要结账。

"不不，"他对刚把手伸到口袋里的费里克斯说，"我请你，否则我会生气的。"

说最后这几句话时，他勉强地露出友好的微笑。

那天晚上，他辗转反侧，难以入眠。费里克斯爆出的秘密让他深感痛苦。原来他们的艳遇不过是没有未来的一夜情。不过，但愿欧仁妮能知道这事，他和阿尔玛的关系结束了。（费里克斯所说的）那个"小婊子"会不会给他设了一个陷阱？这可能是她自己的主意，也可能是别人给她出的点子。讹诈早就被证明是把一个人变成傀儡的最好办法之一。他觉得自己正行走在一块咔咔作响的浮冰上，冰缝随时可能在他脚下裂开，把他吞没。如何离开这份已经变成陷阱的工作？但首先要尽快防备。"明天上午，我就让她把事情说清楚。"他无数次这样对自己说。

当他终于睡着时，雪岭的麻雀已重新在外面叽叽喳喳了。

8点20分，他黑着眼圈来到办公室，但头脑清楚而冷静，决定要消除那个怪异秘书可能给他的麻烦。那天上午，星辰似乎排列得很正常[①]：推开门，他刚好看见阿尔玛抱着一堆文件要去档案室。他若无其事地跟她打了个招呼，跟她走进墙边摆满重重的文件架的小房间里，然后关上门。

"出什么事了？"她惊讶地问。

"我们说话轻点，好吗？"

他站在她面前。

"昨天，你跟费里克斯嚼舌头了？"

她挤出一丝微笑，然后把眼睛转开去。

"是的……怎么了？我没有权利跟他说话？"

"你爱说什么就说什么，我才不在乎呢……我对你的屁股没有任何权利，阿尔玛，如果你愿意，你甚至可以让长颈鹿舔，但希望你千万不要把我们的事告诉欧仁妮，明白吗？"

他双手抓住她的肩膀，抓得那么狠，她忍不住大叫一声。

"假如你胆敢告诉她，我就扭断你的脖子。"

他把她推到一个书架上，然后走了出去。

阿尔玛哭了，一屁股坐在椅子上。一两分钟后，门被推开一半，奥利维埃一言不发地走了进来：

"没事吧，阿尔玛？遇到麻烦了？"

但他甜蜜和满足的样子表明，他已经知道一切。

---

① 占星术认为，星辰对人的命运会产生影响。——作者注

◆ ◆ ◆

一个星期过去了。热罗姆和劳拉·爱丝特夫每天都通电话。欧仁妮神志半清楚半糊涂，但病情似乎还算稳定，高烧退了一点，人也不呕吐了。检查表明她感染了一种罕见的病毒，据医生说，可能是由于食物中毒才传播到她肌体里的。"但她根本就没有食物中毒，热罗姆，"劳拉大叫起来，"我们几乎一直在我家里吃饭，因为不喜欢去饭店，我嫌外面太吵，会让我精神紧张。如果是食物中毒，那我也应该中毒，是吗？可你看，我什么事都没有。她的精神太紧张，是的，不安，当然还有疲劳，肯定是的！但她的健康绝对没问题。"

关于病毒，医生们了解得还不是很清楚，就像其他很多事情一样。

劳拉给欧仁妮念了热罗姆的信，她听了以后虚弱地笑了笑。病人几乎什么话都没有说，但下午有了点力气，问她的闺密她女儿是否还好，热罗姆是否去看了她。"是的，当然，他几乎每天都去看她。她很好，别为她担心。"

病重的人有时需要别人给他美化现实。

其实，热罗姆后来只去看过安德烈–安娜三四次——他工作那么忙，这也算不容易了——实际情况是，安德烈–安娜的情况一点都不好，拉塞尔特夫人的情况也并不更好。弃儿的那种综合症状把那个小女孩变成了一个整天忧心忡忡的小东西，任性，爱哭，动不动就生气。母亲每天昏睡20个小时，好像夺走了女儿的睡眠，安德烈–安娜常常一晚上失眠——她外婆也一样。

"年轻人，我累了，"一天晚上，拉塞尔特夫人向热罗姆承认说，"我不知道自己还能坚持多长时间。啊，如果贝内迪克那个无赖（欧仁妮的前夫）没有缺德地逃往比利时，我会马上就把这可怜的孩子给他送过去，那样我还能休息一阵子。

8月22日晚，劳拉·爱丝特夫终于给了热罗姆一个鼓舞人心的消息。住院后欧仁妮的情况第一次开始好转：高烧完全退了，食欲恢复了。前一天晚上，她跟闺密谈了十来分钟的话，好像对生活又有了信心。如果这种状况能够维持，她有希望在四五天后出院。

8月27日，欧仁妮终于出院了，她虽然很瘦，很虚弱，但心情愉快，像喜鹊一样说个不停。医院叮嘱她休息三周，之后才逐渐恢复各种活动。劳拉·爱丝特夫说干了口水，甚至勃然大怒，差点弄僵了两人的关系，这才让几乎还站不稳的欧仁妮又在巴塞罗那待了三天，因为她想第二天一早就飞回蒙特利尔。她出院那天，热罗姆跟她在电话里说了二十来分钟，觉得她虚弱、专横、易怒。

"亲爱的，这是服用了可的松的缘故。我在想，他们为什么要给我开这么大的量，可我不得不吃。你能怎么办？这段时间我所有的时间都在睡觉，现在我连午睡都睡不着了。请原谅，热罗姆，我现在就要打电话给安德烈-安娜。我答应过她每天跟她通三次电话的。可怜的女儿，她烦闷死了，我也为她担心死了。啊，今天上午，我给她打电话时，甚至说不上两句话。她哭啊哭啊……如果眼泪能通过电话旅行，我都被淹死了！好了，我得挂电话了……我爱你，我急于见到你。亲爱的，你一直爱着我，是吗？"

"永远。"他温柔地答道，做了个鬼脸。

"你向我发誓？"

一阵响亮的亲吻声让她大笑起来。

他坐在厨房的桌边，面对着早晨第二杯已经凉了的咖啡，很高兴能够在家里给她打电话。在办公室，他脸上出现的红晕可能会被有些不怀好意的人撞见。

"听着，热罗姆，"塞弗兰·西科特有点幽默地说，"我所需要的，就是你的一点时间——最多两到三个小时。别在我面前这么一副哭丧的样子！生活中还有更糟糕的事呢！朋友，鉴于我给你的任务，你应该表现得更机灵点。"

他们坐在老板的宝马车里，前往蒙田路的大皇宫。诺尔曼·儒诺厅长的筹款晚宴将在一家豪华饭店里举行。弗朗西娜·德雅尔莱决定这次由她来照顾儿子，费里克斯的情绪让她非常担忧。

热罗姆说："这场该死的筹款晚宴，没有比它来得更不巧了。"

然后，他又补充道：

"塞弗兰，我们从夏天开始就没有见过面了。"

"你们这辈子有的是时间见面，而见厅长的机会可能不会太多，是吗？我很希望你们能认识，因为你会跟她打交道的，如果不是直接的，至少也会通过她身边的某个中间人……听着，"看到这个助手固执的样子，他接着说，"我知道这可能让人失望，但今晚是你表明你把公司利益放在心上的唯一机会，否则就永远没有机会了。明白吗？"

"明白，明白，好，"热罗姆咕哝道，"那我是不是跟你一起开车去？我毕竟不想跳窗进去。"

他举起双手，伸得直直的，大大地呼吸了一口气，然后重复说：

"好。"

两天前，他去机场迎接他的恋人。他紧紧地把欧仁妮搂在怀里，她还没有完全康复。他们马上去了古安大街她母亲家里，母亲和孩子在那里焦急地等待着她。路上，欧仁妮长时间地讲述她在巴塞罗那的不幸遭遇，后来，谈话一落千丈，两人都不想也不敢这么快就谈论让人痛苦的话题。欧仁妮和女儿的重逢让热罗姆非常惊讶。安德烈-安娜见到母亲，不但没有快乐地喊着扑过去，反而呆在原地不动，绷着脸，然后，一言不发地跑到衣橱里面躲了起来，三个成年人使尽了所有谈判招数才让她从里面出来。

显然，安德烈-安娜并不打算忘掉自己的夏天，拉塞尔特夫人也一样，尽管外婆加保姆这两个角色已经让她精疲力竭，她仍然要求女儿一直住在她家里，直到完全康复。这其实是一个非常理智的决定，而且，几个小时后，安德烈-安娜就好像变成了一只小猫，依偎在欧仁妮怀里，吮着拇指，高兴地沉浸在自己的童年当中，不再反抗。

于是，母女俩在外婆家里待了4天，外婆悉心照顾长途旅行回来的欧仁妮，虽然方式有点粗暴，但卓有成效。热罗姆每天下班后都去看望欧仁妮，让她详细讲讲在欧洲的幸福日子。由于拉塞尔特夫人在场，他们说话时语气无法太亲密，因为他知道这样做会碰一鼻子灰。有时，他一边听她说话，一边忍不住把目光投向她的大腿。她的大腿真的很漂亮。

9月4日，欧仁妮恢复了力气，决定回家。

"明天晚上来我家里吃饭怎么样？"那天，她打电话给热罗姆，建议道。

"我正想不请自来，你都想象得到。"

"明天晚上"恰好是9月5日，儒诺厅长举行筹款晚宴的那天。热罗姆去找塞弗兰·西科特请假，但遭到了拒绝。两人发生了口角，嗓门大了起来。西科特不让步，两人在车上又重新争吵，但没有结果。热罗姆一直气呼呼的，沮丧地慢慢拖着脚步。

西科特斜了他一眼，皱起眉头，说：

"听着，我看，两小时后，两个半小时后吧，你就可以离开了。我给你一个眼色，你向大家打个招呼，随便编个借口，然后就跳上出租车去会你的情人吧！要个发票，我明天上午给你报销。"

"这还差不多！"热罗姆嘀咕道，"但我还没到要别人给我付出租车费的地步。"

他的脸色开始好转。

两人又开始沉默，但这种沉默已经没那么紧张了。和平协议好像勉强达成。西科特不想把一个心里嘀嘀咕咕、满脸不高兴的热罗姆介绍给儒诺厅长。那位女厅长可是敏感透顶，对于那些似乎不乐意见她的人，她会毫不留情。他在寻思她在政治上做了些什么……当然，记者和圈内人都说她精明得像只狐狸，甚至拥有巨大的智慧，有时还说，她并不总是想显露出来。但她最厉害的地方，他们接着又用神秘的口气说，是她与总理拉布雷什的特殊关系，所以，她理所当然消息灵通。在这方面，喜欢八卦的人就可以无限发挥其想象了：旧情妇？正式的情妇？正在发起进攻的诱惑者？被觊觎的猎物？丘比特的箭根据每个人的想象四处乱飞。西科特甚至听到一个记者信誓旦旦地说，消息十分可靠，她是总理的私生女。总理一直隐瞒此事，但爱她就像圣诞老人爱他的天使们。他如同一个父亲，关心和关注她在政坛上的起步。但这些，纯粹是黄色新闻，谁都不会认为像让-菲力蒲·拉布雷什这样一个冷漠而精于算计的人会那么善良。

为了打破确实已延续得有点太久的沉默，西科特给热罗姆讲述了关于厅长的这些传闻，热罗姆似乎对此很有兴趣。

他们停在大皇宫前，一个停车员马上过来替他们停车。

西科特俯身对自己的助手耳语道：

"哎，伙计，现在该在脸上挂上笑容了。游戏开始了。"

大皇宫是一家高级饭店，普通人无法想象还有比这更奢华的饭店。但妒忌者和不怀好意的人哪里都有，有人悄悄地说，它白色的大理石柱让人不由自主地想起用来建造它的钱币的颜色。饭店领导层选用了这句双关语言作为其口号：

大皇宫
大鳄们的聚会之处

一个身材高大的秃顶门童穿着晚礼服，脸带微笑，弯着腰，给他们打开大门。门把手是两个硕大的铜字母"GP"①，闪闪发亮。他们走进前厅。这个前厅尽管有些狭小，还是勇敢地想与凡尔赛的镜廊匹敌。两个漂亮的女接待员在那里等着他们。看她们向西科特及其助手微笑的方式，人们还以为她们终于找到了寻找已久的"精英"。塞弗兰·西科特和蔼可亲，向她们递上两张镶着金边的名片，一个戴着黑色三角帽，帽上插着一根红色大羽毛的年轻侍应马上接了过去。

"请跟我来。"这个侍应对他们说，腰弯得低低的。

当其他贵宾陆续到来，礼仪小姐奉命去迎接新到重要客人的时候，他们走进了那个著名的大理石大厅，一百多人在那里低声说话，许多人手里拿着香槟酒杯，在桌间穿梭；也有的人在这里或那里聚成一个个小

————

① "大皇宫"的缩写。

群体。4尊巨大的大理石雕像，《摩西》《大卫》《反叛的奴隶》《祈祷中的教皇尤里乌斯二世》，模仿伟大的米开朗琪罗的作品，分别立在大厅的4个角落，冷眼看着这热闹的场面。左边，有个琳琅满目的酒吧，酒瓶和酒杯闪光耀眼；在另一头，人们已经布置了一个小型舞台，装上了屏幕。

塞弗兰·西科特不得不走走停停，不是被这个人拉住说话，就是跟另外一个人打招呼，只要有可能，他就把热罗姆介绍给大家。负责给他们引座的那个侍应，耐心地等待这些迫切的友好表示结束才继续前行。

在这类社交活动中，男性的衣着——那天晚上大多都是男性——往往根据自己的年龄来选择，有"显赫的有钱人"派头，也有"宽松的时尚"风格。女性则更多是走传统的路线，着装打扮通常都是为了强调自己的青春魅力，或者是尽可能巧妙地掩饰岁月的风霜。

热罗姆跟着老板，跟人打招呼、微笑、握手，不断地从法语过渡到英语（这是一个自由的聚会）。他只隐约认识几个人，对他来说，大部分面孔都是陌生的，这让他有些惊讶。他们终于到了自己的座位上，头顶就是富有阳刚之气的大卫像。这时，左边有个女人在说：

"布雷博夫先生，我好像还没有荣幸认识他，但您知道，能见到他我很高兴。"

塞弗兰·西科特捅了一下热罗姆的腰，用力拉着他的衣袖，挤出一条通道，向说话的那个女士走去。途中推搡了一下一个屁股大大的红衣女人。

热罗姆猜想这就是儒诺厅长了。十来个人围在她身边，个个都想引起她的注意。

"我们慢慢地过去，就像什么事都没有。"西科特对热罗姆悄悄地耳语道，"年轻人，我今晚花了2000元，就为了能像那个吉诺·布雷博夫一样跟她聊上两分钟。我们到了她身边时，你要尽量给人好印象，明白吗？"

热罗姆从他所站的地方，几乎可以看到厅长的全身。这是一个很漂亮的女人，脸上的线条有些生硬，但一副高贵的派头，皮肤细腻，肤色如蜜（是因为在赤道边上待了一段时间的缘故吗？），脸上的表情让人难忘。她笑着听对方讲话，目光专注而冷漠，有时轻轻地点点头，好像在说："是的，是的，我知道，我明白，有话直说吧！"热罗姆心想，要独自跟她说上几分钟的话，需要一定的胆量才行。

突然，厅长周围的人群一阵骚动，他们面前出现了一个小小的缺口，塞弗兰·西科特又拉着热罗姆的袖子，钻了进去。

"厅长好！"他伸出手去，大声地说，打断了一个小个子男人的话。那人很矮小，额头布满皱纹，马上被他列入不重要的人物当中，"再次见到您真的很高兴！"

"晚上好，塞弗兰，"诺尔曼·儒诺夫人的这种亲密回答让他兴奋得脸都红了，"我昨天还想起您呢！"

"夫人，我差点想回答您说，我是一直在想您——当然，这样说有点不合礼仪。"

他们周围响起了一些礼貌的笑声。厅长却没有笑。

"如果您想起了我，"西科特担心自己走进死胡同，"是因为我也许对您有用？说吧，夫人，我听从您的命令。"

"这事我们另找机会谈……您不向我介绍一下这位先生？是您的雇员吧？"

"当然，当然，我差点忘了……我真的太蠢了……夫人，您让我乱了方寸。"

西科特介绍了热罗姆，试图在半分钟内把他的优点都说出来。

"非常荣幸，厅长夫人。"热罗姆欠了欠身，迅速抓住对方微笑着递过来的手。

"吕皮安先生，您的名字好像很熟悉。"诺尔曼·儒诺用奇特的目光看着他。

"夫人，不久之前我见过您的选区秘书，后来还跟您的办公室主任谈过两三次话。他们也许在您面前提到过我的名字。"

"哦，是这样，我明白了……被大家夸到天上去的那个人原来就是您。希望我们还有机会见面，吕皮安先生。谢谢您的出席，再见。"

她向他伸出手，再次一个劲儿地盯着他看。

塞弗兰·西科特把热罗姆拉到自己的座位上，感到非常高兴。

"热罗姆，你让她动心了，"西科特对他耳语道，"我从来没有看见她这么和蔼过……在那个名单事件中你处理得很好，这让我们获得了加分！告诉我你想要什么，我会给你的！"

"我想走。"热罗姆逗弄他说。

"等一等，年轻人，等一等，该走的时候我会告诉你的。吉诺！"说着，他转身对一个高大的红脸汉子叫了一声，那人扭着臀部，慢慢走到他们桌边。西科特问他："老兄，你好吗？什么时候出院的？你看起来精神抖擞嘛！"

"是的，这个星期还不错……月初他们给了我一个带薪假期。但出事的那天晚上，你就不会这样说了。那天，幸亏一个急救员把我从捷豹车中拖出来的，那时我就像是一个被人吃剩的苹果。"

尽管在车祸中严重受伤，这人似乎还能徒手掐死一头牛。

他模样平平，与这聚会不太般配，但他身上穿的"尚飞扬"原花纹皮衣就连女王外出巡视的丈夫也不敢小看。这部分地解释了他为什么能出席今晚的晚宴。

侍应托着盘子，在人群中穿梭，各种食物源源不断地被端上来，谈话的嘈杂声越来越大，西科特几乎是扯着嗓子在喊。他把热罗姆介绍给吉诺·布雷博夫之后，拍了一下这个大胖子的肩膀，说：

"好了，老兄，祝你好运！不管怎么样，还是老实一点吧，人毕竟只有一条命！"

"这话你自己留着吧！至于我，我出生的时候，母亲把一串由安德烈神甫洗礼过的念珠绑在我的小鸡鸡上，这样我就有九条命了，就像猫一样。"

他摇晃着身体，步伐有力地走开了。

高音喇叭传来轻轻的咳嗽声。一个身材高大、面颊丰满的男人，穿着燕尾服，神态高雅，但似乎没有睡醒。他登上舞台，让大家各就各位。五个乐手马上跟着上场，当大家都坐下来的时候，一种介乎半古典和世俗爵士之间的音乐响彻大厅，艰难地在嘈杂的人声上流淌。

　　一张张方桌支了起来，一桌十人。热罗姆的右边是塞弗兰·西科特，左边是一位女士，她自我介绍说名叫贝蒂·沃森，自由党议员，一位已故议员的女儿。她的法语讲得不错，但似乎还是更喜欢讲母语。弗朗西娜·德雅尔莱缺席，她的位置空着。另外六位客人，两位女士四位男士，热罗姆一个都不认识。塞弗兰·西科特则认识三人，另两位听说过。不管怎样，离得再近，热罗姆也几乎不可能跟他们聊天。所以，热罗姆从头到尾几乎只跟老板和沃森女议员说话。那是一个六十来岁的女人，快乐开心，香水扑鼻，脸部轮廓沉重，像个男人，为了那天晚宴专门整了容。她的桌友们最先看到她喝了4杯红酒。热罗姆觉得她很可笑。喝第五杯酒的时候，她讲起1995年魁北克为争取独立而全民公决时，她为了一个完整的加拿大而做出了辉煌成绩。只有热罗姆一个人没有爆发出大笑。之后，他仍然对她非常礼貌，但基本上只跟自己的老板和老板旁边的一个人说话，那人叫热拉尔·若里韦，是SNC–拉瓦兰公司的工程师，酷爱远途狩猎。

　　一小时后，他烦闷得差点要哭出来。

　　"我能走吗？"他悄悄地对西科特耳语道。

　　"演讲结束后再走。"

　　"一共多少个人演讲？"

　　"你呀，一心想着女人的屁股……要给你穿上铁制短裤吗？一般是三个人演讲。"

　　热罗姆看了看表，失望地叹了一口气。

　　"Having trouble?"贝蒂·沃森打断他们的话。现在，她已经是第六杯了，"Can I be of some help in any way?"①

　　西科特用在他伯明翰②学、在蒙特利尔提高的完美的英语安慰她说，一切都很好。

---

① 英文，意为"有问题吗？……我能帮忙吗？"

② 英国第二大国际化城市。

"Really？"她用开玩笑的口气坚持说，"This young man looks miserable!"①

热罗姆希望她能作为他的盟友，便告诉她说他的女朋友在欧洲待了两个月后刚刚回来。

"No kidding? What are you doing here? She needs you! You need her!"② 她用微醉者的那种热情和随意突然说，"还愣着干什么，朋友，快去，找您的女朋友去。For God's sake!③"她激动得双语混用，令人感动。

热罗姆尴尬地和老板交换了一下的目光，但仍然待在自己的座位上。

开始上甜点和咖啡了。大家可能是由于累或者是烦，谈话声开始减弱了。突然，音乐停了，高音喇叭里又响起了轻轻的咳嗽声。主持人用他有点半迷糊的平和声音再次感谢来宾。晚会成功举行，这将让魁北克有史以来最杰出的人物之一继续其伟大的工作，给大家带来更大的利益，等等。

"女士们，先生们，ladies and gentlemen④，"一个声音响亮地说，"现在，我很高兴也很荣幸地向大家介绍一位忠诚于民众利益的女公民，一位杰出的女性，一位不可替代的厅长……那就是诺尔曼·儒诺夫人！"

雷鸣般的掌声随之而起，震得大厅涂了油彩的墙面都有些裂了，幸亏难以察觉。

儒诺厅长对自己的口才从来不寄希望，她决定不再惹人厌烦了，她的支持者就已经够让人烦的了。不管怎么样，晚宴的目的，主要在经济上面，现在已经达到甚至超出了期望。如果再就大家都不想听到的意识形态和社会问题进行讨论，结果会适得其反。帕皮诺⑤、让·饶勒斯⑥、

---

① 英文，意为"真的吗？……这个年轻人看起来不高兴？"
② 英文，意为"您不是开玩笑吧？那您还在这里干吗？她需要您，您也需要她。"
③ 英文，意为"上帝保佑您！"
④ 英文，意为"女士们，先生们！"
⑤ 帕皮诺（1786—1871），魁北克改革运动的领导者，法裔加拿大人领袖。
⑥ 让·饶勒斯（1859—1914），国际社会主义运动的著名活动家，法国社会党的领导人之一。

戴高乐、勒内·勒维克①已经入土，费德尔·卡斯特罗也差不多要死了。现在到了一个short and sweet②的时代。开了必开的玩笑，让大家眉开眼笑、心情舒畅之后，诺尔曼·儒诺简要地回顾了一下时事，抨击了反对派，说那个党从来就一无所知，然后，她谦逊但语气坚决地简述了自己过去的成绩和打算在文化厅厅长任上打算完成的工作，表示自己永远愿意为魁北克的利益做贡献。最后，她感谢了捐赠者的慷慨，优雅地离开了麦克风。

墙上的裂缝更加大了。

接着是必不可少的感谢辞，那天晚上致辞的是卫生厅厅长洛朗·里雷特。这是一个非常专制的胖子，说话很厉害，像小酒馆的保镖那么粗俗，却又精明得像只老乌鸦。他爬五个台阶就会气喘吁吁，要休息半天，所以大家让他提前几分钟到后台去，这样说话时不至于像哮喘一样气急，否则被音响系统扩送出去可不太好。

看到他满脸通红、浑身是汗、脸颊下垂，尽管穿着宽大的衣服，还到处都紧绷绷的，无法让他显得瘦一点，热罗姆想起了道德学家尼古拉·尚福尔③的一句他很喜欢的刻薄话："据说，欧坦④的倒数第二个主教胖得要死，他是神创造出来派到人间的，让他看看人的皮肤能撑多大。"

"亲爱的朋友们，dear friends⑤，"里雷特厅长的声音响亮而感性，马上就吸引了每个宾客的注意力，"谢谢大家今晚来到大皇宫——顺便说一下，这一点都不利于我减肥，真的！（全场笑声不断），谢谢你们给诺尔曼·儒诺夫人这么大的支持……"

他深深地呼吸了一口，然后大声喊道：

---

① 勒内·勒维克（1922—1987），魁北克政府政治家，魁人党创始人，曾任魁北克省省长。

② 英文，意为"短暂而甜蜜"。

③ 尼古拉·尚福尔（1741—1794），法国作家、历史学家。

④ 欧坦，法国中东部城市，索恩-卢瓦尔省的一个市镇。

⑤ 英文，意为"亲爱的朋友们"。

"……魁北克有史以来最好的厅长之一！（掌声更加热烈）由于你们的帮助，亲爱的朋友们，由于魁北克自由党所有战士的帮助，我们才能与阿莉娜·勒塔尔特及其分离主义帮派抗衡，直到有一天，我们永远把他们统统赶出议会。我向你们保证，这一天很快就会到来。（持久的掌声，还有人喝彩）只要权力还掌握在我们手中，魁北克就永远不会离开美丽的加拿大，你们听清了！那是我们国家的摇篮，分离主义者却想破坏它，让我们统统去喝西北风。"

这时，热罗姆乞求地看了塞弗兰·西科特一眼，西科特允许他走。于是，他悄悄地站起来，向同桌的邻座欠身告别。贝蒂·沃森会意地看了他一眼。其他人则脸对着演讲者，几乎没有注意到他的离开。

他正要离开大厅，一个头发灰白、气度不凡的人在半道上拦住他。

"吕皮安先生，"他弯着腰，低声地说，"儒诺厅长让我把这个交给您。"

他递给热罗姆一张小卡片，然后欠欠身，迅速走远了。热罗姆惊讶地看着厅长的这张公务名片，上面写着电话号码。他耸耸肩，虚荣地一笑，把名片塞进口袋，离开了酒店。

夜晚的空气暖暖的。欧仁妮站在门口，又是高兴又是担心：

"你终于溜出来了……亲爱的，我都差点失去希望了。"

看到她穿着性感的橙色睡衣，他笑了。意思很明白，由她主动来发出这种信息，热罗姆高兴而放松。她回来后的第一个晚上将献给爱情，众多的问题可以稍微等等再说。他们久久地拥抱，然后她从越抱越紧的搂抱中挣脱出来：

"我们别站在这里，热罗姆，"她轻声说，"会被别人看见的。"

"我没有看见任何人，"他笑着说，"马路上空荡荡的。我只看见你。"

他进了门，然后转身关上门。

她向灯光昏暗的客厅走去。这个美丽的猎物，脸色还有点憔悴，死神还想突然向她伸出爪子。"一个月后，她就不会这样了。"他心想。

她转身对他说：

"你一定觉得我变了。"

他摇摇头：

"我看见的永远是我有一天早上在巴拉德罗的游泳池边看到的那只美丽的鸟儿。别担心。半个月后，你就会完全康复……而且，我懂得一个非常有效的治疗办法，可以缩短你的康复期。"

他开始热情似火地挑逗她，她后退着，仰着头，低声笑着，两人很快就躺在了长沙发上。他在她耳边甜言蜜语，一边动，一边脱掉一半衣服。他们越搂越紧，她立即就兴奋起来，试图忍住呻吟。他很快也得到了享受，随后倒在她身上，喘不过气来。

一段时间过去。

"我差不多都快忘了这是那么舒服。"欧仁妮抚摸着他的头，喃喃道。

他的脸靠在她肩上，没有说话，然后轻轻地吻她的脖子。

"我非常为你担心。"他最后说，"我觉得这夏天漫长无际，好在你终于回来了。我会让你恢复健康的，你看着吧！"

欧仁妮没有回答，这种沉默让他感到有点不安。

"你没事吧？"

"没事，"她慵懒地说，"哎，亲爱的，没有我的这段日子，你是怎么过来的？"

"亲爱的，我去找布瓦涅寡妇①呗！"

她笑了，但他觉得她的笑声中有一丝怀疑。于是，他让自己的头一直靠在她的肩膀上，她不能再看着他的脸，这让他放下心来。他试图逗她开心。

"幸亏安德烈–安娜没有醒来……"

────────

① 法语俗语，指手淫。

　　"自从我们回家后，她一直睡得像块石头，我的小猫咪，她累了……吃晚饭的时候，她吃着吃着就趴在碟子上睡着了，我把她抱到房间的床上她也没醒来，我想……可妈妈这个月一直这样看着她！一个月来，她度过了多少个不眠之夜……紧张、噩梦，一刻不停。我真的该回来了。"

　　"是的，该回来了。"

　　他们在过窄的沙发上紧紧地搂着，尽管这姿势不是太舒服，他们还是睡了很长时间。突然，热罗姆睁开了眼睛：

　　"是的，你该回来了。"他又喃喃地说。

　　他在欧仁妮嘴上印上一个湿润的、蛮横的深吻，让这句话具有了别的意思。

　　"不不，等等，亲爱的，"她一边挣脱一边哀求，"我们不如去房间里吧！在那里会放松一些。安德烈-安娜毕竟会醒来的……而且，我得凉快凉快，你明白吗，你也需要，不是吗？那就跟我一起去淋浴。"

　　那天晚上，剩下的时间当然过得非常平静。第二天早上，热罗姆是被饿醒的，伴随着饥饿的，还有潮水般涌来的各种想法，明的暗的，全混杂在一起。他支起一个臂肘，温柔地凝视着在继续睡觉的欧仁妮。她的脸有点瘦，让他想起他第一次在游泳池旁见到她时让他如此震惊的忧伤表情。但这次，他知道原因了。他小心翼翼地离开床边时，她长长地叹了一口气，但没有睁开眼睛。在去上班之前，他得回家换衣服，早餐恐怕要边走边吃了。

　　他正准备离开，轻轻的脚步声让他转过头去。

　　安德烈-安娜站在客厅中间，半睡半醒，忧郁地看着他。小孩醒来时往往就是这副样子。

　　"嗨，你已经起床了？没事吧？过来。"

　　他蹲下来，张开双臂。

　　她继续看着他，没有动，好像没有听见一样。然后，咔嚓一声，好像有什么机关在她身上松动了，转眼间她已经扎进他的怀里。

　　"你要走？"

"是的，宝贝。我得上班。"

"你和妈妈一起睡的？"

"是的。"

"你很快就会回来吗？"

"当然。"

他抚摸着她的头发。

"我饿了，"她从他怀里挣脱开来，"我要吃麦片。"

"你想让我给你弄吗？"

"我自己知道怎么弄。"

她对他努努嘴，也许可以当作一个微笑，然而跑进了厨房。

他向交通越来越繁忙的雪岭走去，回想着昨晚发生的事。与欧仁妮的重逢，总的来说，超出了他的期望，但并没有让他忘记她前往欧洲之前潜在的争吵，也没有忘记她选择到2000公里以外的地方度假。他能期望什么呢？

也许迟早都会分手，因为他们之间的分歧只会越来越大。除非……但凡带着这种永远都模棱两可的"除非"，人在生活中永远都走不远。必须果断了结……这需要很大的勇气。他做过吗？他会做吗？他和那个怪怪的阿尔玛的艳遇说到底不过是在做不可避免的事情。

"算了，这就是生活。"他叹息道。

但这句放之四海而皆准的格言，不但没有给他安慰，反而让他觉得恶心。

后来的一系列事件将改变他的思想状态。

当天下午，塞弗兰·西科特把他喊到办公室里，给他看了加拿大法语文化博物馆规划的新图纸。他们就建筑师的某些说明发生了激烈的争论，西科特不得不请弗雷迪·佩托扎派一个技术员来进行裁决。他们紧挨着坐在著名的布尔风格的豪华桌子后面，一边等待技术员的到来，一边争论得越来越厉害。老板悄悄地往后退了一点，热罗姆猜可能是昨晚的筹款晚宴在嘴里留下的口气太重，便把手伸到上衣口袋，想拿包口香糖来嚼，这时，他冰冷的手指碰到了儒诺厅长派人交给他的那张名片。

虚荣心让他把名片放在了西科特面前，惊讶但又有点得意地向老板讲述了事情的来龙去脉，就像一个追逐女性的人不经意地逐出了一头大猎物。

"我怎么也不明白。塞弗兰，你觉得她为什么想见我？"

西科特仔细地看了看名片，然后半笑着说：

"热罗姆，她给你的是私人电话。别假装天真了。你跟我一样清楚她为什么想见你，是这样……女厅长喜欢男人，名声在外。如果你以前不知道，现在你知道了。"

他拍拍自己的大腿，满意地微笑道：

"嗯……你看，幸亏我非要你去参加筹款晚宴。"

"但如果我不想跟她睡觉呢？"热罗姆满脸通红，不从地说。

"朋友，"西科特的眼睛里闪耀着轻佻的光芒，"干我们这一行，必须利用一切可能的机会……你应该同意我的看法：这并不是最让人不愉快的工作，是吗？所以，我请求你，打电话给她，勇敢点！傻瓜才会不这样做呢！不管怎么说，那是个漂亮的女人……在你这个年龄，你毕竟不会才开始吧？让一个想放松一下的女厅长乐一乐，难道是什么坏事吗？这只会对我们有帮助。再说，这又不会上报纸。"

"如果是这样，塞弗兰，她也许就不会把她的名片给我了。"

"这你就更应该心里有数了，朋友！这是你的任务的一部分。"

技术员的到来打断了他们的争论。热罗姆把名片放回口袋，没有再看。

两天过去了，塞弗兰·西科特好像忘了他们的谈话。热罗姆松了一口气。西科特也许去打听消息了，想证明自己没有弄错。但热罗姆还是想弄个明白，便在傍晚的时候问了他。

"是的，我昨天装出若无其事的样子去打听消息了，"西科特漫不经心地说，"但没打听到什么。她在魁北克有个正式的情人，这当然说明不了任何问题。不管怎么说，主意由你自己拿，热罗姆……我毕竟不能代表你给她打电话。"

热罗姆耸耸肩。给女厅长输送性伴侣，把这等好事留给别人吧！无论如何，他现在仿佛在跟欧仁妮度第二次蜜月。她回来之后，一次都没有再提他所从事的这种可疑的职业，让人以为她已经忘了这事。生活和阅读经验——必须说，尤其是阅读经验——告诉他，爱情如果不是盲目的，至少也很容易得到原谅，所以要好好利用，他在心里这样对自己说。但这并没有让他又想离开这个他所蔑视的职业，而是让他推迟了这一决定。

他最后一次见到欧仁妮是在星期三。星期五下午6点左右，他像往常一样来到她家，事先没有打电话，准备再来过一个愉快的周末。欧仁妮不在家，他在她家的信箱里找到了一张纸条，上面匆匆忙忙写了几个字，告诉热罗姆说她去母亲家了，她母亲身体不太好，她要星期一上午才回来。她没有在下午打电话通知他，这让热罗姆感到吃惊，也让他愤怒到极点。他站在门口，马上打电话到拉塞尔特夫人家。接电话的是拉塞尔特夫人，她有点不高兴地说，她女儿去买东西了，不知道什么时候回来。她的声音听起来一点都不像生重病的样子。他不敢多问，便挂上了电话。

"出什么事了？我什么都不知道。"他嘀咕道，愤怒变成了不安，然后又变成了沮丧。"有人在玩花招，我敢肯定。"

他回到家，喝了一瓶啤酒，吃了一袋花生，然后倒在电视机前。但10分钟后，由于搞不清电视里究竟在放什么东西，他便气呼呼地关了电视，开始喝第二瓶啤酒。

晚上9点左右，他又打电话给拉塞尔特夫人。这次，没有人听电话。于是，他手里拿着第三瓶啤酒，开始在房间里踱步。他的脑海里浮现出三个版本的背叛场面。第一个版本的主人公是阿尔玛，第二个版本的主人公是奥利维埃，第三个版本的主人公是查理这个笨蛋，他还沉浸在他童年的理想主义中。

前一天晚上，他要求查理下班后陪他去玛丽埃特·克雷蒙的店里，那是圣于贝尔的一家高级家具店，因为他决定要换掉客厅和卧室里的家具，在这方面，查理是个好参谋，他喜欢翻阅杂志和产品名录单，不管是纸质的还是电子版。热罗姆在脑子里回忆他和查理一起度过的每一刻，怎么也不敢相信那个傻子一样的人会有什么好建议。不过，在那个好奇的人身上，没有什么是不可能的。与其满城乱跑，不如先核实一下。

他打电话给查理，查理马上就开始嘲笑他：

"朋友，我上次已经吸取教训，对自己发誓，以后再也不管你的感情生活。现在，我自己的事就够我烦的了。"

只要还有一点友谊，热罗姆都会问他这个"够"字是贬义还是褒义。但他一刻都没有这样想过，他只想知道究竟出了什么事。

离开住处后，他直奔喀里多尼亚路。阿尔玛也许在那里。他首先想到要给费里克斯打电话，想让他放心，但她也许正在跟他做爱，没有什么比突然袭击效果更好了。至于奥利维埃，他刚刚搬家，热罗姆不知道他住在哪里。这是最可怕的敌人——况且，他还有可能与阿尔玛有染。

"万一我发现是你这个人模狗样的人干的，"他咕哝道，"我就立即剥了你的皮，让你叫都来不及。"

愤怒像流火一样在他身上燃烧。

他把车停在离老板家二十来米的地方，剩下的路步行过去。停车场是空的。这么说费里克斯不在家，独自或和别人一起出去了，塞弗兰或弗朗西娜·德雅尔莱也一样。楼上有灯光。两个月前，西科特给了他这地方的钥匙和安全系统的密码，作为信任他的证明，还十分严肃地啰唆了好几分钟。补充说一句，这也可以让他的这个雇员在大家都不在的时候加加班。

热罗姆悄悄地走了进去，在厅里停留了一会儿，那里的灯光是那么怪异和自负。一楼听不到任何声响，好像空无一人。楼上隐约传来东方色彩的音乐。他竖着耳朵，轻轻地走上铺着厚厚的红地毯的楼梯。他的愤怒现在夹杂着某种恐惧，因为他的老板和老板娘都不会喜欢他这样闯入这栋建筑的这一部分，而且，他们也很少请他到这里来。

但他必须把事情搞清楚。

　　楼梯通向一条宽大的走廊，两边有许多房间。一张大理石座的独脚圆桌上放着一盏花瓶台灯，洒着朦胧的光亮。阿尔玛的房间在最里头，在公司的办公室上方，但音乐并不是从那儿传出来的。他惊讶地往前走。这屋子是混凝土结构，所以纯天然的木地板没有发出任何声音。一个小客厅的门开着，他看了一眼。眼前的一幕让他大惊失色：阿尔玛只穿着一条底裤，裸露着乳房，正一个人有劲地在跳肚皮舞。突然，她朝门口转过身来，大叫一声。

　　“对不起，”他嘴角带笑，说，“我应该提前通知你的，但我喜欢当不速之客，没办法。”

　　她咬着嘴唇，盯着他，一言不发，脸由于害怕而严厉起来。她收回前臂，挡在胸前。他觉得她的最后这个动作很滑稽。

　　“你想干什么？”她声音低沉地问。

　　东方色彩的音乐让这场面显得非常奇特，甚至有点不真实。

　　“家里除了你我之外还有其他人吗？”

　　她摇摇头。

　　“那好。”

　　他接着说：

　　“你最好不要对我撒谎，阿尔玛。”

　　“他们傍晚就全都出去了……你能让我穿上T恤衫吗？”

　　她的声音虽然还有些颤抖，但已经有些自信了。

　　“我原来还以为你没这么害羞的，”他嘲笑道，“你的T恤衫在哪儿？”

　　她指了指房间角落的一张椅子，他点了点头。

　　他现在感到有些奇怪，觉得她变得跟以前很不一样了。不过，这是一个不错的性伴侣，在这类人当中，她应该还算是漂亮的。

　　音乐停了。她穿上T恤衫，轻轻地扭着腰肢回到他的身旁，看着他，故作伤感，想博人爱怜。“可怜的傻瓜，”他心想，“你想用这种性感的游戏来脱身？”

　　他比她高出20多厘米，因为她很矮小，可以说很苗条。他向她走上一步，在她脸上低下头，以至于两人的呼吸都混在一起了。他直视着她的眼睛：

"告诉我，阿尔玛，你不会对我要流氓吧？"

"要流氓？你说什么呢？"她后退一步，结结巴巴地问。

"可我已经警告过你。"

"警告我什么？我什么都没做。"

"人被抓住都这样说。"

"我什么都没做，我已经说过……你是说……我们做爱的事？"

"还能是什么事？"

"我会告诉谁呢，嗯？"

"问得好……反正不是告诉蒙特利尔的市长。"

"你的那个女人，我可不认识，我甚至都不知道她叫什么。我为什么要告密，嗯？为什么？"

他高兴地发现她又开始惊慌了。

"啊，这我可不知道……你有很多理由这样做……为了报复，为了帮助某人报复——或仅仅是为了自己高兴。"

他笑着抓住她的一只胳膊。

"放开我！"她一边挣脱一边大喊，"你弄痛我了！"

沉默了一会儿。她站在他面前，气喘吁吁，低着头，颤抖着揉着那只胳膊。热罗姆突然感到了一种耻辱。

"听着，阿尔玛，我给你解释，事情并不复杂。我的女朋友长途旅行回来了，我们整个夏天都没见面，所以可以说是久别重逢。我们沉浸在幸福中，高枕无忧，但是后来，突然一下子，我甚至都不能再跟她说话了，好像成了陌生人，或者更糟，成了敌人。于是我问自己，我有什么地方做得不对了？只有一件事，那就是跟你睡了觉。除了我们俩，还有谁知道这事呢？没有人。哦，对不起，费里克斯知道，但他绝不会做这种事的，我敢肯定。那就只剩下你了，阿尔玛。亲爱的，你怎么解释？"

她开始抽泣起来，然后朝他抬起头，满脸泪水，泪光闪闪，一条鼻涕从鼻子里流下来。

"我什么都不为！"她大喊道，"什么都不为，你明白吗？什么目的都没有！我永远也不敢这么做。尽管我曾想这样做！你知道为什么吗？因为我怕你！好啦，你满意了？滚吧，否则我就叫弗朗西娜·德雅尔莱了！"

一离开房间，她就消失在走廊里，然后，一扇门砰的一声在她身后关上。

一小时后，热罗姆冷静了一点。他坐在自己家门口的台阶上思考。漆黑的天上刮来大股凉风，经过9月里的一个酷热的白天，这凉风来得真是太好了，它慢慢地让过热的城市降下了温度。远处，交通的喧嚣声，不时夹杂着汽车的喇叭声，继续在雪岭慢慢地嗡嗡着，就像在打鼾，但邻近的马路都已经沉睡。

从傍晚开始，热罗姆已经给欧仁妮发了三封电子邮件，全都石沉大海。她切断了交流通道。热罗姆手里拿着一瓶啤酒，想弄清究竟是谁出卖了他。他迫使自己一定要冷静思考，他想起了著名的夏洛克·福尔摩斯。福尔摩斯认为，在侦查中，过分激动只会对罪犯有利。他感觉到酒精加上疲惫正在破坏他的分析能力，他把手臂伸进楼梯的栏杆之间，一道长长的啤酒泛着泡沫消失在草坪里。

热罗姆心想，有的骗子十分高明，能把骗术推向完美的地步，令人惊讶，到了最后，甚至连他们自己都相信他们的谎言是真的。这种人到处可见，在诈骗犯和高明的江湖骗子中，当然，在政客、宗教人士、商人以及普通人当中也有。迟早都会遇到一个。阿尔玛是否属于这类专业的骗子集团？现在，他还不敢肯定。她悲伤的反应曾让他犹豫。再说，她这样做的动机是什么？爱的怨恨？他从来没有感觉到她爱他。他们的交往只有一个相同的目的：做爱。他们第一次睡觉就已经清楚地表明了这一点。

查理被排除了，只剩下奥利维埃，他的动机就很容易被猜到了。一段时间以来，热罗姆在老板心中的地位已经超过了他，而且，他的妒忌心越来越明显。奥利维埃产生了一种无能的反应：既然竞争不过，那至少也要再给热罗姆制造一点麻烦，希望他的失望情绪能一直影响到他的工作，最后有一天被炒鱿鱼。

但在进攻奥利维埃之前，必须得到确凿证据，证明确实是这家伙在搞鬼，而只有欧仁妮能够给他提供这一证据。于是，他决定等到第二天她下班的时候再从她那儿弄清事实。

这一决定让他冷静下来了一点，他甚至开始希望能摆脱自己深陷其中的泥潭。这时，他感到累了，便回去睡觉。

但直到圣约瑟夫大教堂的钟声响了4下时，他还没有合上眼睛。

第二天下午4点，他来到了城北里维埃德普雷里的莫里斯-杜布莱西斯路的麦德龙杂货连锁店总部。欧仁妮刚刚回去上班，5点之前绝对不会离开，但他想确保自己能当场拦住她，于是躲在大厅的一个偏僻角落里，手机放在耳边，假装在专心地跟某人煲电话粥，眼睛却监视着周围来往的人，并不时地朝巡场的保安笑笑。

三刻钟之后，尽管这位年轻人模样端庄，还朝他笑了无数次，那个尽职的保安还是感到奇怪了，接着觉得有点不安，于是便背着手，向热罗姆走来：

"先生，我能帮您的忙吗？"

"不用不用，没问题。"热罗姆满脸堆笑。

"那我能问问您在等谁吗？"

"您当然能问，先生，不过，我想给某人一个惊喜，请允许我……"

保安的脸上出现了非常严肃的神情，脸都变样了，人似乎都高了四五厘米，因为他紧张得踮起了脚尖：

"先生，这里有规定，不允许制造惊喜，这是禁止的。"

正当他有礼貌地请热罗姆离开这里的时候，热罗姆压低声音叫喊了一声，向刚刚出现在大厅尽头、还没有看到他的欧仁妮冲过去。

一切都发生在瞬间，但并非一切都如他所料。

"欧仁妮，出什么事了？你为什么躲着我？我们得谈谈，我太搞不懂了。"

欧仁妮顿时脸色苍白，僵在原地，然后慢慢地迈动脚步，目不斜视地看着前方。

"我不想跟你说话。"

"这不可能，这里面肯定有什么问题！"热罗姆跟着她，感叹道，"你至少要告诉我……"

大家的目光都转向他们。一个五十来岁的男人，半秃顶，挺肥胖的，但外表严肃，停住脚步，看着他们，好像不知道该怎么办。那个保安史无前例地意识到自己的社会与战略作用，走上前来，准备提供帮助。

欧仁妮重新停下脚步，一把拉住那个男人，转身对热罗姆说（他从来没有看见过她的脸这么严肃）：

"别演戏了，你让我脸红，"她斩钉截铁，低声地说，"我没有任何话要跟你说。你比我更清楚自己是什么人。没什么了不起的。我已经跟一个混蛋生活过，再来一个就太多了。去忙你自己所谓的事业吧！不要再回来见我，我怕染上病。"

热罗姆目瞪口呆地看着她走出大门，消失在人海中。他的心跳得厉害，周围的一切似乎都高低起伏，就像被风吹袭的一块布，但没能持续太久。他追上去，快步迈下大门的台阶，用目光在停车场寻找她。那个五十来岁的矮胖男人跟着来到外面，轻轻地揉着脑门，饶有兴致地看着这一幕，

突然，热罗姆看见她的珍珠灰的普锐斯出现在一条小巷的巷尾，他想也不想就扑到了车前，车子一个急刹。车窗玻璃摇了下来，欧仁妮伸出头来，面无表情地对他说：

"走开。你这是浪费时间……你让别人都在看我们的笑话。走开，否则我就压过来了。"

他知道她不敢真的压过来，便利用这短短的几秒钟时间，绝望地做最后的尝试：

"欧仁妮，有人污蔑我！我不知道是谁告诉你的，但我有权说出真实情况！我只求你听我说。尽管我有很多缺点，但这不像你想象的那样！"

"我什么都没有想。走开！"

她松开刹车，迫使他跳到一边。

"我会让你反悔的！"他使尽全力大喊，"你会来向我道歉的……而且是哭着回来！"

但她早已跑远，听不到他在说什么了。

必须打得又狠又准，因为奥利维埃这狗杂种肯定有所防备。首先，要装作若无其事的样子，尽可能多地收集材料，然后向塞弗兰·西科特揭发他，迫使老板开除他。清理干净后再考虑以后怎么办，因为这仅仅是个开头。热罗姆已经决定离开这个可恶的地方，他在这里正在丧失名声和他所剩下的那点价值，而现在的这种失望情绪给他提供了机会和必要的决心。

这当然会给个人带来很大的危险，因为控告一个制造阴谋的公司，而自己也在其中参与了几个月的活动，这是自找麻烦。但他想赎罪，如果要为此付出代价，他不会犹豫。

监视奥利维埃，这可不是件容易的事。他们不再一起工作，为了避免公开冲突，他们都尽量互相回避。于是他找了查理，请求帮助：能不能帮忙监听奥利维埃的电话？

"喔唷！你这要求可太难了！我在电脑方面还能对付，但离中情局的要求还远得很呢！"

"得了，查理，像你这样的天才，肯定有办法的……我可以马上把他的电话号码给你。"

"让我想想，"查理显然很不乐意，"我看看我能做些什么。"

"快想，我都快急死了。"

查理耸耸肩，但他回答时声音里却充满了同情：

"跟他的秘书睡觉，这主意……热罗姆，你认为怎么样？"

"首先，这不是我的秘书。其次，我还要跟你重说一遍事情是怎么发生的吗？我真想让你来替代我……不管是谁都会崩溃的！"

两天过去了。热罗姆工作卖力，假装心情愉快，眼睛却一直保持警觉。有两三次，他找借口去办公室找奥利维埃，但只看到对方强装笑容，一脸难看的样子。他的夜晚过得很糟糕，但起码能睡几个小时了。他经常在走廊里遇到阿尔玛，她机械地跟他打招呼，好像什么事都没有一样。

"一段时间以来，我觉得气氛有点紧张，热罗姆，"一天上午，他到弗朗西娜·德雅尔莱办公室时，老板娘有些不安地对他说，"走过来一点。遇到问题了？"

"可能比这更糟。"

"出什么事了？是我不小心？"

"没什么特别的，我向你保证。生活就是这样，普通的、古老的正常的生活。费里克斯怎么样？"他补充了一句，想换个话题，"我有一段时间没有见到他了。"

老板娘的脸色阴沉下来。

"他想住到外面的公寓里去。你不知道吗？"

"他有一次好像跟我提起过。你担心？"

"还是有点担心的。"

"为什么？在我看来，这只能对他有好处。人总有一天要独立的，不是吗？"

"唉，"她叹了一声，"我还想请你试试看，劝他以后再搬出去，因为他对你很尊重，热罗姆。好了……就算我什么都说过。"

"抱歉，弗朗西娜·德雅尔莱，可我成不了一名好律师的。"

他匆匆地离开了老板娘的办公室。

快到中午12点了，他喝了许多杯咖啡后，在抽屉里翻寻东西时偶然看到了儒诺厅长的名片。他用指头转着名片，皱着鼻子，轻轻咳嗽，既好奇又后悔：如果这样做，他不是找欧仁妮的骂吗？但一个强大的声音悄悄地对他说，在目前这种情况下，这是唯一的办法。

"哈，我怕什么呢？"他终于这样想，"我早就应该打电话给她的，哪怕是出于礼貌也早该这样做。"

让他大为惊讶的是，自报家门半分钟后，女厅长竟然接他的电话了：

"真没想到，吕皮安先生，"诺尔曼·儒诺夫人用开玩笑的口吻说，"您还在世上？"

"请原谅，厅长，"他红着脸，结结巴巴地说，"可是……最近，我……有点小麻烦。"

"您可不要从政，"女厅长用开玩笑的口气说，"大小麻烦，在我们这里是家常便饭……很高兴你今天上午打电话来……但我得长话短说，因为有个会在等着我。吕皮安先生，我想跟您见见面，谈一个很重要的项目。您哪天有空？"

他艰难地咽了一口口水，说：

"我听您的安排，厅长。"

"太好了……让我看看……"

沉默了一会儿。两个女人压低声音的说话声通过话筒传到他耳朵里。

"好了，吕皮安先生，本月22日下午4点，您能来我的办公室吗？当然，我说的是位于蒙特利尔的办公室，圣洛朗大街480号。"

"非常乐意，厅长。"

"那好，我得挂掉电话了。再见，吕皮安先生。"

他放下电话，倒在椅子上。

"非常乐意，厅长。"他咕哝道，"我想，我是不是有点太贱了，就像个马屁精……"

这时，他才发现自己的衬衣后背全湿了，汗水弄得他身上冰凉冰凉的。在几分钟里，他好像意识消失。他垂着双手，盯着天花板，呼吸急促，觉得刚才发生了一件大事，他表现得还不错，完成了重大的任务。

◆◆◆

那天下午5点左右，奥利维埃非常兴奋，他马上就要离开可怕的办公室去圣朗贝尔。在这之前，他在电话里跟阿尔及利亚投资商、巨富家族的长子艾哈迈德·阿夫纳里吵了一架，后者指责他欺骗了他们，甚至骂他是"说腹语的人"，奥利维埃不知道这个词究竟是什么意思，这就让艾哈迈德更加生气。

"什么说腹语的人，我把它塞到他的嘴里去，甚至塞到他的肛门里去！这个腐化堕落的贝督因人！塞弗兰和弗朗西娜·德雅尔莱鬼知道去了哪里，我找不到他们！一窝可怕的疯子！"

热罗姆一声不响地听他骂娘，摇摇头假装同情。他已经注意到这位同事气呼呼地匆匆离去，忘了把办公室的门锁上。

两分钟后，他听到阿尔玛上楼回了房间，明天早上之前她肯定不会再露面。

这么说，只剩下他一个人了。

一个意想不到的机会出现在他眼前，他可以从容地翻查奥利维埃的东西了。谁知道呢，也许能找到那家伙背叛他的证据或蛛丝马迹？

他悄悄地进入奥利维埃的办公室，然后轻轻把门关上，侧耳细听。楼上的水管有响声，他猜应该是阿尔玛在淋浴。他得意地坐在奥利维埃的办公桌后，惊喜地发现抽屉没有锁。应该赶快行动，因为塞弗兰和他太太随时都有可能回来，他必须小心谨慎，不能让奥利维埃有丝毫察觉。"Festina lente"①，古罗马人曾这样说。他首先拉开中间的抽屉，脑子里先把东西（钢笔、毡笔、纸张等）摆放的位置记住，以便待会儿把它们放回原来的地方。他一一检查小纸盒里面的东西，手指四处触摸，然后关上抽屉。一无所获。右边的抽屉又大又深，塞满了档案，抽屉都被卡住拉不开了。

---

① 拉丁语，意为"欲速则不达"。

"能在这里面找到有用的东西才怪呢！"他心想，"可谁知道呢？"

他翻阅了六七个档案袋，没有看到任何有价值的东西，就在他要翻看最后一个档案袋的时候，一声轻轻的咳嗽让他抬起了头。

费里克斯站在门口，开心地笑着。

热罗姆惊讶地看了他好几秒钟，心想，无法弥补的错误发生了。接着，他又愚蠢地开了一个玩笑：

"你好，女仆病了，我今天替她。"

"我明白。谢谢你从你最好的朋友的办公室开始，他会感动的。"

"你说得完全有道理，"热罗姆把手里的档案袋放回原处，"他是我最好的朋友。我为他卖命，"他站起来想离开办公室，"如果我有九条命，我会把我所有的命都给他。"他在一直站在门口的费里克斯面前停住，"我想你会向你爸爸告发我？太巧了，我正准备离开这里呢！"

费里克斯皱起眉头：

"哥们儿，你把我当什么了？忘恩负义的小人？跟我来！"他低声说，"我有话要告诉你，但不是在这里。"

热罗姆又吃了一惊，心想会发生什么事呢？不管怎么样，他还是检查了一下办公室，确保没有留下他来过的任何痕迹，才跟着费里克斯大步朝门口走去。

"怎么了，费里克斯？"

"我想去喝啤酒。你呢？"

来到外面时，热罗姆只回答了一句：

"为什么不呢？"

他感觉到，不管怎么样，他已经没有选择。

半小时后，他们已经坐在计-塔隆的一家小酒馆里。

"我请客。"热罗姆说着，一屁股坐在人造革皮面的椅上。这张椅子在其职业生涯中接待了太多沉重的屁股，以至于都被压裂了。

大厅里尽管很热闹，黑人民歌、西部歌曲、希腊歌曲和频频闪烁的灯光又增添了那里的活跃气氛，但在昏暗的光亮下，那地方还是显得很忧郁、憋闷。

"当你知道我准备告诉你什么，"费里克斯有点自命不凡地说，"你想送我的就不是一瓶啤酒了，热罗姆，而是十来瓶……至少！"

一个女侍应，穿着皮迷你裙，袒胸低领服很暴露，垂着皮流苏，戴着缀玫瑰丝带的女牛仔帽，快活地眨着睫毛，走过来为他们点菜。

"这女孩不错吧？"费里克斯说，"想让人上她。"

"哎，"热罗姆不耐烦地说，"你有什么事要告诉我，费里克斯？我听着。"

"热罗姆，昨天晚上，"他突然严肃起来，"半夜1点左右，我乖乖地睡在自己的床上，关着灯，这时，我父母不知参加了什么招待会回家，回到自己房间，那儿离我的房间不远。他们闹别扭了，大声争论起来，差点要对骂。我习惯了。突然，我听到了你的名字，便竖起耳朵来听。他们的房门没有关严，我妈走去关上了。于是我便悄悄地起床，伸长耳朵……老哥，我什么都知道了！"

女牛仔又走了过来，一手端着盘子，举得跟肩膀一样高，胸脯大大的，如西部色情片中的典型人物。

"你知道了什么？"当她走远后，热罗姆问，紧张得嗓子都沙哑了。

"你要向我保证不告诉别人。如果我父母知道是我告诉你的，我就死定了。"

"你太啰唆了！你到底听到了什么，费里克斯？快说呀，讨厌鬼！"

费里克斯俯身在桌上，盯着热罗姆，又是自豪又是害怕，低声地说：

"你在巴拉德罗为了救我而杀死的那个家伙……"

"那家伙怎么了？"

费里克斯的眼睛发亮了，快乐而天真的笑容让他的脸看起来像天使一样。

"他并没有死。"

"他并没有死。"热罗姆重复道，像个机器人一样。

酒杯从他手里掉到桌上，里面的酒都洒了出来。

"没有……甚至，他身体还好得很……古巴想引渡你……"

"那是假的。"热罗姆说。

"对。"

沉默了一会儿。两位朋友同时喝了一大口啤酒。

"昨天晚上，"费里克斯抹了抹嘴唇，说，"我父母就是为这件事吵架的。我爸想让你知道，因为他真的很信任你。他给你制造的小阴谋，一直弄得他心里不舒服。"

"小阴谋？"热罗姆冷笑道，"因为受害的不是你。"

费里克斯目瞪口呆，看了他一会儿，然后说：

"可你知道，我也遭遇过不那么有趣的阴谋。"

热罗姆嘟哝了一声，低下头：

"对不起……你刚刚告诉我的事情太……恶心，你父母这事做得不光彩，但我不相信他们做得出这么卑鄙的事情来。"

他扫视着大堂。三张桌子远的地方，有个六十来岁的老头，灰白的大胡子，脸很瘦，穿着方格衬衣，正在跟一个女牛仔开玩笑，想摸她的大腿，她每次躲开时都朗声大笑。悲惨的职业！空气中弥漫着炸薯条和煎鸡蛋的味道。热罗姆捏着鼻孔，说：

"他们想确保我不会乱说，要是他们的阴谋弄得我太反感，或是其他理由……你要知道……"

"正像我跟你说过的那样，我爸觉得没必要这样做。但我妈不愿意公开秘密。我不是很明白为什么。"

他停了一会儿又说：

"我想，你在巴拉德罗帮了我。如果我不把事情告诉你，那就太混蛋了……"

热罗姆这会儿几乎没有听费里克斯说话，脑子里乱糟糟的，呼吸急促，四肢无力。突然，他缓过神来，在桌子上方伸过手去，差点碰翻酒杯。他紧紧地握住费里克斯的手，说：

"你是个好人，费里克斯……我没有看错你。"

费里克斯骄傲得满脸通红，咬着嘴唇，轻轻地笑了。

◆ ◆ ◆

他们几乎马上就分手了。20分钟后，热罗姆回到了家里。沿着人行道停车时，他差点刮了别的车，接着又在家门口的楼梯上两次踏空。他气疯了，身上的一切都吼叫着要报仇。别指望塞弗兰·西科特迟到的小小的忏悔能改变什么。

他想象自己拿着手枪，闯到喀里多尼亚路，给那些混蛋以应有的惩罚。奥利维埃也逃不了。但这样做很傻。更糟糕的是，会死人。必须保持头脑清醒，分析形势。

这么巨大的愤怒是很难克制的，它迟早会以某种方式爆发出来。热罗姆的愤怒采取了很缺乏诗意的发泄方式：消化不良。他在厕所里一直蹲到半夜两点。他的身体好像想把他年轻的一生所做所见的卑鄙、无耻、缺德的事全都排空。这是一件好事，因为身体不适，他就无法去与老板理论，也耗尽了他所有的精力，使他失去了行动的可能性。但最大的好处是能让他好好思考，归纳总结，然后采取新的措施。因为事情是不可能原地踏步的。

他觉得事情很清楚了：把他与阿尔玛的艳遇（不可能是其他事情）告诉欧仁妮，这种暗算不是来自阿尔玛，也不是来自奥利维埃，而是来自老板娘。那婊子编造巴拉德罗的假杀人案，阴险地操纵他。她从这种告密中应该得到了极大的乐趣。阿尔玛或奥利维埃如果介入其中，最多也只是实施者。所以不用管那两个人，不如去寻找他们背叛他的动机。眼下，这还是一团漆黑。

恶心和胸闷逐渐消失了，他终于可以睡一会儿了。第二天早上9点，当他打电话到办公室，说自己身体不适卧床时，阿尔玛几乎都听不出他的声音来了。

"你病得不太严重吧？"

她声音中流露出来的关心让他感到惊讶，他太不配了。

"不重不重，很快就会没事的。应该是肠胃炎，明天应该就能下地了。"

不一会儿，当他喝着绿茶，吃着全麦面包片时，脑子里开始第二种推理，但思路不是很清楚。关于老板让他与欧仁妮闹矛盾的动机，他自问了几百遍。突然，他仿佛看到一根导线通向儒诺厅长，虽然很细，但他因此解开了一个谜。塞弗兰夫妇为什么对厅长的爱情生活感兴趣？是受她的指使，还是她根本就不知道？

他把这种种假设放在一边，转身睡觉了。

下午一时许，手机的"新浪"音乐把他吵醒。手机放在厨房的桌上。他赤着身子，穿过大厅跑向厨房，右脚的小趾撞到了一张椅子的腿上。他拿起手机，声音无力，一字一顿地说了三个字：

"喂，是——谁？"

电话那头传来塞弗兰·西科特的声音：

"天哪，你好像病得不轻，热罗姆！阿尔玛刚告诉我你病了。"

"肠胃炎。"他一边回答一边想，额头上满是汗，被撞的脚指头明显肿了起来。

"唉，"对方叹了一口气，"好好治病。明天能来吗？"

"我明天也去不了办公室。"热罗姆说，突然很想一个人静静。

"好吧，你随意。"西科特的声音生硬阴郁，尽管他想表现得热情一些，"你想怎么样就怎么样，身体是你的。"

但他好像很厌烦。

热罗姆去药店为他的小脚趾买夹板，回家后便倒在一张椅子上，伸直右腿，放在一个墩状软垫上，想让撞伤的地方舒缓一点。他就这样坐了一个多小时，试图弄清他的爱情遭到破坏的原因。

在他终于搭建起来的假设中，总是出现儒诺厅长的名字。

就在这时，电话铃响了。

"嗨，你好吗？"电话线那头是查理快乐的声音。

"马马虎虎。"

"就是说不太好。"查理理解道，"老兄，出什么事了？"

"以后再跟你说，我现在不想说。"

"好吧，"查理答道，他知道强迫没有用，"下周一开始，公园电影院举办希区柯克纪念活动。8点放《迷魂记》①。你想去看吗？"

犹豫片刻后，热罗姆同意了，两人约好放映前十分钟在电影院门口见面。

那部电影查理看过三遍，热罗姆有张光盘，但没有数过看了多少遍。在电影院的大银幕里，希区柯克的作品恢复了青春活力，具有不可思议的震撼力。两个朋友默默地看着，就像是被圣灵出现迷住的朝圣者。热罗姆甚至长时间忘了在他头脑中翻转的那团荆棘。看完电影，他决定把自己思考的结果告诉查理。

他们前往附近的一家西班牙餐厅，查理认真听了热罗姆的讲述后，提了不少问题，弄清了某些细节，多次惊讶地圆瞪眼睛，最后终于说出了热罗姆焦急地等待的那句话：

"嗯……推理得不错……那显然是一些很扭曲的人，但世界上好像不缺这种人……鉴于他们利用巴拉德罗的那件事来打击你，他们也一样……"

事实上，种种令人厌恶的东西都搅和在一起，形象确实不太光彩。

一方面是一位女厅长，西科特在建造一所"法语加拿大"文化博物馆的大合同中希望得到她的支持。大家都知道她野心勃勃，狡猾，像鲨鱼一样可怕，但也知道她的弱点：有点像俄国的叶卡捷琳娜②。据说，那位女皇的所有卫兵——还有其他许多人——都被她搞到床上去了，以满足她对男性抑制不住的渴望。到此为止，还没有什么特别离谱的。每

---

① 是由阿尔弗雷德·希区柯克执导，詹姆斯·斯图尔特·金·诺瓦克主演的悬疑片，讲述了私家侦探斯考蒂受加文·艾斯特所托去跟踪马伦，并由此引出一桩命案的故事。2007年该片入选美国电影学会评出的"百年百佳影片"。2012年英国《视与听》杂志评选出"影史十大影片"，该片位列第一名。

② 指叶卡捷琳娜二世·阿列克谢耶芙娜（1729—1796），俄罗斯罗曼诺夫王朝第十二位沙皇，俄罗斯帝国第八位皇帝。

个人的私生活都会成为闲言碎语的内容，围在儒诺厅长身边打转的人兴高采烈，厚颜无耻，但都无伤大雅，因为现在大家的观念都放开了。这时，人们突然在蒙特利尔为女厅长举办了一场普通的筹款晚宴。西科特把他最宠爱的职员热罗姆带了去，把他介绍给了女厅长。噗的一下！爱情天使瞄准厅长的心射了一箭，射得那么深，以至于女厅长给了热罗姆一张名片，还在上面写了一个电话号码。热罗姆很惊讶，一时不明白这是什么意思，因为他还不知道女厅长的力比多是那么强。他把事情讲给了老板听，老板笑了，高兴地鼓励他把自己的职业生涯变得更快乐点，因为一个有幸能与当权者睡觉的压力集团成员会把所有的竞争者都远远地甩在身后。可惜，热罗姆已经有女朋友了，他很爱她。奇怪的是，出于各种原因，夏天的大部分日子她都一个人待在欧洲。他最后觉得自己孤独而炎热的夏天太漫长了，忍不住和单位的女秘书睡了，但只有一次！这太有趣了！然而，这时他的女朋友回来了，这个做事拖拉、不够机灵的人并不总是回应女厅长的暗示。老板越来越着急，决定要稍微推动一下这件事，就让他的女朋友风闻他出轨的事。砰的一声，道路畅通了！但不能再浪费时间了：不管怎么说，热罗姆并不是世界上唯一的美男子，女厅长可能会对他感到疲倦，不再追求他。

"多么恶心的事啊！"查理摇摇头，叹息道。

他喝了一口不含咖啡因的加奶咖啡，嘴唇上染了一层薄薄的白沫，他用舌头舔去，然后笑了起来。《迷魂记》和热罗姆的故事在他头脑中混作一团，让他觉得自己的生活在爱情中突然发生了变化，这让他心情大好。

"你打算怎么办？"

"我还没有想好。但你相信我，事情不会停在原地。我很想看到他们——他们及其整个帮伙，掉进粪水坑里，我会在他们头顶盖上盖子。我想我会高兴坏的。"

"热罗姆，现在，不要流露出任何痕迹。收集证据，争取时间。更重要的是，另外找一份工作。一定要！"

但他喜欢批评的习性就像栖居在他身上的老恶魔，让他又补充了一句：

"老兄，我是说，我觉得你有点天真，不是吗？他们在凡尔赛广场对你进行的小小测试，就没有让你对他们稍微有点警觉？可我早就警告过你：西科特和他太太绝对是诈骗犯，而诈骗犯本质上都是阴谋家，所以，他们策划了针对你的阴谋，老兄……一个异乎寻常的大阴谋！"

"谢谢你的鼓励和……和对事情本质的看法。"热罗姆在桌子底下击着脚，冷冷地说，"这给了我很大的帮助。我正需要一个人提醒我，对我说我很天真，甚至有些傻。继续说，我在等着。"

查理显得很尴尬，他从椅子上半抬起屁股，拍了拍朋友的肩膀，安慰说，他高度评价他的智慧。确实，要有非凡的智力才能做出他刚才所做的推理。

"现在只需证明这一切。"最后，他似笑非笑地总结道。

"对……但这是另一回事了。"

"真的吗？我倒觉得儒诺厅长并不错，她吃不了你。而且，老了以后，你也可以作为一种美好的回忆拿出来吹吹牛。"

"查理，我才不在乎自己老了以后说什么呢！再说，要是去见她，我会觉得自己在这泥潭中陷得更深。你想过这一点吗？你说话自相矛盾。刚才，你还催我另找工作，现在你又劝我跟她睡觉？"

查理被突如其来的问题给问住了，张开嘴，又闭上了，最后才好不容易地结结巴巴地说：

"为什么不呢？不管怎么说，你和欧仁妮已经没戏了，不是吗？而且……肩负任务时娱乐一下也未尝不可……况且，老兄，这也许能让你找到办法来报复你的老板和老板娘。谁知道呢？所以，去跟女厅长睡吧！"

"我觉得你的那个马蒂娜让你堕落了，"热罗姆讽刺道，"对了，查理，你什么时候把她介绍给我？我可以在见到女厅长之前先在她身上试试。"

查理甜蜜地笑笑，做了一个嘲笑动作，然后看看自己的手表，喝完最后一口卡布其诺，站起身来：

"我们走吧？我明天要上班。"

热罗姆开车把查理送回了家。他的这个朋友，节俭得很，天天乘坐公共交通工具，一直拒绝买车。当他侧身跟查理握手时，他看见查理的公寓里伸出一个女人的脑袋。

"这就是马蒂娜吧？她为什么不跟我们一起去看电影？"

查理显得非常尴尬：

"因为……她受不了电影院里震耳的声响，你知道……这会让她睡不着。"

热罗姆拍拍他的肩："去安慰安慰她吧，她需要你。"

查理下了车，转身对热罗姆说：

"我很快就会把她介绍给你，但你知道，现在时间有点晚了。她明天6点就要起床上班。"

"去吧，小伙子。爱神是我们所有人的老师。"

在回家的路上，他思考着他们刚才谈论的内容，到家时，他已经同意查理的意见。查理权衡了一切，看得很准：他和欧仁妮之间的桥梁似乎已被完全切断。该失去的已经失去，但这种损失将让他得到精彩的报仇。怎么报？眼下，他还不太知道。

"西科特会高兴坏了的，"他钻到喷淋头底下淋浴时咕哝道，"我明天就回去上班。"

那是一个星期四晚上，欧仁妮接到某个叫奥利维埃·弗拉岱特的人的电话，大吃一惊。当时是9月初，她从西班牙回来已经一周，刚刚把回来后就堆在卧室里的行李整理好。那个陌生人自我介绍说是热罗姆的同事，冒昧打电话去她家，因为有重要的事情要告诉她，涉及他们俩。

"我们俩？"欧仁妮感到很惊讶，她嘲讽道，"先生，我甚至都不认识您。"

"可是夫人，我们有共同的熟人。"陌生人彬彬有礼，显得十分平静。

"好吧，您是怎么得到我的电话号码的？"

"我自然有办法，"陌生人这样回答说，"夫人，请相信，我不会打电话向您寻开心的，我可是鼓足勇气才给您打的电话。"

"您有什么事？"

一阵巨大的恐惧突袭而来，她感到胸口顿时膨胀起来。

"我想亲自跟您谈谈，夫人。您会明白我为什么这样做的。"接着，他又马上补充说，"当然，见面的地方由您选择。"

欧仁妮犹豫了一会儿，电话筒差点从她湿漉漉的手中滑落，她不得不紧紧抓住。热罗姆的一个朋友曾就他的问题约过她，现在轮到他的同事了？

"您肯定有我家的地址，"最后，她声音沉闷，清晰地说，这让电话线那头的人开心极了，"您什么时候来？"

"我想，20分钟后吧！"

"我等您。"

女儿被电话铃吵醒了。当她前往女儿的房间里时，奥利维埃正吹着口哨登上他的汽车，迫不及待地想体验他职业生涯中最有趣的时光：工作上的利益和个人利益混淆在一起的时刻。这可是千金难求。

盛夏时分，西科特曾让他在阿尔玛的卧室里装一枚小摄像头，但不想马上就告诉他原因，只说这是一项"探索性"活动，要求绝对保密。摄像头拍到了一些很有趣的镜头：穿着轻薄的粉红色短睡衣的阿尔玛在摄影头面前一边嚼口香糖一边自慰；阿尔玛躺在床上，号啕大哭；但最让塞弗兰感兴趣的，是她跟热罗姆做爱的两段长录像，其中第二段录像可以看到热罗姆勃起有困难。那天晚上他显然喝醉了。

塞弗兰回放这些录像时，乐得直拍大腿，然后，他亲热地用臂肘撞了奥利维埃一下，递给他一张100元的纸币。但塞弗兰觉得第一段录像太长了，要压缩到三四分钟。

"我要动作最猛的那些镜头……别误会，我不是窥视者。你知道我要把这漂亮的录像给谁看吗？"他一脸淫荡的样子，开心地笑着，问。

奥利维埃半闭着圆球似的眼睛，想了好几秒。

"告诉热罗姆的女朋友？"

"一点没错，伙计。"

"我能问问为什么吗？"

"如果我的计划得以实现，你很快就会知道。"西科特眨了一下眼睛，回答说。

晚上，奥利维埃压缩了录像。这让他既锻炼了技术，又尝到了乐趣。但他还有一个理由享受完成任务的快乐，通过这件事，他也在爱情上进行了报复。

奥利维埃·弗拉岱特的性欲并不是太强，每月做爱一两次对他来说已经大大足够。在一段时间里，他和阿尔玛偷偷幽会，以满足这种欲望。星期五或星期六晚上，他会邀请她上饭馆或看电影（但从来不会既上饭馆又看电影，因为这样会回家太晚），然后去他家里。但阿尔玛总是要他在午夜之前把她送回到喀里多尼亚路，并把它叫作"灰姑娘条约"，该条约当然适应两人的需要。

但有一天，这个小婊子扔下他投入了费里克斯这个娇生惯养的大烟鬼的怀抱。费里克斯去了波蒂奇后，他主动向她表示了许多次，但屡遭拒绝。他很快就知道了理由：热罗姆跟她睡觉了！他不动声色，像奶牛反刍青草一样天天在肚子里发怒。但这次，他暗自发誓，一定要进行他没能对老板的儿子进行的报复。不过，从此以后，他只能满足于按摩房提供的服务，幸亏那儿离他家不远。

第二天，他向塞弗兰·西科特汇报了工作成果，老板表扬了他，并要他等欧仁妮·梅蒂维埃一回蒙特利尔就主动求见，把他男朋友的所作所为告诉她。

没有任何约会比这场约会更让人开心。奥利维埃显得格外机灵，很好地控制了自己的语音语调，恰到好处地给那位年轻妇女提供了必要的信息，以引起她的好奇，同时装出一种事不关己的善意，似乎他这样做纯粹是因为看不过去。其实，假如老板要他当场掐死这个善良的女人——当然，这不过是假设——他可能也不会拒绝，因为这将是报复他那个可恶的同事的最有效的办法之一。

晚上8点40分，他按响了欧仁妮·梅蒂维埃家的门铃。

"很抱歉这么晚还来打搅您，"他做了自我介绍后这么说，"我不得不兜了一个圈，让-塔隆堵车堵得太厉害，也许有交通事故。"

"您带来什么？"她指着他手里提着的小箱子，开门见山。

奥利维埃微微低了一下头：

"夫人，这是我的电脑。我有东西要放给您看。"

见她脸色苍白，他马上又接着说：

"请相信，这对您比对我更有意义。"

她一言不发地让他进门，把他带到一个房间里，关上门。奥利维埃把手提箱放在桌子上，拿出电脑，打开。她站在他身后，交抱着双臂，一直没有说话，呼吸急促。见这个任务给他带来的快乐比他原先以为的要小，奥利维埃有点失望。

"是这样，夫人，"他一边放光盘，一边说，"我要向您说明，您将看到的那个年轻女人，唉，是我的老婆，或者说，差不多是我的老婆……很抱歉。可我觉得有必要告诉您。"

看到热罗姆，欧仁妮失声叫起来，连忙双手捂住嘴。她看着那对男女做爱，看了十来秒，圆瞪着眼睛，然后扑向电脑，想把它关了，但电脑从她手里滑落在地板上，发出啪的一声，然后便灭屏了。奥利维埃也大叫一声，弯腰去捡电脑。结果，两个人的脑袋碰到了一起，就像在滑稽剧里一样。但看着他们，谁也不会笑。

"你给我走。"欧仁妮声音沙哑地命令道。

她似乎并没有感到痛，奥利维埃却揉着额头，那里好像红肿了起来。

很快，他就匆匆离开了。

热罗姆发现自己不得不完成也许是一生中最艰难的任务：面对他想抽的人而装出平静和开心的样子。他已经按坏的程度把他们进行了排

列，倒数第一人当然是弗朗西娜·德雅尔莱，紧接着是她从事非法交易的丈夫，最坏的是他们的雇员奥利维埃·弗拉岱特，这个人面兽心的家伙负责完成前两个人交办的任务。但热罗姆几乎完全洗白了在这之前他一直认为很坏的阿尔玛。

第一天回办公室上班相对还比较好过，因为他至少可以说前一天晚上不舒适，所以现在浑身乏力，但总不能老是说消化不良。从第二天开始，"这样做"的阶段就伴随着同样艰难的"怎么办"阶段。向当局揭发老板，从而进行报仇，这总比什么都不做好。但密探的角色好像不太光彩，况且，别忘了一个不可否认的事实：他是他将要揭发的人的同谋。他需要某些更令人满意的东西，他软弱痛苦的自我需要重新鼓劲。

这时，他想起了他和儒诺厅长的约会。还有一个星期。当然，除非取消。凭直觉，这场约会好像并不会对他的复仇计划有什么用。相反，她可能会使它变得更加复杂和危险。但不管怎么说，只能有什么牌打什么牌，其他的，就看运气和他的直觉了。

他还没有把约会的事告诉塞弗兰·西科特，但他决定现在马上告诉老板，于是便去了西科特的办公室。门关着，他听见老板正在跟奥利维埃说话。两人说话的声音那么轻，让人不能不怀疑他们在密谋什么。他们会在密谋什么呢？

他敲了敲门。

"进来，热罗姆。"西科特开心地喊道。

"我看我打搅你们了，"热罗姆低声地说，显得十分客气，"我待会儿再来吧。塞弗兰，我有件重要的事情要告诉你。"

西科特抬头看了看奥利维埃，奥利维埃站在他旁边，正弯腰看着铺在桌上的一个登记本之类的东西。

"我们都翻过了，不是吗？"

"我想差不多了。"

奥利维埃合上登记本，夹在胳膊底下，准备离开办公室。

"你还好吧？"热罗姆问他。

"还好。"他回答说，笑得有点僵硬。

"那好，加油，老兄！"

热罗姆竖起拇指。

"臭狗屎，"但他心里暗暗骂道，"等着瞧吧……我会把你扔到粪缸里。"

"好了，热罗姆，"西科特指着一张椅子让他坐下，然后问，"有什么消息？"

"22日我会去见儒诺厅长。"他显得很谦逊。

"哇！"西科特大叫一声，他充满了巨大的喜悦，脸都变圆了。

他竖起了两个大拇指。

"但这不过是见个面，塞弗兰。去她办公室。"

"年轻人，相信我，我知道是怎么回事。你还想让她马上就请你去她的卧室？"

他温厚地笑着走了，热情而充满自豪地看了热罗姆一眼，就像一个教练得知他的球员刚刚获得了奖章。

热罗姆讨厌他，但同时也对自己感到很惊讶，竟然对这么一个可鄙的家伙会产生一点同情。

停车场上响起汽车发动机的声音，也许是奥利维埃·弗拉岱特刚刚离开。

"热罗姆，你是个机灵的人，"西科特接着说，"很少有人像你这样机灵。如果你跟诺尔曼·儒诺有戏，哪怕只有几个月，甚至几个星期，都会对我们'极其'有用。相信我。"

"老板，贪多嚼不烂。"

"我相信你嚼得烂……为什么这样看着我？好像你想咬我一样。"

热罗姆勉强笑笑：

"我像平时一样看着你，塞弗兰。"

但他的脸颊开始发烧了。

"对了，我也有一个消息要告诉你。"西科特说，"我不认为这消息会让你落泪。"

他停顿了一会儿，想让自己说话的效果达到最佳，然后才说：

“奥利维埃离开这里了，我派他去巴拉德罗管理我们的旅业了。”

“哦，是吗？”热罗姆只说了这么一句。

他盯着布尔桌子的一条腿，那上面有个青铜浴女。

“我和弗朗西娜·德雅尔莱发现你们俩不对路已经有一段时间了……别这么耸肩，小伙子，在一个像我们这样的集体中，团结是最重要的，我已经强调了好多遍。”

他端起订书机旁边一杯已经冷了的咖啡，喝了一口，然后说：

“但是，热罗姆，这并不是促使我们把他送到古巴的理由。奥利维埃犯了一个错，一个大错。事实上，那是一个跟你有关的错误。”

“哦，是吗？”热罗姆越来越觉得不自在了。

塞弗兰·西科特变得严肃起来，轻咳一声，又喝了一口咖啡。

“热罗姆，你很久没有见你的女朋友了吧？如果我没弄错的话，她叫欧仁妮。”

热罗姆满脸通红，目光很不友好，大声地说：

“塞弗兰，这是我的私生活。”

“小伙子，我很愿意是这样，但事情毕竟已经发生。你想想吧，你们俩互相妒忌，我不得不管。关于阿尔玛，你似乎是在夏天的时候从他那里‘抢走’的。热罗姆，我不评判任何人，对我来说，唯一重要的事情，是公司的生意，你要好好记住。”

他把奥利维埃几天前去找欧仁妮的事讲给他听，但根据自己的需要修改了某些细节。

热罗姆脸色苍白，越听越激动，突然，他从椅子上跳了起来：

“这混蛋，我要杀了他！”

塞弗兰·西科特也在办公桌后面站起来：

“你什么也做不了，”他大声吼道，“他已经不在这里工作了，你听见我说的话了吗？我把他流放到了古巴，你觉得这样还不够？当然，他做得不对，但你也只能到别的地方去‘采蜜’，不知趣的东西！”

热罗姆盯着他，张口结舌，他想回答，但只发出咕噜咕噜的声音。于是，他抬脚转身，差点撞翻昂贵的布尔椅子。他大声嚷嚷着离开了房间，不由自主地看了一眼奥利维埃的办公室的门。门锁轻轻地响了一下，表明有人刚刚把门锁上。难道他没有离开？

"弗拉岱特！"他大声叫道，"从办公室出来，卑鄙的胆小鬼！我要问问你！"

一切都发生在瞬间。西科特夫妇和阿尔玛先后来到走廊，目睹了惊心动魄的一幕：热罗姆气疯了，撞向奥利维埃办公室的门，门噼噼啪啪地响了一阵后终于开了。奥利维埃脸色苍白地站在办公桌后面，手里拿着一个镇纸作为武器，扔向朝他冲过来的人，但没砸中。这下可糟了，因为热罗姆气得发疯，向他扑过去，一拳打着他脸上。奥利维埃撞到墙上，满脸是血。接着又来了一拳，比第一下更狠，如果不是塞弗兰·西科特扑向热罗姆，把他按住，让可怜的弗拉岱特逃走，谁也不知道这一幕会怎么收场。

热罗姆和老板面面相觑了一会儿，没有说话，只听见他们的呼吸声。

"怎么回事呀！"弗朗西娜·德雅尔莱站在门口叹道，"我从来没有见过这样的事……在我家里！"

热罗姆冷笑道："这还仅仅是前奏……好戏还在后头呢！"

西科特猛地一把抓住他的胳膊：

"别逼我采取极端措施……这样已经够了，你听见了吗？"

热罗姆猛地挣脱开来，离开了办公室，朝门口走去。阿尔玛小心地远远站在自己的办公室门口，当他经过她面前时，她朝他眨眨眼。

"你打中他了。"她轻声说。

他揉了揉自己的关节，没有理她。

外面很快又响起了汽车的隆隆声。热罗姆离开了。

西科特沮丧地看了一会儿房间后，回自己的办公室去了，弗朗西娜·德雅尔莱很快就跟了进来：

"怎么办？"

"什么怎么办？你没有看见吗，他已经走了？"

"可你能告诉我吗，为什么不等奥利维埃走了以后才把这事告诉他？"

"我还以为奥利维埃已经走了！我听见停车场有汽车发动的声音。"

"那是费里克斯的车。"

他叹了一口气，倒在椅子上，伸直双腿，直生闷气。

弗朗西娜·德雅尔莱走过来抚摸着他的脖子：

"别这样，你的热罗姆会回来的。我敢肯定他会回来的。他没有选择……"

她看了他一会儿，然后说：

"我得去看看奥利维埃，现在……还要叫人修门。"

塞弗兰·西科特独自一人待在办公室里，他神经质地把手伸进头发里，显得非常不安。他又喝了一口咖啡，但马上就吐回杯子里：咖啡已经变味。

两天过去了。热罗姆一直窝在家里。他无数次想打电话给欧仁妮，但到了最后一秒又把话筒放了回去。他能对她说些什么呢？被一个同事卑鄙地背叛了，这并不能减轻自己背叛的错误。

第二天下午1点左右，父亲打电话来问他情况。克洛德–奥斯卡很少给他打电话，这个电话让儿子很惊讶，也很感动。

"儿子，你在干什么？我刚刚打电话去你办公室，他们告诉我你几天没上班了。你病了？"

"我决定休息几天。你知道，在办公室里工作很累。"

"那你在干什么？"

"我正在重读巴尔扎克的《幻灭》。你也读过吧？"

"读过，很久以前了，当我还没掉头发之前。除了阅读，儿子，quid novi？ ①"

"我在弥补失去的睡眠时间。"

"那就到家里来吃饭。好久没有见你了，我都忘了你长什么样了。"

---

① 原文为英文，意为"有什么消息？"

热罗姆什么都没说。他一下子说不出话来，眼睛里满是泪水。他听见后院有个学生在弹钢琴，是在演奏舒曼的《幻想曲》，但弹得笨手笨脚的，他以前弹得比这好多了。

"喂，你来吗？你妈要跟你说话，但她要教训你。"

"好吧好吧，我来，爸爸，"他清了清嗓子后说，"我晚上6点左右到。晚上见。"

他冲了个凉，整理了一下乱得不可开交的房间，煮了咖啡，然后又潜心读起《幻灭》来。吕西安·德鲁班普雷是个很出色的人，但软弱而虚荣，他到巴黎来谋生，最后走向堕落。奇怪的是，这种堕落让热罗姆深感安慰，好像这让他与人类社会各种肮脏卑鄙的东西划清了界限。

前一天晚上，他当然打电话给查理，告诉他的这个朋友别人是如何恶毒地陷害他的。

"好了，过来喝一杯吧！"查理马上建议道，"我们谈谈你的事，我把你介绍给马蒂娜。我跟你说过很久了……她傍晚准时到。"

"谢谢了，查理，但眼下我希望一个人待在家里。"

"你在家里干什么？"

"我在读一个叫巴尔扎克的人的作品。"

"那是个作家？"

"是的，一个了不起的人，况且，我用不着忍受他的缺点，因为几百年前人们就挖地三尺，深埋了他。"

"我呢，马蒂娜和其他人，我们都还活着，该怎样还是怎么样……好了。治疗你的孤独去吧，老兄。当你需要可怜的人类时，打电话给我就行。不过，还是不要让我等太久了，"说着，查理马上又换了一种语气，补充说，"我对你的故事感兴趣，而且，我最后可能会为你担心。"

"我答应你，很快就会给你打电话，等我头脑恢复清醒。查理，你要理解我。我就是这样，你能怎么办……我需要一个人静静地充电。"

　　他觉得在父母家度过的夜晚非常愉快。跟那些好像活着只是为了他好的人一起度过几个小时让他重新高兴了起来，尽管他执意不告诉他们他出了什么事，并且想继续这样下去。吃了一碟培根意面和两份覆盆子布丁后，他坐在钢琴前，想弹一弹《幻想曲》。弹了十来分钟，他惊讶地发现，自己弹得还相当不错。

　　"你应该把钢琴捡起来了。"母亲亲切地建议道。

　　"我给你买架钢琴。"克洛德-奥斯卡做了决定。

　　弟弟马塞尔长得越来越高了，好像再过几年会高出他几厘米。他邀请哥哥去看他收藏的漫画，这种特权只有少数几个人才有。两人在他房间里度过了很长时间，最后推来搡去地闹着玩。热罗姆出来的时候气喘吁吁，胫骨都被弄伤了，但思路清楚了，思想明朗了，精神活跃了。

　　回到自己的住处，他决定打电话给查理，两人马上约好见面。就在那天深夜，一个计划开始成形，虽然线条依然朦胧，但胆大包天。

　　查理和马蒂娜在一起，他穿着睡衣接待热罗姆，好像想以此显示他们之间的关系亲密得非同一般。那年轻女人却觉得自己最好还是穿上外套，略施淡妆。这是一个漂亮的女孩，细皮嫩肉，面颊丰满，神态坚定，身材不是很高，一头栗色的长发，裙子很短，让人得以欣赏她的美腿。但热罗姆马上就觉得她身上一点都没有色情的味道。

　　查理自豪得满脸通红，对他介绍说马蒂娜是"幽默学校的舞台监督负责人"。

　　"查理，负责人是以后的事，"马蒂娜笑着纠正道，"现在，我还是个助理。"

　　她向热罗姆伸出了手，满脸喜悦，充满自信。

　　"查理常常跟我说起你。据我所知，你是他最好的朋友。你们好像有重要的事情要谈，别担心，我回避一下。"

　　她的声调很高，清脆而响亮。

查理反驳说："马蒂娜，别着急，火又没有上房，我们有的是时间。热罗姆，来瓶啤酒？我有'尚布里的布朗什'。"

"查理，我跟你喝一瓶，"马蒂娜说，"喝完我就走。男人们的事我不感兴趣。"

十分钟后，她就站起来要走。她吻了吻查理，又礼貌地朝热罗姆笑笑，随后楼梯上就响起了她高跟鞋的咔嚓声。走之前，她简要地向热罗姆讲述了自己的经历，让人觉得她政治观点很"左"，她还跟查理约好了下次见面的时间。

一楼的门关上之后，惊愕得有点不敢相信的热罗姆请求道："跟我讲讲你是怎样遇到这个小美人的吧！"

"啊，那是在一家离这里不远的咖啡店里。一天晚上，我心情不太好，便去那里喝咖啡看报纸，心想等待我的又将是一个不眠之夜，因为我要的是拿铁。这时，她跟一个女友进来了，两个女孩坐在我旁边的桌子上。她们一直在笑，我虽然不知道她们在笑什么，但听了以后心里很舒服。突然，马蒂娜讲了一个很好听的笑话，我不由自主地笑出声来，于是连忙为自己的不小心道歉。马蒂娜回答说这挺好啊，尤其是如果笑话本身并不是很好听。不一会儿，我便坐到她们的桌子旁边去了，大家随意地闲聊起来，什么都聊。20分钟后，我就觉得是在跟一个老熟人在说话。这时，洛莉——也就是马蒂娜的那个女友——接到一个电话，不得不走，马蒂娜便留下来跟我继续聊天。但时间好像过得很快，我意识到我们必须说再见了。这时，我不知道着了什么迷——因为这一点都不像是我的风格，你很清楚。我对她说，我就住在离咖啡店几步远的地方，我从来没有遇到过一个如此出色、如此漂亮的女孩……如果她能到我那儿去过夜，我会高兴得发疯的。我以为她会不客气地拒绝我，甚至更糟，嘲笑我……谁知她竟然同意了！显然，那天晚上，我一晚没睡。"

"这些，你从来没有告诉过我。"热罗姆说，"故弄玄虚？"

"老兄，谁都有自己的生活。人不会老是穿同一双鞋走路。"

"这一点，我不得不同意。"然后，他又说："她一定牵着你的鼻子走了。"

"不如说是牵着我的尾巴。"查理笑着说。

突然,他换了语气:

"不过,据我所知,你今晚到我家来,不是来听我跟你讲述我的感情生活的吧?出什么事了?"

"事情是这样的……"

奇怪的是,他不想讲得那么详细,便向查理介绍了他的计划,他已经决定了,不可能改变。

"两天后,我将跟儒诺厅长见面。我要跟她玩心眼玩到底——总之,我能玩多久就玩多久。当我收集到足够的证据,我就炸掉西科特的老巢。"

查理盯着他,没有说话,高兴劲儿消失了,感到了一丝恐怖。他不觉抿起嘴唇,咬紧牙关:

"炸掉……我希望,你是形容吧?"

热罗姆神经质地笑笑:"这样说说都不行吗?我又不是'基地'组织成员。这不过一种夸张,你想想都知道了。总有一天,人们会发现我有大学文学专业毕业文凭,不是吗?"

"好吧。"

查理双手按着膝盖,侧着头,想了一会儿,然后说:

"再来一瓶尚布里啤酒?"

"我不反对。这里太热了,你不觉得吗?"

查理嘲笑道:

"才热了20秒,热罗姆。"

他跑到冰箱那里,拿着几瓶啤酒,放在桌上,说:

"你知道你在干什么吗,嗯?大哥,你准备玩的这个游戏太危险了……况且你是他们的同谋……如果你的计划成功……他们会对你不客气的。他们的朋友们也不会放过你。你准备上报纸的头条吧,上法庭——说不定还会进监狱。"

热罗姆笑了。名单越长,他越来劲。他需要成为英雄或殉道者,或二者皆有，这突然成了他活着的理由。他从来没有感觉这么好过。既找回了自尊，又报了仇，这是多么令人高兴的事啊！同时也给了他所需的勇气。

"听着，查理，你知道，如果我说话不算数，我以后都不敢再照镜子了……将来有一天，你会看到我像醉鬼一样流落街头。"

查理挥了一下手，好像说："不管怎么说，事情别搞砸了。"

"让我们为我的计划干杯吧！"热罗姆说。

冲动之下，他狠狠地用酒瓶去碰查理的酒瓶，两个酒瓶差点碰碎，巨大的响声吓得楼上的老邻居从床上爬了起来。

"嗨，轻点，"查理抗议了，"你的酒都洒到我的睡衣上了。"

"这是火的洗礼……喝酒！"热罗姆高兴地大声说。

他站了起来，抓住查理的双肩，盯着对方的眼睛：

"你知道，查理，我也许用得着你……到那时候，我会知道你是不是一个真朋友。你是我的朋友吗，查理？"

"你问得真有意思，"查理挣脱开来，结结巴巴地说，"都这么多年了！好了，安静点，老兄。你醉了？"

第二天上午，他上班的时候，接到了儒诺厅长办公室的一个通知，确认了明天的约会，但把时间推迟了半个小时，即改在下午4点30分见面。热罗姆的后背一阵颤抖，昨晚的欣喜受了一点打击，但觉得上午还挺愉快的。前天的事谁也没有提起，好像什么都没有发生过一样。奥利维埃消失了——谢天谢地，让魔鬼带走他吧——据说，他正忙着做去古巴的准备。门已经修好，办公室里的东西也整理好了。西科特显得很亲切，三次过来就未来的博物馆问热罗姆一些技术问题，最后一次，他临走前还夸热罗姆记性好，脑子好用，他平时很少这样。10点30分左右——太让人惊讶了——弗朗西娜·德雅尔莱端着一杯加奶咖啡和一碟散发着黄油香味的巧克力小面包来到他办公室，面包还是热的。

"小伙子，尝一点，我敢肯定你有点饿了。我刚刚在威斯特蒙广场发现了一家很不错的糕点铺，叫作'摩洛哥人在波尔多学会手艺'。很棒，还不贵！"

对他来说，陪伴老板们已经变得不那么难了，因为他现在把他们当作未来的牺牲品。半小时后，当阿尔玛在走廊里遇到他时，他朝她笑了笑，对她有些同情，这个热情似火的女人，可怜地被卷进了一场卑鄙的阴谋，被人利用了也许自己还不知道。

中午，西科特笑嘻嘻地请他去饭店吃饭。可这太过分了，太过分了。面对面将会是一种酷刑。热罗姆欠了欠身，借口说，吃了他太太的巧克力小面包，"肚子不太舒服"。后来，到了下午，一听到老板们的声音他就受不了。他讨厌伪善的人。他必须换个环境。他走进西科特的办公室，发现老板正在打电话。

西科特停了下来，用手捂住话筒：

"哎，热罗姆，有什么事吗？"他强笑着问。

"明天我要去见儒诺厅长……"

"小伙子，我没忘呢！"

"……我得去买点东西。你下午能放我假吗？"

"你爱去多久就去多久，小伙子。祝福你。如果我有事找你，我就给你发短信。"

热罗姆点点头，正打算出去，西科特招手让他停住，脸色突然严肃起来。

"什么事？"热罗姆问。

"兄弟，祝你好运。你很优秀，风度翩翩。别忘了，幸运属于胆大的人。"

热罗姆笑了，感到有些不自在：

"也许跟你想的不是一回事。"

西科特摆摆手：

"我在这上面有预感……赢得她的好感，以后会有好戏的。"

"你放心吧，大鳄，"热罗姆一边离开，一边在心里嘀咕，"如果我做成了我想做的事，你可能要把你的布尔家具都贱卖掉换钱了。"

◆ ◆ ◆

他并没有撒谎，他真的去买东西了。他去了城西的一家高级用品商店，买了半打衬衣、几条长裤和几件性感内裤（选内裤的时候他偷偷地笑了），还买了一瓶刮完胡子后用的香水，他以前一直不舍得买，因为价格奇贵。"反正是西科特买单，放开买。"

他打算晚上待在家里，但这次，巴尔扎克没有给他任何帮助，因为他无法集中精神。他打开电视机，不断地换台，觉得什么都不好看。夜色温柔，他决定到附近走走，路上遇到了大学里的一个同学，当年他们走得挺近（两人都喜欢游泳，常常在学校里的游泳池见面），便到一家小酒吧里去坐坐。

没有几年，里夏尔就秃顶了，体重也增加了，但还是那么开心，那么孩子气。他在蒙特利尔老城教文学，已经当了两个孩子的爸爸，正和别人一道在给一个教材出版社编同义词词典。

交换了一点信息，回忆了一番当年的趣事之后，两个老同学便觉得没什么话说了。

"我得走了，"热罗姆说，"明天要忙一天。我们保持联系？"

20分钟后，他已经躺在床上看天花板了。到了半夜，他还在看天花板。

"我竟然怯场了！这太愚蠢了……该死！说到底，不就是一个女人吗？每个人都一样，有自己弱点和麻烦！我想多了……况且，很可能会什么事都没有。"

公共权力部门竟这么吓人，哪怕对内行来说也不例外，这让他感到很惊讶。他回想起塞弗兰·西科特那天晚上把他介绍给儒诺厅长时，几乎也是吓得话不成句，而他的这位老板已经跟政客们来往了好多年，对他们的隐私了如指掌。

人类是多么虚荣啊！他这样想着想着，不知不觉就睡着了，直到第二天上午9点左右才被电话铃吵醒。他睁开眼睛。打电话来的是费里克斯。

"跟老人家真的没法再过，"费里克斯的声音很轻，好像喘不过气来，"我想逃离这里。我能在你家里住两三天吗，我想给自己找个公寓。"

热罗姆皱起眉头，有点不高兴。但怎么拒绝呢？会显得很卑鄙的。

"过来吧，费里克斯。出什么事了？发生战争了，你炸了桥梁？"

"我待会儿会告诉你的。但如果我再在这里多待一天，我会杀人的，真的！"

"我等你。"

"你太好了，我会报答你的。"

"你已经报答我了，费里克斯。"

"你那里车好停吗？"

"蒙特利尔就是蒙特利尔，但在这个点儿，你应该不会有太大问题的。"

他挂了电话。要多不巧就有多不巧。他留了两三个小时，想好好研究一下"法语加拿大博物馆"（他是这样叫的），因为，不管怎么说，他去见厅长的正式理由——也许是唯一的理由，就是这事。但费里克斯这个可怜虫把一切都搞乱了。

突然，他感到肚子被一把冰刀刺了一下。费里克斯也许是来告诉他坏消息的，他和父母吵架时，可能多说了一句，有什么敏感的事脱口而出，比如说他偷听到了父母夜晚的谈话，发现他们在巴拉德罗的事件中作弊。如果真是这样，那他们就发现他知道内情了，不仅他的计划会落空，而且他本人也会处于令人十分恼火的境地。必须赶快跑，而且要快。

他在卧室里踱起步来，嘴里嘟囔着，诅咒着，双手发抖，后背冒汗，然后发狂地在长裤的裤兜里寻找记事本，那天，他匆匆地把费里克斯的手机号码记在了上面。

他找到了，但打电话过去却没有人接。于是，他不再继续干着急，而是去洗了个澡，梳理一番，然后穿上衣服，煮了咖啡，把面包片塞进多士炉，等待那个年轻人前来敲门。费里克斯好像姗姗来迟，但当热罗姆最后终于冷静下来，呼吸也正常了一些的时候——至少在门铃响起之前，门铃突然响了，吓得他手中的一罐花生酱掉在了地砖上。

他嘟哝着去开门。费里克斯满脸笑容，嘴里叼着烟，向他伸出手来：

"再次感谢你……"

看到香烟，热罗姆就咬紧了嘴唇。他在22岁的时候就戒烟了，他抽了8年的烟，戒过三次。这应该是他至今为止人生中最辉煌的战绩，他已经把烟草当作不共戴天的敌人。但他觉得最好暂时什么都不要说，否则费里克斯会觉得他很粗鲁。

费里克斯脸庞消瘦，由于经常闷闷不乐而脸色苍白。这可怜的家伙吃力地拖着一个旅行袋，里面胀鼓鼓的，塞满了他所能带的所有个人衣物。

"进来，"热罗姆说着便往厨房里走，"我要吃早饭了。"

"我吃过了，"费里克斯觉得还是先声明为好，"呀，大破坏啊！"来到厨房，他大叫起来。

看到满地都是黏乎乎的玻璃碎片，他不禁长叹一声，好像深表同情。

"早上有时候会碰到这种倒霉事，"热罗姆叹了一口气，"我先擦擦地板，然后再来跟你说话。如果你想喝咖啡就自己倒。牛奶在冰箱里。"

话音刚落，他的一个拇指就被碎玻璃割了。

"喂，费里克斯，"他包扎了手指，从浴室里出来，大声地问，"你不是来告诉我坏消息的吧？"

"坏消息我已经在电话里告诉过你。"费里克斯感到很惊讶，"我从家里逃出来了。无法再住下去了！你还想知道什么？"

这一粗鲁的回答让热罗姆很尴尬，他给自己倒了一杯咖啡，在客人面前坐下：

"我想到的不是这事，而是……你那天告诉我的事，他们还不知道……我知道这事，对吗？"

"难道你想让他们知道？"费里克斯反问道，"我会告诉他们吗？"

热罗姆满脸通红，他一直想显得热情点，却恰恰粗暴地对待了他。

"好了好了，忘了我的问题吧，"他友好地抓住费里克斯的一只胳膊，"我还以为，也许运气不好，你在不知不觉中……"

"我早就应该告诉你，我毕竟没有那么蠢……你想知道发生了什么事吗？昨天晚上，吃晚饭的时候，老爸老妈也讨厌地提起我的学业来，觉得我在大学预科逃了很多课。我回答他们说，我只逃平庸的课，如果他们被迫上学，他们也会像我一样做。不管怎么说，我考及格了，真正重要的不就是考试成绩吗？于是，父亲开始唠唠叨叨地教训我，说持之以恒地学习有多重要，等等，而我母亲则不时地插话附和。我生气了，回答说，我用不着接受他们那种人的教训。'哦，'我爸说，'我是哪种人？'他的脸涨得通红，像个大番茄；我妈呢，她惊呆了，嘴巴大张，眼睛盯着我。'你们知道黑手党是什么意思吗？'我问他们。我爸抓起一个盐瓶，向我扔来。幸亏我反应快，否则脸都开花了。这时，我妈哭叫起来，大骂我们，我爸狠狠地一拳砸在桌子上，桌上所有的碗碟都跳了起来。然后，他就走了。我也上楼回我的房间，开始收拾行李……20分钟后，阿尔玛来到我房间，想安慰我……当然是我妈派她来的……但我最后还是说服了她，让她借我一个旅行袋，因为我的三个行李箱都装满了东西。"

他停顿了一会儿，问：

"你现在放心一点了？"

他的语气很粗暴。必须换个话题了，而找房子似乎是一个好话题。

"费里克斯，这事就这样，我都不再想它了。谈谈你要找的房子吧。你准备租多贵的房子？"

"不知道，"费里克斯耸耸肩，说，"我从来没有租过房。"

"这周围很贵，因为有大学。"

"没关系，反正是我妈给钱。"

热罗姆侧了一下头，圆睁眼睛，好像在说："你肯定吗，你刚才说的都是真的？"

"她会给的，她会给的，你别担心，我了解她。"他嘲笑道，"不管怎么说，她的钱也得时不时地用于正道。哎，你有烟灰缸吗？"

"用茶碟吧！"

他捻灭烟头，又点着了一支烟，深深地抽了一口，然后眼睛半闭。

"我得戒烟了，"他一边思考，一边大声地自言自语，"可是，在目前这种情况下……"

他抬起头，望着天花板，一副认命的样子，掌心分开，摊开双手。

热罗姆吃完最后一口烤面包片，喝了一口咖啡，然后站起来：

"我想，找到房子的最方便的办法，是到网上去查……"

他指着卧室隔壁被他用作书房的一个小房间：

"我的电脑在那里。我把它打开，你可以寻找你想找的一切。行吗？"

"是，先生。"费里克斯的情绪突然好了起来。

"现在我得走了，"当电脑运行起来的时候，热罗姆说，"我不很清楚自己几点钟才能回来。也许傍晚。"

"我看我打搅你了。"费里克斯有点尴尬地说。

"没有没有。真的，我很高兴。"

他从口袋里掏出钥匙串，取下一把，递给费里克斯：

"老弟，把这里当作自己的家吧！你可以在浴室的壁柜里找到床单，换掉我床上的。我睡在客厅里……不不不，别担心，我睡在哪儿都行。我的祖先一定是游牧民族。"

两人回到厨房。热罗姆拿起一个皮公文包，里面装着他准备研究的资料，向门口走去。费里克斯跟在他后面，满心感激地望着他。

看到费里克斯心情不错，热罗姆便很自然地说：

"费里克斯，你不介意到外面去抽烟吧？我好像得哮喘有一段时间了。"

"大哥，你早就应该说。当然啦，没问题。"

热罗姆对自己的小小谎言感到很得意。他握了握费里克斯的手，下了楼梯，走向自己的汽车。这时已快到中午12点。

　　文化厅驻蒙特利尔的办公室位于圣洛朗大街480号，在历史区正中，或者说在历史遗留下来的东西上面，那是一栋有点装饰艺术①风格的大楼。

　　和费里克斯分开后，热罗姆查看了一下智能手机，然后便前往"西贡27"，那是位于文化厅办公室对面的一家越南餐厅。餐厅在半地下，安静而宽敞，有些角落可以避开众人。他选择了一个靠窗的位置，在那里可以看见文化厅办公室的大楼。他点了一碗牛肉面和一份春卷，开始浏览起资料来。但10分钟后就意识到这是浪费时间，他对资料已经了如指掌，而谈话很可能会涉及战略问题，不会拘于技术细节。

　　喝了一肚子绿茶之后，他扣上了公文包。此时还不到两点，在这之前一直显出亚洲人那种礼貌的女侍应流露出微妙的表情，好像很希望他离开，可他还有很多时间要打发。

　　他结了账，把公文包放在车里，决定到蒙特利尔老城去走一走。他先是去了蓬瑟库旧市场，其银色圆顶在阳光的照耀下闪闪发亮。海报上说，里面有个维多利亚时期的自行车展，展品很丰富。他在里面逛了二十来分钟才出来。

　　圣克洛德路旁边，一小群人围着一辆马车，吸引了他的注意。他走过去一看，原来是一匹马受了伤，好像是一只脚踩到路上的窟窿里，被绊住了。这匹马抬起左脚，喷着鼻息，摇着头嘶鸣着，无论车夫如何骂它都不肯再往前走。车夫因为无法再载游客游览，失去了收入，感到非常生气。

　　"走啊，我的亲爹！该死，我总不能在这里待一天吧？"车夫大声喊道。他又矮又胖，长相粗俗，好像是岁数大了的原因，也像是被太阳

---

　① "装饰艺术运动"是二十世纪二三十年代出现在欧美等国的一次风格非常特殊的设计运动（源自19世纪末的新艺术运动），它结合了因工业文化所兴起的机械美学，以较机械式的、几何的、纯粹装饰的线条来表现内容。

晒的。他狠狠地用鞭子抽打受了伤的马。

那匹马很老了，或者很累了，也许是又老又累。它嘶鸣着，摇晃着脑袋，瞪着惊恐的眼珠，无力地用三只脚跳了起来，引起了看热闹的人的愤怒。

"大胖子，你没看见它的脚断了吗？"有个人声音洪亮地说。

"别多管闲事，你这个自以为有修养的人！"车夫大声地回答，"我知道自己在做什么。"

几个女人哭了起来，一个小男孩大喊着问母亲一堆问题。

热罗姆似乎看到了陀思妥耶夫斯基①《罪与罚》中的残酷一幕：一个气疯了的车夫把他的牲口往死里打。

突然，他仿佛成了沙皇时期莫斯科的穷大学生拉斯柯尔尼科夫，只是现在他敢于行动了。是喝了茶的缘故吗？他拨开围观者，跳上马车，从车夫手中夺过马鞭：

"马上住手，否则我就报警！"

车夫顿时惊呆了，盯着他，嘴巴大张。周围响起了赞同声和掌声，但车夫突然猛地扑向他，他被甩出车外，如果不是落在那个声如洪钟的人的怀里，他很可能就摔伤了。那人把他扶稳，然后抓住马鞭，抵着车夫的胸膛，用吓人的目光盯着那个家伙。车夫想拿回自己的马鞭，但周围的人越聚越多，并响起了震耳欲聋的欢呼声，他只好假装受害者。

"你们这是在妨碍我养家糊口啊！"他带着哭腔喊道。

"大胖子，我们这是不让你进监狱。"一个爱开玩笑的人说道，引起了围观者的一片大笑。

那匹马浑身是汗，颤抖着，仍然喷着鼻息，但已经不再跳了。

"先生，你这样虐待一头可怜的牲口，应该感到羞耻。"一个慢跑经过此地的美女带着浓重的英国口音说道。

热罗姆要报警，但三四个围观群众已经在他之前报了警。蓬瑟库路

---

① 陀思妥耶夫斯基（1821—1881），俄罗斯作家，主要作品有长篇小说《被侮辱和被损害的》《罪与罚》《白痴》《群魔》《卡拉马佐夫兄弟》等。

出现了一辆闪着警灯的巡逻车，很快向他们开来。

"告诉他们发生了什么。"那个声如洪钟的人亲切推了一下热罗姆的后背，让他走向正从警车上下来的警察。

讲完事情经过，又经过一番辩论，当事情结束的时候，那匹马被人从车上解了下来，送上一辆拖车，去接受治疗。此时已近4点。热罗姆沮丧地发现，自己的长裤右腿处被撕了一条缝，也许是他从马车上摔下来的时候弄破的。可他显然已经没有时间去换衣服了。

他回到车中，拿起公文包，直奔文化厅办公楼。办公楼大厅与几个副楼相连，里面有两个快餐厅。厅长随时都有可能出现在大厅里，这有助于提升她的公众形象。由于他比约会预定时间提前了20分钟，他便进了一家他觉得应该是卖咖啡点心的地方，点了一杯卡布其诺，一边喝，一边轮番看表和看一张别的客人忘记拿走的报纸。

4点25分，他返回大厅，腋下汗淋淋的，呼吸有点急促。这是一个巨大的圆形大厅，铺着光滑的花岗岩地板，中间是一个巨卵形图案，四周是一圈黑带。这地方散发出一种庄严的气息，但在这个时间点上空荡荡的。他按了电梯，应该上5楼。人们告诉他，到了那里，会有一个前台服务员把他领到厅长办公室。

那天，前台服务员像个爱好健美的保镖。电梯门一开，就主动招呼他，然后走进小房间，要热罗姆验明身份，之后没有再说一句话，把他领到上面一层便走开了。

热罗姆来到空无一人的候见室里，由于没有人出来，他便想在一张椅子上坐下。就在这时，有个女人的声音在叫他："吕皮安先生，请过来。我正在打电话。"

声音来自左边那扇门。他走过去，进入一间办公室，里面的装饰很豪华，庄严而亲民，突出了木、铁和水，那是魁北克的主要自然资源。水由一个漂亮的水族箱为代表，亮着灯，鱼瞪着惊恐的眼睛在里面游来游去，无声的嘴不停地张开合上。这也许是选民的象征。

"请原谅，我只需一分钟。"儒诺厅长一手捂着话筒，露出迷人的微笑，指着一张椅子对他说，"请坐。"

热罗姆把公文包放在自己面前，试图装出平静而略微漫不经心的样子，但很难做到，况且被撕破的裤子又在添乱。诺尔曼·儒诺厅长今天穿着一条很漂亮的珍珠灰套装裤，与上衣很配。她打电话的声音非常欢快，无法清楚地知道说话的内容，但她似乎很累。

几分钟后，她挂上电话，叹了一口气：

"忙碌的一天……天天如此……可这是工作的需要！吕皮安先生，您好吗？"

"很好，厅长夫人。谢谢。"

她怔怔地看着他，好像想确定自己的记忆没有弄错。

"请忽略头衔，"她笑着说，"否则会没完没了的。谢谢您抽时间来看我，您也一定很忙。"

"谢谢，夫人。我没什么大事情。"

说这话的时候，他仿佛觉得厅长的眼睛盯着他长裤的右腿处。他慌了神：

"我……对不起，我这副打扮来见您……刚才，我遇到了一个小事故……更确切地说……我在离这里不远的地方想制止一个车夫虐待他的马。我们推搡了一下，他把我从马车上推了下来，我的长裤在我摔下来时被撕破了。但我报了警，警察把他带走了。"

"这么说，"诺尔曼·儒诺笑得很真诚，"您好像很有侠义心肠啊！不过，我倒不是感到很惊讶。我似乎是个不错的面相师……这对我现在从事的这份职业是有用的，您知道——上次您在慈善宴会上被介绍给我的时候，我想我已经猜到一些事情……好了，不谈您在街头打架的事了，我们来谈一谈那个博物馆计划好吗？"

"好的，夫人。"热罗姆把手伸进公文包，迅速打开，抽出资料。

车夫的故事在两人之间建立了一种亲密，热罗姆开始感到放松了一点。

"正如您知道的那样，这个计划引起了质疑，"厅长说，"又有一块瓦片落到了我们头上，让事情更复杂了。事情是这样的，我刚刚得知，韦斯特温打算削减他在7月份高调宣布的预算。理由呢？还是那些：在选举前想全力到达零赤字。这是渥太华最近最关心的事。博物馆的预算显然宣布得太早了。所以——我私下里告诉您，要保密，好吗？——前天，在厅长联席会议上，魁北克的反应很糟糕，争论得非常激烈。人们要我采取谨慎态度，有的同事甚至希望重新考虑我们是否参与，说这个计划名声不好，我们不能把钱花在不得人心的项目上。省长呢，他默默地听我们说话，一言不发。我则看着问卷调查，结果不是太乐观。但在我看来，这首先是一个战略问题：公共舆论是会变的，所以我尽力捍卫这个项目。就是这个原因，亲爱的热罗姆，我想跟您重新研究一下某些细节和数字。"

厅长压低声音向他讲述了这番话，一边说一边笑着看着他。

"她厅里有的是人来做这件事。"热罗姆感到很惊讶，他一直认为加拿大法语文化博物馆这个项目很可笑，是用某种阴森可怕的东西对魁北克人进行侮辱，可以说是对我们集体死亡的正式宣告。但他走进了阴沟，那是因为尽头有什么东西在等待着他——至少他是这样希望的——新鲜空气、自由……以及巨大的回报。所以，他对一位有势力的（三十来岁、充满魅力）女厅长刚才赏给他的这句"亲爱的热罗姆"十分敏感。

"我们去会议室好吗？"诺尔曼·儒诺厅长站起来，"我们可以在那里把您带来的图纸和资料摊开来。据说联邦政府想取消一楼的两个展厅。我想仔细看看。"

"我呢，"热罗姆跟着她，心里这样回答，"厅长夫人，我也有些东西想好好看个清楚。"

他妈的！他的事情能成功吗？

他们走进一个长方形的大房间，里面的桌椅都是桃花芯木的，没有窗。一张长桌光亮可鉴，上面空空如也，就像一个品行不端的证人，面对调查委员会时脑子里一片空白。桌子的两边每边放着五六张椅子。

"我们来看看那些图纸，热罗姆。"厅长用极其友好的目光看着他。

再次听她叫他"热罗姆"，他脸红了。他用一只平稳但有点紧张的手把图纸和资料放在桌子上。厅长站在他身边，想看清全貌。他则开始回答她的问题，提供各种准确的数字和细节。他们的目光经常碰撞。厅长属于那种"传统的冷美人"（但也许很容易热情重燃.），确实很漂亮，如果不是额头有点高，人们还以为她的脸就是从希腊雕像那里搬来的呢！美丽的黑眼睛妆化得很浓，目光灵活，但她一直很矜持，身材像少女一样苗条——是节食的缘故还是练体操的原因？她的乳房很大，咄咄逼人，也许隆过胸。但当她浓密的黑发随着她的提问和发表意见来回飘动，碰到他身上时，热罗姆对她什么负面的印象都没有了。

他很快就发现，她并不是真的想问问题，因为她掌握的资料如果不比他多，至少也不会比他少。她对博物馆事的兴趣也越来越小。

一阵沉默。她向他转过身来，看着他，露出难以察觉的微笑，好像在等待他做出应该做出的决定。时机好像已经到来，只有短短几秒钟，也许以后永远不会再来。于是他一言不发地抱住她的肩膀，去吻她的嘴。她叹了一声，闭上眼睛，热烈地回应他的吻，然后用力吮吸他的舌头，弄得他差点要喊出声来。但他的注意力已经转移到别的地方，透过长裤，他感觉到有只手抓住了他的命根子，快乐地揉捏着。这种令人愉快的亲热让他受到了启发，他让她轻轻地转动起来，想在铺着资料的会议桌上拥有她。以后，这将成为多么精彩的故事啊！

"不，不要在这里，热罗姆，"她挣脱开来，说，"绝对不能在这里做。你知道，这不合适。"她的口气马上又软了下来，同时整了整自己的衣服，"维修工、清洁工，你知道的……我家就在附近，圣弗朗索瓦-萨克维埃路，我们可以步行去那里。我给司机放了假。英俊的小伙子，我请你吃饭。"她抚摸着他的脸，说。

他平生第一次觉得自己像个布娃娃。很奇怪，但并不那么难受。

10分钟后，他们离开了文化厅办公大楼。一路上，他们几乎没有说话。她昂着头，步伐快捷而坚定。有两三次，她不得不停下来，跟某个比别人大胆或机灵的公民说话，他们想问她问题，或是提意见，而她也只能装出热情专注甚至和蔼的样子。热罗姆站在一边，假装观看马路上的什么东西。

圣弗朗索瓦-萨克维埃路409号原先是一个旧仓库，石头建筑，非常大，最近被改造成一个豪华的公寓群。厅长住在5楼。公寓奢华得有点过分，让热罗姆惊讶了片刻，但他很快就重新开始行动，抚摸得越来越激动，诺尔曼·儒诺享受了一会儿这个年轻人的激情，但似乎一直保持着冷静的头脑。她突然建议首先都去洗个澡，她的公寓里有三个洗澡间。他不解地看着她。

"帅小伙，我们还不是太熟悉，你不觉得吗？"

她笑着递给他一件睡衣。

不过，热罗姆可以感觉到，这个新伴侣是心甘情愿的，她虽然很有条理，却性感得不可思议。到了晚上11点，他们已经做了三次爱，前两次之间吃了一个简餐，作为间隙——尽管忙了一天，厅长还是在后半夜要求她的新情人再爱抚她两次。热罗姆想不起来还有哪天比这天更累过。

但他很高兴登上了权力的高峰，哪怕是坐便梯上来的。

他是第二天早上7点30分离开厅长家的。诺尔曼·儒诺一边听广播，一边匆匆喝完一杯浓缩咖啡，然后亲切地把他送到门口，因为对她来说又一个繁忙的日子开始了。电话铃马上就要响起来，电子邮件和短信已经塞满邮箱和手机。

"我们还会再见吗？"最后一吻时，热罗姆问。

"当然，"她笑着回答说，"我联系你。"

回到家里时，热罗姆看到费里克斯正在客厅的长沙发上睡觉，他不是让这个年轻人睡他的床吗？费里克斯很知趣，这让他惊讶，也让他感动，因为，尽管费里克斯还算勇敢（他在波蒂奇的戒毒治疗证明了这一点），热罗姆早就把他划为花花公子一族，可以说是败家子，他们觉得全世界都应该为他们服务才对。

他的回来并没有吵醒费里克斯。费里克斯叹了一声，然后把脸转向沙发的靠背。热罗姆笑了，悄无声响地走到自己的房间，想睡几个小时，以弥补昨晚的折腾。

他摘下电话话筒，想安安静静地睡一觉，就在这时，电话铃响了。是塞弗兰·西科特。

"我终于找到你了。该上班了。我昨晚给你留了三个信息。"

老板的声音紧张而不安，有点尖刻。

"对不起，我关了手机……为了更好地工作。"热罗姆含含糊糊地说。

西科特显然没有明白他的暗示，继续说：

"费里克斯在你家吗？"

这时，费里克斯穿着内裤出现在门口，一个手指放在嘴唇上。

"不在。怎么了？"

"真的不在？"对方有些不客气，"昨晚，我让阿尔玛到你的家附近的街道上寻找，她在你家旁边发现了他的汽车。"

热罗姆做了个鬼脸：

"啊……阿尔玛成侦探了！"

"我再重复一遍我的问题：费里克斯在你家吗？"

"等等。"

他一手捂住话筒，转身对费里克斯说：

"他知道你在这里。阿尔玛昨晚发现了你的汽车。"

"这条母狗！"

"请不要把狗扯进来……听着，你的事情有点给我惹麻烦了。我该怎么办？"

"告诉他我已经走了。"

"这太愚蠢了，他清楚地知道我们在说话。"

费里克斯一手扶着门框，交叉着双脚，有点不知所措，热罗姆则在继续打电话。

"是的，塞弗兰，他在这里……很抱歉。他要我保守秘密。现在，请允许我提醒你一句，我并不想伤害你，你的家庭纠纷与我无关，我有很多别的事情要做，你可想而知。我忙了一个晚上，你知道，我累得要死。我想睡一会儿。如果你觉得没有什么不合适，请你们自己去解决家庭问题。"

电话线那头沉默了一会儿。

"好吧，"西科特的声音软下来，"很抱歉这些事打搅了你。请让他跟我通话。"

热罗姆把话筒递给费里克斯，费里克斯使劲摆手，逃到了客厅里。

"塞弗兰，他待会儿会打给你的。"热罗姆打算去劝劝费里克斯，"眼下他打不了电话。"

"你说的'打不了电话'是什么意思？"西科特不安起来，"他不想跟我说话，是吗？"

这时，热罗姆听见了弗朗西娜·德雅尔莱在西科特背后哭。

"啊，不，完全不是这样，"热罗姆急了，"千万别慌张，好吗？我保证他会给你们打电话的，中午之前，打给你或打给德雅尔莱，行吗？现在，请允许我去睡了。"

他挂上电话，去找费里克斯。费里克斯刚刚穿好衣服，正在叠沙发上的床单和被子。

"你想怎么办？"

费里克斯转过身，眯着眼睛，紧咬嘴唇，好像想增强决心，做出什么艰难的决定似的。

"我去看看公寓。昨晚，我找到了两三个地方。我今天不想给老爸老妈打电话。"

热罗姆站在他面前：

"听着，费里克斯，应该面对事实。鱼与熊掌不可兼得。你需要他们的钱？那就应该跟他们说话。我最多只能预支你几个月的生活费，但以后呢？我觉得你人不错，所以愿意帮助你，但你的事情让我的处境变得有点尴尬，你知道……你已经听到我说什么了。我答应你父亲你今天下午给他们打电话。请给他打电话——如果你愿意，也可以给你母亲打。不管怎么说，你可能需要他们两人当中的一个签字才能得到租房合同。至于我，我困了，我要去睡了。"

他直视费里克斯的眼睛，等待对方的回答。

"好吧，"费里克斯强笑着，"我打电话给我母亲。"

"现在就打？"

"我先到餐馆去吃口饭，我从那里给她打。"

◆◆◆

　　一个星期后，热罗姆一直没有向查理吹嘘自己睡了文化厅厅长，一个迷人的女人，被某些观察家认为是拉布雷什政府的一颗上升的星星。他这么小心翼翼，既是出于谨慎，更因为害羞。他觉得自己漂流到了一个错综复杂的群岛上，一个策划阴谋的群岛，离他觉得应该过的简单、体面的生活越来越远，比如说欧仁妮这类普通人的生活。很快，他们就将居住在极其不同、相隔遥远的世界上，两人之间不可能再进行任何交流与沟通，因为他们讲的将是不同的语言，体验到的将是不同的感情。

　　他曾两次梦到她。模糊而动荡的梦。他只记得一张漂亮的脸，当他气喘吁吁地在狂风中挣扎时，这张坚毅的脸露着微笑，默默地看着他。"我们之间真的完了。"他醒来时这样想。让人恶心的海浪扑到他身上，让他嘴里感到黏乎乎的。

　　费里克斯听从了他的建议，事情解决得不错：他和父母心照不宣地和解了，父母同意他离家。他很快就用父母的钱搬到了加蒂诺路的一个三套间，离大学不远，就在热罗姆的住处旁边。弗朗西娜·德雅尔莱委托热罗姆暗中照看她儿子，热罗姆答应了，"在可能的情况下"，但他打算什么都不做，或几乎什么都不做，因为他觉得费里克斯的做派比父母好。

　　他的主要任务，是成为儒诺厅长"不可替代的密友"。这一任务使他获得了行动自由，这是他最喜欢的，因为这样他就可以缩短待在办公室里的时间，不管理由是否充分。

　　他和诺尔曼·儒诺厅长约会后的第六天，下午3点左右，他接到了厅长的一个电话，当时，他正在办公室里跟塞弗兰·西科特和弗雷迪·佩托扎开会，讨论混凝土及其官方价格和实际价格。由于双方都很贪婪，气氛有点紧张，但西科特和佩托扎都装出一副和气的样子，试图加以掩饰。

　　"喂？"热罗姆的声音有点疲惫，"啊！是你啊，你好！"他的脸突然放光了，声音温柔得让西科特和佩托扎狡黠地交换了一下目光。

他站起来，做了一个不好意思的手势，回到自己办公室，关上门。

"我10分钟后离开魁北克城，傍晚到达蒙特利尔，不知道你晚上是否有空？"

"厅长大人，您知道，只要您需要，我随时候命。"热罗姆巴结道，带点开玩笑的口吻。

"亲爱的，别喊我的头衔，我呢，也不跟你打官腔了。我想我们7点钟可以在波拿巴饭店吃饭。那里离我家很近。你方便吗？"

"很方便。"

"那就7点见。"

此时才3点30分，但热罗姆想趁机溜号。他回到老板的办公室，推开半道门缝：

"对不起，我得走了，"他态度坚决地对西科特说，"有件急事。"

西科特不动声色，用力点点头：

"有什么事通知我好吗？"

他的眼睛里跳动着一丝轻佻的光芒。

"当然。"

佩托扎猜到了什么东西，斜睨着向他怪笑。

热罗姆决定利用他获得的几小时自由时间去买旧书。但他刚刚发动汽车，手机就响了。还是诺尔曼·儒诺打来的。

"啊，很高兴能找到你，热罗姆。很抱歉，我遇到了一件急事。我们可以把约会推迟到明天吗，同样的时间和地点？"

短暂的沉默之后，热罗姆才回答说：

"当然可以。"

"我们有时不得不过这种疯狂的生活，"她叹了一口气，"你不会太恨我吧？"

他笑了：

"我为什么要恨你呢？"

"好了，我要挂电话了，有人叫我了。拥抱你，明天见。"

热罗姆在方向盘前愣了一会儿，感到非常失望，这让他自己也很吃惊。但想到要回到西科特和佩托扎那儿去，他就又发动了汽车，开远了。他不想再去买旧书，他朝家里的方向开了几分钟。天空阴暗下来。天边出现了一道沉重的乌云，咄咄逼人。暴风雨在远处形成，向蒙特利尔扑来。晚上该怎么办？

他决定打电话给查理，便在人行道旁边停下汽车。

"喂，是我。"那个熟悉的声音有点跳跃，在解决问题的技术员的声音。

"你好，是我。"

"原来是你。"查理开玩笑道，"吕皮安先生从高处下来跟良民说话了。我配得上他的召唤吗？"

"别开玩笑了，查理。你今晚有空吗？我们可以去吃点东西然后去看电影么？"

"你运气真好！我今晚刚好有空，马蒂娜7点钟要去上芭蕾舞和爵士乐课，所以……哎，你是什么意思？出什么事了？你那里有人扫冲锋枪？"

暴风雨来了，大雨倾盆，落在车顶，噼里啪啦的。

"到窗口看看，你就知道怎么回事了。"热罗姆大喊道。

"你说什么……车间里没有窗户。哦，原来是暴风雨。"

雨越下越大，他们又通了几句话，查理便挂了电话，被人喊走干活去了。但在挂电话之前，他们约好6点在圣德尼路的里昂蛋糕店见面，离拉丁区的电影院只有一步之遥。

他们在饭店尽头雨水哗啦啦流的玻璃顶下面畅谈了很长时间，差点误了看电影。

"我干了那事。"喝了一口摩卡咖啡后，热罗姆说。

他仰坐在椅子上，一副得意扬扬的样子。

"什么干了？"查理嘴里塞满了腌三文鱼三明治，含混不清地问。

"上星期，我去了儒诺厅长那里。"

其实，他已经暗自发誓此事要再保密一段时间，但见自己的好事

（因为他急需做爱）被推迟到第二天，他很失望，也许是见自己被当作小小的玩具，别人随意移到东移到西而感到生气，他想立即虚荣一下，让自己开开心。

查理瞪圆眼睛，停止了吃东西，差点喘不过气来：

"你骗人。"他终于哑着嗓子说了一句。

"哥们儿，我一点都不骗你。上星期三之前……那个漂亮的诺尔曼，真是个女妖……你想都想不到！10个小时内，做了6次爱。简直是赤道旋风。"

"小心不要让那玩意儿太累了，"查理嘲笑道，"否则会被阉的。"

"别担心，我把握得住。"

查理拿起一瓶矿泉水，给自己的杯子倒满（现在，他很注意自己的身材）：

"你什么时候再去见她？"

"明天，除非约会取消。我们本来今晚见面的。"

"原来如此，我成了你的'备胎'了。"

热罗姆斜着脑袋，抬头看着天花板，好像在说："不是。你真是胡说八道！"

"你的那个文化厅长，你这个月打算睡她多少次？你有相关的计划吗？"

"没有，看情况……当然，也是看那位女士有没有时间。"

"你在扮演小白脸的角色？"

热罗姆咬着嘴角：

"傻瓜，我这样做可不是为了金钱，也不是为了图快乐——尽管我得承认厅长的床上功夫不错……我这样做，正如我对你说过的那样，是为了获得信息，它能粉碎西科特伙帮，也许还能让这个腐败的政府难受一段时间。"

"我英俊的小天使，你想过没有，她跟你睡觉，也是出自相似的理由，只是方向相反罢了。虽然她跟你的老板相勾结，但大家都知道，在这个领域，谁也不会真正相信谁。所以她可能借助你来获得某些信息，核实某些细节。不是吗？"

"我可从来没有这样想过，"热罗姆嘲笑道，"你嗅觉太灵敏了！有你这样的朋友，我真是太幸运了。"

"你爱怎么开玩笑就怎么开玩笑吧！但是老兄，跟你打交道的不是一个小学生，你的儒诺厅长是个职业曲棍球球员。如果我跟她交往，我呀，我希望脑后再长一只眼睛。"

热罗姆在桌上俯过身来，神情严肃，目光炯炯，坚决地说：

"查理，这正是我想跟你说的。当然，眼下，我还不知道事情会怎么发展，但我也许很快就需要你的专业技术，你明白吗？"

查理脱口而出，说了个"好"字，既怀疑，又有点讨好的味道。

"到时候再说吧，如果真有那么一天。但别让我在她家的浴室里安装窃听器或在她胸罩里放跳蚤。"

"胸罩的事就由我自己来做吧！"

"不过，我也许能帮助你破译密码，打开文档或类似的东西。但在这方面，我同样也不能打百分之百的包票。那些政客鬼得很。"

雨已经停了，取而代之的狂风，让车窗玻璃上的雨滴被拉长拉细了。

这时，热罗姆突然想到，在朋友当中，谁都应该有机会晒自己的幸福，于是，他一把抓住查理的前臂，问：

"你一直爱马蒂娜吗？"

查理的脸放光了，就像小男孩看到奶油白菜。

"啊，热罗姆，你真不知道她有多可爱！我从来没有见过她那样的女孩！真的。"

他开始眉飞色舞、滔滔不绝地赞美起他的女朋友来：她活泼、镇定、大方、迷人，像小鹿一样优雅，快乐而滑稽，能把殡葬队都逗笑。马蒂娜身上的一切都让他喜欢。他惊讶自己在他家旁边的那家咖啡店第一次见她时，怎么会更喜欢她的朋友的。

"你想想啊，20多分钟后，我才意识到坐在我身边的是个尤物，我告诉过你，她直接来自人间天堂。"

"这可太难得了。"

"我们肩并肩坐在一起，有时，我们的臂肘会不经意地相碰，但我看的是另一个女孩，那女孩坐在我对面，当然，她也很不错，但是……当我真的睁开自己的眼睛时……"

他说不下去了，激动得嗓子发紧，陷入幻想之中，嘴唇上浮现出抹不去的微笑。热罗姆从来没有见过他这样，不禁有些妒忌。

"那个禁果，你们一起尝味道好吗？"

"啊，老兄啊，老兄，"查理答道，"我都不知道该怎么跟你说。我不知道……"

但10分钟后，热罗姆就不得不打断他，否则他会一直抒情地描述他女朋友漂亮的小脚，一见到她就会让人目瞪口呆。

"查理，我们该去看电影了。广告片应该差不多放完了。"

查理站起来，一言不发地跟着他走了，脸上露着笑容。

11月中旬，被议会会议弄得疲惫不堪的诺尔曼·儒诺要热罗姆周末去魁北克见她。他同意了，并马上告诉了塞弗兰·西科特。西科特揉着双手：他们的关系有进展，这让他感到很高兴。

"好像真的在谈恋爱了，嗯？如果你愿意，那就在那里多待几天，费用我来负担。有趣吗，年轻人？"

热罗姆笑了：

"不管怎么说，我没有感到厌烦。"

"据说她在床上欲望很强？"西科特出于好奇，问。

"这倒是真的，前提是精神状态要好。"

"我不为你担心，你应该已经得手了……眼下不要谈生意。那件事迟早会浮出水面的，这是当然的……慢慢来，让它水到渠成。首先要获得她的信任。"

"这我知道得很清楚。"热罗姆扭过头，说。

他感到自己脸红了。西科特谨慎的建议让他确信，如果有必要，他们会牺牲他的爱情，把他当作阴谋活动中的诱饵。

西科特仰坐在椅子上，带着动人的微笑，依然看着他。老板喝多了？把他当作傻瓜了？西科特好像并没有意识他的这位助手有些苦恼。电话铃响了，热罗姆趁机离开了他的办公室。

和厅长共度的周末后来延长了三天，热罗姆直到星期四上午才回蒙特利尔。当他说他将在魁北克再待几天时，诺尔曼·儒诺露出了欢笑。

"我需要假期，我想跟你一起过。"

"我巴不得呢，热罗姆。但我们傍晚才能见面，我得工作啊。"

他跟厅长的关系让他感到越来越惊奇。有时，她好像真的爱上了他，那时，她会显得非常专注、可爱甚至温柔，他无法做别的解释。有天晚上，他对她说，他喜欢左拉，想弄一套好版本的左拉全集。第二天，他睡了个懒觉，因为跟厅长做了一场爱，让厅长去议会之前不得不重新化妆。门铃响了，一个送货员给他送来写着他名字的包裹。他打开一看，开心地大叫起来：诺尔曼·儒诺给他买了"七星文库"[1]五卷本的《卢贡-马加尔家族》。

她从来不跟他谈政治，也不谈公事，所以他对她的了解非常有限，只知道她出生在里维埃杜卢的一个贫寒家庭，25岁时她就离婚了，流过一次产，有个哥哥，是特殊教育老师，还有个妹妹，但姐妹俩关系不好。

但当他还想知道得更多一些时，她就皱起眉头，改变话题了。总之，在大多数情况下，很难跟她进行长时间的谈话，除非是在傍晚，因为她整天生活在来往奔忙、发送邮件和电话交谈中。"让人讨厌的生活"，热罗姆心想，"我宁愿当个公共汽车司机。真的。"

尽管大家都知道这位女厅长很花心，但她不可能同时拥有几个男人。她去哪儿找时间？可也别指望长期拥有她，最多只能在这短暂的艳

---

① 法国伽利玛出版社出版的豪华精装版丛书。

遇中让她忠于他一个人。这又是一个要加快行动的理由。

3年前，她在魁北克老城的圣于絮尔路租了一个漂亮的套间，离国会山很近。那栋建筑建于19世纪初，早就被有钱人占据，后来，艰难时期来了，房东不得不把它们租给经济条件一般的人。房子慢慢地破败了，可以说处于废弃状态。1985年，一个房地产开发商勉强救了它——他确实有点违心——根据魁北克老城新规定的要求，花巨资改造了它。此时，魁北克城刚刚上了联合国教科文组织的世界文化遗产名录。

公寓里温暖、舒适、宽敞，最新的设施应有尽有，高高的吊顶，裸露的梁柱，古老的壁板，橡木地板……一天晚上，他们喝得有点多，诺尔曼·儒诺告诉热罗姆说，有些晚上，她好像觉得过去的风流鬼都回来了，想继续过他们已经消逝的生活。

"不过，"她笑着补充说，"我对神秘学丝毫不感兴趣。真的。"

"也许是你的内疚变成了幽灵的形状。"热罗姆开玩笑道。

厅长的脸一下沉了下来：

"什么内疚？"她不客气地回答说，"我没有任何东西好自责的。"

她的眼睛里投射出阴郁的光芒。

"好了，诺尔曼，我是说笑的。"热罗姆辩解道。

那天晚上，他发誓再也不贸然提这类事了。

查理提醒得对，厅长也许跟他一样，心里另有企图。这一提醒他一直记在心里，如果此事对他有利，他随时都准备背叛这个老板。但直到现在，没有任何迹象表明，厅长见他，除了想得到床笫之欢外，还有别的目的。

一段时间以来，他们的关系变得随便起来，他有时甚至显得有些失礼，但这似乎让她放下了繁重的工作。一天晚上，她悄悄地问了他两三个问题，想知道西科特的日常生活和罗兰·多祖瓦（即"穿颅者"）在西科特夫妇收购巴拉德罗的伊波罗之星酒店中所起的作用，但没有再深入问下去。热罗姆因此觉得，她这样问不过是出于好奇心而已。

几个星期过去。现在，11月已过去了大半个月，热罗姆所投入的"间谍"工作至今毫无收获。在跟厅长的聊天中，他所获知的一切，就是她的迅速上升似乎跟她与拉布雷什省长的一个秘密协议有关，而这个协议似乎是一种敲诈的结果。事情究竟是怎么样的，他一点都不知道。

11月底的一个星期五晚上，他觉得突然明白了真相。那天，他们在波拿巴酒店晚餐，喝了很多酒，直到10点左右才离开。诺尔曼·儒诺回到家中，甚至连大衣都没脱，就径直来到客厅，打开电视机，倒在椅子上，神情有些不安。这时，新闻公报开始了。

她刚刚度过了艰难的一周。

两天前，为了捍卫絮尔皮斯人出让自己的土地，要来建设加拿大法语文化博物馆的决定，她发表了一个笨拙的声明，让反对派大为震怒。人们要求没有文化的文化厅长辞职。有个众议员说她"没有能力保护遗产，因为她不知道怎么办"。推特和脸书上也都是批评意见，一片骂声，报纸虽然克制得多，但也说了不少尖酸刻薄的话。

那个星期五，快到中午的时候，让-菲力蒲·拉布雷什从厅长联席会议出来时，受到了几个记者的询问，因为诺尔曼·儒诺拒绝回答他们的问题。拉布雷什略微辩解了几句就溜了，他的温和让大家很惊讶，有些人认为这是撤回决定的迹象。

诺尔曼·儒诺咬着嘴唇，听着新闻公报。热罗姆惊慌地坐在沙发上，一言不发，轮番看着电视和情妇的脸。

10分钟过去，就在厅长开始希望别人能在那天晚上放过她的时候，让-菲力蒲·拉布雷什身边围着记者，突然出现在屏幕上——流言蜚语又来了！她用按了一下遥控器，关掉电视，面目凶狠地嘟哝了几个字。

"你觉得他们会把你拉下来吗？"热罗姆问。

如果没有喝酒，他是不敢问这个问题的。

她嘲笑道：

"别担心……我这里有自卫所需的一切。"

"这里？"

"这里……别的地方一样。"

她站起来，说：

"你能去把我的大衣挂起来吗？我想去淋个浴。我累了。"

热罗姆不得不重新在办公室正常上班，但当诺尔曼·儒诺在蒙特利尔的时候，他有时会把周末延长一点。总之，不这么做有可能会引起怀疑。西科特把加拿大法语文化博物馆这个项目交给了他，说要把奥利维埃从巴拉德罗叫回来，因为另外两个"项目"刚刚落实，现在人手不够。所以，一段时间以来，热罗姆的情绪降到了冰点。

　　某个星期一上午，10点30分左右，他跟诺尔曼·儒诺又度过了一个三天的周末，来到办公室。经过弗朗西娜·德雅尔莱门前时，他被叫住了：

　　"喂，花花公子，你好吗？"

　　她的声音中有粗鲁的成分，连她夸张的笑容也显得有些无礼。她弯着腰坐在椅子上，手镯闪闪发亮，双手放在扶手上。

　　"挺好的，你呢？"热罗姆装出洒脱的样子，想掩饰自己的不安。

　　他悄悄地斜睨了一眼，想知道阿尔玛是否在隔壁办公室。

　　"亲爱的，我派她买东西去了，你放心吧。谁也听不到我们说话的。"

　　他耸耸肩，好像在说他不懂她在暗示什么。

　　"周末的生活很充实吧？厅长也是？"

　　这种风趣话显得很粗俗，他不禁睁大了眼睛，脸也红了。

　　"塞弗兰不敢对你说，那就我来说吧！我们觉得结果让人期待得有点太久了……天哪！我这辈子从来没有付这么多钱让谁跟别人这样睡过觉。"

　　他生气地看着她：

　　"据我所知，我的周末属于我自己，"他反驳道，"你不用付钱。"

　　"是的，我很愿意，我的小宝贝，但属于你的周末往往从星期五中午就开始了，直到星期一……你知道现在几点了？"

　　她用指头指着自己的手表。

　　他一阵狂怒，差点就要当着她的面对她说，他知道她跟她丈夫一道给他设了什么局，只是，想到这可能会给费里克斯造成伤害，他才忍气吞声。

"弗朗西娜,我有个简单的办法可以解决这个问题:你另外找个人去跟那个女厅长睡觉。"

说完,他转身离开,走进自己的办公室,一屁股坐在椅子上,神情沮丧,两眼泪水,双手发抖。

"母狗,老母狗!"他嗫嚅道,"现在,她用侮辱我来取乐了。婊子,算你运气好,你有一个比你好得多的儿子……放心吧,我不会再在这里腐朽太久的。你小心点!"

他打开电脑,点开文件,但两分钟后仍无法集中注意力,于是站了起来,走到窗前,背着双手,紧紧抓着,绞着指头。

一个老人,戴着褐色的帽子,嘴里叼着烟,弓着背,正在打扫花园,并不时停下来,看一只松鼠在老丁香树丛中疯狂地跳来跳去。

这时,门开了,他听出是塞弗兰·西科特的脚步声,但没有转身。

"热罗姆,出什么事了?"

西科特的声音粗大刺耳,他想设法变得热情一些,有点同情心,但没能做到。

热罗姆的肩膀一阵颤抖,但他什么都没有说。

"是这样,我刚刚碰到弗朗西娜了。你们吵架了?……可你看着我!我好像在跟木头说话!好了。"

热罗姆终于转过身来,固执地说:"我再也不想跟你老婆说话了,她无缘无故地骂我。厅长那边的事,我把它还给你,你另找人去干吧,我到此为止了!"

西科特一副担忧的样子,脸皮都皱了起来,所有的线条都向嘴边聚拢过去:

"好了好了,我们都不要犯傻了,好吗?弗朗西娜说话没经过大脑思考,她甚至要向你表示道歉呢!这可不多见。就这样了吧!热罗姆,你想知道事情的原委吗?事情的原委,是费里克斯。是的,是费里克斯!她为他担心死了,还以为是你鼓动他离家出走的。"

"不,是他自己来我家的。顺便说一句,当时还给我带来了麻烦。"

"好了好了，我相信你，不要再说了……热罗姆，你知道当母亲的都是什么样的：保护幼狮的母狮子。"

"我可不想被你的母狮子抓挠，况且，我也没做错什么。你听到了吗？我什么都没做错！"

"我知道，你刚刚对我说过。翻篇了，好吗？"

热罗姆又看着花园。他的怒火平息了，但努力不表露出来。这是巩固自己地位的一个好机会，因为不管西科特怎么说，他感到自己的地位开始下降了，老板娘的退让只是权宜之计。

"我们翻篇了？"西科特重复问道。

他抓住热罗姆的双肩，把他拉向自己，直盯着他的眼睛。

热罗姆强笑着，只好点点头。

"那好，一言为定。"

他们紧紧地握了一下手。

接着是一阵沉默。

"让德龙老头扫完院子了？"西科特大声地问，他觉得有必要换个话题。他走过去朝窗外扫了一眼，"我看不见他了，他应该在屋子的另一头。"

然后，他走回热罗姆身边：

"我们可以说一分钟的话吗？"

没等回答，他就在一张椅子上坐下，热罗姆也走到自己办公桌后面坐下来。

他说出了一个想法，作为开场白：

"热罗姆，我想不起来，在我的整个职业生涯中，曾这样跟我的一个员工谈过话，也就是说，我对你的这种尊重……弗朗西娜也跟我一样尊重你，不管你是否相信……女人的性情有时变化无常，你有什么办法？那时，她们什么话都说得出来。一只耳朵进、一只耳朵出吧，你不要放在心上。"

热罗姆尖刻地说：

"不管怎么样，我受到了严厉的斥责。"

"他到底想干什么？"他心想。

这时，西科特突然把手伸进上衣口袋，然后同样快地抽出来：

"我从早上起就头痛，"他叹了一声，一副痛苦的表情，"如果我不克制自己，我会把整瓶泰诺都吃完的……应该是精神紧张，太紧张了……职业不易啊，你我都如此。"

"弗朗西娜似乎也不易。"热罗姆补充道，一副嘲讽的样子。

"当然，她也不容易，不容易……听着，热罗姆，不要嫌我啰唆，我想再次向你保证，关于你在儒诺厅长身边的任务，你我都已经很清楚。我从来就没想等你给我一个具体的结果，你明白我的意思吗？至少是现在如此。唯一重要的事情，是你正在跟她建立的联系。明白吗？"

"这一点我永远明白，塞弗兰，但我不确定弗朗西娜是否明白。"

西科特激动起来，大声从鼻孔里哼了一声：

"别提弗朗西娜了，好吗？"

他咄咄逼人地竖起食指：

"你是跟我做事，不是跟她。明白吗？"

热罗姆觉得自己有点过分了。应该让步，至少也要装出让步的样子。

"明白了。"

"很好。"

西科特分开双腿，手放在膝盖上，轻轻地抬起下巴，表明将宣布一件重要的事情：

"热罗姆，你被厅长看中，这是一个千载难逢的机会。像我这样的老东西是不敢奢望遇到这种好事的，当然，奥利维埃也不可能——不是我想贬低他。这种机会要感谢你这个英俊小伙子的……容貌，你的魅力，是的！和你的……怎么说呢……你的本领。是的是的，用词应该准确！你为什么露出这副样子？我又不是在引诱你，我们是在谈公事！"他笑着大声地说。

他又不自觉地把手伸进上衣口袋里，生气地低怨了一声，然后一脸忧虑地说：

"你们的爱情将持续多久，没有人能预料得到……但我们知道你的位置或迟或早要让给别人。诺尔曼就是这样一个人，谁都没有办法……"

这时，外面传来一个沉闷的声音，接着是一声咒骂。奥斯卡·让德龙在工具棚里遇到不顺心的事了。

"两个星期以来，有消息说拉布雷什很快又要对厅官进行调整，诺尔曼·儒诺将被任命为市政主管，对我们来说，这个位置显然要比文化厅厅长有用得多。像博物馆这样的项目，能碰上一次就谢天谢地了……她一点都没有向你透过口风？"

热罗姆摇摇头。

一阵沉默。

"如果我听说过，塞弗兰，"热罗姆解释说，"我肯定会告诉你的。"

"那当然，"西科特使劲点头，"啊，天哪，问题层出不穷……你想想啊，参议员弗雷迪·皮克——一个保守党党员，跟佩托扎干仗了，指责他勾结一个供货商……还有一个坏得流脓的家伙没分到自己的那一小块蛋糕，想不择手段地进行报复……诺尔曼跟你讲过吗？"

热罗姆又摇摇头。

塞弗兰·西科特站起身来，笑着对他说：

"你工作吧，我走了。稍后再见。待会儿一起吃饭好吗？"

"随你的便，塞弗兰。"

热罗姆久久地坐在办公桌后，一动不动，茫然地盯着电脑屏幕。西科特的赞扬和亲密表示，让他在老板说得很巧妙的话中感觉到一种微妙而热切的鼓励，让他继续跟女厅长睡觉。

他实现自己计划的时间可能不太多了。

当晚，热罗姆在家附近的一家餐馆里用完晚餐时（当他忧郁或不安的时候，他习惯这样），接到查理的一个电话，让他激动不已。

"你想听一个好消息吗？"

查理的声音很兴奋，充满喜悦和惊讶，好像不敢相信自己要说的话。

"出什么事了？"

"你猜。"

"行了，别卖关子了。"

"欧仁妮刚才打电话给我，打听你的消息。"

一阵沉默，让查理仿佛听到了无与伦比的帕瓦罗蒂所唱的《我的太阳》中的六七个节拍。他从餐馆方向感觉到了一种特别的爱。

"如果这是一个玩笑，"热罗姆脸上的表情慢慢地放松了，"查理，这将是你开的最糟糕的一个玩笑。"

"怎么会呢？我永远也不会跟你开这种玩笑，"查理不高兴了，"我不会连这样一点良知都没有吧。我发誓！"

于是，查理讲述了他跟热罗姆的旧情人谈话的情况。欧仁妮打电话来的借口是（因为她显然需要一个借口），她家中电脑的老毛病又犯了。查理在布拉格咖啡馆跟她见面时曾提起过自己是"微店"的技术员，她从中找到了一个完全说得过去的理由，不是吗？他们谈了一刻多钟电脑的事，然后约了见面的时间。但他一开始就觉得欧仁妮的声音中有种奇怪的东西，声音在颤抖，似乎带着泪水，对方装出若无其事的样子，努力克制内心巨大的激动，就像高压锅的盖子拼命与涌出来的蒸汽做斗争。接着，那个问题似乎漫不经心地提了出来，人们想结束一场友好的正式会谈时，往往会亲切地这样随口问一句：

"哎，你的那个朋友热罗姆怎么样了？"她想装出不经意的样子，但在查理的耳朵里，这无异于一声炮响。

"你是怎么回答的？"热罗姆急切地问。

"我回答了我该回答的：你挺好的，你现在很忙，我们往往没有时间见面。换句话说：什么都没说，或几乎什么都没说。这样你就可以自己去完善和补充了。"

"她没有再问什么？"

"没有。"

　　他沉默了一会儿，让帕瓦罗蒂去唱《格拉纳达》①。

　　"我觉得你搞错了，"热罗姆最后轻声地说，"如果她是这样问你，没有别的了，那仅仅是因为她知道我们俩熟悉。你把自己的想象当现实了，就这么回事。"

　　"我却认为你在乱说。动脑子好好想想，蒙特利尔至少有400个技术员可以修好她的电脑，她或她周围的人应该认识其中的几个。即使没有，她也可以三分钟就找到一个。可她怎么做了呢？她打电话给唯一不幸地认识你的一个技术员。哪怕头脑再简单的人也知道是什么意思，热罗姆。"

　　"你什么时候去见她？"

　　"后天。但你可以代我去，热罗姆。我敢肯定，她的手提电脑可以等几天。"

　　"指望我？"热罗姆嘲笑道，"查理，你不会是吃了违禁品了吧？"

　　"嗯……让我看看……我今天吃的有点奇怪，一小袋圣体饼边角料，那是傍晚时我在小卖部买的……好了，别用这种口气跟我说话了，天杀的！"查理突然激动起来，"听到我给你带来的这个好消息你不高兴？你的爱人在想你！不仅如此，她还希望让你知道这一点。你还想要什么？诺贝尔文学奖？一千万元的头彩？"

　　这时，他听见电话线那头传来一声沉重的叹息，夹杂着《格拉纳达》最后的音符：

　　"请原谅，查理……谢谢你打电话给我……但这只能让已经无法挽回的局面变得更加复杂。"

　　热罗姆的声音中充满了苦恼，让查理不知道该怎么回答。他嘟哝了一句几乎让人听不见的"祝你好运"，便挂了电话。

───────────

① 墨西哥作曲家奥古斯丁·拉拉1932年专门为西班牙城市格拉纳达所写的歌曲，帕瓦罗蒂在1998年世界三大男高音巴黎演唱会上演唱过这首歌。

◆◆◆

　　这个星期好像过得很慢，漫长得像是在看牙医。热罗姆天天打电话接电话，大部分电话都没什么结果；参加一些往往都不了了之的讨论；外出，到这里那里打听消息，但没有什么大收获。这样很好，因为这份不光彩且有害的工作，他是为那两个他希望他们破产的人而做的。可是，一份工作，如果干起来毫无乐趣，自己丝毫不感兴趣，只有仇恨和厌恶，这该有多么可怕啊！只有复仇的愿望能让他找到工作的力量。他希望，这种复仇能让他恢复自尊。

　　他老是有一种巨大的恐惧：西科特或是他老婆（他尽量避开她）猜到了折磨着他的这种痛苦。在这种阳奉阴违的复杂环境中，这个行业应该早就教会人们如何在别人身上发现这种两面性。这是决定能否生存下去的大问题。

　　终于到了星期五晚上。诺尔曼·儒诺上午就到了蒙特利尔。5点30分的时候，她离开了办公室，头脑里嗡嗡的，她会见了无数公民，现在急于见到热罗姆。热罗姆已经乖乖地在她所住大楼的客厅里等待。

　　热罗姆将在这个周末遇到一些让他不敢相信的事。

　　他有时向诺尔曼·儒诺抱怨说，由于没有钥匙，每当她不能按时回来（这事经常发生），他就不得不像送比萨饼的人一样在楼下大厅里踱来踱去，但每次她都打哈哈或变换话题搪塞过去。

　　星期五晚上，她准时到了。看到热罗姆时候，她脸上的微笑瞬间抹去了所有的疲惫。

　　"亲爱的，你看，我有时还是能准时的。"

　　自从他们开始交往以来，她还是第一次叫他"亲爱的"。他感到有点吃惊。电梯里没有别人，于是他们紧紧地拥抱，热罗姆突然感到有人把一个金属的东西塞到他手里。

　　"拿着，这是你要的钥匙。我把心都交给你了。"她笑着说，"从今天开始，你在等我的时候可以把比萨饼放到炉子里烤。你满意了吧？"

　　他们到了所住的楼层，有个职员在走廊里吸尘，但这足以影响他在门口亲密地抚摸她以表示自己的谢意。

前半夜、后半夜以及接下来的两天，两人都感到特别满足。厅长从来不怕私下有时甚至当众显示自己反复无常的性情，现在却表现得甜蜜可爱。她以极需休息为借口，把所有的电话都转到了她的办公室主任那儿，并专门吩咐，除非有紧急情况，一律不要打搅她，而现在根本就没有紧急情况。

他们穿着短衣短裤，在高保真的超大屏幕上看英格玛·伯格曼的《芬妮与亚历山大》系列全集，跳过某些段落，专看做爱的场面，以便跟北方寒冷地区的忧郁做斗争。整个周末都由一家饭馆给他们提供一日三餐，食物精美得无与伦比。热罗姆喝了两三瓶他早已耳闻却一直没有机会品尝的红酒。

"你疯了，诺尔曼！"他大叫起来，这种浓情蜜意让他感到很不好意思，"你会破产的！"

她笑了：

"那就由你来养我咯。"

这种快乐时光跟他在西科特的办公室里度过的地狱般的一周，对比何其鲜明！

星期天傍晚，让他最惊讶的事情发生了：诺尔曼·儒诺准备回魁北克城，她打算晚上10点到达那儿，司机随时会打电话来。最近几天的狂欢让热罗姆有点累，他在卧室里打盹，做爱的气息还在那里飘荡。

她梳妆完毕，准备出发，来到卧室，坐在床边。热罗姆突然坐了起来：

"哎，你真的要走了？我得穿上短裤。"

"急什么？"她强迫他重新躺下，"傻瓜，我给你钥匙不是没有原因的。"

她让他重复了两遍大门的密码，确保他已经记住。

公寓的什么地方响了铃声：她的司机已经在楼下等了。他们拥抱了一会儿，她站起来，离开了卧室，然后又回头漫不经心地对他说了一句：

"哦，我想起来了……节假日你干什么？我有几个朋友邀请我去巴哈马群岛做海上旅行……一艘漂亮的游艇！你愿意陪我去吗？"

他瞪着她，惊讶得都愣住了，让她哈哈大笑：

"怎么了？受打击了？"

"没有……只是，我……"

铃声又响了一下。

"我们以后再说吧！再见，别忘了，乖乖的。"

她很快就走了。

他坐在床上，双膝顶着前胸，睡意全无。他思考了很长时间，嘴唇时而紧咬，惊恐的目光扫视着房间，也许可以据此追随着他的思路。

诺尔曼·儒诺刚才向他表示，想公开他们的关系。如果她没有爱上他，她至少也发出了一些信号。她把家里的钥匙给了他，由此表现出对他的巨大信任。

发生了什么事？成功不仅超过了他的预期，也超出了他的所需！本来已经很复杂的情况现在变成了迷宫。他跳下床，赤身裸体地躺在宽敞的客厅中的一张椅子上。

粉红色的大理石壁炉中，燃烧的柴火终于熄灭了，壁炉上放着一幅卡纳莱托①的仿作：《从里士满大厦看泰晤士河或伦敦城》。

现在，他可以随意搜查公寓，寻找能够揭露丑闻的证据，搞倒西科特夫妇，让拉布雷什政府陷入难堪境地，但这也有可能让他的情妇名誉扫地。

如果这种证据确实存在，也有可能并不在这个公寓里。不过，他惊奇地发现，动手做这件事并没有给他带来多大的快乐。通过背叛另一个似乎真诚地爱我们的人来报复别人对我们的背叛，这太下作了。然而，这不是他一开始就制订的计划吗？当然。只是他没有预料到这种"意外的爱情"，它历来都会把世界搞得天翻地覆。

应该重读马里沃②的书。

---

① 卡纳莱托（1697—1768年），意大利风景画家，尤以准确描绘威尼斯风光闻名。

② 马里沃（1688—1763），法国18世纪著名的古典喜剧作家。

他做了什么，为什么会处于这种境地？他什么都没有做，仅仅是因为事情就是这样。生活中无情的偶然突如其来，让我们落入其中，借以提醒我们，它原本就很冷酷。总之，他庆幸自己没有听从查理催他立即联系欧仁妮的建议。要命！否则他将如何向她解释并且让她接受他所陷入的混乱？

他久久地凝视着炉膛里的柴火，灰烬慢慢黯淡，不时发出噼噼啪啪声，就像是一声声轻叹。然后，他抬起头，望着卡纳莱托的画，这个著名画家离开了阳光灿烂的意大利，前往寒冷多雾的伦敦，某帝国的首都，可以说，魁北克人当时还是它低微、顺从的臣民。

他想喝啤酒，于是站起来，去了厨房。

突然，他感到一阵醉欢，停下脚步，喃喃地说："热罗姆·吕皮安，你这个小人物，还是自己去照照镜子吧，你有什么可抱怨的？在这美好的星期天晚上，你光着身子在文化厅厅长的家里走来走去，就像在自己家里一样。她把家里的钥匙给了你，现在正一脸严肃地坐着豪华轿车赶往魁北克城。但她的这种神态一点都不重要，因为她疯狂地爱上了你，我的小伙子，她完全爱疯了！这个厅长的头脑里正在数还有多少个小时才能再见到你。下周，你将从晚上6点到早上9点可爱地躺在她的床上，坐在客厅的地毯上，坐在这里，坐在那里，坐在任何地方。我的热罗姆，更大的考验我们都经历过了。羡慕你的人可不止一个！"

他开始原地跳起舞来，他们嬉闹的场景一一浮现在眼前，他感到自己的肌肉有点僵硬。

他的太阳穴有点疼，他不得不停了下来。这两天，他酒喝得太多了，但这并不妨碍他喝啤酒，因为他太渴了！他喝了一大口，大声地呼了一口气，然后用舌头舔舔嘴唇，疼痛感消失了。

他来到一个小房间的门口，那是诺尔曼·儒诺的书房，门半开半掩。他从来没有进去过，因为她很少进去，进去也是为了收发邮件。所以，谨慎起见，他克制住自己的好奇心，没有进去。

突然，他觉得好像看清了这个谜：他的情妇为什么对他的感情发生了变化。

在这之前，出于战略考虑，他一直避免跟她谈论"正事"，也不想装作若无其事的样子，从她那儿骗取对他的老板有用的消息。毫无疑问，他很看不起他们。他对政治一直没什么兴趣，很少接触这个话题，她也几乎从来不谈。他把这个小小的个人调查留待以后，当他觉得完全获得了她的信任以后再说。但不管怎么样，他必须多多少少给西科特夫妇提供一点信息，但这仅仅是为了不被炒鱿鱼。但那个星期一上午，弗朗西娜·德雅尔莱表现得太粗鲁了，她心急的结果是让他什么都不想做了。诺尔曼·儒诺也许最后会对他产生感情，尽管他受雇于蒙特利尔最大的压力集团之一。他与她交往仅仅是因为跟她在一起感到快乐，其他的事情就交给丘比特①去办吧！

"不过，查理会对我说要多加小心。"他一边想，一边走过去想到书房里扫一眼，"这一切好像都过于容易……她把自己公寓的钥匙给了我，你好，亲爱的，下周见！谁知道这个美丽的诺尔曼心里在想什么？我也许正在摄像头的监控下经受测试。"

这一想法让他感到很不愉快，他回到卧室，穿上衣服，然后回到客厅，再次走进厅长的书房。他的喜悦之情已经消失，他又犹豫了一会儿之后，才肩膀轻颤，走进书房。和公寓的其他地方相反，书房里的家具很普通，除了放在窗前的一张独脚小圆桌。这张桌子外形很漂亮，上面有个瓷器花瓶，里面插满了干花。到处都是实际加实用的东西。一张三氰板做的大书桌上，放着普通的电脑、电话、便条纸、笔筒；抽屉里放着文具、办公用品、一个廉价的化妆包和一个褐色的西班牙猎犬毛绒小玩具。小玩具的左耳已经有一半脱线了，是童年的纪念品还是吉祥物？左边竖着已经生锈的金属文件柜，文件柜上方挂着一张厅长们的大合照，拉布雷什省长坐在中间上，目光难以捉摸，厅长们围在他身边，大部分都毕恭毕敬，面目和善，适得其所。诺尔曼·儒诺站在拉布雷什后面，一脸冷漠嘲笑的样子，让热罗姆感到很吃惊。这可不像他最近所认识的这个女人。

———————————

① 指爱神。

现在只剩下右边的壁柜了，他想打开，但没能成功。

"算了，"他嘟哝着离开了书房，生气地噘着嘴，"下周见！"

仔细搜寻了公寓的其他地方后，有一点可以明确：他今晚拿不到那"东西"了。据说，那"东西"让诺尔曼·儒诺旋风式上升，在不到两年的时间里，从一个普通的助理议员升到财政主管，然后是厅长，而这还仅仅是开始。如果那"东西"对她的政治生涯如此重要，人们肯定会把它放在安全储物柜或保险箱里。可是，诺尔曼·儒诺几个星期前不是对他说，保护她、不会让她免职的武器就放在家里吗？

"这里……或者那里。"她强调说。热罗姆把公寓里的东西整理了一下，在晚上9点左右离开了，心情应该比之前好。

自那个星期天晚上以来，种种事情都很正常。热罗姆从来没有听到有人说起他检查公寓的事，因为，很显然，厅长并没有在那里安装监控设备。

接下去的那个星期，在查理的强烈建议下，他终于给欧仁妮打了电话。他们谈了很多事情，努力掩饰自己的不安，并相约当晚在她家见面。热罗姆发现她很激动，脸色苍白，但一直拥有他们在巴拉德罗第一次见面时就征服了他的那种细腻而高贵的美。犹豫、轻咳、多次拉了他突然觉得过小的衣袖之后，他诚实地跟她讲述了自己的情况，但仍有保留，因为他并没有放弃自己的计划，他还要继续保持与儒诺厅长的关系。欧仁妮听得很专心，也很克制，最后泪汪汪地问他，他是否真的爱她。

他抓住她的双手，但她马上就抽了回去。

"欧仁妮，你是我曾经爱过的唯一女人，"他哽咽着答道，"我刚刚告诉你的事情，难道不是证明吗？"

"那你爱我的方式太奇特了，"她叹息道，"我不知道我还能忍多少时间。"

"我想，我是个奇特的家伙。"他喃喃道，好像在自言自语。

"啊，你可以这样说……可惜的是，我爱上了一个奇特的家伙……而我并不是唯一爱你的人……在里面的房间里，有个小女孩正在睡觉，她几乎天天在念叨你……"

热罗姆看着她，一言不发，使劲咬着牙齿，与刚刚产生的强烈而陌生的激情做斗争。突然，他脑海中冒出了一种恶毒的念头，就像一道滚烫的沙子，突然压住了这种激情，心想："对了，你不会跟我要小女孩寻找爸爸的手腕吧？"但他很快就为自己的这种想法而感到羞耻，于是摇摇头，低声地问：

"她怎么样？"

"还好。"欧仁妮只回答了这么一句。

热罗姆沉默了一会儿，陷入了思考。他好像非常惊恐。

"我得把事情做成，欧仁妮，"他说，口气中含着失望，"这是我找回自尊的唯一办法。你能理解吗？"

"那我就是在失去自尊？"她苦涩地笑着，说。

"听着，欧仁妮，再给我一点时间。如果我没有成功，比如说，两个月内，我就离开西科特，抛弃一切。"

他其实用不着花这个力气。两天后，塞弗兰·西科特把他叫到办公室，对他说，不能再雇佣他了。

德雅尔莱前一天晚上去了古巴，奥利维埃回蒙特利尔了，负责招新人。

"塞弗兰，我能知道为什么要炒我鱿鱼吗？"热罗姆满脸通红，很难克制住自己。

"老弟，成果太少，"西科特和善得让人好奇，"干我们这行的，你懂的，习惯速战速决。你也许有点太……怎么说呢？……书生气。"

他游离的目光似乎表明他并没有说出实情。

热罗姆嘲笑了一声。

"我等弗朗西娜·德雅尔莱走了以后才告诉你这个消息，"西科特接着说，"尤其要把这个交给你。"

他不知从哪儿掏出一个胀鼓鼓的褐色信封。

"你可以理解为这是你的离职补贴……都是100元一张的钞票。弗朗西娜不会同意的，但我坚持要给你……这同时也是一个礼物，希望你保密……现在和将来都是如此……这也是我坚持要求的。"西科特神情怪异地盯着他。

在这种情况下，热罗姆显得很克制，没有流露出对前老板的真实想法。他很想扑向布尔桌子，老板就坐在桌后，挺着大肚子。热罗姆想把桌子掀翻到他身上，辱骂他，甚至有可能做得更绝，但在他看来，这种报仇为时太短，而且很不合适。

他站起来，身体有点僵硬，拿起信封（拒绝会引起怀疑），当这个想尽量让辞退显得不那么痛苦的老板问他问题的时候，他甚至还把费里克斯的消息告诉了西科特。热罗姆经常去看他，可费里克斯从家里出走之后根本就没在父母跟前露过面。

10分钟后，他收拾好个人物品，永远离开了喀里多尼亚路的这栋屋子，心想会给西科特夫妇好看的。但他马上就意识到，如果进攻他们，他自己也会陷入危险。难道他没有给他们当过一年的雇员——也就是同谋吗？在此事当中，他所能希望的最体面的角色，就是"回头的浪子"。但他很不确定人们是否会给他这个头衔。

回到家里，他拆开了西科特给他的信封，里面有5万元。

"我不想碰这些钱，它让我感到恶心。"他嘟哝道。

他一副厌恶的样子，凝视着放在餐桌上的那沓钱，并且对自己产生的这种厌恶感到有点自豪。

"也许我可以把这些钱作为委托遗赠？"他突然想，"如果要上法庭作证，这将增加我的可信度。"

他拿起电话，决定向他的律师阿瑟兰先生咨询。

"啊，原来是您？"电话线那头，律师的声音非常响亮，"我正要打电话给您。吕皮安先生，您好吗？"

“挺好的，谢谢。”

“要知道，我在鹿角事件中的努力初见成效了，对方开始动摇了，昨天下午，彭帕雷的律师联系我了，建议庭外和解。这是个好兆头。”

“他出价多少？”

“嗯……现在还不知道。我们双方还处于互相打探阶段，您知道……所以我才想找您。但我想我们可以要个七八千……我想可以的。”

“我的鹿角不值三倍也值两倍。”

阿瑟兰轻轻地咳了一声，清了清嗓子，然后严肃地慢慢说出了这番话：

“吕皮安先生，鹿角已被卖掉，钱也被用掉了一部分。彭帕雷先生还剩多少钱，我无法告诉您。如果您一定要知道，我完全可以把程序进行下去。彭帕雷的律师也会这样做。但这一切费用昂贵，而付钱的是您。您还要间接付钱给您的向导的律师，因为他的要求好像不高……如果事情拖得太久，您不怕鹿角的大部分钱都付了律师费？我这样说，显然不是站在我自己的经济立场上的。但出于职业道德，朋友，我觉得有必要提醒您这一点。”

热罗姆一边听，一边挠着下巴，越挠越快。

“好吧，”他突然说，“您去安排吧，尽量从他那儿多弄点。但我打电话给您是为了另一件事。”

他说起了想进行委托遗赠。想知道律师是否可以处理此类事情。

“可以，我们经常处理。钱将遗赠给谁？”

“嗯……我现在还不知道。是别人给我的钱，但我不想要。”

“您为什么要拒绝？”

“我不能要。”

“吕皮安先生，”律师的声音里开始透出不安，“我能问一下钱是谁给您的吗？”

“我的旧东家。”

“您是说，您的旧东家。您现在不再为他工作了……”

“是的。”

"我能知道那位先生是做什么的吗？"

"他是……嗯……压力集团……或者说是院外集团成员，他喜欢这样叫。"

"那是一个……您尊重的人吗？"

"不是。"

"是您辞职还是他辞退了您？"

"二者都有。"

"因为您要走，所以他给了您一笔钱……"

"5万元。"

"……您不想要这笔钱，但又不能拒绝。是这样吗？"

"是这样。"

"如果我没弄错的话，这笔钱的来源……有可疑？"

"是的，我不想要，所以才想办理委托遗赠，我不想碰它，也不想任何人碰它。"

"吕皮安先生，"律师接着说，声音中带有一点嘲笑，"厄运似乎在您的道路上安排了许多怪人……遗憾的是，在这件事情上我无法帮助您。委托遗赠必须馈赠给一个道德品行良好的人，您明白吗？哪怕您现在就有受赠者，我也不能来处理这笔可疑的钱，因为这会让我变成同谋。抱歉。"

"那我该怎么办？"热罗姆惊慌地大叫起来。

"我真的不知道……这笔钱不应该留在您手中，就这么回事。把它存到银行里，别动它。我只能给您这个建议。现在，请原谅，我要去忙了。"

又过去了三个星期，快到12月中旬了，他将跟诺尔曼·儒诺乘坐"财富号"去巴哈马群岛进行海上旅行。那是一艘300吨的游艇，是一个叫鲁道尔夫·瓦格拉的建筑包工头的，那个富豪在圈子里叫"锤子鲁道尔"，因为有人想挡他的道的时候，他往往会"狠狠地打屁股"。

"那位瓦格拉先生，他的名声不太好。"有一天，当诺尔曼·儒诺提到他的名字时，热罗姆这样说。

"你认识哪个有钱人名声好的？"厅长不客气地回答道。

几个星期来，热罗姆了解了她的性格的不同方面，她有时还是挺粗鲁的。当她不高兴的时候，最好还是不要跟她说话，否则有可能会被她臭骂一顿。不过，她是个工作狂，头脑清晰，思维活跃，做事很有条理。她看不起唯唯诺诺的人，懂得欣赏敢于对她说"不"的人（当然，反对必须有个度），必要时，她也会显得很宽宏大量。

当热罗姆告诉她，他离开了西科特的公司时，她没有掩饰自己的喜悦。

"亲爱的，别担心，我会给你找些事情干的，各厅局的人事处永远都有空位，不管是在蒙特利尔还是在魁北克……当然，公共部门就更不用说了……在这种情况下，必须通过竞争，不过你会高他们一头，万一有问题，我会出面的，你什么都不用担心。"

热罗姆嘲笑道：

"我不想冒犯你，但我更喜欢自己去谋生。你知道，在这之前，我一直是这样做的。"

"你看你看，这孩子被人惯坏了，想自己选择糖果！难道先生想闹独立？亲爱的，你这样在生活中是走不远的。"

"直到现在，我自己对付得不错。你不觉得吗，我漂亮的厅长？"

说着，他开始吻起她来，吻得那么调皮，以至于她笑出声来，推开了他。

这一幕于某星期六晚发生在诺尔曼·儒诺位于蒙特利尔的公寓里。他们刚刚看了大片《泰坦尼克号》，热罗姆几年前已经看过两遍，但他的情妇还想再看，她已经看了四遍，说，因为她喜欢"激情"。

"你知道，我不想当你的小白脸。"热罗姆说着，弯腰去拿他的那杯红酒。自尊问题。

"你觉得我跟小白脸睡觉还要付钱吗？"

她开玩笑地看着他，但目光中似乎出现了一道冷酷无情的东西。

"嗯……我嘛，我会不惜一切代价，确保没有人敢碰我亲爱的女厅长。"

她吻了一下他的脸颊：

"风向转得够快……甜言蜜语之后，用行动来证明一下怎么样，亲爱的？"

她调皮地笑着，指指卧室。

热罗姆使劲点点头，一边跟着她，一边琢磨着塞弗兰·西科特几个月前对诺尔曼·儒诺的看法，话说得很粗鲁，西科特信誓旦旦地说，只有一件事情能压倒她的欲望之火，那就是她的野心。

那天，他们做了三次爱。然后，他们交谈了几句关于去巴哈马群岛海上旅行的事，热罗姆就沉睡过去了。他们将于12月27日从纽约出发，旅行应该会"非常愉快"。热罗姆最好恢复一下体力，因为凌晨4点左右很有可能又要做爱。诺尔曼·儒诺一小时以后才睡，因为她忘了给新闻助理发一封紧急邮件，不得不下床。

第二天是星期天，对热罗姆来说是个关键的日子。上午10时许，他穿着内衣短裤在厨房里做早点（其实很简单，因为厅长的厨师已经事先准备好），诺尔曼·儒诺一边哼着小曲一边走过来。她穿着粉红色的平纹细布睡衣，垂着流苏，用满意的目光扫了一眼餐桌，桂皮松甜圆面包刚刚出炉，香味让她垂涎欲滴，她用手掰了一块，塞到嘴里，开心地小声说：

"亲爱的，能给我10分钟吗？我去洗个澡再上桌……你知道，这是'身份'问题，我可不是普通老百姓……"

热罗姆的心开始狂跳起来。他点点头作为回答，不敢出声，生怕声音暴露了他刚刚产生的感觉。

方才，他从厨房里面瞥见厅长从放在客厅的一张椅子上的手袋里拿出一串钥匙，然后去了书房。他伸长脖子，看见她打开了壁橱的锁（几个星期前，他检查时漏了这个壁橱），然后把手伸到放满文件的搁板上，拿起一份资料。她关上门，在里面跟一个叫雷蒙的人打了很长时间的电话，可惜他只听到只言片语。打完电话——她对商讨的结果显然很满意，她回到客厅，把钥匙放回手袋里。

刹那间，热罗姆的脑海里，一切都确定了。

他有10分钟的时间拿到钥匙串，找到那把钥匙，打开壁橱，然后把钥匙串放回她的手袋。万一诺尔曼·儒诺发现壁橱的门没锁，她也许会以为是自己忘了。如果她没有发现，热罗姆只需找个借口，在他的情妇去魁北克城之后仍然留在公寓里，检查他早就想检查的东西。也许他找不到任何有价值的东西，但如果不抓住这个机会，他会发疯的。

他需要两分半钟的时间来实现这个计划。

一天过去了，诺尔曼·儒诺没有去书房。热罗姆难以掩饰自己的焦躁不安。

"你能不能告诉我你怎么了？"下午3点左右，厅长惊讶地问。

他们坐在长沙发上，看着电视上的棒球比赛。她酷爱棒球，热罗姆却相反，他最难忍受的恐怕就是棒球了。

"我刚才在观察你，"她有点生气地说，"你不停地动，可怜的家伙……你屁股长了疮还是怎么的？"

"我喝了太多的咖啡，"他嗫嚅道，眼睛看着电视，"有时会这样。抱歉。"

他成功地保持了几分钟的静止，后来，他实在忍不住了，向厅长转过身来。厅长深深地被球赛吸引住了，拍着双手，发出一声大喊，因为保尔·吉尔马特刚刚巧妙地击中一球，那是"郊外人"足球俱乐部队的一颗上升的新星。

"你介意我到附近街道走一走吗？我实在坐不住了。"

她指着窗，惊讶地看着他：一道道细细的雨水已经在窗玻璃上流淌了好一会儿。蒙特利尔在一场讨厌的小雨中结束了一个灰色的下午。

"没关系，我需要呼吸一下新鲜空气，而且，我有带帽子的风衣。"

她正要回答，手机铃响了。他急于离开公寓，不想让她躲在书房里讨论"秘密的事情"。所以，假如不幸……但当他穿上风衣的时候，他听到她快乐地大喊一声：

"吉斯莱娜！太让我吃惊了！你好吗？"

他庆幸自己不认识这个吉斯莱娜；这显然是她的一个女友或是亲戚。这个吉斯莱娜在不知不觉中来帮他实现自己的计划——至少，他是这样希望的。

离开大楼时，他犹豫了片刻。冰冷的小雨刚刚下大了，走到街角，他会浑身湿透。这样更好。等她离开之后他就有很好的借口留在公寓里了：他需要把衣服晾干。大雨噼噼啪啪地落在亮晶晶的人行道上，他低着头，大步走向公社路。河边的风应该刮得山响，他没有欺骗他的情妇：他需要新鲜空气，许多许多，寒风让人头脑清醒，动作灵活，意志坚决。

左边稍远处有家咖啡馆，灯光昏暗。他往前走了几步，推开门，里面几乎空无一人，柜台边坐着一位老先生，一头浓密的鬈发，黑得不可思议，面前放着一杯烧酒，正在跟老板娘说话。热罗姆扫了一眼菜单，点了一杯格罗格酒，因为他冷得发抖。然后，他拿起了自己的手机。

"查理吗？能找到你我真高兴！我今晚也许需要你……是的，今晚……很重要，老弟。马蒂娜听到你说话吗？她不在？太好了……不，我现在不能跟你说太多，我得核实一下以前是否……是的，我在儒诺家里，总之离那儿不远……你头疼？从早上开始……他妈的……听着，我很抱歉，但我很需要你的帮助，查理，因为我很可能会……老弟，假如你不管我，可能会发生灾难……是这样，我稍后再打电话给你……好好养病。再见，先谢谢了，好吗？"

他小口地喝着格罗格酒，一心想着实现自己的计划，不时听那个鬈发老顾客的独白，那个卖弦乐器的商人说，自己由于进口了可怕的廉价小提琴而惨遭破产。格罗格酒的酒劲在他胸中弥漫开来，就像热带植物的叶子，让他感到好受多了，变得乐观起来。

时间过去了一会儿。外面，小雨变成了暴风雨，在狂风中扑打着马路，撞碎在颤抖的玻璃窗上，化成一道道厚厚的水流。

"也许是秋末的飓风。"老先生说，他举起酒杯，好像是给不幸祝酒。

老板娘正弯着腰，在洗涤槽里洗碟子。

"这个季节从来不会有飓风。"她回答说。

老先生笑了笑,一副好用格言警句的口吻。

"万事总有第一次,夫人。"

"我得走了,"热罗姆突然想,"否则她会怎么想?"

他走到柜台,结了账,然后穿上风衣,拉上拉链。

"您最好等雨小点再走。"老板娘劝他,声音软软的,充满母爱,十分符合她那种五十来岁的妇女胖乎乎的身体。

"我不得不走。"

"人皆有命。"那个弦乐器商人严肃地说,他有点醉了,又要了一杯烧酒。

热罗姆一出去,身上立即就湿透了。

"我找到滞留在公寓里的理由了。"他高兴地想,尽管哆嗦得直磕牙。

他艰难地行走,雨水模糊了他的双眼,他在哗啦啦的雨声和晃眼的光亮中完全失去了方向。

"但愿她不会因为天气不好而决定不走了。"他突然这样想。

想到有可能会发生这种他不希望发生的事情,他便在街角停下了,一辆汽车驶过那里,溅起一大片水花。

"怎么样?散步舒服吗?"诺尔曼·儒诺嘲笑道。

看到他可怜地站在门毡上滴水时,她大笑起来。

热罗姆一件件脱掉衣服,扔在地板上。

"我到一家咖啡馆躲雨,但雨一直不停。"

"可我不管雨停不停都得走。正如人们所说的那样,国家事务高于一切。我的司机快要到了,天气不好,我让他早点来。我就在车里吃点东西算了,你呢,你在这里吃完饭,等衣服干了再走?"

热罗姆欠了一下身:

"只要你批准。"

他想经过她面前，但她一把抓住他的头发，用力得让他龇牙咧嘴：

"这样的天气你为什么在外面待这么长时间？我担心死了。"

他好不容易挣脱开来，惊讶地看着她说：

"厅长大人乱说，真的。"他最后终于说出话来，他想嘲讽她，但无数个问题在他脑子里炸响，就像炒玉米粒。

"难道她怀疑什么了？她盯我的梢了？公寓里装了摄像头？她的样子太奇怪了……她像是在……指责我。她什么都知道了？"

"你没有回答我的问题。"

"我刚才什么都说了。"他假装生气，想借此掩饰自己的不安，"我需要呼吸新鲜空气，我感到很闷。所以，当我看到你跟你的……吉斯莱娜打电话……"

"我们谈了还不到5分钟。"

"我怎么知道呢？……好了，不管怎么说……请原谅。我现在知道了……"

门铃响了起来，四个音符自低而高。

诺尔曼·儒诺穿上大衣，拿起放在门边的小手提箱，然后把脸颊伸向热罗姆。

"祝你愉快！"他拥抱着她，说。

"这就对了。"她只回答了这么一句。

门在她身后重新关上了。

他待在那里一动不动，犹豫不决，有一点点动静就惊跳起来。计划是否还要继续进行，或永远逃之夭夭？

他最后选择洗一个长长的热水澡。几分钟后，他开始从另一个角度看问题，觉得诺尔曼·儒诺的怪异行动是一个恋爱中的女人，一个征服欲强、习惯发号施令的人的做派。而且，该由壁柜的门来决定一切：如果她又把它锁上了，他就将离开这里，走人，但他祈祷柜门没有锁上。

他洗完澡，擦干身体，穿上睡衣，来到书房。

柜门是开的。

他背着手，慢慢扫视柜里的六层搁板。一切似乎都细心摆放。最高两层他没有多看，一层放着一沓沓纸，另一层放着一套庄严的《注释版刑法及其附加法》。她研究过法律？下面两层紧紧地堆着许多塞满文件的卷宗夹，用金属书架垂直夹住。想到要翻看内容他就头晕。下面的搁板放着两个纸箱，里面装满了书籍，上面放着——非常奇怪——像是王后或天仙的化妆用品。

倒数第二个搁板尤其引起他的注意，必须蹲下来才能看清上面的东西。左边是两堆录音带，大部分都装在盒子里，有的露在外面。20世纪80年代初，这是音频技术方面的nec plus ultra①，直到激光唱片的出现。查理当然有放音设备，但如果内容有问题，那就很值得怀疑了。旁边，还放着几盒CD和空白的DVD。

他一直蹲在那里，仔细查看那些盒子，想辨认出上面的字，并注意不随便乱碰。不一会儿，他就觉得大腿麻木了，不得不去寻找墩状软垫。他轻轻地站起来，跌跌撞撞，然后决定还不如打电话给查理。

这时，他的手机铃声"新浪"不知道在公寓的什么地方响了起来。

"正是他。"他轻声地说。

他跑着穿过客厅，来到厨房里，想找到发出声音的地方。

"妈的，我的手机泡水了。"

他赶紧跑到门口，他的风衣泡在一汪水中。他从口袋里掏出湿淋淋的手机。

"热罗姆吗？是我。"是诺尔曼·儒诺的声音，"你在哪里？"

巨大的噪声淹没了她的话，她好像是在一个通信不便、遥远的地方打电话。40号高速公路的暴风雨一定很大。

"还是在老地方，在你家。"

"我不确定你还在那里，所以打你手机。"

简短地沉默了一会儿之后，她继续说：

"亲爱的，请原谅我刚才说的话。我在想你去了哪里，你知道，我

---

① 拉丁语，意为"佼佼者""顶级"。

很担心。"

他听着，都呼吸不上来了，觉得自己很可耻，脑子都不灵了。真是小题大做！当他在她书房里寻找资料——这些资料一旦泄露，很有可能给她造成巨大的损失，她却在给他打电话，充满了爱，充满了悔意。

"你恨我吗？"她又问。

由于暴风雨的声音太大，信号一直很弱，声音传输不稳，他很难听清她在说什么。

"不不，一点也不。我向你保证。别在意……别在意。"他大声地重复道。

"那好，我挂了。"她遥远的声音被下霉的响声吞没了，"我很难听清你的声音。再……"

电话中断了。

他走了几步，倒在一张椅子上，垂着双手，两眼都是泪，对自己产生了前所未有的厌恶。

"我真让人讨厌，我撒谎，我骗人！"他突然大叫起来，"够了，真是该死！我感到羞耻，我感到羞耻！我恶心得要吐！"

他停下来，惊恐地看着四周。幸亏，大楼的公寓隔音很好，邻居绝对听不到。

"好了，走吧！"过了一会儿，他嘟哝着，突然下了巨大的决心，"该做正事了。"

他重新拿出手机，在睡衣上擦拭了一下，开始给查理打电话。电话很快就打通了，查理的脑袋没那么疼了，但他对热罗姆的计划提出了许多问题，他觉得太冒险了，成功的可能性不大。

"查理，没有任何危险。无非是拷贝60多张CD和DVD，然后把它们放回去。我把所有的东西先拍张照片，然后再动它们，以保证能让一切恢复原样。"

"那为什么要我去那里？"查理反问道，"你把那些光盘带到我这里来，我来刻。"

这话很有道理，又怎能反驳得了呢？

20分钟后，热罗姆把车子停在查理家旁边。暴风雨半小时前就停了，路程漫长而艰难。马路上到处都有树干挡道，有的还很粗。有的街区停电了。电台广播说，当晚11点左右，隆格伊区的尚布里路发现一具男尸，是被一家当铺后院的树干砸死的。那个可怜的人，在那样的天气，那样的时间，在那里干什么呢？

热罗姆甚至还没按门铃，查理就把门打开了。他脸色苍白，神情紧张，一个指头放在嘴唇上：马蒂娜稍早前到了这里，刚刚睡下。查理见热罗姆一手拿着一个手提袋，便接过一个，然后把他领到用作加工间的小房间里。

"马蒂娜知道我要来这里吗？"

"知道，但她不知道你为什么来。"

3小时后，所有的光盘都被复制了，除了一张，原因是，它被锁在一个铁盒里，外面加了锁，而热罗姆找不到钥匙。主人如此小心，让他们感到非常惊讶。

"我敢打赌，秘密就在这里。"热罗姆说，尽管他疲惫不堪，眼睛仍在放光。

"祝你好运，也祝我自己好运。"查理叹了一口气，又往嘴里塞了两粒泰诺。

一阵轻轻的盥洗声让他回过头去。马蒂娜穿着睡衣，赤着脚，头发蓬乱，站在门口看着他。

"怎么样？你们的密探工作有进展吗？"

然后，她又用埋怨的口气补充了一句：

"查理，我一个人在床上很冷。"

说着，她打了一个长长的哈欠。

第二天上午9点，热罗姆就跑到帕皮诺大街的锁匠那里，把盒子放在柜台上。

"我丢了钥匙，您能给我做把新的吗？"

20分钟后，他离开了锁匠铺，回到家中去复制那张DVD。马路上到处都是市政环卫工，在清理暴风雨留在马路上的垃圾。复制完毕后，他来不及放一下看看，就匆匆去归还原件。查理用消毒酒精擦去所有的指纹。热罗姆也同样，擦去了盒子和DVD上面的指纹。这并不能完全避免怀疑，但为什么要自投虎口呢？

当一切都放回到壁橱里时，已快到中午12点。他一夜没睡，累得很，正要离开，却又想再在客厅坐一会儿。下午两点，电话铃把他惊醒，他忍住不接。

热罗姆的直觉很准，他检查了那个盒子。诺尔曼·儒诺制服拉布雷什的炸弹真的就在里面。这次，流言蜚语并非空穴来风。不过，这一发现还是让他感到非常吃惊，正像一个警察，本来是抓小偷的，最后却抓到一个强奸犯。

DVD录了79分钟18秒的内容，时间不详，但距今显然不远，好像是在一家大酒店的套房里录的。在一次私人会议上，出席的有拉布雷什省长和他的三个厅长和三个未来的合作者：两个顾问，若瑟兰·拉瓦和可敬的谢弗莱·迪皮尔，省长的办公室主任马克西姆·大卫，市政厅厅长珍妮弗·德西-波米耶，联邦与省联络厅厅长让-马克·勒瓦莱和文化厅厅长诺尔曼·儒诺。

拉布雷什省长首先向诺尔曼·儒诺厅长表示感谢，是她发起并组织召开了这次内部会议。气氛很轻松，人们庆祝议会会议取得了良好成果，虽然好像进行得不是很顺利。会议室的角落有冷餐，大家喝了很多酒。拉布雷什省长瘫在椅子上，跷着二郎腿，坐在正中。他肩宽体胖，金色的大胡子精心修剪，微笑着听大家发言，不时插句话。下属们坐在他周围，高兴地叽叽喳喳地说着话，手里端着酒杯，或轮番喝着红酒、烈酒，吃着冷餐。省长的声音平静、镇定、吐字清晰，"精英"的那种庄严而好听的声音。他一说话，大家立即就安静了下来。"大佬"开始说话了。

光盘里的大部分内容没什么价值，一些平常的东西或是评论，如果你不知道背景，往往会觉得不知所云。但有三个小节立即就让热罗姆明白了诺尔曼·儒诺为什么要把这张光盘藏在一个加锁的盒子里。

第一个小节在开始部分，紧接着让-菲力蒲·拉布雷什感谢他的文化厅厅长之后。

拉布雷什省长：

"我要强调指出儒诺夫人在经济方面带来的杰出贡献。夫人，您刚刚超过了30万元。这对一个文化厅厅长来说是从来没有过的事。"

诺尔曼·儒诺笑着点点头。

珍妮弗·德西-波米耶带有一点坏笑地调侃道：

"穷人们的厅长……"

众人轻轻地笑了。

让-马克·勒瓦莱附和道：

"……或者是寻找自助的人的厅长。"

拉布雷什省长皱起了眉头：

"好了，女士们先生们，请嘴下留情。"

让-马克·勒瓦莱：

"博物馆这个项目应该对您很有帮助，不是吗？"

诺尔曼·儒诺：

"那还用说。"

马克西姆·大卫：

"我们给那些包工头提供了财源，他们拉开一点钱包，这是正常的。但必须懂得如何说服他们——有时甚至要拧他们的耳朵（有点讽刺的意味），这并不总是那么容易。不是吗，让-马克？"

第二段在28分32秒的地方，持续不到一分钟：

珍妮弗·德西-波米耶厅长对反对派领袖很生气，因为他们对她的批评在几个星期前上了报纸头版，做了大字标题。

珍妮弗·德西-波米耶声音尖利而生硬地说：

"当他们组成反对派时，他们看见到处都在钩心斗角，但一旦掌权，哼，这种钩心斗角就不见了。啊，不！他们成了天使，白色的或红色的小天使，一边飞一边说：'我祝福你，玛丽。'①（笑）不过，如果是由我们来领导，听他们说话的口气，他们有能力来……"

拉布雷什总理微笑着说：

"……改变人类的本质。"

珍妮弗·德西-波米耶：

"是这样……好像这有可能似的！"

马克西姆·大卫嘲笑道：

"政治学的课本上是这样写的。"

让-马克·勒瓦莱：

"我从来没有读过。工作太忙……"

拉布雷什省长：

"让-马克，你应该读一读。因为非常有趣。理论与实际不符，有时会创造出几乎是……诗意的效果。"

让-马克·勒瓦莱：

"我不喜欢诗，它让我厌烦。"

诺尔曼·儒诺开玩笑道：

"不过，让-马克，你的《玫瑰园》上星期在容基埃尔剧场取得了巨大的成功。"

（全场大笑。）

让-马克·勒瓦莱像个赌场老手：

"一次不算数，诺尔曼。"

拉布雷什省长：

"别太担心，让-马克。10天后，一切都会被忘记。我已经告诉过

---

① 《圣经》中的祈祷语。

你：必须把选举团当作一个智力中等的十岁孩子，记忆力和判断力不是他的强项……不懂得这一点的人就无法很好地从政……你还记得特鲁多1980年在魁北克全民公决期间的表现吗？'你们的反对将来就是赞成！'他说对了！高明……"

（大家都点头赞同。）

第三段出现在40分钟之后，指出酒精对打算克服过度饮酒带来的不适的酒鬼有解除抑制的作用。

6瓶柏图斯红酒只剩下一瓶，最后一瓶也已经喝了一半。一瓶干邑也空了一半。

让-马克·勒瓦莱和若瑟兰·拉瓦顾问就语言学问题刚刚发生了激烈讨论。若瑟兰·拉瓦37岁，以前是个记者，性子急，容易生气，但他的工作能力和聪明智慧常常让人原谅他的臭脾气。他们对魁北克省的联邦官员所使用的语言进行了讨论。民族主义阵营认为，他们应该像大家一样服从法语《宪章》；反对派则对有利于英语的现状感到非常满意。拉瓦强烈要求全面实行《宪章》；微醉的勒瓦莱理屈词穷，暗示说他说的反对派"也许不是真正的加拿大人"。但这种批评从他嘴里说出来就像是骂人一般。

拉布雷什省长皱起眉头：

"好了，先生们！这里是否有人愿意参加反对派？"

谈话停了下来，大家都感到有些尴尬。

让-马克·勒瓦莱：

"我说的是事实。"

拉布雷什省长：

"是的，一点没错，你好像是在跟一个反对派成员说话……这种讨论不会有任何结果，反而会给我们带来危害。"

若瑟兰·拉瓦感到很惊讶：

"您觉得会这样？"

拉布雷什省长：

"绝对是这样（这个喜欢高级干邑的人红光满面，脸显得有点肿，眼睛有点油光，似乎难以满足。他略带蔑视地微笑，接着说），我们浪费了多少时间和精力……为了一件没有希望的事。"

若瑟兰·拉瓦感到更惊讶了：

"没有希望？"

拉布雷什省长：

"朋友，语言这个被诅咒的问题，我已经思考了很久。在座的没有一个人敢在这个不幸的项目中采取一个现实的策略。（他停下来，喝光杯中的酒，然后把杯子递给谢弗莱·迪皮尔，要第五杯酒）由于努力、斗争和牺牲，我们的人勉强用法语生活了400多年，尽管在英语的海洋中我们只是一个核桃壳。所以，太好了。我举双手赞成。但出于各种理由，这种打赌今天已经不能忍受——我甚至要说得更彻底：出于人道主义精神，必须结束这种疯狂而毁灭性的冒险……我亲爱的拉瓦，别装出这副样子，我们毕竟不能让某种观念再牺牲一代人，绝对不行！（他朝递给他酒杯的谢弗莱·迪皮尔笑笑，喝了一口，慢慢地扫了一眼专心听他说话的在场者）。我觉得只有一个策略可行，但它需要我们机灵而有耐心……"

短暂的沉默。他眯着眼睛，久久地闻着干邑的味道。

若瑟兰·拉瓦小心翼翼地说：

"是什么策略呢，我能斗胆地问一句吗？"

拉布雷什省长大笑道：

"当然可以。"

全场大笑。让-马克·勒瓦莱笑得比大家都厉害，他推了拉瓦一下。

拉布雷什省长又严肃起来：

"朋友们，我不会乱来的。安全地摆脱我们目前困境的唯一办法，是……修改法语《宪章》，给蒙特利尔城以双语地位。是的。你们感到震惊？好好想想吧！一方面，这不过是承认一个正在实现的事实；另一方面，我们可以放心地依靠非法语族裔、移民等其他人，他们很快就会在蒙特利尔形成大多数，只希望讲英语。他们现在就已经不讲法语了。

商人们显然会支持我们的。你们听说过朋友罗尊①吗？他一天到晚这样说。（叹气）随着时间的推移，我们会赢得蒙特利尔的大多数的。"

接着是一片沉默，就像是在大学的阶梯教室中一般。让-马克·勒瓦莱满脸通红，显得有点傻。

拉布雷什省长接着说：

"此事之妙，在于蒙特利尔一旦成了正式的双语城市，在一代人之间，或时间再长一点，这个城市事实上将成为一个英语城市。所以，在一代人之后，也许会更快一些，魁北克全省都会紧随其后。不用进行革命，只需顺其自然。我们最终将达到正常状态。（他端起酒杯，送到唇边，在喝掉之前，他又补充道）魁北克人不敢承认这一点，但他们心里其实是这样想的，希望他们和他们的孩子都能讲英语，以适应新的世界环境，更好地活着。"

让-马克·勒瓦莱像往常一样开始拍马：

"是的，我心里一直是这样想的。真的。"

拉布雷什省长嘲讽道：

"我不感到奇怪。让-马克，我们总是想到一块去。"

轻轻的笑声。

珍妮弗·德西-波米耶看到办公室主任大卫好像并不赞同，便虚情假意地问：

"考虑什么法律草案了吗？"

拉布雷什省长：

"厅长夫人，我们正在准备。只要耐心等待，一切都能成功。"

晚上6点，热罗姆激动不安地到了查理家里，脸色苍白，满心疑惑，充满自豪。他想立即给查理放光盘。但首先得吃晚饭，因为马蒂娜

---

① 蒂姆·罗尊（1976—　），加拿大演员。

做了煎饼，而煎饼是要趁热吃的。这个特务新手觉得从来没有一顿饭吃得这么慢。好不容易吞掉最后一口，他就拉着查理的胳膊到了加工间。查理一副严肃的样子，从头到尾看了光盘，没有说一句话，然后又让热罗姆重放了引起注意的那三段。

"如果你允许，我马上就复制光盘。"他最后说。

"如果你认为……"

"兄弟，这是炸药啊！我明白了你的那位厅长为什么要把它锁起来了。这里面有些东西可以把政府炸上天啊！"

"我不认为儒诺会利用它。"马蒂娜说，"因为这也会同时把她自己炸了。"

两个小伙子惊跳着回过头。马蒂娜已经悄悄地打开门，看了第二段播放的内容。

热罗姆用手指着她吓她：

"不准告诉任何人啊！"

"你把我当作什么人了？腐败分子？一听到'我们的精英们'说的话，尤其是那个一副大公爵神态的瘦高个主任，我就感到恶心……他们一边把我们纳的税往自己口袋里装，一边还要决定我们的孩子们要讲什么语言！"

一绺头发落下来，遮住了她的一只眼睛，让她说的话显得格外具有报复性。

"啊，我不知道你来了，妈妈。"查理开玩笑道，"你多大了？"

她伸了一下舌头，然后转身对热罗姆说：

"你真的以为她会利用这张光盘吗？这等于朝她自己的脑袋上开枪。"

"诺尔曼·儒诺可不是傻瓜，她会表明她想要什么。而且，更重要的是，她可以利用它来进行敲诈。"

大家一阵沉默。

"那么，双重间谍先生，你打算怎么办？"马蒂娜问。

"首先是复制光盘，"查理插话说，"你呢，热罗姆，明天第一时间去租一个保险箱。这很急。"

"好，那之后呢？"马蒂娜追问道。

"冷静，冷静，先生，"热罗姆在他面前挥动双手，"演奏之前，小提琴必须调音，否则会走调，全场观众都会跑光的。"

梢后，他感到了恐慌，觉得自己就像一个猎人，进山去打山鹑，却碰到了一只大褐熊。他想扳倒西科特夫妇，还自己以清白（因为他也从中拿了好处），但事情突然失控了，走错一步，就会全盘皆输。

争论开始了，显得非常激烈，时而无情批评，时而疯狂大笑。热罗姆对马蒂娜刮目相看，这个女人大胆、勇猛，喜欢嘲笑人，在他刚刚发起的这场让人意想不到的历险中显得游刃有余。她很快就说服了查理，让查理把东西交给《调查》栏目组，那是国家电视台一个很权威的栏目，揭露过无数丑闻。热罗姆动摇了，犹豫不决。

"这会让他们徒劳地陷于尴尬境地。可想而知，魁北克方面会施加压力，不让丑闻扩散……"

"可是，热罗姆，"查理激动地说，"他们是见过世面的人，你把他们当作逾越节的雏鸡了？"

"当然没有，但是……"

"那你有什么建议？"查理的口气很生硬。

热罗姆叹了一口气，挠挠头皮，又拉了衬衣的袖子：

"咱们开一小瓶红酒如何？这会让我们放松一点。"

当他离开朋友的住处，前往皇家山地铁站时，已是晚上9点了。他觉得自己太激动了，不适合开车。夜色清凉，空气有点刺鼻，行人稀少。人行道上回响着他的脚步声，噼噼啪啪的，很大声。一家饭店传来烤肉的味道和笑声，让他意识到生活在继续，周围的人在欢度美好的时光。

一刻钟后，他走出艺术广场地铁站，来到布勒里街，向《道德报》编辑部所在的大楼走去。他决定把优先权给报纸。之后，他完全有自由再把这块有着放射性的砖头扔给别人。

地板光鉴照人的大厅空无一人。电梯好像在五楼的什么地方卡住了。他回想起在文化厅办公楼和诺尔曼·儒诺厅长的首次约会。那个可怜的女人，如果她知道……她会多么恨他啊！

电梯门突然开了，发出吱吱嘎嘎的哀怨声。他走进空荡荡的电梯，按了按钮，电梯抖动了好几下，终于上行了。他又检查了一遍妥妥地放在风衣里面口袋里的光盘。

他很快就来到一个正忙着整理办公桌抽屉的女士面前。

他要求见社长，但那位女士告诉他："德克多刚刚离开，明天早上才来。不过要预约，先生。"

她说话的时候已经尽量让自己显得有礼貌一些。干了一天活，累得精疲力竭，刚刚开始头痛的人就是这副样子。

"谢谢您，夫人。我明天打电话来。"

他回到玛丽-安娜路，取了自己的汽车开回家。他的热情熄灭了。现在，他觉得一切都索然无味，没有任何意义。他有什么必要这么激动呢？地球照转，浪花还是照常死在沙滩上，太阳这边升起那头落山，人类一如既往，或者说本质上变得越来越恶劣。他感到全身麻木，眼皮沉重，视线模糊，注意力难以集中。这样很容易闯红灯、逆行、压死一条狗或撞死一个行人……睡觉，这是唯一重要的事情，好好睡一觉，让其他东西都见鬼去吧！

捍卫一件注定要失败的事，这样做真是太天真了。

他花了一刻多钟才找到停车位。走到人行道上的时候，他非常生气，恨不得用脚尖踢几下，就在这时，看见费里克斯坐在他家门前的台阶上。"啊，不，今晚千万不要。他想要我怎么样？"

费里克斯看到他，从地上跳起来，向他迎来，笑着向他伸出手：

"你好，热罗姆！戒毒真是太难了。"作为开场白，他说了这么一句。"我在这里等了你半个小时了，我一直在想那该死的大麻。你怎么样？"

"累。"热罗姆看着路面，回答说，"有什么事吗？"

"没什么特别的事……嗯……我想我来得不巧……下次见吧……我只是想找个人说说话，仅此而已……"

他显得那么失望，热罗姆只好强作欢笑：

"对不起，费里克斯，我今天累死了……不过，上楼吧，待一分钟，我们喝瓶啤酒，我的冰箱里有摩苏比。"

费里克斯太知趣了，不能接受别人出于礼貌而发出的邀请，于是摇摇头：

"下次再喝吧，日子长着呢！"

他跟热罗姆握了握手，正要走，又转过身来，补充说：

"啊，对了，我差点忘了……傍晚，我打电话给老爸。他很想找你谈谈。你考虑一下。"

热罗姆的目光变得严厉起来：

"费里克斯，我已经不再是他的雇员。我不觉得有什么可谈的……是他派你来的吗？"

"怎么会！"费里克斯嘲笑道，"我和他的阴谋没有任何关系。我给你传递消息，仅此而已。"

路灯的光亮从他身后照人，使他脸上的表情显得格外诚实。

"下次见！"他穿过马路，说，"在我的公寓里见。你还没去过呢！你知道吗，我住得很舒服。"

热罗姆从来没有睡得那么糟过。把断断续续睡着的时间都加起来，他睡了有两个小时吗？可能还没有。天一亮，他就醒了。

费里克斯带来的消息不断地在他脑海里翻腾，引起了各种猜测。沉重的炮火已经开始发射了？费里克斯是否在不知不觉中成了父亲的工具？他这辈子唯一壮烈的计划，是否会被电话铃声敲响丧钟？但这一切都是怎么发生的？难道他还不够小心？他已经处处提防了。

他脸色蜡黄，颤抖着手，把电话机摘了下来，然后抓起手机，把它关了。要找到他，必须到他家来，但他不在家。今天早上，他甚至来不及洗漱，就去《道德报》附近的一家饭店吃早餐了（他记得在马路对面有一家），然后等待社长先生的到来。

◆◆◆

　　贝纳尔·德克多听他说话已经听了一会儿。巧得很，热罗姆跟他同时来到报社。前台接待员要他在主编的语音信箱里留言，但他没有这么做，而是直接闯进来了。在前台责备的目光下，他死缠烂打，终于让社长立即就接见了他。

　　"但我只有一分钟，先生。我在等人。"

　　热罗姆手里拿着光盘，坐在他面前，竭尽全力，想让自己表达得流利些。

　　"先生，必须立即播放光盘，求您了，至少也要让您的记者看一看，比如说米歇尔·大卫。拿着，德克多先生，您不知道这有多重要！"

　　"正因为如此，朋友，我才想评估一下。"社长像慈父一样答道，"您刚才说，这是省长和他的三个厅长的秘密谈话，有人在他们不知情的状况下拍摄的，是这样吗？为什么？"

　　一个如此平静和镇定的人怎么能领导一份战斗性那么强的报纸？热罗姆晃着手里的光盘。

　　"德克多先生，不仅有厅长，还是省长办公室主任和他人，我想是顾问吧！当然，我不敢保证。您一定不敢相信，他们竟会说那样的话……我会指给您看三个重要的地方。两分钟后，您就会感谢我，我敢打赌。"

　　"可是，这位先生，您是怎么弄到这东西的？您是从政的？"

　　"幸亏没有从政，不过我跟一个女人有关系——这事有点敏感和复杂，三言两语说不清，德克多先生……所有的……请您先看看我的光盘吧，之后，我将很高兴能……"

　　社长打量着眼前的这个年轻人：他脸色苍白，神色紧张，头发凌乱，虽然表达方式完全正常，但由于极度紧张，说起话来像是刚断奶的孩子或是有精神病的人。天哪，当今世界什么人没有？

　　电话铃响了，他去接电话。

　　"很好，谢谢。我马上到。"

　　他若有所思地看着热罗姆，掌心按着桌子，站起身来，显得有点犹豫。记者这个职业，永远是在与浪费时间做斗争。

几秒钟过去。

"您跟我来。"他最后终于说。

他推开一扇门，穿过已经声音嘈杂的编辑部办公室，走到一个女子的办公桌前。这个女子一头长长的金发，戴着黑框大眼镜，正埋头在电脑键盘上打字。似乎是一个实习生之类的人。

"玛德莱娜，这位先生想让我们看看这个光盘。您能看一眼吗？他会告诉您他觉得重要的段落。"

整整一天过去了，没有报社来的消息。热罗姆不敢打电话去。24小时以来，他几乎什么都没吃，也没怎么睡。他刚从小卖部回来，去那里买报纸——关于那件事一个字都没有！——走了半截楼梯，他感到全身一阵麻木，只好在台阶上坐几分钟。凉风吹来，让他又站起身来。

他回想起昨天，那个女实习生看了相关的段落转过身来，用她修女般脆弱的声音问（然而，她肯定有二十五六岁了）：

"先生，您是从哪儿弄来的？"

热罗姆笑笑，把一个手指放在嘴唇上，眨了一下眼睛：

"商业机密。"

于是，她去了贝纳尔·德克多的办公室，敲了敲门。一分钟后，社长把门打开一条缝，两人悄悄地说了几句话，然后，社长伸出脑袋，对热罗姆隐约做了个手势，便缩了回去。

"德克多先生问我要您的联系方式，"女实习生回来后对他说，"他今天下午会查看光盘，然后会尽快联系您。"

热罗姆坐在厨房的餐桌前，面对着一杯牛奶咖啡，它能帮助他咽下爱芒特干酪三明治，三明治落在他胃里就像铅球一样沉。他起床后不知查看了多少遍手表。时间就本质而言是非物质的，他有点凄凉地进行抽象思维，激动地想，它可以无穷无尽，甚至直至永恒，不是吗？

这时，他放在《道德报》旁边的手机响了起来。他看了一下屏幕：

"是查理，我应该早就打电话给那个可怜的家伙的。"

他们简短地谈了一会儿，热罗姆概述了一下最近发生的事，非常简单，因为几乎没有发生什么事。

"查理，我从昨天起就在家里闭门不出，我在等待，不然还能怎么办？我不接陌生号码的电话，也不接诺尔曼·儒诺的电话，当然，要是她万一打电话来……啊，对了，我忘了：还有我的前老板西科特，他好像一定要跟我通话。我是前天从他儿子那里得知的……不过，当然不用担心，我会不惜一切代价避开他的。如果那个可恶的疯子想堵我……他随时竖着耳朵，不利用这种机会那才怪！我会尽量躲在家里不出门，怕他到这里来纠缠我，谁知道呢？而且，我也可以立即离开家里。别想找到我，我去电影院。"

他刚刚走进拉丁区的一家电影院，手机就像一只小鹦鹉在上衣口袋里响起来。是贝纳尔·德克多：

"吕皮安先生，我想尽快见到您。您现在有空吗？"

没有通常的客套，社长的声音有些紧张，几乎是从嗓子眼里发出来的，让人觉得火烧眉毛了。

"我马上到，先生。"

15分钟后，一辆出租车把他送到了布勒里路2050号。这次，那个前台女接待员笑容满面，像老熟人一样接待他：

"请坐，先生，我马上去通报。"

社长立即就出来了，神情激动，满脸通红，示意热罗姆跟着他。还有两个人已经在办公室里等：一个五十出头的女人，一脸精干的样子，目光炯炯有神，十分犀利，社长介绍说这是主编；另外一个是男人，体魄健壮，头顶半秃，微笑着露出雪白的牙齿，那是新闻中心主任。由于太激动，热罗姆没有记住他们的名字。

"吕皮安先生，"社长双肘支在桌上，双手合拢，说，"我和两个同事刚刚看了您的资料。首先感谢您对我们报纸的信任和……"

"这事确实很惊人。"新闻中心主任插话说。

"……但您知道，道德要求我在使用这一资料之前向您了解它的来源。"

热罗姆从昨天晚上开始就想过这个问题，他要谨慎从事。他本想回答，但又咽了回去，过了一会儿才声音沙哑地说：

"您保护您的来源，我也要保护我的来源。"

他的回答里有点生气的味道。

"吕皮安先生，请您放心，"女主编的声音单调而缓慢，但很悦耳，"我们并不想泄露您的来源，《道德报》从来没有这样做过，但我们还是必须知道它是从哪来的。您知道，这是行业规则：要知道自己在说什么，不是吗？尤其这是一件非常重大的事情。"

"您知道，我们一旦把这事公布出来，会有多大影响吗？"她的同事亲切地抓住热罗姆的一只胳膊。

"我当然知道，先生，"热罗姆产生了自信，"否则我也不会来到《道德报》。"

大家沉默了一会儿。贝纳尔·德克多清了清嗓子，问：

"有谁想喝咖啡吗？"

"我喝一点。"新闻中心主任笑着点点头。

热罗姆也点点头，他开始感到自己的重要性了。

"我不喝了，"女主编说，"否则今天下午就喝第五杯了，有点太多了。"

德克多打电话要咖啡的时候，女主编向热罗姆弯下腰，低声打听光盘的来源，一边强笑着一边轻轻地点头。一个年轻人很快就端着一个盘子进来，把咖啡放在社长的桌上。热罗姆在咖啡里加了奶油，但犹豫着要不要加糖。他喝普通咖啡才加糖，但他悄悄地闻了闻之后，还是在杯里加了一汤匙的糖。

他感觉到所有的目光都落在他身上。

"来源，"这时，他有点自命不凡地说，"就是我自己。"

他用一种有时近乎大胆的诚实，把自己的故事原原本本地讲了出来，没有一个人插嘴打断他。

20分钟后，他停了下来，故事讲完了。他想要一杯水，因为他的嗓子像冒火一样。

"这确证了我们已经掌握的一些信息。"女主编露出满意的微笑，说。

第二天一大早，魁北克发生了六级、七级或者说八级"地震"，每个观察家的看法都不同。《道德报》的头版出现了这样的标题：

拉布雷什说：魁北克在计划英语化

专栏作家米歇尔·大卫在第三版来了点黑色幽默，用尖刻的语言进行了评论。他的文章是这样开头的：

酒后吐真言

酒后会胡言乱语或做出蠢事，所以醉鬼的话不可全信。但一旦放开，话中也并不一定就没有真相。在酒精的作用下，许多人会说出清醒时不会说的事情。罗马人曾说："酒后吐真言。"很不幸，拉布雷什省长今天就应该好好想想这句格言。他好像陷入了职业生涯中最狼狈的境地，而且情况还在不断恶化……

6点30分，司机把儒诺厅长送到"魁北克物价"大楼前，省长的官邸就在那里。20分钟后，她从楼里出来，大衣的领子一直高高地竖着，遮住了耳朵，脸都变样了。她一钻进汽车，汽车就飞驰而去。8点，大家在省长办公室旁边的会议室开会商议对策。暴风骤雨式的见面会持续了四十来分钟，之后发布了一份简报，宣布省政府将在适当的时候做出正式回应。

《道德报》的头版大标题让热罗姆感到很惊讶。他还以为腐败案会成为头号新闻，因为人们在这里抓到了具体的案情，事实非常明显。他的复仇会流产吗？西科特夫妇及其无情地吸魁北克的血的阴谋团伙会逃脱吗？

8点一刻，贝纳尔·德克多打电话给他：

"吕皮安先生，这是因为您给我们提供了很多资料，"社长和蔼地向他解释说，"明天看看我们的报纸，以后几天也同样，您会发现……我们会根据事情的严重程度来抖露事实——我们觉得，最重要的是法语的前途问题。亲爱的热罗姆，千万别担心，您那么勇敢地交给我们的东西，我们一点都不会隐瞒。不管怎么说，您手头肯定还有DVD的副本：您愿意怎么用就怎么用。"

"你看，我说得对吧？"当热罗姆把自己跟社长的谈话告诉查理时，查理在电话里大声地说，"我马上跑去把光盘给《调查》栏目组的人。我对你说过，只有他们能把一切都榨干净。"

热罗姆马上照办了。事情进展得很顺利。《道德报》的头版标题大大有利于事情的进展。32分钟后，他让记者阿兰·格拉韦尔看了光盘。观看时，现场气氛一片肃穆，看到那些荒淫无耻的人的罪恶行径，大家都气得说不出话来。

"我在职业生涯中，肮脏的事情看得多了，"格拉韦尔看完后，轻声地这样说，"但从来没有看到过这样卑鄙的事情。"

他看起来有点精神失常了。

"朋友，反贪局肯定会一直找到您这里来。我要是您，我就主动去找他们。他们会很高兴的。谢谢您的信任，我马上召集我的栏目组。"

热罗姆甚至一口东西都没吃（人没了胃口，往往都不吃东西），就在下午1点到了福伦路13号，反贪局的办公室就在魁北克电视台所在的大楼，占了整整一层。接待他的是警长尼古拉·勒布朗，听得很认真。这是一个中等个子的男人，可以说身材修长，看起来既精明又天真，让跟他说话的人不知所措。看了光盘之后，勒布朗像浪子的父亲对待回头的儿子一样对待热罗姆。

"我们已经在追踪线索了，"警长告诉他，"不过，朋友，我们仍然非常感谢您。您简化了我们的任务。"

第二天，《道德报》继续发射致命武器：

一个腐败组织的惊天大揭秘

　　魁北克保持沉默。一个老记者用嘲讽的口气把政府的这种沉默与当年的类似事件相比：1958年著名的天然气丑闻爆发，波及莫里斯·杜布莱斯总理，政府也装聋作哑，而当年的这桩丑闻也是《道德报》揭露的。在许多个星期当中，杜布莱斯那头老狮子退缩到自己的老窝疗伤，终止了每周一次的新闻发布会，这是从来没有过的事情。"希望我们这次不要颓废那么长时间。"这位记者最后说。

　　这一轰动性新闻第一次报道出来的那天上午，热罗姆的电话差点被打爆，他不得不到他的朋友查理家借宿，直到事件平息。诺尔曼·儒诺、塞弗兰·西科特及他们的几个"合伙人"几近绝望地想跟他通话。最后，西科特派匆匆从古巴回来的奥利维埃·弗拉岱特到德塞尔路来守候。只可惜，他晚了半个小时，他的旧同事已经离开了住处。

　　12月17日，拉布雷什省长终于召开了新闻发布会，以"回应对他的三个厅长、政府有关人员和他本人的诽谤"。他像往常一样，雄辩、冷静、镇定，甚至还能嘲讽一番。"我们在一次内部会议上的讨论被人断章取义加以滥用，我本人对此表示谴责——那些话毕竟不能作为我省政府的正式立场，只有机会主义者和喜欢诽谤的人才敢这样做。"然后，他声明，他爱"我们国家的语言，那是宝贵的集体遗产"，他一直把捍卫和促进这种语言当作一种"神圣的职责"，虽然前辈留下来的这个词组有点被用烂了。

　　记者们都笑了。

　　然而，尽管他花了九牛二虎之力，地质构造板块仍然在动。12月19日，诺尔曼·儒诺厅长聪明地辞职了，以抗议政府的"文化背叛"，宣称她今后将成为无党派人士。她将完全配合司法调查，帮助法庭把此事查个水落石出，并说自己被迫参加了一个她一直排斥的资金提供机构。她的论据骗不了任何人，但她希望可以因此占据更好的位置来进行辩护。

当天，其他三名议员也模仿了她。拉布雷什政府成了少数派。一场不信任投票让他的政府倒了台，有关方面宣布将进行选举。

当天凌晨，反贪局在蒙特利尔和魁北克搜查了18个地方，其中三处在开会，正在工作的碎纸机停了下来。

塞弗兰·西科特和弗朗西娜·德雅尔莱在家中被逮捕，护照被没收。他们想逃到塞拉利昂首都弗里敦。那个国家以菠萝、金矿和税务官宽容而闻名。

弗雷迪·佩托扎也在克雷马齐大道的办公室里被捕，由于他的女助手生病请假，他正在拼命删除一些旧文件。抓他的时候，他使劲吼叫，但想到这样会把嗓子喊破，他又害怕了，声音突然轻了下来，只要求让他的律师到场。

有两场逮捕造成了不幸后果。

约瑟夫–埃美·若亚尔，塞弗兰·西科特可敬的幕后策划者，被两个一早来找他谈话的警察突然从睡梦中叫醒，脑子一下子就糊涂了。当他缓过神来，他开始不停地用各种声调重复"士兵的饭盒"，之后所有的话都归结为这个词，让周围的人烦死了。他去看了神经科医生、心理医生和精神病学专家，都没有结果。心理医生是个富有想象力的人，责任心很强，问老人是否参过军，因为大家都知道，"士兵的饭盒"属于军用品。

"没有。"他妹妹回答。

但她想了一会儿之后又说：

"不过，小时候，如果我没记错的话，他参加过童子军……拉练的时候，他们要用士兵的饭盒，是吗？"

"所以，"心理医生一副博学的样子，猜测道，"他也许是强烈渴望回到纯洁的童年。"

他的猜测没有任何人相信。

还有一场逮捕也变成了悲剧。

罗兰·多祖瓦，即"穿颅者"，他坐在床沿，睡衣的扣子解开一半，嘴里叼着香烟，破口大骂一个勇敢地把他唤醒的警察（"这是强闯民宅，我的小伙子！你要为这种行为付出巨大的代价！"），而他太太则在浴室里哭。突然，他生气过头，倒地身亡。"穿颅者"成了"死亡者"，带走了他所有的秘密。

拉布雷什省长当然也逃不过被告的下场，但结果要等上几年。他显赫的社会地位和卓越的辩护律师也许会让他不受制裁或得到类似的结果。

一个月后，选民们选举了反对派领袖阿莉娜·勒塔尔特取代他，这是魁北克历史上第一位女省长。全省各地几乎全都欢欣鼓舞。

丑闻爆发那天，热罗姆立即打电话给欧仁妮，两人在电话里谈了三个半小时。查理想让它上《吉尼斯世界纪录大全》，但人们告诉他，恋人们可能比他们聊得更长。不过，那天晚上，爱情也真的起到了很明显的效果，热罗姆去了旧恋人的家，欧仁妮又成了他的新恋人。

热罗姆并没有因为引发这么大的事件而得到公众的感谢，他为此有点沮丧。真的，凭一己之力就让一个政府下台，谁会不夸耀呢？况且，最腐败的政府也是最顽固的政府。

大家纷纷猜测，是谁走漏了消息让那些人丢了权力？据有的评论家说，这要归功于"某些勇敢的公务员"，几个人的名字在社会上流传，但一直没有证据。魁北克一个以擅长吵架闻名的垃圾电台，其著名主持人使用了激将法，挑动此人去直播间与他见面，不管是男是女，他把此人当作"左派狗屎""工会流氓""垃圾堆的老鼠""阴沟里的孩子""有精神病的分离主义者"等等，但热罗姆执意不露面。

他最后还是获得了应有的尊严。经过如此动荡多变的一年，他毕竟需要一些时间才能重获欧仁妮的信任，假如破镜还能重圆。4个月后，欧仁妮怀孕了，已经在安德烈–安娜身上进行过父爱强化训练的热罗姆，成了一个叫雅可布的小男孩的父亲。

差不多就在那个时候，《道德报》录用他为该报记者，他充满热情地投入这一职业当中。一天，他在蒙特利尔法院与诺尔曼·儒诺撞了个正着，她假装不认识他，头也不回就走了。

至于让–菲力蒲·拉布雷什，他最后落脚在百慕大，那里的气候很适合他，他小心地把一部分钱转移到那里避税。他的长子在那里开了一家高级夜总会，大大地利用了他聪明的建议。大家都以为这位被罢黜的省长远离了政坛，但人们搞错了。他仍然密切关注魁北克的政治形势。政敌的失误不时让他乐开了怀。

"那个勇敢的阿莉娜是想让我重返政坛呢！"他轻轻地搓着双手，嘟哝道，"她也太客气了。"

他喝了一口烈酒，祝她身体健康。

一天晚上，热罗姆正弯着腰，屏住呼吸，在婴儿板上给儿子换尿布，欧仁妮来到房间，手里拿着电话。是他很久没有见面的费里克斯，费里克斯告诉他，自己刚刚被蒙特利尔法学院录取了。

"你亲爱的父母怎么样？"热罗姆问。

"不知道。"他漠不关心地说。

他们聊了一会儿，费里克斯心情很好。两个朋友很高兴重新建立了联系。

"下星期一起吃饭如何？"热罗姆建议说。

"好啊，好主意。"

从他的声音里可以听出他好像在笑。两人还想再聊一会儿，但小雅可布哭闹起来，他们不得不挂了电话。

那天晚上，夕阳刚刚西下，一轮红月就慢慢地升起在乌云密布的天空。乌云很快就遮住了月亮，但人们又看到它突然从云缝中重新冒出来，闪耀着奇特的光芒。这光芒十分怪异，显得阴险而邪恶，行人们抬起头，默默地看着它，心里产生了一种不祥的感觉。

2016年4月6日，蒙特利尔，隆格伊区

译后记

加拿大当代法语文学谁执龙头？

这个问题不好回答，但魁北克民间有"小说三剑客"之说，一位是写爱情小说的女作家卡布利埃尔·勒鲁瓦，早已去世；另一位是"皇家山高地纪事"系列的作者米歇尔·谭布雷；还有一位就是本书作者伊夫·博歇曼。

博歇曼曾是加拿大魁北克作家联合会主席，2003年获国家级荣誉勋章，现为加拿大法语文学院院士，其代表作《街猫》在1981年出版当年就在蒙特利尔书展获文学大奖，继而又获蒙特利尔市小说大奖、《蒙特利尔日报》年轻作家奖。该书在法国也大受欢迎，获得了夏纳夏季小说奖和巴黎的法兰西岛地区议会中学生奖，并被译成20多种外语，在20多个国家共销售160多万册，光在法国就销售了70多万册，还被改编成了电视剧和电影。法国《读书》杂志前主编贝尔纳·皮沃曾称赞这个加拿大法语作家是个"讲故事的高手"；法国《世界报》的书评家也欣赏他的小说："如果你喜欢奇事、幽默和神秘，可以看看这本书，虽然厚，但读得不费力，趣味无穷……真正的享受"；《费加罗报》记者努里萨尼的推介则更直截了当："别犹豫了，看《街猫》吧……读这本书是种享受。这可不多见！"《文学新闻》的著名评论家杰洛姆·加尔桑甚至称《街猫》是20世纪80年代魁北克的"人间喜剧"。

伊夫·博歇曼，1941年生于加拿大魁北克省西北部的阿比蒂比。他的家庭先是居住在卢恩-诺朗达，后移居到一个只有三十来户人家的小村庄克洛瓦。他在那里上小学，由于体育不好，便早早就开始博览群书。1962年，他在约里埃特学院上完传统课程之后进了蒙特利尔大学，从此爱上了蒙特利尔，这座城市在他的作品中一直占有重要位置。1965年，他获得了文学和艺术史学士学位后，先是在拉瓦尔大学和蒙特利尔高等商业学校当老师，后进入出版界，之后又成了魁北克电台（后来成了魁北克电视台）的音乐顾问和档案员；1983年他离开电视台，全身心投入写作。在这之前，他已经出版了处女小说《被愚弄者》，获法国−魁北克奖，又在魁北克多家杂志发表中篇小说。《街猫》的巨大成功使他获得了财务自由和经济独立，成了一个专业作家。1989年，他出版第三部长篇小说《朱丽叶·鲍梅洛》，在书中塑造了一个充满爱心而又笑话百出的人物，这个重150公斤的家庭妇女，以热情、善良、开朗和无私赢得了人们的喜欢，成了加拿大法语文学人物画廊中一个十分著名的形象。该书在加拿大得了不少奖，入围了当年的法国龚古尔奖，获得了首届让·齐奥诺奖，还夺得了法国ELLE女读者奖；1999年，小说被拍成了十个小时的电视连续剧。

博歇曼的其他作品还有《第二小提琴》《一个咖啡商人的激情》《咖啡馆女佣》和"勇士查理"三部曲《艰难时刻》《空跳》和《为荣誉而战》。此外，他还创作了不少其他体裁的作品，如自传体故事《在树顶》（1986）和中篇小说《旅店一夜》；1992年，他还写了一部歌剧《代价》，次年由魁北克大学的剧团搬上蒙特利尔的舞台。博歇曼还是个多产的儿童文学作家，著有《闲聊用的故事》（1991）、《安托万和阿尔弗莱德》（1992）、《阿尔弗莱德拯救安托万》（1996）、《阿尔弗莱德和破碎的月亮》（1997）等。

《蛙虫》出版于2017年，博歇曼说，这很可能是他的最后一部长篇小说了，因为写长篇太累，太耗精力和体力，而他已经耗不起了。为了给自己的写作生涯画上一个完美的句号，这些年来，他几乎闭门不出，埋头写作，"写得很苦"。这部小说写的是反贪、反腐败，写官商勾结，实际上写的还是一个年轻人的奋斗史，塑造的还是同一个人物。这个人物始终贯穿在他的全部作品中，尽管在不同的小说中有不同的名字。在《蛀虫》中，这个年轻人叫热罗姆，是一个于连式的人物，出身平民，有文化，有道德，有理想，勇敢、正直、善良，大学毕业后希望能依靠自己的能力在社会上找到自己的位置，但他过于急躁，不够耐心和谨慎，虽然仗义但失之轻信，所以屡屡上当。一个偶然的机会，他被卷入政治，成了压力集团的工具和政客的玩具。为了达到目的，他软弱过，糊涂过，退让过，做过蠢事，但他的良心没有泯灭，在关键时刻觉醒了，守住了底线。

博歇曼小说中的主人公，大多都是这样的人物，他们不是英雄，也不是榜样，本身有不少缺点，但本质不坏，就像你我身边的许多普通人一样。作者通过这样的人物，刻画出人生的曲线，有波折，有坎坷，有教训，但唯有这样，人才能成熟，才能进步。热罗姆的经历，反映了社会环境的复杂和险恶以及年轻人的处境，低水平的欺诈和高智商的阴谋时刻都在侵害年轻人。好在亲情、爱情和友情一直都在支持着热罗姆，给他以力量和温暖。

博歇曼是个现实主义作家，他遵循的还是现实主义的创作原则，追求的不是观念的创新和写作手法的翻新，而是致力于创造和设置巧妙的情节，塑造个性鲜明的人物。他认为把故事讲好是最重要的。小说从狩猎开始，引人入胜，随着主人公陷入一个个圈套，读者也被带入了小说中，为热罗姆的命运担心，为他的未来好奇，跟他一起去解谜。作者把传统小说的技巧运用得炉火纯青，小说峰回路转，一路都是谜，很难猜到结果。作者说，在创作的过程中他自己也不知将走向何方，他在接受记者采访时表示，他也是跟着感觉走。他写作时不列提纲，没有框架，因为即使有也不会严格遵守。他更注重的是调动自己的生活经历、阅历和想象，带着读者一起去探奇。他认为这样写出来的东西，才是自然的、真实的，富有生活气息。

和作者的其他作品一样，博歇曼的这部小说，语言十分精准，他是至今还抱着词典写作的作家，对词语的选择到了苛刻的地步。他的叙述流畅、明晰，却又不乏幽默，可见其深厚的文学功底。作者使用了大量的市井语言和魁北克方言，丰富了作品的地方色彩，但也给翻译造成了一定的难度，幸亏在翻译过程中有作者随时解惑，从而避免了许多可能发生的误解。作者有读者同行是愉快的，而译者有作者相伴则是幸运的。

译者

2019年10月